诺贝尔文学奖作家文集·福克纳卷

寓言

[美]威廉·福克纳 / 著
王国平 / 译

A Fable

漓江出版社

威廉·福克纳
(William Faulkner, 1897—1962)

福克纳的生活照

↑ 福克纳邮票
↑ 1939年福克纳登上《时代周刊》封面

福克纳手绘插画

作家·作品

  这不是一本和平主义的书。恰恰相反，本书作者对和平主义与对战争一样，仅仅有过极其短暂的信仰，原因是和平主义不起作用，根本对付不了制造战争的那些力量。事实上，如果说这本书有什么目的或寓意（其实它并没有，我是说，在整体观念上并没有刻意营造的目的与寓意，因为就我所知和所想做到的，它很简单，仅仅是企图表现人、人类的冲突，跟自己的心灵、冲动、信仰、艰苦持久而无生命的土地舞台的冲突，在这个舞台人类的忧虑与希望必定是让人感到痛苦的），它是想用富于诗意的类比和比喻来显示，和平主义是不起作用的。本书想显示的是，要结束战争，人类必须找到或是发明某种比战争、比人的好战性、比人的不顾一切的权力欲更为有力的东西，要不就是用战火本身来对抗战火，扑灭战火；人类也许最终不得不动员自己，用战争工具武装自己来结束战争。我们连续不断犯下的错误就是，为了结束战争挑动一个国家来反对另一个国家，挑动一种政治意识来反对另一种政治意识。本书还想显示，不想要战争的人可能必须武装自己准备上战场，通过战争的方式来打败权力联盟，它们死死抱住过时的信条仍然相信战争是万能的；应该教会他们（上面所说的权力联盟）去厌恶战争，不是为了道德或是经济上的理由，甚至还不是为了简单的面子问题，而是因为他们害怕战争，不敢冒险发动战争，因为他们知道在战争中他们自己——不是作为国家、政府或是政治意识，而是作为简简单单的人、很可宝贵不应战死与受伤的人——会首先成为被消灭的对象。

  ——威廉·福克纳《关于〈寓言〉的一点说明》（李文俊　译）

福克纳凭《寓言》，五年内再度斩获国家图书奖，这一首部同时斩获国家图书奖和普利策奖的小说耗费了他十年的心血。写作过程中，福克纳数度陷入迷茫，为了有章可循，他只好将故事梗概写在墙上。我认识的人中，包括自称福克纳迷的朋友都没读过这本书。这部作品深奥晦涩，处处尽显大师的手笔，但要了解故事的情节，无异于想提起一大块榛子果冻。

　　故事主要发生在一战最后一段日子，那时候，美国人和法国人刚学会做朋友，法国人喜欢这本书，喜欢福克纳的每一部作品。你不妨细细地品味，因为其中的文字胜过故事。小说中，我偏爱两个场景：其一，政治游行之初，一名男子给了一个行将饿毙的女人一截面包。她嚷着政见的时候，将嚼了一半的面包吐了他一身。其二，一架载着飞行员和一位将军的德军小型飞机迫降法军机场。飞行员和将军跳下飞机，见敌军士兵过来，将军若无其事地掏出手枪，对着飞行员的脑袋开了一枪。

　　——哈洛德·奥根布罗姆，美国国家图书奖基金会前执行主席

译　序
王国平

　　说到威廉·福克纳，读者们首先想起的是《喧哗与骚动》《我弥留之际》，以及《押沙龙，押沙龙！》等，而荣膺普利策小说奖和国家图书奖，作者倾注了十年心血的《寓言》一书却存在颇多的争议，在国内鲜为人知。小说甫一问世，立即引起了评论界的热议，对这本小说，各方褒贬不一。有人认为这是一部杰作，连格兰维尔·希克斯和马克斯韦尔·盖斯马等一向对福克纳持批评态度的评论家也一反常态，对小说推崇备至，前者认为小说的"描写有助于人类生存繁衍"，后者则认为《寓言》是"福克纳过去十年中创作的一部最好的作品"。然而，持批评态度的人士却认为《寓言》是福克纳晚年的昏聩之作，詹姆斯·阿斯维尔便毫不客气地指出，《寓言》是一个"令人费解、自命不凡的骗局，是一个文学圈内的江湖骗子或疯子的作品"。《纽约时报》评论家奥维尔·普雷斯科特认为《寓言》读来"枯燥乏味、拐弯抹角、令人昏昏欲睡"。更有甚者，罗伯特·佩恩·沃伦说《寓言》"是一大败笔，是一部啰唆乏味、令人生厌的作品"。

　　《寓言》故事背景定在一战后期的凡尔登，时间跨度为一个星期，法军的一个团发动兵变，公然违抗进攻德军的命令。同一时间，德军士兵也停止了进攻，喧嚣了四年的战场暂时归于平静。法、英、美三国联军统帅大为震惊，他们容不得这种平静，下令将该团3000名士兵押往联军总部所在地，判处他们死刑……

《寓言》缘起二战正酣的1943年，福克纳、好莱坞制片人威廉·贝奇和导演亨利·哈撒韦商量拍摄一部反映无名战士的影片。他们提出，不妨将这位无名战士定为耶稣基督转世，旨在给人类最后一次机会。在《寓言》一书中，福克纳将这位无名战士的角色定为下士，率领12名追随者活动在前线两边，到下级军官和士兵中传播和平与反战思想。当双方下达进攻命令，尤其是法军断了该团的退路的时候，全线下士以下的士兵拒不从命，在硝烟弥漫的战场上缔造了暂时的平静。

小说借耶稣的故事，成功地塑造了《寓言》中的人物，赋予了作品神话色彩和寓意。下士是私生子，生父是联军最高统帅老将军，他于圣诞节那天出生在一间牲口棚，他的追随者恰好是12名，背叛他的"犹大"得到的同样是30个银币，下士星期三被捕，星期五和两个盗窃犯一同被处死，星期天在一阵炮火后，从坟墓里突然消失。小说无异于耶稣生平的重现，即前文中提到的耶稣转世。福克纳借下士（耶稣）这个人物，抨击、讽刺了人类道德的沦落和对基督精神的背叛。但不同的是，耶稣救赎了人类，下士却以失败告终。福克纳借此暗示，人类的救赎与和平不能寄希望于救世主，只有自我反省，人类才能自救。

但纵观小说，下士出现的场次并不多，算不上书中的主人公。下士是引发变革的人物，他最初领导的兵变，铺垫了小说中其他一系列的行动。纵使是一活跃的角色，这个人物依然朦朦胧胧，让人无从捉摸。拒不发动进攻的那天早晨，读者无缘见到他的身影，也没见过他率领12名追随者在敌我双方的战争地带传播和平。连他的名字也只是到了最后，才想起来应该叫司提反。

小说的代表人物应为莱文、老将军和通信兵。莱文是一名英军飞行员，年幼丧父，是家中的独子，他怀揣国王亲笔题词的委任状到皇家空军报到,孰料"皇家陆军航空队在四月一日愚人节这天被撤销","荣耀对他关上了大门",无缘建立"阿尔伯特·鲍尔、毕晓普、曼诺克、麦卡顿"等人那样名垂千古的功勋。莱文是一个理想主义者,面对理想破灭,他才明白,自己无非是被国家利用的一枚棋子,继而以自杀这一悲剧形式消极抗争,结束了自己短暂的一生。

老将军是邪恶的代表,为了维持战争机器的运转,不惜勾结德国将军屠杀手下的士兵,甚至不惜牺牲私生子的性命。

纵观全文,通信兵才是《寓言》中的核心人物。他战前是一位优秀的建筑师,事业有成,因在洛奥和帕斯尚尔立下的战功,被选拔到军校深造,但战争的经历改变了他,晋升中尉五个月后,他主动提出辞职,成了一名通信兵,这不在于他"爱兵,非得与他们同甘共苦、睡一条战壕",而是他讨厌兵:"一旦明白了过去、现在和今后仍要过这种日子——当然认为我应该感谢上苍的恩典,继续与大家为伍,我兴许应该,有些人分明是迫不得已,别问我为什么——仅仅因为我衣服上恰好戴了这枚小小的勋章,有全民皆兵的政府替我撑腰,不仅有权对一群士兵发号施令,而且还有人家胆敢不从、亲手将他处死的大权,后来我才体会到他(下士)担得起我的担忧、嫌弃和憎恨。"

恰如无数经历过一战的血雨腥风,尤其是1916年索姆河反攻的其他士兵,他幡然醒悟。请求降职被拒后,他想出了与人通奸当众被捉这一妙计,如愿成了一名营级通信兵。

在一名哨兵和一位黑人牧师的协助下,通信兵让敌我双方士兵爬出战壕,在无人地带相会。相比下士早前拒不发动进攻,这一举动实属冒军规之大不韪,并且立即招致报复——一阵如雨的炮火落向渴求和平的战士。

虽说功亏一篑,此举却让人释怀,因为这代表了个人的选择,以及全体士兵后来的共同选择。通信兵让哨兵选择是否冲出战壕,说出鼓动其他士兵走出战壕的共济会暗号。哨兵虽说有些勉强，但依然选择了通向和平的道路。他之前虽然"断然回绝"过，但一旦翻出战壕，穿过铁丝网，无所畏惧地站在无人地带，便有可能带来长久的和平：

"你瞧瞧他们！"他依言看着他们、仔细打量着他们，他们手脚并用、越狱似的爬出铁丝网上的缺口，他们的脸、手、衣服、浑身上下沾着同一种单调、说之不出，但不同于他们像牲口一样摸爬滚打了四年的泥泞的颜色，紧跟着，他们站起身，仿佛这四年中他们不曾踏过地面，但这一刻却形同鬼魂、从炼狱重返人间，沾着地狱洗涤不尽、说不出名来的味道。

四年的战争，哨兵暂时撇下了玩世不恭和失望，心中唯有暂时的和平。被他鼓动走出战壕的士兵虽然"带着战场上的硝烟"，却是"同一种单调、说之不出"的颜色，他们虽各有各的心思，但大家团结一心，追求和平。双方的将军对他们痛下杀手的时候，哨兵意识到这一刻即将结束，象征性地团结了士兵们的同志友情：

不等德英两方铁丝网后的火箭腾空而起，他又明白了一个道理。
"别！"他喊道，"别！别朝我们开火！"他甚至没意识到兴许是平生、肯定是四年来第一次说"我们"而不是"我"。

哨兵身亡，通信兵死里逃生。在小说结尾时，即停战十年后的老将军的葬礼上，通信兵最后一次出场，维护了一个人的信念。通信兵这个"行走的疤痕"在最后一幕说："这就对了。"他说："怕了吧。我死不了。绝对死不了。"通信兵虽然未能结束这场战争，但他不仅努力过,而且十年后还在努力。

福克纳写《寓言》的这十年中,目睹了自己人生和身边世界的许多变化。1950年接受诺贝尔文学奖,他一语概括了冷战:"我何时被炸得粉身碎骨?"尽管这话打消了他的恐惧,但福克纳却不愿认命:"我绝不接受人类末日的说法。"

福克纳是意识流文学在美国的代表人物,在创作《寓言》这本小说时,福克纳毫不例外地采用了这一手法。有人说,海明威和福克纳是一对至繁至简的代表,但在翻译本书的过程中,译者却发现,福克纳可以说集至繁至简于一身,尤其是一些对话,论简洁,福克纳不输海明威。如:

"你说我们?"师长追问道。

"我们!"军长说。

"这么说我败了,不是今早六点败在前线,而是前天败在你的军部——要不,是十年前,或者四十七年前。"

"此言差矣。"军长说。

"我损失了一个团。没死在敌人的进攻之下,却死在宪兵司令的行刑队之手。"

"他们怎么死要紧吗?"

"我认为要紧。他们死得其所,那才是我的战绩。"

"呸。"军长啐了一口。

"我损失的不过是区区一个查尔斯·格拉尼翁的名声,保全的却是法国——"

"你保全了我们。"军长说。

"我们?"师长又追问了一句。

但说到繁复，并非如罗伯特·佩恩·沃伦说的那样啰唆乏味、令人生厌，原文信马由缰的叙述，反而给人一段新奇的阅读体验，让人憋着一口气，欲罢不能。如：

> 车是敞篷，好像运牛车，架着高高的栏板，车厢内挤满了一个个光着脑袋、被缴了械、浑身带着前线硝烟的兵，他们胡子拉碴、满面倦容的脸上露出一副义无反顾和目空一切的神色，从没见过人，或者看不懂这些人，至少认不出他们是人似的愣愣地望着眼前的民众。他们如同回想梦魇的梦游者，认不出人和熟悉的事物，瞧着眼前飞逝、留不住的瞬间，仿佛赶去赴死，一个接一个匆匆地一闪而过，看不出他们有什么分别，并非无视他们各有各的身份和姓名，而恰恰是因为他们的身份和姓名；看不出分别并不在于相同的命运，而在于他们都以一个名字和身份归于同一种命运，归于最清净之地：忍得了人之将死的孤独——他们一闪而过，好像不关心，或者不在乎，甚至看不懂他们身处的乱哄哄的场面，以及隆隆挺进的速度，仿佛一个个幽灵鬼怪，也兴许是铁皮或纸板上刻得模糊的人物，在上演一幕悲情哑剧的舞台上一再被生生地绑走……

奈于本人水平有限，虽尽量贴近作者的表达方式，但恐难以用中文还原作者的意识流手法，敬请各位读者见谅并指正。

承蒙顾奎老师的引荐，沈东子老师的不弃，让我有幸接触并翻译到这本杰作。另外对沈老师在我翻译过程中给予的鼓励和宽容，在此一并谢过。

最后，对责任编辑的细致和耐心，谨致以我最诚挚的谢意。

谨以本书献给我的女儿吉尔

致 谢

承蒙加州比弗利山庄的威廉·贝奇和亨利·哈撒韦为本书提供的基本思路；承蒙詹姆斯·斯特雷特的大作《左顾右盼》中刽子手和小鸟的故事的启发；同时承蒙 LEVEE 出版社霍丁·卡特和本·沃森限量出版的《被盗的赛马》一书未删节版，为此我要向上述各位致以由衷的谢意。

——威廉·福克纳

目　录

001 / 原版编辑手记

003 / 星期三
018 / 星期一，星期一夜
052 / 星期二夜
082 / 星期一，星期二，星期三
117 / 星期二，星期三
133 / 星期二，星期三，星期三夜
203 / 星期三夜
300 / 星期四，星期四夜
373 / 星期五，星期六，星期天
392 / 明　天

原版编辑手记

《寓言》缘起二战正酣的1943年,福克纳、好莱坞制片人威廉·贝奇和导演亨利·哈撒韦商量要拍摄一部反映无名战士的影片。有人提出,不妨将这位无名战士定为耶稣基督转世,旨在给人类最后一次机会,福克纳对这个主意非常感兴趣。虽说这个主题始终未搬上银幕,但基本思路却耗费了福克纳十余年的心血,除其间短暂抽空编写电影剧本,撰写"康普生补遗"、《坟墓闯入者》,以及之后结集的《马前卒》《修女安魂曲》等小说。现存的数百页打印初稿和手稿,有些可追溯到1947年,排版稿包括数种版本的段落、版式和纸张,且至少是在两台打印机上打印的,由此可见,当初所用的器材纵贯了撰写这本书的整个十年。福克纳于1953年将《寓言》打印稿送交兰登书屋,随后去欧洲游历了四个月,其间拜朋访友,为霍华德·霍克斯编写了一部影片。1954年4月,他在罗马审读校样期间致电兰登书屋,告知对方,自己忘了在《明天》一章附上《犹大的不幸》,一回到纽约,他即刻送交了这部分素材。兰登书屋于1954年8月2日出版本书,编辑在文本中以插入的方式做了数百处大大小小的改动。除了后文的《犹大的不幸》,福克纳打印的文稿是波尔克再版的定本,因为第一版是唯一存世的文本。

美国英语变化不定,比如一个词即使在同一篇著作中,也可能不止一种拼法。逗号有时候表示特定的语气和节奏,大写有时候意在强调一个词小写时不具备的含义。由于标准化抹杀了这些效果，本卷保留了诺埃尔·波尔克①为文本确定的拼法、标点、大写或措辞，力求在现存依据允许的范围内忠实福克纳的用法。

---

① 编辑，文学评论家，福克纳研究专家。

寓 言

星期三

城内的军营与周围的驻地传来第一阵号角声前,大多数市民就早早地醒了。他们不必从草垫和铺了一层薄毡的床上起身,因为除了孩子,蜂巢般密布的屋宅里几乎没几个人躺下过,相反,他们却围着火苗微弱的火盆或壁炉,提心吊胆、惶惶不安地熬了一夜,一直熬到夜色褪尽,又开始提心吊胆与惶惶不安的一天。

该团当年就是在这个区起的家,其实,当年一手拉起这支队伍的是一个十足的无赖,他率领该团投到了拿破仑的麾下,后来升任皇帝阶前的一名元帅,是一个煞气遮住半边天、威震半个地球、红极一时的人物。该团后来招募的新兵多半出自这个区,当地的小伙子们年纪一到就早早地从了军,因此,这里的老人不仅多半是当年的老兵,而且个个已为人父、沾亲带故,不单是阵亡士兵年迈的双亲或亲人,若非纯粹机遇和运气,兴许还是儿子、兄弟、丈夫、父亲和爱人也在阵亡士兵之列的父亲、母亲、姐妹、妻子和恋人。

号角的余音尚未散尽,人们就拥出了杂乱无章的贫民区。一名法国,或英国,抑或美国飞行员(或者一名莽撞的德国飞行员)可以清清楚楚地看到:茅棚和公寓汇成一条条小巷、小街和叫不出名儿的死胡同,小巷、小街和死胡同又汇成大街,一如涓涓细流汇成小溪,小溪汇成江河,直至全市的民众似乎都拥上了市中心广场四通八达、宽阔的林荫大道,挤满了广场,继而随着汇聚一处的人流,如同一波一往无前的浪头拥向市政厅的假门,三国联军的三队哨兵在门前守着三根光溜溜的旗杆F,静候三面相似的旗帜。

他们在这里遇到了第一支军队。这是一支屯骑,骑兵们勒马迎着古时候的东城老城门方向,在广场宽阔的大道口摆好阵势,仿佛等着先洪水一步直奔驻军司令星期三卧室的淙淙声。但人群连看都没看一眼这支骑兵,一个劲儿地拥向广场,由于人多拥挤,人流放缓了速度,最终停下了脚步,骚动的人群顶着渐高的日头,惴惴不安、耐着性子盯着市政厅大门。

扼守这座城市的要塞传来了黎明的炮声;市政厅门口凭空同时打出了三面旗帜,升上三根旗杆。它们在晨曦中打出、升上、高耸旗杆的顶端,静静地挂在那儿。第一缕晨风吹来,它们迎风招展,飘进了阳光,洒进三种交相辉映的颜色——红色代表勇气和自豪,白色代表纯洁与坚贞,蓝色代表正直与真理。骑兵身后空荡荡的大道突然洒满了阳光,阳光将人和马高大的身影投向人群,就好像这队骑兵正要冲将过去。

谁知冲向骑兵的却是民众。人群不声不响,这帮暂时走到一起的人秩序井然,像陡落的潮水,浪势不可挡。骑兵暂时没采取任何行动,在场负责的是一位军官,虽说看样子不过是一位上士。接着,上士吼了一声。这不是一道命令,因为骑兵们没动。这声吼听着毫无意义,说实在的,莫名其妙,是一声凄凉、绝望的呼喊,仿佛这时候城市上空遮天蔽日的云雀中的一只,翱翔空中,却又看不见,不知从何处发出一声悦耳、轻轻的鸣叫,悬浮在空中,渐渐淡去。不过接下来的一声吼却是一道命令。可惜为时已晚；人群仿佛走进斗狮场的殉道者，以血肉之躯几近漠然、不屑一顾地迈进铁蹄与马刀的铁阵，慢慢地走向这支本着难以想象的忍让但又势不可当的军队。

骑兵立刻勒住了马。即便这时候，队伍仍秩序井然。队伍仿佛被一只大手捉住似的，开始后退——被勒得翻着白眼的马，高举马刀、高高在上、张大嘴巴却又并不出声的小脸——好似一尊尊武士雕像，瞬间被深藏石窖、舍不得示人的瑰宝化作的泥石流冲出空空如也的宫殿、大厦或博物馆，统统向后退去。不久，骑在马上的军官挣脱了束缚。一时间，似乎唯独他在前进，因为在分立两旁的人群中，唯独他高高在上、一动不动。接着，他确实动了起来，他催着勒得紧紧、铁铸一般的马挺进，穿过流动的人群；马下不知什么地方传来了一个声音，兴许是他策马硬闯的路上，一个孩子，或者女人，抑或是又痛又怕顾不得体面的男人的恸哭，他虚张声势、骑着马闪躲腾挪地穿过了人河，人群好像水承载着劈波斩浪的船头，并不躲着他和他的马。不一会儿，他就不见了踪影。人群这下一拥上了大道，将骑兵冲散在道路两旁，浩浩荡荡地从他们身边经过，仿佛一条洪水泛滥、吸干了支流的大河，带走了纵横交错、大街小巷的人流，大道最后汇成了一片人头攒动、波涛汹涌、无声无息的湖泊。

但步兵早就已经赶到了，不等那位骑兵军官汇报当天的值日官，值日官派传令兵，传令兵叫来勤务兵，勤务兵放下伺候副官洗漱、修面的活儿，副官叫醒尚在梦中的驻军司令，驻军司令打电话或差通信员去要塞通知步兵指挥官，步兵就跟着人群冲出了中心广场。步兵这次出动了整整一个营，除了骡马，一个个全副武装、排着整齐的队列出了中心广场，由一辆收起挡板、随时准备上阵的轻型坦克开道，前进的途中，坦克如同一台扫雪车，分开了人群，又舞起扫帚将分立两旁的人逼退到路牙，步兵分成两列纵队、并排跟着一路猛进的坦克，到了最后，从广场到老城门之间的整条大道，除了两排上了刺刀、互相交错的步枪外，又空无一人。星期三这天的某个时候，刺刀林后出现了一阵骚动，但范围不到十英尺，没有扩散，只有附近的人才知道怎么一回事儿。交错的刺刀下，一名排副低头侧着身子挤了进去，其实也没什么好看的，不过是一名瘦骨嶙峋、衣衫褴褛的年轻妇女，也兴许是一位姑娘家晕了过去。她穿着一身单薄、破破烂烂的旧衣服，躺在她晕倒的地方，看样子，是一路风尘仆仆、远道而来的，而且多半是靠两条腿或坐牛车，如果说她存心倒毙在此的话，躺在她倒下时人家为她让开的一块墓穴一样狭窄的空地，那些显然腾不出地儿给她的人一声不吭地站在那里，低头看着她，等着谁第一个出手相救。排副出了手。

"总得把她扶起来吧，"他怒斥道，"把她抬走，免得在大街上被踩着了。"一名男子走上前，但他和排副刚弯下腰，那女人却睁开了眼睛；排副去拉她的时候，她甚至挣扎着自己站起来；排副的态度算不上粗暴，不过是见不得、想不明白老百姓始终那么糊涂愚笨，尤其是这种时候，害得他丢下岗位不得脱身。"她是谁家的？"他问。没有人应，只有一张张默默关切的脸。他分明也不指望有人应。他四下打量了一眼，他心里也明白，就算有人站出来照看她，恐怕也没办法把她带出人群；他又开了口，这次是对她，但很快又忍着怒气，话到嘴边又咽了回去。这男人身材魁梧，四十上下，蓄着一部胡子，透着西西里的土匪的匪气，他一身军装、胸戴世界三大洲的军功绶带，他的身材让一百年前的拿破仑矮了两三英寸，就好似恺撒让意大利人矮了三分，汉尼拔功高无名豪杰三分。要是换在巴黎的会所，他和巴黎的会所要是换在别处，他本应是一位看管酒桶的人夫人父。排副又瞥了一眼一张张耐着性子的面孔。"有谁——"

"她是饿的。"不知谁说了一声。

"那好，"排副说，"有谁——"话音未落，一只手递过来一块面包。或者说没吃完的面包，还沾着泥巴，甚至还带着口袋里的余温。排副接过了面包，谁知他递给她的时候，她却不肯接，脸和眼睛略显惊恐、飞快地瞥了一眼四周，像是在找一条逃路。排副将面包塞在她的手上。"拿着，"他粗声粗气地说，话不中听，但并不冷漠，不过是性子急了些，"吃吧。你愿意也好，不愿意也好，你还得待在这里，还得瞧着他。"

谁知她又不肯接受，推开了面包，她针对的不是这份馈赠，而是面包，也不是针对给她的人，她针对的是她自己。她强忍着不去看那块面包，但她也清楚自己欲罢不能。在众目睽睽之下，她不再赌气。她嘴上推辞，眼睛、全身却跟她作着对，不等她伸手去接，眼睛就恨不得将面包吞了下去。她一把从排副手中抓过面包，双手捧到脸前，生怕人家抢去似的，又好像不想人家看见她狼吞虎咽。她像老鼠一样啃着面包，眼睛不时地从指缝里飞快地瞥一眼，说不上偷偷摸摸，也说不上遮遮掩掩，不过是不安、警惕和惊恐，好似吹着一块时旺时灭的炭火。她这会儿再无大碍，排副转身要走，同一个声音现在又开了腔。说话的分明是拿出面包的男人，不过，就算是排副说的，也丝毫看不出来。但他刚才分明说过，这张脸不该出现在这儿，尤其是现在，这种时候，这种地方，不仅仅在法国，而且在五月末不论哪一个星期三的四十公里内的西线。相比身边星期三这天赶到这里的其他人，这男人其实并不年轻，但却不显老（他身材高大，清清爽爽），他穿着一件泛白的罩衫、一条粗布裤子和一双污渍斑斑的鞋，俨然一副养路工人，或是泥水匠的打扮，往那儿一站，显得高大挺拔、落落大方。他想必是一位因伤安然退役的军人，自从将近四年前的八月五日后再也不用服役，就算如此，却也看不出，如果排副说过这话，有此想法，那不过是从他一闪而逝的眼神中露出的端倪。那男人第一次开口，是对排副说的；这一次，排副不再怀疑。

"她吃了面包，"那男人说，"垫巴了肚子，想是不那么难过了，不是吗？"

排副其实已转过了身，正要离开，是那个声音、嘟哝让他停下了脚步。这声嘟哝，与其说轻柔，倒不如干脆说沉着；与其说迟疑，倒不如说和蔼、矜持，最关键的是天真。他转身前的一刹那，瞬间的犹豫，他能明白、感觉身后的一张张安静、关切的脸都在看，看的不是他，也不是说话的人，就如同望着那人的声音在他们之间的空气中营造出看不见摸不着的东西。接着，排副也看到了。是他身上穿的衣服。他扭头望着说话的人和他身边的一张张面孔，那神情如同出于尝够艰辛、不知何时是头的磨难和不幸，见怪不怪，这时候恰好浮上心头，甚至都不无懊悔地望着二十年前他不单投身也放弃了的天职和生计，不仅是他的人生也是他血肉之躯这道不可逾越的藩篱对面的全人类；在他看来，那一圈平静、关切的脸泛着一层抹之不去、淡淡的铁青色。一向如此；变的不过是色调，沙漠和热带地区的淡黄和白，旧军装鲜艳饱满的红和蓝，三年来变色龙一样的铁青色。他早就料到，不单是料到，而是认命，断了想头、忘了饥饿、丧失了决心，到了一天领几个苏①这点实惠和权利，只需服从命令、抛头露面、不惜脆弱的血肉之躯，一辈子放弃一己之好的地步。二十年来，他如同一个无名无分的外来人，高高在上，有几分瞧不起这说不上名儿来的蛮夷的世态，单说不幸吧，他和生死与共的兄弟凭着勇气和忍耐跟着无坚不摧的星条旗、勋章和绶带迎难而上，挺过了难关，就仿佛一艘巡洋舰（或者说，一年前的坦克）冲进鱼群。但现在却今非昔比。望着一张张焦急的面孔（除了那名年轻的女子；唯独她没看他，一双纤细、脏兮兮的手捧着一截面包啃着，所以不是他一个人，而是两个人，他与这个非亲非故、叫不出名字的姑娘似乎站在一口狭窄、叫人喘不过气的井里），他不无惊恐地发现，自己才是个另类，不只是另类，还脱离了时代；二十年前的这一天，正义和机会渐渐荡然无存，换回来的是上衣胸口象征英勇、坚忍和忠诚的勋章，付出的是身体上的痛苦，出卖的是自己与生俱来的权利。但他没动声色。花花绿绿的绶带本身就说明他不能，戴在胸口的绶带证明他也不会。

"怎么说？"排副说。

"是全团。"高个子男人用阳刚、豪爽、悦耳的男中音若有所思地小声说，"全团。零点时分，除了军官和少数几个士官，谁也没出战壕。有这回事吗？"

"怎么说？"排副又问道。

---

① 法国旧铜币；合五生丁。

"Bosche[①]干吗不动手?"高个子男人问,"难道他们看出我们不打算打过去?进攻出了什么情况?炮轰进展顺利,还有隆隆的掩护炮火,不料解除了炮火,只有排长爬出战壕,兵却一个没动?他们想必都看到了,不是吗?你们周三面临着另一个相距仅一千米、相持了四年的前线的时候,可以看出进攻失利,兴许也明白了个中的因由。你不能说是因为阻击火网;那是你首先跳出战壕冲向敌阵的理由,冒着不知哪一方的炮火,往往还是自己人的,不是吗?"

排副独独瞧着那个大个子男人;不用看,他就能感觉到其他人屏住呼吸竖着耳朵一声不吭,生怕漏了一个字。"一位元帅,"排副不屑地说,"兴许该叫人家瞧瞧你制服里面了。"说着,他伸出了手。"叫大伙儿瞧瞧。"

大个子沉着、坦然地打量了他一阵。接着伸手从罩衫里摸出几张纸,递了过去。纸叠过,折缝磨出了毛、发黑,还卷了角。排副接过纸展开,但即使这个时候,他的眼睛似乎也没瞧着纸;而是飞快地又瞥了一眼一张张屏息敛容的面孔,大个子仍坦然地低头望着他,接着又含糊、坦然、近乎心不在焉地打了个哈哈:"昨天中午,除了做做样子,全线停火,隔一万米对一个炮阵放一炮,到了十五点,英国人和美国人也停了火,等静了下来,你不难听到德国佬也是如此,所以到昨天日落时分,除了做做样子,法国全境难觅炮火的踪迹,他们尽量将时间间隔得长一些,生怕打破了时隔四年突然降临人间的寂静……"排副匆匆地合上文件,递还给那人,或者说显然如此,因为不等那人抬手去接,排副伸手抓住了他罩衫的前襟,攥住皱巴巴的纸

[①] 此处为德语,意为德国佬。

和粗布衣服，猛地一拽，但险些摔了个跟头的是排副，不是大个子，排副凶神恶煞似的面孔与他相遇，张着露出一口发黑的烂牙的嘴，却又发不出声，因为那人坦然、不疾不徐地小声说着："加尼翁少将率领全师人马赶过来向总司令请命，因为和平与寂静冷不丁地降临人间，人一时……"

"连一个元帅都不赞成。"排副义愤难平，愤愤地嘟哝了一句，声音并不高过对方，周围屏气凝神的人似乎没听见，或者说没听进去多少，抑或他说这话的时候，他们听的是对方，年轻女人听没听见多少，不得而知，只见她泪流满面还在捧着面包啃着，仿佛一个聋子，目不转睛、好奇地望着他们。"你叫那帮孙子过来看看，是不是有人开了小差？"

"这事我也清楚，"对方说，"我不过说说罢了。你看过我的证件。"

"宪兵司令手下的副官也会这么说。"排副说着，愤然转身，攥着皱巴巴的证件，手肘并用地在人群中开出一条道路，返回了大街；接着，他猛然停住了脚步，伸头对着老城门方向，像是恨不得托起全身，高出挤挤挨挨的人头和面孔一截。接着，他们都听到了，不仅在交错的枪林下猫着腰归队的排副，连捧着面包的女人也停止了咀嚼，侧过了耳朵，人头和挤得密不透风的身体全都撇下她，转向大道，倒不是他们对她的苦楚无动于衷，不想安慰她一下，而是老城门方向现在沿街传来的一阵喧嚣，仿佛起了一阵风。且不说沿两边路牙一字排开的步兵班长、排长的嚷嚷，那喧嚣不如说是一声叹息、一声怨愤的宣泄，在星期三这天沿街从一个胸膛传到另一个胸膛。那声叹息仿佛揪了一夜的心，到现在才暂搁下来，新的一天即将揭晓夜间叫人心慌的事实，这恐惧渐渐加深，仿佛这新的一天、仿佛一波遮天蔽日的巨浪随第一辆进城的小轿车向人群席卷而来。

车上坐着三位将军。车开得飞快，快得连连响起各位排长此起彼伏的口令和各排咔嚓一声举枪敬礼又咔嚓一声收枪稍息，小汽车和着如同生着钢铁羽毛、无形的翅膀发出的一声拖长了的咔嚓声疾驰而过。这是一辆跟驱逐舰一样颜色的长敞篷车，车上飘着一面联军最高统帅的将旗，三位将军在一本正经、神气十足的副官的簇拥下并肩坐在车后座。这三位老人家分别指挥三支独立的军队，经各方协商一致和同意，其中一人统帅这三支军队（照理统帅半个欧洲的海陆空三军）——坐在英国人和美国人中间的最高统帅：他头发微白，生着一副精明、睿智、多疑的面孔，除了自己的觉悟、才智和通天的权力，其他一概不信。三人掠过惊恐和诧异的人群，在班排长口令、马靴和步枪咔嚓的敬礼声中扬长而去。

卡车接踵而至，开得飞快，一辆紧接着一辆，似乎一眼望不到尾，因为出动了一个团。可惜仍听不到协调、明白无误的人声，这次连咔嚓的敬礼都没了，唯独人群的骚动和不断地挪移，人群仍诧异、将信将疑、默默、痛苦、恐惧地走向第一辆卡车，似乎要冲向每一辆迎面而来的卡车，将它包围，又紧追飞驰而过的车而去，偶尔因为一个人，兴许是一名妇女冲一张一闪而过的面孔呼唤一声才肯作罢。由于卡车开得飞快，还没来得及认清，这张面孔就一闪而过，不见了踪影，不等认出后发出一声呼唤，隆隆的下一辆车就已将它淹没，所以说，小轿车快，卡车开得更快，鉴于车头前方是半个懒散的大陆，这辆小车天生优哉游哉，而现在立刻就能猜出目的地的卡车只能让人羞愧难当。

　　车是敞篷，好像运牛车，架着高高的栏板，车厢内挤满了一个个光着脑袋、被缴了械、浑身带着前线硝烟的兵，他们胡子拉碴、满面倦容的脸上露出一副义无反顾和目空一切的神色，从没见过人，或者看不懂这些人，至少认不出他们是人似的愣愣地望着眼前的民众。他们如同回想梦魇的梦游者，认不出人和熟悉的事物，瞧着眼前飞逝、留不住的瞬间，仿佛赶去赴死，一个接一个匆匆地一闪而过，看不出他们有什么分别，并非无视他们各有各的身份和姓名，而恰恰是因为他们的身份和姓名；看不出分别并不在于相同的命运，而在于他们都以一个名字和身份归于同一种命运，归于最清净之地：忍得了人之将死的孤独——他们一闪而过，好像不关心，或者不在乎，甚至看不懂他们身处的乱哄哄的场面，以及隆隆挺进的速度，仿佛一个个幽灵鬼怪，也兴许是铁皮或纸板上刻得模糊的人物，在上演一幕悲情哑剧的舞台上一再被生生地绑走。这时候传来了一阵整齐划一的声音：中心广场方向隐约传来一阵嚷嚷，想是第一辆卡车现在到了那里。闹声很大，由于太远显得若有若无；拖着调儿，并非出于仇恨而是出于挑衅，令人费解的是，同时还有着非人的特质，好像嚷嚷的不是那些兵，仿佛一阵突如其来、哗哗但和顺的春雨，仅仅借了他们之口。这阵嚷嚷其实发自驶过中心广场的第一批卡车，市政厅门前的三面旗帜下笔直地立着三名哨兵，晨风过后，三面旗帜静静地悬在旗杆上，年纪稍长一些的总司令上了门前的石台阶，止步转过身，跟他下车的两位年纪稍轻的将军，也跟着他转过了身，他们两人与他一样头发花白，站在高他一级的台阶上，所以高他一头，他们稍稍后他一步，但并非依次

星期三　· 013 ·

排开，第一辆卡车经过的时候，车内光着头、衣衫不整、梦游似的士兵兴许是见到了三面旗帜，也兴许见到了人头攒动的大街后孤零零的三位老人，他们回过了神，总算回过了神，同时猜到、认出三位衣冠楚楚的老人，不仅凭他们与对应的三面旗帜，而是凭他们远离人群，如同在人走一空的市中心的三名骇人的瘟疫携带者，或者在肆虐这座城市的瘟疫中安然逃过一劫的三个幸存者，又仿佛一张经历了这五六十年来的浩劫、渐褪了色的照片，最终安然无恙，不过，卡车中总算回过神来的士兵冲三个无动于衷的人影挥着拳头，异口同声，异口同声地喊着，随着鱼贯进入广场，继而疾驰而过的卡车加入了呐喊，喊声接力似的从一辆卡车传给下一辆卡车，直到最后一辆车仿佛拖着一团在劫难逃、有去无回的迷雾，迷雾中一副副张大嘴巴的面孔和气势汹汹的拳头一如卡车卷起的尘土渐渐散去。

这喧嚣仿佛灰尘，在开动、产生摩擦、结成队伍、产生冲力和速度的人或物一去不返后仍在空中久久不肯散去。整条街现在喊声雷动，并非出于反抗，不过是惊奇和疑惑，大街两旁现在挤满了挺着胸膛、张大嘴巴、振臂高呼的苍白面孔。又开过来一辆卡车。车开得飞快；虽说与前一辆相距二百码，但看那速度，似乎比其他车快了一倍，就好像其他车看起来比坐着三位将军、插了小旗的轿车快一倍一样。但这辆车却近乎悄无声息。好像见不得人似的。其他车公然抛下了羞耻和绝望，隆隆、几乎震天动地驶过，这一辆却来无声、去无踪，倒不是开车的司机讨厌要去的地方，而是憎恶车上载的人。

与其他卡车一样，车也是敞篷车，除了车上的人，看不出什么分别。别的车满载士兵，但独独这一辆只带了十三个。他们一样光着脑袋、蓬头垢面、带着战场上的硝烟,只不过戴着镣铐,野兽似的一个连着一个铐在车身上。乍一看,他们不单像一群外国人,而且形同别的种族、另一种人类;尽管他们的领章上写着同一个团的番号,但在该团始终先他们一步,甚至避之唯恐不及的士兵眼中,他们是另类、怪物、异族。且不说他们戴着镣铐、无人愿意与之为伍,就凭他们的神色和态度,那些逃也似的卡车里的面孔茫然、神情疲惫,仿佛昏睡初醒,这十三个人却板着面孔、聚精会神。仔细再看,这十三个人中,的确有四个是外国人,说他们是外国人,不单单看他们戴的镣铐,全团人不屑与他们为伍,还看他们与卡车飞驰而过的这个城池的氛围格格不入——这是四张山民的面孔,出自一个没有山的国度,这是四张农民的面孔,出自一个无人务农的国家;即便与另外九个戴着镣铐的兵相比,也属于异类,因为那九个人板着脸、小心翼翼,显得心事重重,那四个外国人中,有三个稍显迷茫,虽也赔着小心,但却显得彬彬有礼,好像在看稀奇,姑且这么说吧,他们好像第一次走进一座新奇的城市;这时候突然传来一阵嚷嚷,说的是他们不指望听懂,说句真格的,也不十分在乎的语言,因而也不在乎人家嚷了些什么;这四个人当中有三个不是法国人,这么说吧,就凭他不服人家的辱骂、流露的恐惧和愤怒,人群早看出第四个反正与另外三个不是一类。人群攥紧拳头嚷嚷,或辱骂的是这个人,而他却仅仅瞥了一眼另外十二个同伴。他靠近前排,手轻轻地扶着车厢板的顶端,连着两只手腕的链环和袖口缀的下士条纹一览无余,他生着一张与另外十二个人迥异、与上述三个人一样的山民面孔,年纪在十三个人中略显年轻,他与另外十二个人一样盯着茫茫一片、从眼前飞逝的眼睛、如洞的嘴和拳头。

但他既不失魂落魄，也不害怕，露出的不过是一副急切、聚精会神和坦然的态度，外带含蓄、心领神会、超然这种另外几个人没有的神色，仿佛他早料到紧追着卡车不放的喧嚣，无须怪罪谁，也不必遗憾。

这辆车驶过中心广场的时候，三位将军依然跟摆好姿势，等着记者拍照似的伫立在市政厅门前的台阶上。看样子，不说三个外国人，除了迎着白天的回头风飘摆的一溜儿三面旗帜，十二个人没有一个注意到这三面不一样的旗帜的意义，以及旗帜下立着三位扛着将星、戴着军帽的老人。看来唯独第十三个人注意、看到、发觉到了这一幕；由于车速太快，下士与这位老将军匆匆一个照面的一刹那，唯独下士的目光不经意地一瞥，其他卡车中的官兵恐怕谁也不敢说一定瞧过他，或者这位将军，飞驰的卡车中下士山形袖章和戴着镣铐的手腕上方那张农民的脸与市政厅门前的台阶上最高统帅将星和鲜艳的功勋绶带上方那张苍白、高深莫测的脸刹那间打了个照面。卡车很快绝尘而去。总司令他老人家转过身，两位同僚跟着他转身，一边一个分立左右；年轻、机灵能干的副官在三名哨兵立正敬礼的当儿腾地跳起身，打开了车门。

这一次的骚动几乎无人在意，不仅是因为嚷嚷和鼎沸的人声，还因为人群这时候也在挪动。又是晕过去的那个小女人。最后一辆卡车开过来的时候，她还啃着面包。见到卡车，她住了口，紧挨她的人事后记得她站起身、喊着叫着，拼命地分开人群，想要拦住或追上那辆卡车似的跑上大街。只是大家这时候都涌向了大街，连被她挠着、扒着后背，以及含着一嘴面包冲人家嚷嚷、被她喷了一脸面包渣的人都跟了上去。除了给她那块面包的男子站在原地，谁也顾不上她，而她却用攥着面包的手不停地捶着他的胸口，含着一口黏糊糊的面包冲他吼着什么。

接着，她一口将面包渣吐在他的身上，说是故意，那是冤枉了她，她顾不得扭头吐掉面包，口沫、面包渣飞溅地冲他吼了一通。那男子抬手用衣袖揩了一把脸，去追人群，在好不容易冲破交织的枪林、涌上大街的人群中一闪，不见了踪影。她捏着剩下来的一截面包，也追了过去。有一刻，她甚至追上了他们，分明有比他们更要紧的事似的，在跟着疾驰而过的卡车涌上大街的人群中飞奔。可惜她超过的人很快又一个接一个地赶上了她、超了过去。不一会儿工夫，她就落在了稀稀拉拉、七零八落的队尾，她跌跌撞撞、气喘吁吁、没了力气，好像与全市、全世界民众的方向背道而驰，等她好不容易赶到中心广场，停下脚步，好像全人类都一走而空、不见了踪影，又留给她一条宽阔、空荡荡的大街和广场，那一刻，甚至可以说这座城市和地球，只剩下一个娇弱的女人，绞着手站在空荡荡的广场上，或者说还是个姑娘家，一位原本俊俏的姑娘，只缺一个觉、一顿饭，一盆热水、一块肥皂和一把梳子，否则她又能焕发当初的容颜。

星期一，星期一夜

当初接到进攻指令，指挥这个团的师长连忙说："那还用说。多谢了。你说什么来着？"他仿佛觉得自己总算等来了期盼已久、想都不敢想的机会，他现在才体会到，时间太久，他甚至都断了这个念头。想当年，到底是哪一年他记不清了，他出了点事儿，换句话说，至少耽误了他的前程。

他自认为自己命中注定是一名不折不扣的军人：不知身世、无牵无挂、智勇双全。他最早的印象是比利牛斯一家由天主教姐妹会办的孤儿院，总之找不到他的身世档案，甚至可以说被刻意隐瞒了。十七岁那年，他应征入伍，成了一名列兵；到了二十四岁，他已是一个有三年资历的中士，他前途在望，承蒙（行伍出身、靠自己拼杀来的）决计不让一个人落伍的团长提携，为这个手下争取了一个上军官学校的机会；到1914年，他已然立下赫赫的战功，成了一名响当当的阿尔及利亚骑兵[①]少校，紧接着在法国本土，他晋升为一位无可非议的旅长，（他没有关系，除了像当初他任中士时的那位默默无闻、靠自己摸爬滚打和履历才升任的中校等人，他没有一个朋友）所以在信任他、看着他出人头地的人眼中，要不是这场战争匆匆结束，他恐怕前途无量。

---

① 旧法国军队中的阿尔及利亚骑兵。

后来出了点事儿。不是他出了事,他还是从前的他,仍然能力出众、无牵无挂、智勇双全。他觉得自己不知什么时候、什么地方丢了或遗失了从前如影随形、所向披靡的精气神儿,这么说吧,他失了职,这怪不得他,不过是运势放缓,但并没变。不过是暂时放缓,他的上司都抱着这个看法,因为他的帽上如期增加了一颗将星(这比其他人稍稍快了些),这不单单是他配得上这个师,而是机会使然,证明他的上司仍然坚信他兴许能随时交上,或者重新交上从前的好运。

但那是两年前的事了,最近一年来,连机会都不见了踪影,到了最后,连上司都信了他的观点,三年前他雄心勃勃、前程似锦,三年前,他红运的最后一点余波最终在他身上退去,将他在这个战时的师长位置上一搁三年,这场战争拖了三年,不用说,还要拖上一段时间;初来乍到、愣头愣脑的美国人怕是要花一年时间才能明白你打不过德国人:你只能跟他们耗,将他们拖垮。这场战争兴许还要拖他个十年二十年,届时英法这两个军事,甚至政治同盟早已不复存在,那时候,这场战争成了寥寥无几、连回国的船都成问题的美国人的事,届时他们恐怕要从倒伏在地的树上掰下树棍,从沦为废墟的房屋拆下桁条、椽子,绑成木筏,从杂草丛生的篱笆上拆下石块,靠断刺刀、烂枪托,以及从坠毁的飞机和焚毁的坦克拧下锈迹斑斑的残片对付德国的残兵败将,而这些德国人被法国人和英国人磨砺得与他一样始终能耐得住性子,将国家、疲劳,甚至胜负置之度外,到那时候,他希望自己已不在人世。

他照例断了奢望:唯有在命运这个简单的铁框框中无所畏惧、问心无愧地拼搏,他深信只要自己问心无愧、痛痛快快、一如既往地奋斗，命运绝不会辜负他，可惜命运分明不再眷顾他，只留给他一股闯劲儿，一直到两天前，军长才派人把他叫了过去。军长是他在法国的唯一一位朋友，其实也是他在这个世上绝无仅有的一位。两人当年奉命到同一个团任副官。虽说拉勒芒也出身贫寒，但他凭着那点儿拉帮结派的本事，服役期间，不仅让他在师部和军部出人头地，而且还有望补下一任陆军部部长的缺。"有什么要求，你尽管提。"但拉勒芒说这话的时候，他也明白，对自己来说无异于奢望但在拉勒芒眼中却又小菜一碟的小事有损他心目中的闯劲。不过，那也算不得错：命运纵然不再眷顾，但他一如既往地献身并没有错：命运纵然弃他于不顾，他始终没辜负自己深爱的使命；这个使命总算想起了他。

　　于是他说："谢谢。你说什么？"拉勒芒又对他说了一遍。他认为自己一时没明白过来。

　　这一刻很快过去，紧接着，他就明白了眼前的局势。这一仗早成定局，谁指挥、谁宣布、谁去打都无所谓。照军长的说法，不必靠训练有素的职业判断，他一眼就能看出，形势一触即发、因此越发扑朔迷离。他不会就此罢休。恰恰相反，这反而是个挑战，仿佛命运他老人家果然没置他于不顾。凭着同一个训练有素的判断，他当即明白这次进攻志在必输，一项宏伟的计划中早算计好、在劫难逃的牺牲，败也好，胜也好，都不要紧，要的不过是进攻，此外，整整二十多年的训练和奉献练就了他的火眼金睛；他不仅从前线和公众的立场，也从局外人的观点看待此事：不付代价的进攻必输无疑，如果由一个没有朋友、没有关系结识总参谋部的五星上将或者奥赛码头[①]戴玫瑰红领

[①] 巴黎第七区的一个码头，位于塞纳河左岸，旁边是奥赛街。法国外交部位于奥赛码头，法国人喜欢用地名称呼政府机构，因此奥赛码头通常指代外交部。

结的文官的人去打，那是轻举妄动，对谁都无大碍。他紧跟着想起了绍讷蒙市政厅内那位花白头发的老人。他随即想到：拉勒芒是为了保自己的脑袋。他现在真的为难了，他认为——是马马·比代。但他只说了一句：

"我输不起。"

"那可是大功一件。"军长说。

"请恕在下身份卑微，输不起。"

"那是，"军长说。"这次。"

"情况有那么糟吗，"师长问。"有那么严重？那么紧迫？比代手下只有一个步兵师。再说那一个还是我的。"他们对望了一眼。军长接着开了口。师长不容他分辩。"别开玩笑了。"师长说道。不论过去，还是现在，他都抱着这个看法。他的话简单粗俗，总结了他还不认识这位军长前在招募欧洲罪犯和乞丐到非洲军团担任士官的一生。他问："这么说，我别无选择？"

"你只能从命。"军长说。

师长一向喜欢在紧靠前线的观察哨督战；这是他的一个老习惯；再说这也是他的一部分战功。这一次，他在一处高地专门修了一个，筑了掩体、堆上沙袋，又在前面放了一块钢板，一部电话直接通往军部，另一部连到炮兵团长；他对了手中的表，第一波掩护炮火现在从头顶呼啸而过，飞向德军阵地，他像坐在戏院的看台，低头望着己方的前线，以及连指示他发动进攻的人也不指望攻破的敌军前线。抑或是包厢，那可不是普普通通的包厢，而是皇家的：神圣使命的牺牲品高高在上，观看执行自己死刑的准备工作，他看的不是戏的最后一幕，而是从此退居幕后前他自己的谢幕,他幕后的职责无非是装备赢得光荣牺牲和名留千古的参战各师;从现在起,除了荣誉和为之赴死的机会,他的职责是要争取每一份希望和权力。他当然可以临阵脱逃,但逃往哪里?投奔谁?肯收留一名法军败将的恐怕只有远离战火硝烟的人:荷兰人吗?德国人的入侵让他们脱离了常规;西班牙人吗?与葡萄牙人一样,穷到掏不出两天的路费换个环境,排遣心中的郁闷,不论哪种情况,就说西班牙吧,都不值得他赌上自己的身家性命和仅剩的一点名声,他最后打消了这个念头:战争和酒是男人再穷也舍得掏钱的两样东西。哪怕老婆孩子光着脚,男人也一贯肯掏钱买酒、买枪,想想还不止这些。一个打算经营酒这一行的人最不愿去找对手借钱。一个备战的国家却可以向它旨在消灭的国家伸手。

他没打过败仗,但他搞过兵变。停止炮击的时候,他甚至没看山下的战场,仅仅看了一眼手表。他用不着看。扛着几颗将星看了三年,他俨然成了一名专家,不仅能预知胜负,而且几乎能分毫不差地预测时间、地点,什么时间点和地形没有敌人、比较安全——关于这,即使他不了解发动进攻的部队,就目前来说,他昨天挑中这个团,一方面在于他不仅清楚这个团的状态,而且了解该团团长对手下的信心,以及这个团取得的战绩;再说,也清楚靠它掂量该师另外三个团的轻重;他知道这个团会不遗余力地发动上司要求他发动的猛攻,不过,倘若这次事先安排好了的败仗意味着该团暂时遭到重创,甚至从此一蹶不振,对另外三个团的兵力和士气也无足轻重;正如军长相中这个师,他这辈子也想不明白,也不会透露自己为什么要挑这个团。

他望着颤动的表针,只等时间一到,奉命突破前线的全体官兵都冲进敌阵。他抬起头，却什么也没看见，这时候应该到处是冲锋和仆倒的官兵的地方却空空如也；只见几个身影缩在己方的胸墙下，这哪是在冲锋，分明是在喊、在叫，拼命地打着手势，要他们退到战壕里去，分明是不听军官和士官、连排长和他的指挥。他当即明白出了什么情况。他没有慌乱；这是专门对付我的一出，他心平气和地想着，并将望远镜放进胸口的镜盒，扣上盒盖，指着通往军部的电话对一旁的副官说："就说士兵连战壕都没出。请他们批准我发动炮击。就说我这就出去。"说完抓起另一部电话，对着听筒喊道："我是格拉尼翁。给我两组掩护炮火。一组重新瞄准敌阵。另一组瞄准——瞄准该团身后的交通壕，没有军部的命令，不得给我停火。"说完放下电话，转身走向出口。

"报告长官！"拿着另一部电话的副官喊道，"拉勒芒将军有话要对你说！"但这位师长却头也不回地走到露出了光线的坑道口，接着驻足听了一阵头顶呼啸而过的炮弹，看他冷静、超然、专注的神情，倒像是一名传令兵、抑或是一名通信员，奉命出来查看开没开炮，再回去汇报情况似的。他为自己前途这座大厦垒上第一块基石，如今已时隔二十年，那时候，他袖口上荣获的第一条穗带尚未褪色：一名指挥官只有遭手下的怨恨、至少畏惧，不为愤怒所动，手下才会随时随地、不顾一切地为他卖命。他站着，并非止步不前，不过是稍稍迟疑了一阵，又扬起脸，仿佛一名分外小心的通信员，免得他要汇报的长官问他凭据，或者命他再跑一趟冤枉路，查实一下疏漏，他想：只可惜我也没料到他们恨我恨到拒不从命，我当初也想不到手下对指挥官恨之入骨，更想不到今天早上士兵能恨入骨髓，身为士兵，他陷入了沉思。当然。收回成命,停止炮轰,让他们冲过来;到时候一笔勾销,不予计较,到时候我只要说还没发动进攻,他们愿意为我赴死,届时谁也不会反驳我,因为能反驳我的人都命丧战场;他想,他并不认为这好气又好笑,不过是一种心情:一个造了反的团把守前线,不出十到十五分钟就能传遍全师上下,毁掉整整一个师。之后连给他下令的那帮家伙都会感谢他们送的这份厚礼;他又迈开脚步,走了一千米,快到了小车等着他的交通壕尽头;这一次他没有停步,一步不停;他不知道走了多久,甚至不知道听了多久:现在不再是一个团背后零星的炮火;在他听来,仿佛双方的炮火从一个炮阵蔓延到另一个炮阵,传遍了全线,想必全线各个部队都发动了猛攻。他们果然冲过来了,他想。他们果然冲了过来。全线崩溃;不单单是一个造了反的团,而是我方的全线;他忍不住转身跑回战壕,心想,事已至此,你现在已无力回天——他恢复了镇定,或者说起码恢复了训练有素的军事逻辑和常识,为了挽回败局,哪怕他不得不发挥他所谓的状态(这时候也叫作才智,兴许是急中生智):昏了头。他们这时候凭什么发动进攻?连我都不清楚,德国兵何以晓得我的一个团要造反?就算他们知道了,他们舍得一次干脆以一个团的代价送给比代德军元帅这个官位?——他又迈开了脚步,大声说:"那是一个行将没落的将军闹的笑话。"

两门野战炮几乎贴着他的车开火。拂晓时分,他下车时没见过这两门炮,就算他说了,司机也不可能听见,况且他也没说。他一边上车,一边做了一个命令的手势,挺着身子,面向由近而远的隆隆炮声,正襟危坐;到了司令部,下车,他仍然不动声色,起初甚至都没看见等在大门口的军长,他随即转身,不紧不慢地返回小车,军长追上他,抓住他的胳膊,拽向等在一旁的司令部的小车,他仍不肯就范。军长提了军团司令的名字。"他等着我们呢。"他说。

"那好,比代。"师长说,"我要比代亲自下令开枪。"

"你就上车吧。"军长说着,又抓着他,几乎硬将他推进了车,接着自己也跟了进去,关上了车门,小车打着了火,勤务兵只得跳上飞驰的车斗;不久,他们也沿着天际炮声震天的平行战壕一路疾驰,师长正襟危坐,一动不动地盯着前方,军长靠着椅背,望着他,或者望着那张看不见,但又分明不动声色的脸。"他要是不答应呢?"军长说。

"但愿他答应。"师长说,"我只要你答应我去绍讷蒙请罪。"

"你听我说,"军长说,"你难道还不明白,败也好,胜也好,或者说怎么吃的败仗,甚至有没有发动进攻,比代都无所谓?反正都无碍他的前程?"

"哪怕德国佬消灭了我们也在所不惜?"

"消灭我们?"军长反问道,"你听我说。"他抬手往东一指,车虽开得飞快,他的手却一动不动,师长这时候兴许明白了喧嚣为什么传得更远、更快、耳不能及。"德国佬才不想消灭我们呢,就好像我们也舍不得消灭他们。你难道还想不通?少了一方,我们谁也不存在!哪怕法国不剩一个授予比代司令的人,哪怕只剩下一个二等兵,德国佬也要在法国挑上一个人,将他提到够这个资格的级别?比代没相中你,因为你是查尔斯·格拉尼翁?而是因为这一次、这一天、这一刻你是格拉尼翁师长。"

"你说我们?"师长追问道。

"我们!"军长说。

"这么说我败了,不是今早六点败在前线,而是前天败在你的军部——要不,是十年前,或者四十七年前。"

"此言差矣。"军长说。

" 我损失了一个团。没死在敌人的进攻之下,却死在宪兵司令的行刑队之手。"

"他们怎么死要紧吗?"

"我认为要紧。他们死得其所,那才是我的战绩。"

"呸。"军长啐了一口。

"我损失的不过是区区一个查尔斯·格拉尼翁的名声,保全的却是法国——"

"你保全了我们。"军长说。

"我们?"师长又追问了一句。

"是我们,"军长铿锵有力、不无自豪地说,"中尉、上尉、少校、上校、中士都有一样的待遇:有朝一日名列我们国家的将帅榜、灵柩安放在荣军院的机会。"

"只可惜美国人、英国人和德国人无'荣军院'一说。"

"好啦,好啦,"军长说,"单单为了换取耿耿忠心,承担一点小小的风险,谈不上什么荣誉,小赌一把,与呆头呆脑、因为必输无疑就活该被埋没又有何异。败了。"他说。"败了。查尔斯·格拉尼翁,你不到四十五就平步青云,从中士做到了师长,换句话说,四十七岁——"

"然后丢了官。"

"两个月前指挥庇卡底①的那位英国中将不也是吗?"

"三年前在比利时失之交臂或指挥失当的反正是那个德国佬。"师长说。"他自认为在凡尔登能大获全胜。他自以为贵妇小径这个起了一个女里女气的名字的地方一攻就破。"他说,"所以说不能说我们打败了对方,因为我们都没交过火。造成官兵大批伤亡的纯粹是因为明争暗斗。我们大家:上尉和上校们,英国人、德国人和我们齐心协力,背后是光荣传统这条牢不可破的防线,给予和索取……索取吗?连四分之一都得不到——"

"鬼扯。"军长又啐了一口,"我们的敌人是人,许许多多、来势汹汹、叫人头痛、垂头丧气的一群人。他每一段不光彩的历史,都会有一位伟人从天而降,犹如一名奶场女工进了厨房,拿手中的兵权做搅棒,笼络、灌输和锤炼可塑的大众,甚至有意将他们团结在一起。但绝不是始终,或者说不会长久。好比今早在那里——"军长又做了一个简单明了的手势。

"好比在那里什么?"师长问。军长道出了恰恰是总司令一个小时内要说的话:

"你连出了什么情况都不清楚?"

"我损失了查尔斯·格拉尼翁的名声。"

"鬼扯,"军长说,"我们毫无损失。我方不过是突然面临着一场意外。我们将他们拖出了不光彩的泥潭;要不了多大工夫,说不定就能扭转全球的局面。可惜他们永远办不到。与你今早一样,他们全线溃败。他们一向如此。我们却不,也不会溃败。我方甚至能不容他们分

---

① 法国旧省,法语为 picardie。

辩,及时将他们拖出泥潭,再说他们还会溃败。但我们却不,溃败的不是我们。"

司令也在等着他;他们只好停了车。车刚一启动,师长又干脆、冷静、几乎不动声色地提了一次:"我肯定要毙了他们。"司令不置可否。但师长也无这个指望。再说军长向他汇报,提到该团的番号、人数,以及自己两翼的其他几个师的时候,两个人三言两语、话留一半,他只当卖个耳朵,最后两个人的话声仿佛全线漫长的镶嵌图,分不清彼此。

这里听不见炮声,而且从未有过耳闻,他们在公馆大门口对了口令,进了庄园,车脚踏板上站了一名向导,免得他们在迂回曲折的洛可可式入口转晕了方向,车径直绕到楼侧,驶过一个勤务兵、信差和突突的摩托车来回奔波的庭院,经过——师长既没注意,也不关心——两辆飘着另外两位军长将旗的汽车,第三辆是辆英国车,第四辆在大西洋这一岸还没见过,车上了公馆背后的一条车道,径直开进一间拥挤、简陋、比衣柜好不了多少的斗室,斗室嵌在意大利风格的公馆,就好似结婚蛋糕上插了一枚锈迹斑斑的马刺,军长就在这里处理军务。

一帮人都在。集团军下属的另外两个师的师长,两人留着大胡子,由于一日三餐有条有理、顿顿美味佳肴,把两人养得仿佛两柄大勺;要是军装显眼的位置系一件紧身褡,英方参谋长怕是早不见了百折不挠的朝气,他戴着鲜艳的绶带、金穗和鲜红的领章,留着雪白的头发和胡子,生着一双冷冰冰、充满敌意的蓝眼睛;美军上校一副波士顿航运大亨的派头(他还真是,或者至少是一个大亨的限定继承人），确切地说，是一副十八世纪的面孔：上辈或祖上二十五岁就金盆洗手、不再来往非洲贩卖黑奴，而立之年跻身上流社会。三年来，他一直是座上客，当时他的祖国尚未参战，秘密会议上他一副嘉宾那一本正经、老姑娘似的、一概不赞成的派头，说是派头，也是素质、风姿，说句实话，他简直是一个维多利亚时代的人，穿着老父亲传下来的鞋和诺森伯兰郡①车把式那种粗陋的皮绑腿（鞋和绑腿都擦得锃亮，只可惜购买于不同的时间和地方，所以颜色始终配不上，何况分明也是从两个地方买来的弹药袋，这套皮具分四种色调），朴素的马裤，一色的短夹克，从胸口到喉结高突的领口干干净净不见哪怕一枚勋章，脑后再加上一个古板的滚边亚麻领，像极了牧师的硬白领。（说到这件制服，确切地说穿这件制服的人还有一段掌故，六个月前的一天早晨，上校到各个食堂查看伙食，当时美军司令部刚刚成立不久，一名穿了一条英军军官贝德福德灯芯绒裤和一件伦敦裁缝量身定做的长摆制服的下级军官出现在他面前——他不是波士顿人，而是一个纽约人，领口一直扣到了喉咙；上校以后还会见到许多这种制服，可惜当时还不行，因为那是1917年；这个小伙子有些腼腆，也可能是胆怯，与他打的许多先锋一样，他总是让别人先上，上司冷着银行家似的眼睛，当即说道："你以为我口下留情？款式难看，品位低下，人模狗……"上校紧跟儿又笑着改了口："凭什么不？他们1783年输的一仗教会了我们兵法；1917年，他们不会反对借给我们服装，为他们挽回一局。"）

马马·比代、总理、戴塞斯元帅等人的众矢之的，师长沉着、余

---

① 英国英格兰东北部一郡。

恨难消并不是要为自己讨一个公道,而是为了还他从军这些年来的一个清白,他这个司令二十五年前来到日头火辣辣的非洲不是为了打仗(这是后话),连一般人立功升官的功利心都没有,而是一心为了扣在军裤里的肚子,这个肚子陪着他(甚至先他一步)从小兵到连长、团长、旅长、师长、军长、司令一路平步青云,和他肩上增加的将星,以及用兵的天赋一样无人敢动,也没人能动,只不过少了当年的冷酷,这位壮实、大腹便便的小个子男人仿佛到了五十岁退休享福的蔬菜贩子,十年后不情不愿地套着一件不合身的列兵制服去参加化装舞会,制服上别说一条绶带,甚至不见一个表明军衔的肩章,而这十五年来,他本人却是军校学员学习军容军貌的榜样,同时又是战地指挥官带兵打仗、挂在嘴边四年的一句口头禅。

几位军长、司令落座的时候,他却没请这位师长坐;就这位师长所知,司令甚至都没注意到他的存在,把他一个人晾在那儿,他无意中记下了无聊乏味的各团各师,不仅记住了它们在前线的位置,还记住了它们以前的战绩、它们的发家之地、军官的名字和履历,军长说得简明扼要、语速飞快,语气中听不出惊慌和担心,不过是警惕、严格、小心。师长似乎没注意——或者说没特别注意司令,再说他什么也没看:自从进门那一刻起,他就一直定定地望着司令,或总司令方向,他回过神来,不仅不晓得什么时候眨过眼睛,而且自认为没有必要眨,总司令也在听,虽说他想必镇定、礼貌、漫不经心;师长突然意识到司令盯着他看了好一会儿。接着其他人似乎也回过了神;军长住了口,说:

"这位是格拉尼翁。我说的就是他的师。"

"啊，是吗？"司令打了个哈哈。接着用和蔼平淡的语气吩咐师长："谢谢。你好归队了。"说完转身对着军长："请接着说。"接下来的半分钟是军长的声音；师长眼睛一眨不眨倔强地呆望着，眼睛一眨不眨倔强地望到军长又住了口，不等师长收回目光，就听司令又说道："真有此事？"

师长站在那儿、姿势算不上中规中矩，两眼出神但倔强地望着总司令头顶方向，郑重其事地请求执行全团死刑。司令默默地听他说完。

"收到，同意。"他说，"归队吧。"师长没动。他兴许没听清。司令又坐回了椅子，头都没回地吩咐军长："亨利，你陪这几位先生去小客厅，叫人拿红酒、威士忌、茶，他们想喝什么尽管差人去拿。"说完，他又操着一口差强人意的英语说："我听说过美国的可口可乐。可惜我现在还拿不出招待诸位。但我希望很快就能替你们办到，呃？"

"谢谢你，将军。"上校操着不错的法语说，"只要是德国的条件，我们决不接受。"

说完，一行人走了出去，带上了门。师长还是没动。司令望着他。语气依旧那么和蔼，不带一丝询问的口气："一师之长。你从非洲一路走来，立下了汗马功劳，格拉尼翁中士。"

"你不也是——"师长说，"马马·比代。"他冷冷地说，语气不阴不阳，喊出的名字也少了背人时的私密，兴许只是在能称兄道弟的情况下，他刚担任非洲团的副官、师长已然是一名中士那时候，下级觐见司令："不容易，总理先生、未来的戴塞斯元帅先生。"司令依然不动声色，他依然语气镇定，但现在掠过了一丝阴影，一丝思索，甚至稍稍有些吃惊，尽管师长可以说，但他至少没说出口。总司令说：

"看来我的权力太大了，连我都不清楚，都不敢想。你一进门，我就觉得兴许我应该向你道歉。现在坚定了我的想法。"

"你何苦要妄自菲薄，"师长说，"一个荣立了那么多军功的人怎能怀疑自己一贯正确？一个荣立了那么多战功的军人怎能心存疑虑？"

司令盯着师长看了一会儿，说："你难道还不明白，这三千个兵或这四个人的生死已经无关紧要。现在不是杀几个三千人就能补救或改变得了的。"

"你是狡辩。"师长说。"法国人死了何止十个三千？"他说，"你恐怕会说，是被别的法国人残杀的？"他又说了一遍，背书似的，毫无表情，措辞简洁："福尔热公会。费罗斐公会。飞机制造业公会。比杨库尔的民众。何况还有英国人和美国人，因为他们不是法国人，至少在征服我们前还不是。他们死了，别说三千，就是十个三千又有何妨？只要我们成功了，谁杀了他们又有何妨？"

"你说的'成功'莫不是说'胜利'吧，"司令说，"你说'我们'，不用说是指'法国'。"

师长语气平淡，用简单直白的军人口吻复述了一遍康布罗纳传奇。

"这是事实，但不足以服众。"司令说。

师长又旧话重提："对我，是明天的一条勋表，在您，是您此生的一柄权杖。既然我的勋表不过值区区一个团，对您无异于一根毫毛。"

过了一会儿，司令说："你究竟想要我做什么，送你上军事法庭。你这是逼我做出选择，要么送你去见总司令，要么硬逼你自己走。"

师长没动。他也不打算走。他们都心知肚明。"回你的师部吧,"司令说,"只要元帅愿意在绍讷蒙接见你,我立刻通知你。"

他随军长回到了军部,上了自己的车;他兴许连军长没留他吃晚饭都忘了。再说他也不在乎。就算军长留了,他也会推辞。总司令吩咐他返回自己的师部:这是一道命令。他恐怕都没发觉自己违抗了命令,上车对司机交代了一句:"去前线。"尽管为时已晚。这时候将近两点;这个团恐怕早就被撤下前线、解除了武装、换上了另一支部队;这时候来不及看它被消灭,亲眼一睹它玩完,就好像当时他站在交通壕,看看炮兵有没有停火。他好像一名隔了两三个小时才赶回厨房的大厨,这时候,锅里的菜已经烧焦、说不定锅已经爆炸,他不是去帮忙,亦非是指点如何收拾,不过是去看看收拾完残局后还剩下什么;他回到战场不是为了惋惜,因为惋惜徒劳无益,不过是去看看、核实一下,他甚至都不去想它,什么都不想,一动不动,若无其事地坐在行驶的车内,心仿佛装在保温瓶的水,执意要不惜一切代价为自己的职务讨一个公道、还自己一个清白。

起初他还不清楚是什么吓着了他、让他吃了一惊。他喝道:"停车。"接着在清晰的沉寂中坐在停下来的车内,他从未见识过这种沉寂,因为这里除了枪声就是炮声:他不再是一位在后方指挥车内坐镇法国前线的指挥官,而是一个趴在比利牛斯山村外一道石墙上的性格孤僻的孩子,据相关记载或可靠的消息,他从小失去双亲;他听着蝉在战壕外一片被柯达炸药炸得乱糟糟的芦苇丛中唧唧地鸣叫,去年冬天,一架坠毁的德军飞机形同骨架的机尾在这儿划了一条界线。接着他又听到了云雀,高得看不见,像水又不完全是水,仿佛四枚小金币不急不缓地落入一个悦耳的银杯,他和司机对望了一眼,最后他厉声吼道:"开车!"——车又开动了;一点没错,又是云雀,天空一碧如洗,接着又是一阵难以忍受、来之不易的寂静,他恨不得捂住耳朵、抱着头,最后还是云雀为他解了围。

隐蔽在偏僻处的两个炮兵阵地现在没开火,它们不仅坚守阵地,两翼还有一个排的重型榴弹炮,炮兵们默默地望着他迈着大步走了过来,他身材魁梧、年富力强,看上去体强力壮;他扛着将星、气宇轩昂,在这片目所能及的地方,一副高高在上、舍我其谁的派头,恰恰因为这几颗将星,只要他不发话,谁也不敢造次,别说究竟从哪里传来的消息,说是他下令停的火,从军这些年,他听说不必亲眼一见,就能知道战争在军人脸上留下了抹不去的痕迹,但至少他现在见到了和平在军人们脸上写下的印记。因为他现在知道,沉寂不仅蔓延到全师的前沿阵地,甚至扩展到了两翼;军长和司令几乎异口同声地说:"你不可能不了解现在的情况吧。"他现在总算明白了他们的意思,现在想来,就算军事法庭判我无能也实属应当。这场战争结束了,他们不必送我上军事法庭,因为谁也不会在乎,谁也不必单纯凭军规为我伸张正义。

"这儿谁负责?"他问道。不等那位上尉回答,大炮后闪出了一名少校。

"我是格拉尼翁。"师长说,"不用问,你在坚守阵地。"

"是的,将军,"少校说,"是那道命令下令撤退的。怎么了,将军?出了什么情况?"——最后一句是对着师长背影说的,因为他已经转身、昂首挺胸、迈着大步走开了,只可惜有些轻率;接着一个炮阵开了火,一阵齐发,噗啦啦地落在两公里、也兴许开外的地方;他身材魁梧、体格健壮,从容不迫地迈着健步,心中突然闪出、流出,或者说涌出吧,如果他还是当年那个放心地躲在废弃的比利牛斯山围墙内的没爹没娘的少年,涌出的恐怕是泪水,且不见得比现在清楚,不见得比现在悲伤,而是倔强。接着另一个炮阵开了火,一阵齐发,这次的落点不足一公里,师长没有却步,迈着不大不小的步子改变了方向,他没有进交通壕,而是身手敏捷地爬上了战壕,进了一片坑坑洼洼的地,他没有跑,而是走得飞快,等下一个炮阵开火,他已经走出了好远,这次开火的是他刚离开的一个炮阵,几个炮阵地轮流打出一排排炮弹,仿佛营造了这段寂静的人刻意以整齐、漫无目的猛轰引起人的注意,每一阵隐约的轰鸣都仿佛在说:"听见了没?听见了没?"

第一旅旅部设在一座沦为废墟的农舍的地下室。有几个人在场,但即便他睁大了眼睛,进去好久才认出他们。紧接着他挣脱了拽着他胳膊的副官,又走了出来。进攻失败时,副官一直在观察哨陪着他。他接过酒瓶,还带着副官体温的白兰地清汤寡味,喝在喉咙里如同变了味的水,没滋没味。在这里,他总算能独霸一方,做他的格拉尼翁将军,不必做格拉尼翁师长。"什么——"他问。

"来吧。"不等他说完,副官连忙接口说道。但师长胳膊一抖,又甩开了副官的手,没有跟着副官进地下室,而是在副官前面,几步走进了农家小院,接着停下脚步,转过身。

"你说。"他说道。

"他们连你都没说?"副官问。他没答话,站在那儿一动不动,壮得像头公牛;壮得像头公牛,而且相当地镇定。副官告诉他。"他们下令停火。我们全线——不单是我们师和我们军,而是法国全线——除了空中侦察和那一角的炮阵地,中午时分全线撤退。空军并不越界,只是沿着我方前线上下巡逻,炮兵接到的命令不是瞄准德国兵,而是我方与他们之间,美国人所谓的无人地带。德国佬的炮兵和空军也和我们一样;英国人和美国人接到的命令是十五点撤回,为的是试探德国佬是否在他们之前回撤。"师长盯着他:"你说不仅仅是我们师,而是全体官兵,我们和德国佬?"副官这才看出,即便到了现在,师长也没明白过来。"是全体士兵,"副官说,"士兵。不单那个团,也不单我们师,而是我方全线的列兵,还有那德国佬,我方刚一停炮,他也立刻开始后撤,他原本可以趁机发动进攻,他想必看出我们团撤出阵地,发生了兵变;他做得更绝,甚至都没劳动炮兵,仅仅出动了空军,沿着敌方前线上下巡逻,连界都没过。但他们十五点前肯定不清楚他们面前的英国人、美国人和德国佬的想法。是士兵们干的;连中士都不清楚、没发觉、没听到一点风声。谁也不清楚他们是不是恰好事先定了一个与我方进攻巧合的日子,再不就是他们掌握了我们团事先准备的一个暗号,当时拿准了今天早上能通过——"

"你撒谎,"师长说,"你说是全体士兵?"

"对,前线中士以下的全体士兵——"

"你撒谎。"师长说。接着他又耐着好大的性子说:"你难道还不懂?你难道看不出一个乱了分寸的团的分别?——这事随时都能落到一个团的头上;这个昨天拿下一个阵地的团,仅仅因为今天临阵脱逃,明天就能攻下一座村庄,甚至一座防守森严的城市?你莫不是想告诉我这个吧(用词还是那么简洁、一副军人的口吻)。这些士兵,"

他说,"元帅和将军等军官今早下的那道命令,命令只许败,不许胜;参谋和专家按失败这一标准制定了作战计划;为这次失败,我贴上了一个兵变的团,更有甚者,许多元帅、将军和军官不惜毁了我的名声,从中捞取好处。这些兵。我带了他们一辈子,和他们一道出生入死。他们死在我的手里:是可以这么说,但直到他们成就了我的前途,再也阻挡不了我的前程那一天,我一直身在战场,带领他们冲锋陷阵。不是这些兵。他们明白,哪怕你们不懂。恰恰是那个团应该能明白过来;他们明白按兵不动承担的责任。责任吗?自不必说。我原本可以袖手旁观。倒不是为了我的名声,甚或不是为了我自己或我手下这个师的荣誉,而是为了保其他各团和我们全体士兵、普通士兵将来的平安,别因为明天或明年一个团临阵脱逃、造反、拒不从命白白丢掉了性命,那时候我定斩不饶——想了想,还是那时候。我说了那时候;不是现在,是那时候。"副官瞪大眼睛,惊讶、将信将疑地望着他。

"不能吧?"副官说,"你当真以为他们停战是成心要罢免你这个师长的权力?你当真要处决他们?"

"并非为了我的名声,"师长忙说,"也不是为了我的荣誉。而是这个师的荣誉和英名。难道还有别的不成?他们难道还有别的动机——"说着,他痛心疾首地眨了眨眼睛,副官趁这工夫从口袋里掏出一个瓶子,拧开瓶盖,硬塞进师长的手中。"这些兵。"师长说。

"拿着。"副官说。师长接过了酒瓶。

"谢谢。"他说着,将瓶递到了唇边。"这些兵,"他说,"这些部队。都一个心思。他们藐视、对抗的不是敌人,他们藐视、反感的不是敌人,而是我们,我们这些不仅与他们一同出生入死,而且身先士卒,唯愿他们建立功勋,只要他们鼓起勇气的军官……"

"喝吧,将军,"副官说,"别急!"

"好。"师长说。他喝完,把酒瓶递了过去。"谢谢。"说着,他使了个眼色,不等说完,自从他荣获第一颗星那天就在他帐下听差的副官立刻掏出了一块洗得洁白、叠得跟熨过似的手帕。"谢谢。"师长又道了一声谢,接过手帕,揩了揩胡子,擒着抖开的手帕站定,痛心疾首地眨了眨眼睛。坦率明白地说了一句:"算了,不说也罢。"

"是吗?将军!"副官应了一句。

"呃?你说什么?"师长问。接着又接连眨了几下眼睛,只是少了些痛苦,也不是很快。"唉——"他叹了口气,转过身。

"我陪你去?"副官问。

"不,不必了,"师长说着,迈开了脚步,"你留在这儿吧。他们恐怕需要你。说不定还有别的师……"他突然收住话头,又迈起了健硕的步伐,炮兵们站在对面的战壕沿上望着他拿着一块抖开了的手帕走了过来,仿佛奉命打着一面他羞于、为之痛心的休战旗。少校向他敬了一个礼。他还了礼,钻进了小车。司机早就将车掉好了头,载着他疾驰而去。德国佬坠毁的飞机离这儿不远,他们很快就到了。"就停这。"说着,他下了车,"你往前开,我过会儿去追你。"不等汽车开走,他就翻过了堤岸,拿着那块手帕进了那片被柯达炸药炸毁的芦苇丛。就是这个地方;他做过记号,不必说,他不期而至想必惊到了这头小小的野兽。但它应该还在这里;他耐着性子,蹲下身,轻手轻脚地拨开芦苇秆找着,他兴许能看见它淡定地伏在比利牛斯山的草丛中,只等他静下心来,恢复他的出身、门第和与生俱来的幽静,修女们——神父届时将亲临这里，他殚精竭虑的眼睛，轻柔的手，只可惜没有子嗣，这双手从未爱恨交加、喜忧参半地爱抚或打过传承了他的血脉，承载着他偏爱、希望和骄傲的孩子一巴掌，他兴许比修女们聪明，却不如她们体贴，但绝不缺乏怜悯心，他不像修女们那样无知——修女们说："众生的母亲圣母就是你的母亲。"不行，他不要众生的母亲，也不要圣母，他只要自己的母亲，只要静下心来，等到那个小小的生灵习惯了他不期而至，继而试探着轻轻地发出第一声蝉鸣——一声悠长婉转、将信将疑的鸣叫，又好似试探他是否当真来了，是否当真做好了准备；接着，他轻声对着面前被正午的日头晒得滚烫的石头，他当初没错，这哪里是比利牛斯山的知了，但准定是它们北方来的姐妹，在一堆锈迹斑斑的机器、大炮，发黑的电线和烧焦的树枝间的什么地方细声细气、悄悄地叫个不休——不出他所料，叽里咕噜，仿佛出自沉睡的火门附近沉睡、紧闭的炮口。

师部设在原先的主人口口声声说的我的乡间别墅，他在巴黎证券交易所赚了几百万，回家乡建了这座宅子安置一名阿根廷情妇，他不仅要建成一座地标，还要让长辈、市长、医生、检察官和法官瞧瞧，当年他们说一辈子不会有出息的那个孩子和小伙如今衣锦还乡了。军方一提出征用这座宅子，他当即凭着一腔爱国之心和报国之志满口答应，因为那个阿根廷情妇受不了人家在背后指指点点，早就离开了巴黎。

军部发来一封电报。要他，*明天十五点，务必赶到绍讷蒙。摩托车来接你前，不得擅离师部。*他将电报揉作一团，连同副官的手帕一块儿塞进了制服口袋；又回到了家（自从十八岁那年他第一次穿上军装起,他所谓的家就好比海龟的龟壳,走到哪儿哪儿就是家),还有漫漫、空虚的五六个小时天才黑。他想到了酒。他算不得一个酒徒;见到酒之前,他不仅从未想过,人家像副官那样把酒塞在他的手上之前,他好像都忘了世上竟然还有酒这玩意儿。他当即毅然决然地打消了这个念头,好像他当真是个酒鬼似的:虽说接到军部的逮捕令那一刻,他已不再是格拉尼翁师长,但格拉尼翁师长还得继续存在五六个小时,兴许还要一两天。

他突然明白了自己的本分,离开营房,退隐自己的一方小天地,他经过自己的卧室,这是一间蒙了板的斗室,那位百万富翁所谓的军械库,藏着他那把一发子弹没打过的猎枪,一个购自同一家商店、放在架子上的雄鹿头(品相算不上好)和一只鳟鱼标本,他走进三名副官的卧室,这其实是那位百万富翁和情人幽会的爱巢,似乎还留着那位阿根廷女人的气息,只可惜没人说得清,因为这里早不见了她的踪迹,除非她是北方人杜撰、深信不疑和痴迷的那个伤心欲绝的女鬼。他在一个旧箱子里找到了那本书。书是司令部人员的私财,由一位副官负责随身携带。这本书早不在人世的主人仿佛又出现在眼前:他是他昔日手下的一名参谋,瘦瘦高高,文质彬彬,一副无精打采的样子,师长不晓得怎么一度怀疑(很可能是错的)他的性取向,他接手这个师前不久,这名部下才进入这个(当时的)旅的大家庭,将军发现,他一样出自一家孤儿院,无名无姓,师长私下里不由得有些自卑,这一事实,不是这本书,而是阅读本身才让他明白,人家并非细细地咂摸,也并非一目十行,肯定也不是埋头苦读,因为他是一名合格的副官,终于有一天,在师长眼中,那本卷了角的旧书就是那名副官、副官手下的勤务兵：一天夜里，他们正等着通信员从前线带回一份旅长没顾得上签字的报告（副官是他们师的美洲豹牌小汽车），他问过了情况之后，冷冷、漫不经心、之后吃惊地听着他的回答：

"我是一名女性服装设计师，在巴黎——"

"你是什么来着？"师长问。

"我为女性设计服装。我喜欢这一行。有朝一日能出人头地。但我志不在此。我想做一名勇士。"

"做什么来着？"师长又没听清。

"我说一名勇士。可惜造化弄人，我却为女人做衣服。所以我想做演员，演亨利五世，就是演塔图夫①也好，连西哈诺②也成。可惜那不过是演戏，演的是别人家，不是我自己。接着我悟出了一个办法。我自己写。"

"你自己写？"

"对。写剧本。我自己写剧本，不仅仅是按人家的意思演绎英雄们的事迹。我为自己虚构光辉的业绩和场面，将自己塑造成一位英勇无畏、不怕困难、不畏艰险、建功立业的英雄。"

"那不也是假扮别人吗？"将军问。

---

① 法国 17 世纪喜剧作家莫里哀所作同名喜剧的主人翁。
② 法国剧作家罗斯丹的代表作《西哈诺》中的主人翁，西哈诺是一位禁卫军军官，不仅剑术出众，一个人能抵挡一百人，而且是一位了不起的诗人，可以一边与人比剑一边作诗。可是，他却长了一个特别丑的大鼻子。因而，他只有将对表妹罗克萨娜的爱情埋在心底。罗克萨娜不仅美貌纯情，且是位才女，她爱上了青年军官克里斯蒂安，克里斯蒂安却不谙诗书。关键时刻，是西哈诺凭自己的锦心绣口之才，帮助克里斯蒂安获得了爱。后来，克里斯蒂安战死，罗克萨娜进了修道院。十五年中，西哈诺一直关照着孤寂的罗克萨娜，却绝没有吐露自己代替克里斯蒂安写情书吟情诗的秘密。直到他被人暗害而濒于死亡，罗克萨娜才知道了那深深地使她激动的书信与诗歌，乃是西哈诺所作。她实际上"只爱了一个人，却做了两次寡妇"。

"我写了他们、创作了他们、塑造了他们,但那就是我。"连将军也分辨不出算不算谦虚:就算是盲从,但也算是固执和谦虚的品质。"我至少做到了。"

"哦,"将军若有所悟地说,"就是这本书。"

"不,不是这本,"副官连忙说,"这本是人家写的。我自己的还没动笔呢。"

"至今还没动笔?你在这儿有的是时间。"不晓得是不屑,抑或是刻意掩饰,或者说他兴许刻意掩饰了。副官现在并不谦虚,但也不固执;将军从他脸上看不出失望,尽管他并不气馁。

"我了解得还不够充分,只好搁笔去查资料——"

"查资料?书里有什么?"

"论勇敢的文章。论荣誉的文章,了解一个人如何赢得荣誉,之后又如何保住这份荣誉,了解人家赢得了荣誉后、怎样才能不辜负这份荣誉;荣誉和牺牲,你的怜悯和同情势必要对得起这份荣誉和牺牲,怜悯需要胆量,无愧于这份胆量的傲气——"

"胆量,怜悯的勇气?"将军不解地问。

"是的,胆量。你放下一切,怜悯别人的时候,世人却要坑害你。那份胆量要的是傲气。"

"凭什么傲气?"将军问。

"我现在还说不好。那恰恰是我想找的答案。"当时连将军也没看出这份淡定,兴许他另有叫法。"我会找到答案的。它就在书里面。"

"在书里面?"将军不解。

"对。"副官答道,可惜他死了,确切地说,一天早上,将军不见他的踪影,或者说整个上午都找不着他人。两个小时后他才找到了副官,又过了三四个小时他才弄清楚副官到底干了些什么,但他怕是怎么也想不明白他为什么、怎么去的那儿,上了前线,师长手下的一个军法处处长助理管不着,也不相干的地方,按通信员的说法,他挨着团通信员坐在一堵墙后,旁边的一个角落停了好几辆指挥车,通信员说他汇报过副官,敌人当天早上才将一门大炮瞄准了这里。大家都接到了通知,但这辆车还是开了过来,即便是副官跳起身、挥着胳膊去拦,车也没停。车不肯停,哪怕副官冲出掩体、跑上公路、挥着手要车掉头回去,哪怕通信员说他能听见炮弹呼啸而来,副官自己想必也听见了;他不会不知道车上坐的不仅是一位有钱的美国侨民、一位家中的独子就在几公里外一个法国空军中队服役、赞助巴黎郊外一个战争孤儿院的寡妇,而且还有巴黎一位身世显赫的少校参谋。获得了这枚勋章却不知别在谁的胸口,也不晓得陪谁下葬,所以干脆将它放在那个旧匣子里,由副官一个个继任代为保管;师长从匣子里拿出这本书,看了一眼标题,接着又越看越气地念了一遍,对,大声地念,差不多是大声地说。作者是布拉斯。这本书究竟叫什么?最后他才意识到他望着的一行字就是书名,这本书写的想必是一个人,想想的确如此,再回想两年前那晚的一个个片段、后果,他大声地念出了书名:"《吉尔·布拉斯》[1]。"然后又凝神静气地听了听,仿佛它发自这本合起来的书,从封面汇成一个简单的名字,好似滚滚的惊雷,轰隆的炸响,嘹亮的喇叭和号角,还有……叫什么来着?他想了想。荣誉,是荣誉、胆量和傲气——

---

[1] 《吉尔·布拉斯》,法国著名流浪汉小说。

他拿着书回到了卧室。除了行军床、箱子和书桌，屋内都是房东和那个阿根廷女人的家具。看家具的款式，无疑购自同一家店铺，兴许是打个电话，人家送的货。他从晾着酿馅鱼的窗前将那把单人椅挪到了亮处，坐下来慢慢翻开了书，他紧闭双唇、神情严肃，仿佛五十年前为画自己的肖像忍着浑身的不自在坚持坐在那里。一会儿工夫，天色已是黄昏。门迟迟疑疑地开了，接着又悄无声息地推开了一点，进来一名勤务兵，他走到桌前，准备点桌上的油灯。勤务兵点上灯，柔和的火苗噗地一闪，不声不响地将灿烂的光线洒满翻开的书页，勤务兵端来一个盘子放在灯旁，又带上门出去了，师长始终捧着书，甚至都没抬头说声"行"。过后他轻轻地放下书，扭头望着盘子，又一动不动地愣了一阵，如同他翻开书之前打量着书，打量了一眼扣着鱼、面包、盘子、刀叉和放酒杯的托盘，以及托盘上见了三年的一瓶红酒、一瓶朗姆酒和一瓶黑醋栗酒，酒还是那几瓶酒，他从没动过，几个瓶塞每天都要打开，然后再塞上，哪怕刚抹过灰尘，但每个瓶中的酒还是当初酒商和酿酒师罐装的酒，分毫不少。一个人吃饭的时候，他不用刀叉，说不上狼吞虎咽，也不是草草对付：他不过是拿面包蘸一蘸牛奶，麻利地塞进自己的嘴。接着稍稍停一停，倒不是犹豫不决，不过是想想从哪只口袋，掏出副官给他的手帕，仔细地抹一把胡子、手指，然后将手帕往托盘上一丢，从桌前推开椅子，拿起书，半举在空中，又一动不动地停在那儿，谁也说不清他是在看翻开的书，还是望着面前敞开的窗外，看或听春意浓浓的夜色，一片祥和的寂静。接着，他捧着书，好像一名患者结账前去牙医诊所最后再矫正一次牙似的，进入、迈进这本书，耐着性子一字不落地读起他先前错过、跳过、忽略的缓慢的铺垫,故事初读索然寡味、继而令人怀疑、最后啧啧称奇,他奇怪的不是人的阴暗面,那都是杜撰的角色,他自然不会相信,再说是发生在别的国家、年深月久,就算是真的,它们也妨碍不了他的前程,他是佩服将这记在心中、写在纸上的人的才智、勤奋和(他认同)能力。

纯粹出于先见,他立即醒了过来。他捡起掉在地上的书,才看了眼手表;他没有吓得一惊,也不垂头丧气,像是他事先就晓得拂晓前有充足的时间赶到那座公馆。也不是说有什么分别;他不过是打算今晚见见司令,没打算睡,也不想要人叫醒,至少从理论上说,现在还是今晚,还有充裕的时间见见司令。

传达室的哨兵放他进了门,他驱车(车上只有他一个人)在早起的夜莺唤醒春夜的歌声中隆隆驶上了直通公馆、现在看似拱得厉害的车道,天还没放亮。一名得了势的拦路强盗相中了这个地方,建了一座庄园;法国王后的一房远亲又将它改成了家乡的意大利风格;传给了承袭他爵位的子孙;后又被收归共和国;继而归拿破仑元帅;之后又落到了黎凡特一位百万富翁的手里;最近四年,这座公馆实际归法军总指挥部。师长进了庄园才注意到夜莺,兴许这时候他才体会到军权、公馆、夜莺一样都不属于他这个倒霉、把过去和将来交由总司令发落的师长。他在比佛罗伦斯画派少了几分路易情调、较二者又多了几分巴洛克风格、黑魆魆的建筑前勒住累垮了的马似的猛地刹住车,下了车、甩手关上身后的车门,砰的一声打破了夜晚的寂静,就好像将缰绳丢给马夫、连看都不看一眼马是否拴牢,然后上了通向雕花栏杆和雕花柱头的石露台那道宽敞的浅台阶,天仍没放亮。这里现在连旧式的哥特风格都荡然无存：靠门口堆着一堆两三天没人过问的马粪，就像那位威风凛凛的老劫匪昨天刚刚回来过，师长经过的时候瞥了一眼，想着北方这种白垩土种出的草料只能将马喂成一副空架子，硬是将它撑成了一个无甚用处、行走的皮囊：论速度和耐力，远不如在沙漠养大、结实、瘦小、轻巧的马，这种养尊处优的马吃不了苦，也不屑吃苦。不仅是马，人也一个德行，想想再见到法国前，我所向披靡；想想一个人长寿不过是多活了几年、几十年，我们无非是自己心中的穷人，被自己抛弃；与前人想过、说过的一样，再想想第一次冒着炮火上阵，士兵不得生还，之后他也想不了那么许多，迈着大步走向门口，沉着、果断、大声地敲了敲门。

他看到了烛光、听到了脚步声。门开了，开门的不是圣日耳曼城区那位邋里邋遢的副官，而是一名列兵，一名中年男子，套着一双没系鞋带的步兵靴、拖着背带，一只手端着蜡烛一只手提着裤子，上身穿了一件邋里邋遢的紫色衬衫，无领领圈扣着一枚模样和大小与狼牙无异的生了锈的铜纽扣。连这名男子也看不出什么异样；何况衬衫；他（师长）十五年前就见惯了这一幕，那时候比代好容易升任上尉，到巴黎军事学院担任讲师，终于又能夜夜与妻子同床共枕，妻子当年随军到了非洲、在奥兰市寻了一处阁楼，这位军人在邋里邋遢的紫色衬衫外套了一件粗呢围裙，在妻子严厉地监督下，擦洗门前的露台或台阶，妻子腰上别了一大串钥匙，每逢她对他嘀咕几句，随着他一惊，妻子腰间的钥匙叮当作响；他套着那件粗呢围裙，在餐桌上侍奉左右；显然还是当年那名军人（至少气度不凡），但肯定是八年后比代升任上校、拿的薪水能养得起一匹马时穿的衬衫，那时候，他在无领衬衫上套一件雪白的围裙,每每一惊,一大串叮当作响的钥匙下是真丝,或真绸缎衬衫,围裙下当年那双厚实的靴子如今却沾着马粪味,但插在汤碗里的还是当年的大拇指。

他跟着烛光进了那位豪侠仗义的大盗下榻过,还留着些许帝国元帅遗迹的卧室;那位元帅想必又是轻蔑又是怀疑地瞧着佛罗伦萨侯爵子孙兴许住过,也兴许没住过的这间卧室,但黎凡特人肯定住过,再看其他摆设,他才意识到,他不指望发现什么变化,尽管穿那件衬衫的人已今非昔比。他站在床头,磨损的雕花油漆踏板对面坐着司令,他靠着一摞枕头,穿的还是他二十五年前带到非洲的法兰绒睡帽和长睡衣,那时候,他手头并不宽裕,只能将妻子安顿在奥兰当地闹哄哄的人家。(他是家中的独子,外祖父是一位退休海军上士,生了六个女儿,他母亲后来嫁给一位萨伏依教师,谁知年纪轻轻就守了寡,一个人靠丈夫的抚恤金拉扯一个孩子。)丈夫第一次到前线出任副官,她一个人独守了两年空房;——面前的这个人至今不像一名法国军人,好像二十五年前的第一天就被全然,甚至愚蠢地安排错了职务,他当时的模样,就像患了痨病的小学教师,注定不是破产,就是穷困潦倒、走上绝路,他当时还不到一百磅(现在壮了些,其实是胖了,他的军旅生涯中,有一段时间仿佛一枚慢性子的爆竹,眼镜也不戴了),戴着度数这么深的眼镜,少了眼镜他无异于瞎子,就算戴了眼镜,有三分之一的时间镜片蒙上了一层雾气,他还要花三分之一的时间用斗篷角擦干,在又蒙上一层雾气前才能看得清;他给那个沙漠骑兵团的战地生活融入了寺庙的成分,类似午夜在专用无菌诊所或实验室发出的冰冷、微弱、令人难以忍受的光芒,冷冷地盯着人,他眼前的不是一个御用工具,更不是一个勇敢的小个子,以羸弱的血肉之躯凛然扛起他令人费解的长久传统和漫长的历程这副重任,就好比蚯蚓,他其实都不算一个活物,而是一台活机器;它自己其实没动,活着不过是为了输送身体那段它赖以为生的介质,如果给它时间,它能一点点地给地球挪个窝,至少让它那张贪得无厌的嘴对着无底的深渊空咂着嘴巴。冷冷、轻蔑地盯着它的嘴、肛门和黏膜,跟他自己没有似的,他说过,军队还不如蚯蚓的肛门,即使没有脚,它还能向前爬,向前冲,由于坚信这一条,他得了一个外号——最初提起来是个侮辱和嘲讽的外号,接着是惊恐和气愤,继而是愤怒,再后来是关切和干着急,因为他锲而不舍地证明的原则,不久就从自己的排推广到各个部队,那时候,他不过是骑兵连的一个不起眼的小中尉,连军医都算不上,无权无责;再后来,提起这个外号,人家不再嘲笑、轻慢和愤怒,因为当时全非洲军团都知道他坐在一顶帐篷里,向团长讲解如何解救两名在一天夜里被一帮土著骑马掳走的侦察兵,他们得手后又像羚羊一样消失得无影无踪;解救一举成功,此后,他又坐在一顶帐篷内,向将军本人讲解如何向一个至今缺水的哨所源源不断地供应饮用水,同样大获成功;1914年从充作营部的校舍搬到一个野战师指挥部,仅仅三年时间,不满五十五岁的他已是一位战功赫赫的集团军司令,背地里仅居元帅一人之下。他戴着法兰绒睡帽、身穿法兰绒长睡衣坐在洛可可式的房间内的一张华丽而俗气的床上,勤务兵又在床头的锡蜡台上插上一支廉价的蜡烛,就好像一名当选了市议员的杂货店老板进了一家高级妓院,喜出望外,但绝不是惶恐和担心。

"你说得对。"师长说,"我不会去绍讷蒙。"

"你奋战了一夜吧，"司令说，"跟哪个妞儿？"

"不明白你说什么。"师长说完，眨了眨眼睛，接着跟凛然赴死似的，从制服口袋掏出一张叠得整整齐齐的纸，上前丢在司令盖着被子的膝头，坦然、一本正经地说："用不着那么久。"

司令只是看了一眼，碰都没碰那张纸，和颜悦色地说："是吗？"

"这是我的辞呈。"师长说。

"这么说，你认为一切都过去了？"

"你说的是？"师长不解，"哦，你说战争。不，远未结束。脱了军装，我照样也能做出贡献。以前我是一名优秀的兽医。甚至在一家军工厂管理过一条生产线。（人家都这么叫，我没说错吧？）"

"然后呢？"司令问。

师长看了他一眼。"哦。你是说等战争结束。到时候我就离开法国。兴许去南太平洋。一座小岛……"

"就像高更。"司令和蔼地说。

"高更是谁？"

"他有一天受够了法国，去了南太平洋，成了一名画家。"

"这是另一个地方，"师长显然会错了意思，连忙说，"岛上人不多，用不着人替他们油漆房子。"

司令伸手拿起那张叠着的纸，掉了个头，捏着一角对着烛火，纸逮着了火，烧了起来，司令擒了一会儿，才嘶的一声丢进床头的夜壶，接着以同样的姿势溜下枕头，躺在床上，扯上了被子。"绍讷蒙，"他说，"明天下午三点……妈的，已经是明天了。"师长紧跟着也明白了过来：日夜交替，挡不住的明天往往不经意间接踵而至，你赖不掉，也躲不过；不久前的昨天，他还义愤填膺，刚到明天，他就忘得一干二净。他稍稍愣了愣，才明白司令在跟他说话："——如果世人希望停战二三十年，那就停吧。但不是以这种方式。这又不是一帮农民，地里的草割了一半突然扛起镰刀、背起午餐盒，说走就走。今天下午绍讷蒙见。"

"因为还有规章制度，"师长严肃地说，"我们的规章制度。我们要么实施，要么死路一条，尉官和校官，不论多大的代价——"

"不是我们发明了战争，"司令说，"是战争造就了我们。人根深蒂固的贪婪生出了尉官和校官，势在必然。我们要对他负责，他不应该逃避。"

"但不包括我。"师长接口说道。

"你，"司令说，"我们允许手下的兵偶尔将我们一军；那是作为兵舍身赴死的一个先决条件。他们从前、将来都能阻止战争；我们不过是要提防着他们，不让他们知道其实是他们实现了这一目的。只要他们愿意，他们能排除分歧团结一心，阻止战争，关键是我们不让他们知道有这一先例。你刚才说我们必须执行规章制度，否则死路一条。毁了我们的其实不是废除一项规章制度。用不着大张旗鼓。只要从一个人的记忆中抹去一个词就够了。但我们要谨慎从事。你知道是哪个词吗？"

师长呆呆地望着他，说："什么词？"

"祖国，"司令说着，撑起被子，准备拖过来盖住自己的头和脸，"对，你就让他们自信能阻止战争，只要他们不怀疑自己阻止过就行。"总司令说着拽过被子遮住脸，只露出鼻子、眼睛和睡帽。"叫他们相信明天能结束战争；他们就不会想今天能不能。明天。依然是明天。还是明天。只有这样，你才能坐收渔利。格拉尼翁中士凭自己的本事，以及借部下之力赢得了三枚勋章，靠的不是上帝，上帝坑了你，将军。你自认为世人受苦受难，你拯救了这个世界。今天下午绍讷蒙见。"

师长这回不再是一位将军，甚至都不如二十五年前的那位傲视一切、谁都不服的中士。"但对我，"他问，"你打算怎么处置？"

这下连睡帽都看不见了，从被窝里传来闷声闷气的一句。"说不好，"他说，"是好事。"

星期二夜

　　星期二午夜过后（算是星期三），前线贝休恩矿渣堆下，两名英国列兵坐在一条战壕里的踏跺上休息。两个月前，他们不仅从另一个角度，而且是从另一个方向望着它；那时候，这条前线与它之间的关系一成不变，似乎比记忆还要长久。但自从打开了一条突破口，那儿就不再是一条固定的战线。过去的通道当然还在，上空笼罩着炮弹的尖啸和火药味，但只有两头连着地，一头连着英吉利海峡的某处，一头通往法国的顶端，这条战线的下部犹如一根晾衣绳，随时要被条顿①这股狂风席卷而去，所以自从昨天下午三点（确切地说昨天凌晨，法国人中午时分才开始撤退）它就悬在那儿，仿佛一条快要被猛烈的日耳曼风吹断了的绳索，头顶这时候空空荡荡，因为最后一架巡逻机早归了巢，只有黑魆魆的铁丝网后嘶的一声腾起一枚照明弹，仿佛轻轻地深吸了一口气，在夜空中绽开警局太平间工作灯一样冰凉丰富的质理和色彩，悬在空中，接着像玻璃窗上一滴滴油脂悄无声息地滑落夜空，远在北方，一门炮，一门大炮间或一闪，发出砰的一声，听不见之后的爆炸，仿佛它对着英吉利海峡、五十英里外的北海，也兴许是对准比那广阔、不怕炮轰的某个目标，比如宇宙、太空、苍穹，亮着嗓子冒犯上帝、那个遥远的我，却又毫无用处：瞄准地狱那无牙、破

---

① 条顿人是古代日耳曼人的一个分支，公元前4世纪时大致分布在易北河下游的沿海地带，后来逐步和日耳曼其他民族融合，后世常以条顿人泛指日耳曼人及其后裔。

旧、没用的铁喉咙轰鸣。

其中一名列兵是个哨兵。他倚着一堵墙站在踏跺上,身边的一个垫了沙袋的射击孔放着他装了子弹随时准备投入战斗、关了保险的步枪。当兵前他想必是一名马夫,因为即便一身军装、在步兵部队打了四年仗,他行动站立仍脱不了一身马厩和马具室的味道。他不苟言笑,是个好骑手,看来要将他的罗圈腿在法国和佛兰德的泥淖发扬光大,给这里带来结实、灵巧的骏马和赌马之类的东西,他甚至戴着一顶想必是他不在人世的老爹当年响应号召、上阵杀敌的勋章一般肮脏笨重的钢盔。但这不过是猜测,凭的是他的相貌和一贯的做派,不是他对别人说的片言只语;连有幸活着与他在一个营共事的战友也不知道他的身世,仿佛1914年8月4日前他没有过去、不曾来到这个人世——他是一个怪人,没道理待在一个步兵营,下到这个营六个月(这时候大约是1914年圣诞节),他还是一个谜,指挥这个营的少校奉诏到白厅①详细汇报他的情况。——因为当局发现这个营的十一名列兵将他列为自己在部队的人寿保险受益人;截至上校赶到陆军部,这个数字增加到了二十,尽管少校在离开营部前亲自过问、做了两天的彻查,但他了解的情况并不比身在伦敦的他们多。由于几位连长也毫不知情,从士官口中听来的不过是传闻和道听途说,问到这个人、保单的金额,这十一个兵一脸的崇敬和天真。(陆军部当初接到汇报时是十一个人,截至上校赶到伦敦已达二十,再说少校离开营部已十二个小时,谁也说不清现在究竟是多少)这些兵彬彬有礼、井然有序,分明是自愿来找上士,由于他们都没有法定继承人,他们有权、帝国有

---

① 英国伦敦市内的一条街,因为许多政府机关设在这里,所以也被看作英国行政部门的代称。

义务认可他们做出这个决定。至于那个兵自己——

"您说，"简单询问过他的上士说，"他做何解释？"想了想，他又问道："你没问过他？"

这一次，少校耸了耸肩，说："为什么？"

"其实，"上士说，"连我都心动了——要是我晓得他如何出手。"

"我倒想听听有法定继承人、不能转让保险的人以什么为报。"少校说。

"显然是他们的灵魂，"上士说，"因为他们发誓要为国捐躯。"仅此而已。在英国的王法下，经它甄别、考验、证明的每一名士兵，或每一项有伤风化的活动、态度和意图，有法可依、违法必究的，都不在此列。他（这个兵）不曾违反纪律、不曾通敌，不曾衣冠不整、不曾自由散漫，或冒犯长官。上校坐在那儿，没走的意思，最后上士不免有几分好奇地问："到底什么情况？您给说说。"

"我说不好，"上校说，"我唯一能想到一个字是爱。"——跟你这么说吧：那个愚蠢、脾气暴躁、不合群、着实令人讨厌的家伙，显然不赌也不沾酒（过去的两个月，营上士和上校手下听令的中士牺牲了许多闲暇和睡眠时间，当然是暗中，突然造访地下掩体、宿舍和小酒吧，查实），他原来是个孤家寡人，但军士长或上士每逢白天走进一处地下掩体或宿舍，里面无不挤满了士兵。但都不是同一批人，每次都是一批新面孔，所以每逢发饷的那两天，全营上下，谁都好指派一个人坐在那人的床头；当然，发饷日当天或之后一两天，人家是队排上了大街等着看电影，而在地下掩体的这一间，士兵们却围着那人，往往在他酣睡的床铺或墙角，或站或坐，或蹲，一直挤到了门口，如同等在牙医候诊室内的病人，愁眉苦脸，默默地等着，就是这样，军士长和上士都意识到，要是他们（上士和中士）能走，再好不过。

"你何不赏他个一官半职？"上士说，"如果这是信仰，何不让它为英国军队添一份荣誉？"

"怎么赏？"上校反问道，"这个营都是人家的了，你拿什么赏他个一官半职？"

"你不妨把你的保险和存折过户给他。"

"行，"上校说，"请容我从长计议。"仅此而已。上校陪了妻子十四个小时。第二天中午时分，他又回到了布伦；当天下午六点，他的车驶进了该营宿营的那座小村。"停车。"上校吩咐道，他坐在车中，望着排成长长的一队人慢腾腾地移向大门，进了一间一千年来遍布法国皮卡尔、阿图瓦①和佛兰德乡间的热烘烘的石头院落，其作用分明是为了解决战争间隙赶来保护他们的盟国军队的住宿。不，上校心想，这不是电影院；看来不是什么好苗头，情况万分紧迫。他们如同排在厕所外的队伍。"开车。"上校吩咐道。

另一名列兵是营通信员。他坐在踏跺上，解下枪，半撑着枪、半倚着战壕壁，他的靴子和绑腿上沾的不是厚厚一层壕沟干结了的泥浆，而是新近蒙上的一层路上的灰尘；从他的态度中流露出的不是懒散，而是疲惫，身体的疲惫。但不是精疲力竭，恰恰相反，疲惫中还透着紧张，因此他并没有累垮，而是像他身上的灰尘，不过是带着一丝倦意，他在那儿坐了五六分钟，这期间一直在交谈，话音中听不出疲惫。回想称作和平的那段飞快的日子，他不仅事业有成，而且

---

① 法国北部历史地理区和旧省。

是一位优秀的建筑师,(私下里)他甚至是一位难得的运动健将;回想那段逝去的日子,这时候他会坐在索霍一间餐馆或工作室(运气好的话,甚至在五月墟市①的一间客厅,甚或在——至少一两次,兴许三次——一间闺房),侃侃谈论艺术,或政治,抑或人生,抑或二者,抑或三者。他是伦敦第一批志愿军,在洛奥任列兵;袖口连一条下士军阶都没有的他救了一个排,带领他们安然撤过运河;他在帕斯尚尔率领这个排拼杀了五天,并且得到了充分的认可,被从战场选拔到军校深造,肩上的一颗星才扛了五个月,就到了1916年,那晚他下了哨,走进掩体,见连长正对着罐头盒刮胡子。

"我打算退伍。"他说。

连长没放下剃刀,甚至没偏过脑袋从镜子里看一眼对方的人影,说了一句:"谁不想退?"接着放下剃刀。"你想必是当真的。行。到战壕上面去,对着你的脚开一枪。当然,谁也没侥幸成功过。但——"

"我懂,"对方说,"你会错我的意思了,我不是想临阵脱逃。"他抬起右手,用指尖飞快地摸了摸左肩上的那颗星,垂下了手。"我只是不想再要这劳什子了。"

"你想下连队,"连长问,"你爱兵,非得与他们同甘共苦、睡一条战壕?"

"确实如此,"对方说,"恰恰相反。我讨厌兵。听说他了吗?"他又抬起手,指了指外面,又垂下了手。"也闻到了他的味道。"他们身在深达六十级台阶的地下掩体,不仅响着隆隆的炮声,还要闻着恶臭,陋习造成的气味、污秽和恶臭,倒不是泥淖中腐烂的尸骨,而是因为

---

① 伦敦海德公园东面的贵族住宅区,系伦敦上层社交界。

吃住，并且习惯了这片泥淖的活人。"一旦明白了过去、现在和今后仍要过这种日子——当然认为我应该感谢上苍的恩典，继续与大家为伍，我兴许应该，有些人分明是迫不得已，别问我为什么——仅仅因为我衣服上恰好戴了这枚小小的勋章，有全民皆兵的政府替我撑腰，不仅有权对一群士兵发号施令，而且还有人家胆敢不从、亲手将他处死的大权，后来我才体会到他（下士）担得起我的担忧、嫌弃和憎恨。"

"不单单是你的憎恨、担忧和嫌恶。"连长说。

"你说得对。"他说，"我不过是不能面对。"

"不愿面对。"连长说。

"不能面对。"他说。

"不愿面对吧。"连长说。

"好啦，"他说，"所以我必须回去与他同甘共苦。只有这样，我恐怕才能心安。"

"心安什么？"连长不解地问。

"好啦，"他说，"我也说不好。兴许是永远在义不容辞的时刻靠人类所谓的希望聊以自慰罢了。那就够了。我考虑过直接去旅部。那样还省些时间。但后来，上校说不定因为我越级汇报发脾气。我要找的估计是武装部队军纪条例所谓的手段。我只是不知道谁看过那本书。"

事情并不那么简单。营长不予批准；他面前是一位二十七岁的准将，出英国陆军军官学校尚且还不满四年，荣获了一枚蒙斯星形勋章、一枚军功十字勋章、一枚战时优异服务勋章和一枚法国十字勋章、比利时君主授予的一件军功和三条伤疤，他不能，不是不肯，是不能相信自己的耳朵,何况还是来求他开恩的人说的话,他说:"你恐怕早想到了要朝脚上开一枪了吧。请先把枪抬高六十英寸。你还不如从胸墙前滚出去,什么来着?你要是有此打算,最好过了那道铁丝网。"

等他想出了对策,其实很简单。他等到了休假。他非那么干不可;他可不想开小差。他在伦敦找了个姑娘,一名少妇,虽不是一名风月场上的老手,但也算不得一个良家妇女,她与三个男人有染,两三个月前刚怀了其中一个的孩子,其中两个男人前两个星期在距涅普森林几英里的地方阵亡,另一个现在美索不达米亚,这家伙毫不知情,因此(他当时想)帮他一把,但也不是白帮——好处费是她提出的两倍,相当于他存在银行和部队的全部结余——其情节之卑鄙龌龊堪比美国电影:如果两人被人赃俱获,又给不了一个合理的解释,恐怕连负责盎格鲁-撒克逊出身的下级军官操行等第的校级德育专家都一口否认,理解不了,不敢相信。

不过确实见了成效。为了保住全团的名声,第二天一早,只好安排他在骑士桥一个兵营接待室担任参谋发言人,这也是三个月前他在法国请求连长、营长,最后是团长本人给予的照顾;三天后,他走进维多利亚火车站,排队上了一节挤满了大兵的车厢,十天前,他正是乘军官头等座来的这里,他发现自己错怪了那姑娘,一开始她跟他打招呼的时候,他险些把她给忘了。"这一招不行?"她问。

"不是,"他说,"是行了。"

"你这就归队了。我还以为你希望丢了官,不必回去了呢。"说着,她一把拽住他,连哭带骂。"那你是见天儿在撒谎。你想回去。你就想做从前那个没出息的大头兵。"她拽住他的胳膊,"跟我走。门还开着。"

"不行,"他往后一缩,说,"别闹啦!"

"来吧,"说着,她拉了他一把,"我还不晓得。你上的是早班车;明儿晚上到了布伦才会上报你不在车上。"队伍开始出发。他想随着队伍走。谁知她抓得更紧。"你难道还不明白?"她哭着说,"我明天早上才能拿到钱还你。"

"你放手,"他说,"我得上车找个角落睡一觉。"

"火车要两个小时才开。你以为我见得少吗?来吧。我家离这儿不到十分钟的路。"

"你手放开,"说着,他迈开了脚步,"再见。"

"就给两小时。"一名中士冲他喊了一声。好久没听过士官对他这样喊话了,他一时没反应过来。他猛地一甩胳膊,挣脱了身;他身后打开了一扇车厢门,他当即跳上车厢,将背包和步枪往一堆别人的装备上一丢,带上身后的门,跟跟跄跄地跨过横七竖八的腿,只听她从关起来的门缝中喊道:"你还没告诉我钱往哪儿寄呢。"

"再见。"说着,他关上门,将她留在台阶上,火车发动后,她仍扒着车门,张着嘴、不依不饶的脸在隔音玻璃外跟着车跑,最后月台上一名宪兵一把将她拽了回去,她的脸,倒不是列车,随着这一拽突然逃也似的,很快不见了踪影。

1914年,他随那帮伦敦人出征,他的关系在他们那儿。这一次,他要去的是诺森伯兰郡边民团下属的一个营。他的档案先他一步到了那里;一名等在布伦码头上的下士带他去了铁路运输处的一间接待室。中尉是他在军官学校的一名同学。

"这么说，你坑了他们一把，"中尉说，"你别给我解释，我不要听。你打算去 X 营。我认识詹姆斯（指挥这个营的中校）。去年我和他在突出部交过手。你不想下连队。话务员如何——跟一名上士干？"

"还是干通信员吧。"他说。就这样，他成了一名通信员。承蒙铁路运输处那位中尉的美言；不仅他的档案，连他过去的履历也先他一步送到了营部，他到这个营不到一个星期，又交到了中校的手里，兴许是因为他这个通信员有资格佩戴中校（他也不是一名职业军人）才有资格佩戴的勋表（他没戴是因为那是军官一族的勋章，虽说他们同吃同住，但他列兵的军装上要戴勋表恐怕不是一朝一夕的工夫）；再者说，他决不相信二者能随随便便地联系在一起。

"喂，我说，"中校说，"你不是来惹事的。你要明白，你唯一应该做的就是执行任务、完成任务、把任务干好。营里已经出了一个捣乱分子——要不是他太过分，让我们及时了解了他的为人。"他说了那人的名字。"他就在你们连。"

"我不行。"通信员说。"谁也没跟我说过。就算他们有告诉我，我也愿意，恐怕也劝不动他们。"

"连他（中校又点了那个大兵的名）也不行？你也不清楚他干了什么？"

"我又不是来煽风点火的。"通信员说，"我知道我不是密探。我现在没了这个，你别忘了。"他说着，用另一只手轻轻地拍了拍自己的肩膀。

"我还以为你忘了你曾经有过呢。"中校说，"你这是自讨没趣，明白吧。你要真不喜欢兵，干脆拿把手枪去厕所，自做了断得了。"

"遵命，长官！"通信员一副木头人似的答道。

"你要是非恨什么人不可，那就去恨德国人。"

"遵命，长官。"通信员答道。

"怎么？你就不能说句话？"

"德国人和他们的亲戚朋友都不能算人。"

"我不把他们当人，"中校说，"你最好也别把他们当人。你可别逼我要你不痛快。哦，对了，我也知道这事儿：为了做一位凯旋的首相或内阁大臣，名留青史，给官兵们灌输这个的人。为了做百万富翁，提供枪炮的人。希望有朝一日被封官晋爵发明了所谓计划的赌博和投机的人。为了赢得一场战争，钻天觅缝、哪怕是杜撰虚构也在所不惜，非得弄出一个要打的敌人不可的人。有那事儿吗？"

"有。"通信员说。

"说得好，"中校说，"好好干。别忘了就行。"他说到做到，有时候是他们执行任务，但多半是全营人马在营地休整的时候，他背上斜挎着一杆他标志性、或者说他的肩章似的没上子弹的步枪，口袋里揣几张中校或副官亲笔签名、以备不时之需的纸条。他时而想办法求过往的卡车、空救护车、摩托车边斗搭个便车、捎上一脚。在营地休整期间，他甚至像名通信兵，娴熟地驾驶一辆摩托车；时而还能看见他坐在侦察机、战斗机或轰炸机机库的空汽油桶上，炮兵或运输连的物资棚内，野战基地、医院和师部后门口，厨房或食堂或乡村酒吧玩具似的小吧台前，用他对上校说的话说，少说多听。

他很快打听出了那十三名法国兵，确切地说，是十三名穿法国军装的兵，他们的名声在英军，显然也在法军中士以下的各作战部队中

星期二夜 · 061 ·

广为传播了一年,与此同时,他意识到自己不仅是联军前线中士以下最后一个听说他们的人,而且也知道了原因:五个月前,他也是一名军官,就凭他军装上的肩章和领章,他也被永远剥夺了病休、操心妻子和赡养费、清汤寡水的啤酒以及连那杯啤酒都买不来的薪饷等简单的爱好、希望和忧虑的权利和自由;甚至被剥夺了担心战死沙场的权利和自由——承担起战争责任的战友情;其实,叫人想不通的是,他任过军官,毕竟有资格知道这十三个人。

向他透露这个消息的是后勤部队一名六十多岁的列兵,他也是萨瑟克①一个小型非国教会的会众和俗家传教士;他与父亲一样一生清白,是律师学院②下属的一家律师事务所的门房兼心腹。要不是1914年春伦敦中央刑事法庭巡回裁判,要不是审判长心地善良,而且还是这家律师事务所所长同属一个集邮协会的会友,免了他儿子因为入室抢劫银铠下狱,他儿子恐怕也会子承父业。他儿子第二天获准入伍,当年八月去了比利时,不到三个星期,就在蒙斯③失踪,除了他父亲,个个都接受了这一事实,律师事务所准这位父亲请假入伍,在于他的几位雇主都认为他过不了医生这一关;八个月后,这位父亲也到了法国;一年后,他先是想方设法地请假;请不了假,为了找儿子,他又托人找人调到了紧靠蒙斯的一个单位,尽管他好久没提过儿子,好像他都忘了来这儿的动机,记得的只有目的地,他是一名俗家传教士,那位一生清白、接替(在他眼中)管理圣奥梅尔④后方弹药库的孩子

---

① 英国伦敦大区内自治市。
② 尤指英国伦敦四个培养律师的组织:林肯律师学院、内殿律师学院、中殿律师学院和格雷律师学院。
③ 比利时南部城市。
④ 法国城市。

们的守夜人兼看护。一天下午，他在那儿对通信员说起了十三名法国兵。

"走，去听听他们怎么说，"老门房说。"你会说外国话；你能听得懂。"

"你是说其中九个人应该会说法语，是吧，另外四个人什么话也不会说。"

"他们不必开口，"老门房说。"你也不用听得懂。走，去看看他就行了。"

"他?"通信员问。"这么说，现在就剩他一个人了?"

"从前不就一个人吗？"老门房说。"两千年前一个人告诉我们同一番道理不就够了么：那时候我们只要说一句，够了；——我们，不是中士也不是下士，就是我们，我们大家，在这片泥淖中的德国人、殖民地人、法国人以及各个国家的外国人，异口同声地说一句：够了。让已经阵亡、受伤和失踪的士兵不要再干这种事；——连罪孽深重、愚不可及、没有人性的家伙这时候都能明白和相信这个道理。走，去看看他。"

可惜他迄今也没去见他们。倒不是找不到他们；他们一直在英占区，在一色卡其军装的映衬下，那一簇十三个还带着战火硝烟的天际蓝，仿佛一条苏格兰护城河中的一丛风信子。他甚至都没去找。他是不敢；他自己曾是一名军官，虽说只干了八个月，虽说他不承认，但有些事依然根深蒂固，就好比被罢黜的牧师或悔改的杀人犯，虽说他被罢黜，心里有了悔改，但一辈子都放不下从前那副臭架子；看来他断绝了哪怕一线希望，尽量远远地躲着人群，生怕走上前、穿过人群，

星期二夜 · 063 ·

别说停下脚步了；对于这一点，哪怕他告诉自己，他不信，哪有这种事，不可能，就算有，也不必瞒着上头；上头知道也好，不知道也好，又算得了什么，因为在这次大规模消极怠战前，连果断、一手遮天、不容置疑的上头恐怕都束手无策。他心想：他们耗尽最后一杆枪、一把手枪，耗尽最后一个活着的躯壳前就处决了我们那么多人。你不妨这样想：首先，他们原本是寂寂无名的中尉和低级文书，如今却沦落到制造枪弹和驾驶汽车的田地；其次，狂热和恐惧不断升级，下一个层面：专侍加油壶和飞轴^①的尉官、校官、干事和专员；接着是校级军官：校官、参议员、下院议员；再者，也是最后，是大使、大臣和准将、少将们自己无能、抓狂，应付不了慢下的车轮和熔化的轴承，几位老人家，屈指可数的几位国王、总统、元帅、昏庸无能的贵族，筋疲力尽、苟延残喘，守着他们真实、可靠和可信、仅剩的一座岌岌可危的堡垒，打算背水一战，他们凭的不是一腔热血，而是眼睛瞄得看不清、枪端得肌肉发酸、扳机扣到手指抽筋，胡乱地将最后几排无甚用处的子弹打进了海面。他说，倒不是我不信。而是哪有这等事。现在谁也救不了我们；连上帝都弃我们于不顾。

因此他认为自己甚至不是在等：不过是在观望。现在又到了冬天，从阿尔卑斯山绵延到海边的这条漫长泥泞的前线如同停了经，悄无声息；这是他们的一个好机会，连前线的部队也能稍息片刻，回忆温暖、干净清爽的日子；在他和另外十二个人看来——（他几乎没好气地想，*好吧，好吧，他们也是十三个人*）——一片土地现在不仅没荒废，而且长满了整齐的庄稼，现在没空去多想、去回忆、去担

---

① 指后勤。

心,(通信员)认为不是法之将亡,而是侮辱法纪。连被判死刑的杀人凶手也过得逍遥自在,将来只要一个小时就足够鼓起勇气好好面对,万一软了蛋也好背地里掩饰这种不足。猝不及防地不肯接受判决和执行,甚至不是平心静气,而是带着叮叮当当的镣铐跌跌撞撞地一路奔跑,如同一头驮着口袋的骡子,死神随时可以从前后左右、四面八方取他的小命,他气喘吁吁、身上蚊蝇乱飞、满身臭汗,连找个地方拉屎撒尿的工夫都没有。他恰恰晓得他在等待什么:等待这沉沉的死气中,上头最终注意到护城河中那一簇扎眼、不协调的蓝色那一刻。如今这是迟早的事;他在看一场竞赛。冬天快要过去;他们,那十三个人有过时间,可惜所剩无几。冬天眼看着就要过去:欢快的时光在脚下悄然萌动;在此之前,白厅①、奥赛码头②、那什么的大街、那什么广场的人怕是早打起了新主意,甚至动起了以前失了算的心思。他突然明白了一个道理,上头晓得这十三个人也好,不晓得也罢,都无所谓。他们用不着知道,他们有的是权力,有的是时间;他们用不着将这十三个人缉拿归案、处死:为自己开脱责任、大事化小小事化无才是他们的正事。

时间说没就没了。转眼到了春天;(现在是1918年)美国人卷了进来,急急忙忙地横渡大西洋,生怕来迟一步,分不到一杯残羹,他们现在势如破竹:昔日的德国狂澜再次横扫你兴许早想到的索姆和皮卡尔两镇,让他们学得了经验,一个月后席卷埃纳省,巴黎各个机关的文书又匆匆锁上旧公文包;五月份又连下马恩省,美军这次在夷为废墟、你以为得以幸免的城镇发动了反攻。只可惜他现在什么都不想,

---

① 伦敦中央政府机关集中的街道。
② 巴黎塞纳河畔码头,法国外交部大楼在其对面,法国外交部的别称。

他太忙了；这两个星期，他带着那杆一弹未发的步枪下到一个排，这是一支殿后部队，他一门心思地想着退路，没工夫去想，没工夫从他还不能相信的旧晨光、兴许是从牛津大辞典（他甚至看到了书页）找出片言只语，缓解心头的煎熬，但他现在年纪还小，压根儿忍受不了这种煎熬。

哦，我犯了通奸罪。

但那是在另一个国度；再说，

那姑娘已不在人世。

因此，事终于临头的时候，他没听到一点风声。风头过后，他又成了一名通信员；他拂晓时分才从师部回来，两个小时后，他在一名杂役的铺上睡得正香，一名勤务兵过来叫他去师部一趟。"你骑摩托车去。"上校说。

他应该知道什么情况。他说："是，长官。"

"你准备去军部。他们需要信使。有辆卡车到师部接你和另外几个人。"

他甚至没多想另外几个人是什么意思。他只想到他们锄了奸，现在要消灭余党，到了师部，有八名从各营抽调来的通信员和一辆卡车等在那里，他们九个人要在照理说信使为患的军部担任特别信使，他们还是没听到风声，也不了解情况，甚至都不足为怪，不在乎；在并非全然一片废墟中，哭笑不得，因为他早就知道，老早就知道了。是的，他想到了一条大蛇，比他们以为要斩杀和消灭的大得多。他在军部也没去深入了解，在接下来的两个小时，他奔波在以前从未接触过的人之间投递、交接、收取信件期间，也没多加了解——信件并非交给连部、营部办公室的士官,而是赶到运输机关、炮兵阵地当面交给少校、上校,有时候甚至当面交给将军,在那里,一列列伪装的车队和大炮停在路边,等天黑再出发,在进入阵地的炮兵连队、空军大队队部和前沿机场——现在甚至不再怀疑那张似笑非笑、始终拉着的长脸。在法国当了二十一个月的兵和五个月的军官,他没有白来,一见到它,他就明白了个中的道理。这台庞大、笨重的战争机器缓缓地刹住车,无非是为了掉个头,隆隆地驶向一个新的方向——双方你来我往、难分胜负,偃旗息鼓不是因为渐渐失去了进攻的锐气,而是犹如身陷己方成功这一泥潭,进退不能;事后,他觉得在后方一路狂奔了几天,这才意识到他始终在来回奔波;他事后甚至想不起在何时何地,兴许是一辆路过的卡车、一辆摩托车,或者他放下一封快信,又拿起一封信的某个连部、营部办公室,不知是谁说了一声:"法军今晨撤退——"他只顾骑车一路狂奔,冲进灿烂的阳光,到了这个时候,他才回过神来,他听到的是什么。

午后一点,他总算看到了一张脸——一名站在村头咖啡馆门前的下士,他在之前担任军官的那个营休息室见过。他松了油门、慢慢地停下车,但仍跨着车;这可是第一回。

"不,"下士说,"这仅仅是一个团。其实,靠全线德国兵的支持和通风报信,他们这时候采取了一次大规模的炮击。从拂晓时分打到现在——"

"但有一个团却撤退了,"通信员说,"的的确确是有一个。"下士现在根本不去看他。

"喝口酒吧。"下士说。

"再说,"通信员慢条斯理地说,"你错了。法国全线是中午时分撤退的。"

"但不是我们。"下士说。

"暂时还没有,"通信员说,"那恐怕要花些时间。"下士的眼睛望着别处,一言不发,抬起另一只手轻快地抱着肩膀。"这里还没见任何动静。"他说。

"喝杯酒吧。"下士说着,眼睛却望着别处。

一个小时后,他靠近了前线,只见硝烟弥漫、尘土飞扬,只听见天际猛烈、密集、隆隆的炮声;到了下午三点,尽管与另一个阵地相隔十二英里,他还是能听见掩护炮火渐渐散作节奏分明、几乎毫无杀伤力的爆裂声,如同礼炮或信号弹,他似乎能从海滨到法国绵延的坡地,再到年老力衰的欧洲脊梁,一眼看到这条漫长的前线,邋里邋遢、浑身散发着恶臭、这四年来都忘了挺直腰杆的士兵们或蹲或坐,惊诧、不解、将信将疑地望着这一幕,尽管他们事先接到了通知、满怀希望,(他现在明白了)他们想必如此;他几乎大声说:对,确实如此。不是我们不相信:是因为我们不能、不知如何是好。那才是他们对我们作的孽。那才是最可怕的。

仅此而已。其实有将近二十四个小时,可惜当时他不知道。一名上士在等着他们回来,当晚又在军部集合——他们师来的九个人,再加上全军其他单位抽调来的大约两打人。"这儿谁的职务高?"上士问。但不等别人回答,他又飞快地扫了他们一眼,凭他不会错的职业直觉从三十来个人中挑出了一个看样子绝对错不了的人——1912年西北前沿阵地一名受到降职处分的枪骑兵下士。"你来担任排副,"上士说,

"负责这儿的食宿。"他又看了他们一眼,说:"叫你们不要乱说只怕等于白说。"

"乱说什么?"其中一个人问。"我们晓得说什么?"

"乱说那事,"上士说,"解散,吹起床号再集合。真不像话。"当时仅此而已。

他们睡的是走廊上的地铺;起床号前吃早餐(相当不错;这可是军部);他们——他这个通信员听到的军号,日复一日地骑着摩托车在其他师部、军部、放置场、兵站扮演着一个不起眼的小角色是为了休战、免战和停战;后方上下左右、从早到晚不是一片祥和,而是一门心思地忙着准备过节。到了晚上,上士还在等着他们——他们师的九个人和另外二十四个。"话就说到这里,"上士说,"卡车等着接你们回去。"*就这些?他心想。你必须做的一切,你要做的一切,1885年前耶稣为之诉求和献身的一切*,他现在和三十多名战友坐在这辆卡车上,落日的余晖淡出天际,仿佛无边无际、波澜不惊的绝望的潮水渐渐退去,空留下淡淡的忧伤和希望;卡车停了下来,他探头查看出了什么情况——一条水泄不通、他记得是东南方向、通往布伦某地的路,现在挤满了蒙着帆布、关了车灯、一队大象一样首尾相接的卡车,他们坐的那辆卡车只好将他们丢在这里,叫他们自己想办法回去,同伴们四下散去,只剩下他一个人站在落日的最后一抹余晖中,前不见头后不见尾的卡车从他身边缓慢地驶过,最后一辆车中探出了一个头,叫着他的名字:"快,快上来……我有样东西给你瞧瞧。"他紧跑几步,追了上去,翻身上车的时候,他才认出喊他的人:圣奥梅尔弹药库的那个门房老头。四年前为找儿子来的法国,第一个告诉他十三

星期二夜 · 069 ·

个法国兵的故事的正是他。

午夜后三个小时,他坐在踏跺上,哨兵靠着射击孔,一发接一发的曳光弹扑哧扑哧传遍了漆黑的夜空,远处的大炮间或一闪,接着轰隆一声,过一会儿又一闪,接着又轰隆一声。他说着,声音矜持,听不出疲惫——这声音悦耳、口齿流利,显得漫不经心,听着也没什么引人之处。但他每次开口,脸始终贴着射击孔的哨兵都忍不住骤然一惊,就像挨了一记闷棍、疼得忍无可忍。

"一个团,"通信员说,"一个法国团。恐怕只有傻子才把战争当作一个条件;代价太高了。战争是一段插曲,一个转折点,一次为了退烧而发的热。因此战争的目的是结束战争。这是一个六千年的常识。问题是,我们耗费了六千年才找到了解决办法。六千年来,我们错以为要阻止战争只有比敌人多召集人马,反之亦然,互相残杀,最后一方被歼灭,不剩一兵一卒参加战斗,另一方才能停战。我们想错了,因为昨天早上,就因为拒不从命,一个法国团坏了大家的事。"

哨兵这次没动,靠着,确切地说是撑着战壕壁,一动不动的钢盔下枯瘦的身影分明在懒洋洋地瞥着射击孔外,除了他一动也不动、挺直的身板和双肩,好像撑着他的不是泥巴战壕壁,而是背后静悄悄、空荡荡的空气。通信员也没动,尽管听他说话的语气,好像他扭头直视哨兵的后脑勺。"你看什么?"他问。"没什么稀奇的,你说呢?——我们和他们铁丝网之间那条狭长讨厌、无主、没什么用处却又紧张的地带,你躲在沙袋后从那洞里看了四年?我们坚信的战争如今却不知道何去何从,就好像一名业余演说者搜肠刮肚地想着一个恰当的介词?你错了。你可以从那儿出去了,至少在十五分钟内你死不了。

对，大概那就是稀奇：你可以从那儿出去，挺直腰杆，放眼四周——当然是假定我们谁也挺不直腰杆。但我们能学得会。谁又能说得好？不出四五年，我们就能把颈子的肌肉锻炼得非常柔韧，为的是低着头，却不是这四年缩惯了脑袋，只等着人来抚摸；十年内，的确如此。"哨兵一动不动，好像一名盲人突然走进了危险地带，第一个征兆必定要靠残留的第二感官来解释，可惜为时已晚，回避不了。"得了吧，"通信员说，"你见多识广，昨天中午以来，你始终是一位阅历丰富的人，哪怕他们不想多费口舌，十五点前告诉你这一情况。其实，如今大家都见多识广，四年前的8月4日，我们全部阵亡——"

哨兵又惊得一哆嗦；他哑着嗓子粗声粗气地嘟哝了一句："我最后提醒你一句。"

"——这一切担心和疑问、苦恼、不幸和烦恼——因为它结束了。是结束了吧？"

"结束了！"哨兵说，"你听见该死的大炮就在你面前戛然而止了没？"

"照你说的，我们为什么不回国？"

"他们能一下撤出这该死的全线？全线空无一人？"

"为什么不能？"通信员反问道，"不是都结束了吗？"他像斗牛士撂倒了公牛、扔下只能对他干瞪眼的畜生一样定住了的哨兵。"结束了。解决了。了结了。再也不必防守了。明天我们就回国；到了明天晚上，我们说不定从妻子和恋人床上撵走走街串巷的修鞋匠和恩菲尔德兵工厂的工人——"他脑袋里突然想到他会一脚踹死他，连忙说，"好吧。对不起。我不知道你有妻子。"

星期二夜 · 071 ·

"现在没了。"哨兵颤抖着小声说,"你说够了没有?能不能请你行行好,别说了?"

"你当然没有。你多聪明。不用说,她是一个高档酒吧女。要不就是一位城里姑娘——宏兹迪池街或柏孟赛街等地的大城市姑娘家,年届四十却显得年轻了至少五岁,但她也有自己的烦恼,谁又没烦恼来着?就算她有,谁敢说看不上这个送走了一趟又一趟火车小伙子的年轻的风尘女人,再说谁又那么懂男人。"

哨兵开始发泄他未消的余怒,厉声开始骂人,用想必出自他老本行的马厩、马具室和庄户人家的污秽无聊、想都想不出的话骂通信员,坐在那儿挨骂的通信员突然麻利地站起身,哨兵如同一个电池快用完的机械玩具,连抽了几下,转身面向射击孔,又颤声气哼哼地嘟哝了一句:"你记好了。我跟你说,有两个人一前一后转过防弹墙从战壕里走了过来,除了军官的官杖和士官的山形肩章,看不清他们的身份。"

"这是哪个哨所?"军官问。

"二十九号。"哨兵答道。军官抬脚走向踏跺,这才看到,或者说看样子,他看到了通信员。

"你是什么人?"他问。通信员连忙,但并不慌乱地起立。中士自报了姓名。

"他是昨天早上从各单位临时抽调到军部的一名特别通信员。今晚回军部报到后,又被遣散回各自单位,要他们在那儿待命。总之他就是其中一个。"

"哦。"中士点出他名字的时候,军官才似有所悟,"你为什么没回去?"

"报告长官。"通信员说着，捡起步枪、敏捷地一转身，沿着战壕转过防弹墙，不见了踪影。军官跨上最后一节台阶，上了踏跺；两人歪戴着两顶闪亮的头盔，站在沙袋之间一动不动望着射击孔外。哨兵总算开了口，发了一句牢骚，声音很轻，六英尺外的中士看样子根本听不到。

"没人攻上来吧，长官？"军官对着瞭望孔外又看了半分钟，然后转身下了踏跺，哨兵也跟着他转过身，中士又上前跟上他，排成一列，军官边走边吩咐：

"你下哨后，回你单位的地下掩体待着。"说完，两人走了。哨兵转身对着瞭望孔。他停下了脚步。通信员现在站在他下方的踏跺上；他们正面面相觑，曳光弹嗖嗖地划了一条鄙夷的弧线，又砰的一声化作一朵伞花，微弱的火光掠过通信员扬起的脸庞，火光熄灭后，仿佛那根本不是火光，而是水，兴许是油脂，仍留在他的脸上；他用胆怯，无异于耳语的声音气哼哼说：

"你都瞧见了？我们没资格问什么情况、什么缘故，只能钻进地下，在里面待着，等他们拿主意。不，是怎么办，什么情况，他们最清楚。他们当然不肯告诉我们。不到万不得已，不到万不得已不会对我们透露一点口风，他们昨天把我们几个人从各单位抽调到军部担任临时信使，我们今晚回来把耳闻目睹的情况告诉大家之前，他们是不肯透露一点风声，也不会告诉你们这些人的。就算到了那时候，他们下达的通知足以保持你正常的心情，以便他们吩咐你进地下掩体待着，你能欣然从命。要不是今晚回来的路上误打误撞又上了那支车队，连我也蒙在鼓里。

"不,那也不对;我不过及时打听到了他们已经识破的情况。因为我们现在都晓得出了岔子。你难道还不明白?法军前线昨天早上出了点事,一个团兵变失败,被镇压了,我们不晓得情况,也不会晓得情况,他们是不会说出实情的。再者说,出什么事都不要紧。要紧的是后事如何。昨天拂晓时分,一个法国团采取了行动——采取或者说没能采取一个在前线的团不应该采取或没能采取的行动,结果,昨天下午三点,西欧全线停战。你难道还不明白?你身在战场,你们一个单位吃了败仗,你最不愿,也不敢做的是认输。恰恰相反,你要接受自己取得的一切成绩,狠狠心一把扔掉,因为你知道,敌人一旦发现,甚至怀疑你方出了麻烦,他们也会采取和你一样的办法。话又说回来了,你们相遇的时候,你们单位又不是少了他不行;你希望,你唯一的希望是先发制人,速战速决,才能克敌制胜、出敌不意。

"可惜他们没有。恰恰相反,他们做起了缩头乌龟,下令撤退,中午是法国人,下午三点后是我们和美国人。不单单是我们,德国兵也使出了这一手。难道你还不明白?要不是和敌人讲好了,打起仗来,你能撤退?德国兵在那种掩护炮火下趴了四年,早练就了火眼金睛,明白我方即将发动进攻,接着又没发动进攻,或者那什么的,锻炼了四年,他对这一点肯定有一个准确的判断;消息、暗号、要求,或那什么的传来,随便怎么说吧,表面上是要撤退,他凭什么要赞成?除非他有一条和我们一样的好理由,说不定和我们一样的理由。一样的理由;三年来,这十三名法国兵显然在我们的后方如入无人之境,他们凭什么不能越过前线进入德国人的后方,我们都清楚,除非你通过正当手段拿到一纸证件,从这儿去巴黎比去柏林还要难;从这里去东面，你只要一件英军，或法军，或是美军军装。说不定他们都用不着亲自过去，说不定靠风、流动的空气带过去。说不定连流动的空气都不要，只要空气，就像传染病、天花、恐惧或希望，靠看不见、几乎没有分量的分子之间的摩擦传播——在这片泥淖，只要有充足的人，我们异口同声地说一句，够了，让我们来结束这场战争吧。

"你难道还不明白？他们容忍不了。他们也不能允许，现在压根儿阻止不了，别说任由它这样自行停下来——好比是两艘赛艇下了河，比赛已经展开，两艘赛艇上的人员冷不防地解下船桨，异口同声地说：我们不想划了。他们目前还不能。比赛尚未结束，好比是按一套正式和平达成、双方都认可的规则举行的一场尚未结束的板球或橄榄球赛，必须由他们完成，否则完整的裁判理论、文明和谐的国家以此为基础一步步确立的确实可靠的政治经济体系都将成为一纸空文。不仅如此，承载高耸云天、傲视星辰的民族大厦那单薄且紧绷的钢铁和热血脊梁，为了接送年轻的官兵，免费也好，拿钱也好，在地图绘制和划分人员都没见过的地方死于非命，一百年，或一千年后，一名游客偶然间到了这个地方，说不定还能说这里永远（曾经）是英国、法国或美国的地盘。再说不单是不能，不敢，而是他们不肯。他们从一开始就无此打算。至于缘故，请听我细细说来。今晚回来到路上，一辆卡车顺路捎了我一程。车上拉的是高射炮弹。车队绵延三英里，车车满载高射炮弹。你不妨想一想：三英里的高射炮弹；你想想，炮弹多到以英里计，两个月前在亚眠前线显然没这么充足。不过，休战十分钟耗费的弹药本来就多过挡住一场单纯的进攻。押运这辆卡车的是我的老熟人，他在圣奥梅尔一座弹药库等了整整三年，等着他们准他的假，同意他去蒙斯找他四年前的那天下午不曾、没有、不能或不承想，反正是没回来的儿子。他给我看了一枚炮弹。炮弹是空的，但不假。空的，完好无损，只不过炮弹里没装榴霰弹；炮弹能打出去，甚至能爆炸，但伤不了人。外表上看不出什么异样；我怀疑伦敦西区俱乐部（或伯明翰、里兹或曼彻斯特等制造炮弹的地方）军火商都看不出其中的分别，只有经验丰富的高射炮手才能看出蹊跷。说真的，的确不可思议；他们昨晚和今天想必跟海狸似的在弹药库忙了一天一夜，才改装了长达三英里的炮弹——他们提前、事先改装好了也未必可知；说不定四年后，连盎格鲁-撒克逊人也在战争中学会了事先算计——"他的嗓音不再那么悦耳，叽叽呱呱地说个不停，他（通信员）现在身在行驶的卡车内，三个人，他自己、那个老人和司机挤进密不透风、黑漆漆的驾驶室，他能感觉到老人靠在自己身上的紧张兴奋、虚弱的身子，记得当初他和老年人一样嗓音嘶哑、奇怪，但很快就变了模样：两个声音相辅相成，像两个孩子一样逻辑不通、合情合理但又前后矛盾。

"你最好再说一遍。我怕忘了。"

"说到信号！"老人家叫道，"公告！是要昭告世界，上帝复活了！"

"高射炮弹的信号？三英里的高射炮弹？一炮不就足以说明他来了吗？如果是一门大炮，何不等三英里长的炮弹打完了再宣布他复活？或者说，如果一门大炮一发炮弹，为什么只有三英里的大炮？何不多准备些，瑞士和英吉利海峡之间每门大炮一发？其他人都通知到了？也为了迎接他？为什么不干脆吹响号角和喇叭？还是号角好；免得吓着了他。"

"《圣经》不是说雷电送他回来吗?"

"又不是火药。"通信员说。

"干脆叫人制造声势!"公鸭嗓子说,"叫人高呼哈利路亚,用他一直以来杀戮的武器欢呼!"——合情合理、又异想天开,像个孩子,但也残酷。

"他带上了你儿子?"通信员问。

"我儿子?"老人说,"我儿子死了。"

"对呀,"通信员说,"我就是这个意思。你不也是这个意思吗?"

"哼。"老人哼了一声,但听着像个"呸"。"这要紧吗?他是不是要亲自把我儿子送回来。我儿子,你儿子,或者别人家的儿子?我儿子?连同四年前那天我们失去的上百万,自从一千八百五十年前那一天以来失去的上十亿。他准备让今天早上八点阵亡的兵起死回生。我儿子?我儿子?"——(通信员)接着又下了车(车队停了下来。车队接近了前线,其实就在前线,或者今天下午三点前的前线;通信员恍然大悟,虽说他之前从未到过这里。但他不仅是一名在前线二十七个多月的步兵,而且还是一名七个月来每晚往返前线的通信员,所以他就像一匹靠近陷阱的老狼或山猫,十分清楚他的处境),他顺着车队到了停下来的队头,站在暗处看宪兵和端着枪的哨兵指挥车队分成小分队,每队打头的卡车配一名指挥,小分队驶离车队,下了大路,驶进田野和树林,再往前是前线;他没看多久,几乎在同一时间,一名刺刀上枪的下士转到了他待在暗处的这辆卡车。

"回你的车上去。"下士命道。

他亮明了自己的身份,说了自己的营和阵地。

"你他×的到这儿来干什么?"下士问。

"想找人捎一程。"

"这儿不许待。"下士说,"赶紧走开。喂,快走!"——(下士)一直目送到夜色又将他淹没;他下了大路,进了一片林子,往前线方向走去;(说着这个故事,他摊开手脚、躺在满面怒容的哨兵脚下,昏昏沉沉、迷迷糊糊、梦呓般地说)他如何又在暗处观察一个高炮连的人蒙着手电,从一辆卡车卸下空包弹,又装上他们的实弹;午夜时分他又到了另一片林子,或者说曾经的林子,因为林子如今只剩下身后一只不晓得藏在什么地方的夜莺——他现在不走了,背靠着一截断树,听着鸟儿在头顶傻乎乎地一遍遍地叫着,听着卡车一辆接一辆、不声不响、缓缓地在夜色中驶过,他没去听,仅仅是听到了它们,因为他这会儿在找着他遗失、不晓得放在什么地方的东西,尽管他最后认为他记忆的手指摸过它,可惜却错了,这记忆在他脑海中一闪而过,可惜却错了,相信基督,死是结束,相信亚当,死却是开始。——的确如此,可惜却是错的,错不在真理,而是错在这一刻,不需要不想要的一个;他又理了理思绪,又试了一试,谁知听到的还是那一句:相信基督,死是结束,相信亚当,死却是开始——又没错,却又错了,叫人好不难过;但紧接着,不等他理清了思绪,正确答案就顺利、原封不动地闪现在脑际,好像出现了整整一分钟,他却为失去它兀自神伤。

——可惜那是在另一个国度;

再说那姑娘已不在人世。

这次是己方战壕发射的照明弹,就在上面一道防弹墙外不到二十码的地方，很近，磷火般绿莹莹的光熄灭后，哨兵能分辨出掠过通信员脸庞的不是他以为的火光，也不像油脂，而是水。"双方掩体内的炮兵连个个都看得出，一个团结一心、善良的高炮连，从我方胸墙、恰好的射程，却打不下一架直接飞临这一带，又返回维勒纳夫·布兰奇机场的飞机，因此，除了将军们，在谁看来都一切正常——如果干脆快一些、出其不意，士兵们会抱着炮弹冲向大炮、将炮弹填进炮膛、关上炮门、猛拽牵索，顾不得手上烫出的泡，一把拽出滚烫的弹壳，给下一发炮弹让路，别说前线千方百计地隐蔽、免得飞临战壕返回维勒纳夫的飞机在德国佬叫什么圣奥梅尔的地方装的不是昨晚上填装的弹药，看情况一切正常，就算德国佬的飞机没坠毁维勒纳夫，空军也会说炮兵反正一贯放空炮——"

"所以你瞧，我们只有趁德国密使，或管他什么人赶到巴黎、绍讷蒙或管他什么地方前，他，或者管他什么人与人家谈，或者谈好条件，倒不是商量对策，因为那不是问题，不过是商量如何回去复命。我们都不想发动进攻；法国人，就是那个法国团已经担起了这项重任。我们要做的是片刻不让他放下、犹豫和迟疑。我们片刻不能耽搁，明天——你说明天？已经是明天了；现在是今天——我们全营都要和法国人一样：明天一早翻过这道胸墙，穿过铁丝网，不带步枪，什么都不带，走向德国人的铁丝网，直到进入他们的视线，他们看见了我们——一个团、一个营，哪怕一个连、哪怕一个人都行，再说一个人也就够了。你能行。这个营下士以下的兵都是你的人，没有妻儿老小的兵个个都把你列为保险受益人，其他人下个月的军饷都将落入你的腰包。到时候你只要对他们说一声跟我上；一旦你被解除了职务，我就走向第一拨人，这样他们能明白你为我作的保。之后我为其他人作保的时候，他们明白你为我作保，所以到了白天或日出时分，德国人能看到我们的时候，欧洲各地的人能看到我们的时候，他们不得不看，忍不住要看——"他想：*他这次怕是真要踹我了，照我的脸一脚*。接着哨兵一脚踢中了他的下巴，不等他倒地又一把掰过他的脑袋，他满脸的泪水在他的拳头下仿佛飞溅的唾沫，或是折断的叶片淌下的露滴或雨水形成的薄雾，哨兵又踢了他一脚，反身上了踏跺，军官和中士转过防弹墙跑回来的时候，他抬脚正踩着那张失去知觉的脸，对着那张扭歪的脸又是踩，又是吐唾沫。

"你现在还说看在基督的分上吧？你说，你说啊！"中士一把将他按倒在铺道板上。哨兵连想都没想，管不了中士拖住他，倏地一转身，倒提着步枪没头没脑地砸向身边的一张脸。他砸中的是军官，但哨兵看都没看一眼，不顾中士一只胳膊搂着他的腰，又转身冲向踏跺，用枪托砸着通信员鲜血直流的脑袋，这时，中士腾出一只手掏出手枪，用拇指掀开了保险。

"你还是不知悔改。"军官说着，一口血喷在手腕上，他甩了甩手，"关他的禁闭。"说完头也不回地拐过防弹墙，接着又抬高嗓门："二八。告诉下士，就说是我的命令。"

哨兵现在口沫横飞，分明没注意到中士抓着他，还在拿枪托捅，至少对着通信员一动不动、血肉模糊的脑袋，最后中士几乎贴着他的耳朵说。

"二七……告诉下士。"防弹墙那边一个声音说；接着越来越弱，之后又说道：

"二六……下士。"

"用脚，"中士不耐烦地说，"踢掉他一嘴的狗牙。"

星期一，星期二，星期三

　　折回机场的途中，他才见到了飞机。起初他只是在观察，提醒自己小心些、别一炮真打着了它；飞机看起来又大，飞得又慢，一不小心你就会犯错，高估了它们。接着他看出那家伙不但希望，竟然以为能干掉他——一架飞机上一般有两名澳大利亚人，或者说一名机长带一名飞行员，这家伙一准是个将军，就凭高高在上，甚或藐视一切的架子，连一架 R.E.8 都盼着逮住一架 S.E.，一炮结果了它。

　　这一位分明有此打算，他放慢速度，直到 S.E. 的螺旋桨刚刚达到失速状态。两架飞机两舷相遇的一刹那，瞭望座上的一名机长，或者说一只戴着干净的户外手套的手示意他下降，直到他摆动机翼作答，机头俯冲而下，他心里犯嘀咕，为什么是我？我干了什么呀？再说了，他们怎么晓得我在哪里？——他突然憧憬着空中布满了笨重的 R.E.8，每架飞机上坐着一名机长，手里拿着一份按一通急电汇总的全线每一名无故缺勤的侦察兵名单，誓要从后方一个一个地揪出他们，绝不放过。

　　接着，他到了机场，见到了跑道上画的信号带；他上的是空勤预备学校，之前没见过，有好长一段时间，他都不明白这是何物；后来见到停机坪上或起降的飞机，他才明白这是管制飞机起降的紧急信号，相比降落习惯欠妥的 S.E.，它降落得又快又稳，他驾机慢慢地滑上跑道，没等他停稳、关掉飞机引擎，就听一名机械师冲他喊："喂，食堂！赶快去！少校要你赶快去食堂！"

"什么？"他问，"就我？"

"都去，长官，"机械师说，"全连，长官。你最好快些。"

他跳下飞机，跑了起来。他年纪还小，明年才满十九，年纪轻轻就参加了战争，虽说皇家空军成立才区区六个星期，他身上穿的却不是通用军装，或者说转队的老兵在旧团徽的位置戴上皇家陆军航空队的肩章；他连一件航空队的旧军装都没有，那身皇家陆军航空队的新军装不但不像个兵，反而显得不伦不类，一件新教男童会成年领队似的上装扎了一条腰带，没戴肩章，袖口是一道淡蓝色的窄箍，以及跟元帅看不出分别的帽徽，等你见到、观察、注意到两边色泽暗淡、女裤搭扣似的小金别针，恐怕要说为皇家陆军航空队挑选命名礼的教父大人们不但考虑了自己的趣味，还得掂量着钱袋子。

一年前他还在上学，倒不是等年满十八、一到了法定年纪就去参军，而是等着十七岁生日那天，他对孀居的母亲（他当时还是一个孩子）许的诺届满，解除他一直信守的诺言。这之后，即便成绩优秀，即便他一门心思，为此夜不成寐地渴望做一位像巴尔·麦卡顿、曼诺克、毕晓普、巴克、里斯·戴维斯这样的英雄，尤其是，也很简单，名垂英国的青史。三个星期前他还是一名储备飞行员，在英国等着被派往前线——他是一名合格的固定式发动机侦察机飞行员，国王曾经亲笔给他题过词：*我们信任我们忠诚、受人爱戴的杰拉尔德·戴维……*可惜为时已晚，他没进得了皇家陆军航空队，却被分到了皇家空军。由于皇家陆军航空队在四月一日愚人节这天被撤销，也就是他收到委任状的前两天，所以那个三月的午夜对他来说无异于一记丧钟。荣耀对他关上了大门；不朽中途夭折、不了了之；那可不是昔日光荣军队的一纸旧委任状，他甚至不顾母亲伤心、倾注了英雄般的兄弟情义；他的委任状不是让阿尔伯特·鲍尔名垂千古，让毕晓普、曼诺克、麦卡顿等人建立盖世奇功时仍揣在身上的那张旧委任状；他的委任状不过是一件不是肉、家禽肉，也不是上好熏青鱼的新鲜食物：他等了整整一年，等着母亲那颗对荣誉极度排斥、怎么也说不通的心予以默许，接着为了弥补他开不了口对一位女人的眼泪说不，他又像只海狸、名满天下的特洛伊人一样苦苦地训练了一年。

可惜为时已晚；为他发明了女式内裤搭扣和军官裤代替粉红的贝德福德灯芯绒裤、长筒靴和武装带的人甚至关上了他通向英雄接待室的门。在瓦尔哈拉①不分民族的殿堂、不分名族的阴间，不分法国人、德国人和英国人，不分胜败——英麦曼②和居内梅③、伯尔克④和鲍尔——不分彼此倒不是惺惺相惜，而在于准备好执行一次出色的飞行任务，他们将敲着无底的奖杯，可惜欢迎的不是他。毕晓普、曼诺克、沃斯、麦卡顿、方克⑤、巴克、里希特霍芬和南杰瑟等后来者将劈开长空，追着飞掠的云墙上逃窜的影子，休假、不受影响，在有生之年就建立一份名垂史册的功勋，只可惜没他的份儿。荣誉和豪迈当然存在，只等人活着去收获。其实，豪迈还是当年的豪迈，荣誉却不是当年的荣誉。属于他的是，二等的乐土，或许高阵亡的步兵一等，但只

---

① 北欧神话中死亡之神奥丁款待阵亡将士英灵的殿堂。
② 第一次世界大战德国空战英雄，创造了英麦曼翻滚。
③ 第一次世界大战法国空战英雄。
④ 第一次世界大战德国空战英雄。
⑤ 生于1874年，卒于1953年，为第一次世界大战法国飞行员。

不过略高那么一点点：不是他第一个想到我为祖国的荣誉做过什么贡献，祖国让我挑了什么重担。

现在他分明无缘尽一份绵薄之力：这三个星期，他多半在机场摆弄枪炮（他相当擅长，连他自己都惊讶不已）；一次缜密的前线护航和返航展示了他们的本领（中队长布赖德曼少校，以及他和另一名没上过战场的新兵）；昨天晚饭过后，他正在自己的临时营地给母亲写信，布赖德曼伸头传达了自他从十七岁生日那天一直盼到今天的正式通知："莱文，明天十一点有任务。我们起飞前，我再提醒你一句，别忘了我们要你记住的事项。"今天早上他到空中享受了最后一段无人打扰的清净，告别了见习生涯，兴许应该称作告别他的处女生涯吧，这一次，机长送他返回了地面，不等飞机停稳、他噌地跳下飞机，在机械师的催促下，跑向食堂，除了上天执行任务的、现在个个都到了食堂，他最后一个赶到时，少校正一只膝盖蜷在桌角下，已经开讲；他（少校）刚从空军司令部回来，在那里会见了从波珀灵厄①直接赶回来的总指挥：法国已经请求停战；将于今天中午十二时生效。但这无异于一纸空文。他们（这个空军中队）要记住一点；英国没有请求停战，美国人也没有；与他们并肩作战了将近四年，他（少校）早就熟悉法国人的脾气，认为停战对他们毫无意义。不过，双方要停战、撤退一两个小时，说不定一整天。但这是法国人的停战；与我们有什么相干——他上下打量了他们一眼，他们一副漫不经心、平静，甚至懒散的神色，操着同样一副漫不经心的语气和态度的他甚至能带领全连彻夜狂欢、纵情作乐，第二天完全清醒过来、处理一天的工作前，谁也

---

① 比利时西佛兰德省的一座城市。

不会意识到这一点,这倒算不上理由,虽说没有杀德国佬的好手,但他却是法国一名深受爱戴、能力出众的连长,话虽如此,他(这孩子)初来乍到,还不了解这些情况。但他不知道这是无敌岛真正的喉舌,他不仅用这十八年,而且要用今后很可能错过的大好时光开心自豪地捍卫、衷心地维护:"因为我们不会放弃。我们不会,美国人也不会。战争并没结束。无人代表我们宣布停战;只有我们才能缔造和平。飞机照常待命。"

他至今没想过原因。他只考虑情况。战场上临时停战这事儿他闻所未闻。不过那时候他对战争知之甚少;现在他才深有体会,自己不了解战争。他想问布赖德曼,看了一眼同僚开始散去的临时营舍,随即又想起布赖德曼没来,接着又想到连营长也不在:不仅布赖德曼,威特和希布莱都没来,就威特来说,显然是他指挥C中队执行半上午的任务,C中队还在执行作战任务证明少校所言非虚;C中队没有退出战斗,如果他了解布赖德曼(再说相处了三个星期,他肯定了解),B连也没退出战斗,他瞥了眼手表:上午十点半,B连三十分钟后才起飞;他还有时间将布赖德曼昨天打断的信写完;由于三十分钟后才正式投入战斗,他还有时间再写一封,事后哪一位在他的遗物中看到这封简洁、有礼有节、谦虚、可歌可泣的信,说不定会考虑再三,掂量着要不要寄给他母亲。鉴于十一点展开侦察、十二点开始返航,他还剩一个小时——不,到前线要十分钟,现在还剩下五十分钟;如果五十分钟起码够他学习毕肖普、麦卡顿和曼诺克谱,起一个头,这段时间足够他的飞机被击落。回宿舍的路上,他听到了引擎声,一架飞机正在起飞。接着,他跑到机库,才晓得不是B连,他惊讶、将信将疑地冲中士喊道：

"你是说三名连长和副连长都出去侦察了？"接着传来了炮声，火力不如他以前听过的密集，但猛烈，在大范围内同时响起——东南方向起，西北方向落。"他们打过来了！"他喊道。"法国人出卖了我们！他们不过是让开了道路，放他们过去！"

"是的，长官。"中士说，"你最好去连部吧？他们说不定需要你。"

"对。"说着，他跑了起来，回到了空荡荡的机场，远处的天空下传来隐约、隆隆的炮声，他进了还不如说没人的连部。下士照例坐在电话后，从那本卷了角的《潘趣画报》上抬头望着他，三个星期前第一次见面就见他这样打量自己。"少校在哪？"他大声问道。

"去司令部了，长官。"下士答道。

"去司令部了？"他将信将疑地大声问着，又跑了起来。穿过对面的门，进了食堂，只见除了他自己，中队像他一样新补充的人员都在，他们一声不吭地围着副官而坐，仿佛副官不仅吸引了他们，而且坐在那儿守护着他们，副官叼着烟斗、裹着绷带、蒙斯星形勋章上方别着一枚空军徽章、张着嘴坐在餐桌的桌尾，面前摊着中队的棋盘和一份叠起的星期日泰晤士报棋局；他（小伙子）嚷道："你听不见吗？你听不见吧？"他自己大喊大叫，反而听不清副官的话，最后副官也大声说：

"你跑哪儿去了？"

"去机库了。"他说，"我准备去侦察。"

"没人告诉你到我这儿来报到吗？"

"报到？"他反问道，"你说空军中士孔文迪科——没有。"他说。

"你是——"

"莱文。"

"莱文,你到这儿来了三个星期。时间不长,还不清楚管理这个中队的人经特别任命、能担起这副重任。其实,他们授予你官职的时候,也给你了一本要你遵守的规章制度,免得你现在这样抓破脑袋。你恐怕到现在也没工夫看一遍吧。"

"是的。"他说,"你想要我做什么?"

"找个地方坐下来,静静地待着。就这个中队所知,中午停战。不接到通知,这里的飞机不得起飞。至于这些炮,它们十二点开火。少校早就知道了。十五点停火。现在你也提前知道了——"

"停火?"他不解地问,"你难道没看见——"

"坐下!"副官说。

"——如果现在停火,我们就要挨打,输了——"

"坐下!"

他住了口。接着又问了一句:"我被捕了?"

"你想被捕?"

"对。"说着,他坐了下来。现在是十二点二十分;这时候颤抖的不是尼尔森墙,而是墙内的空气。不久,或者说终于吧,到了十三点,接着是十四点,现在日斜西窗,远处猛烈的炮火沦为一阵阵纷乱的尘埃;现在到了十五点,这个中队只剩下屈指可数的几名只晓得前线在什么方向的新兵,带队的是一个可有可无、迄今只给了一副棋盘、胆小怕事的观察员。他们还端坐在那里:他和另外几个想必充满感激、自豪、渴望和希望的英国新兵——接着,他站起身,听着如石头落井般降临的沉默；接着，他们不约而同地站起身，出门走进望不到顶的裂隙，远处是被扯去、掀翻的炮火界限，仿佛一阵飓风，掀翻了少顷前还是一座机库的这一矩形空间的四壁和房顶，无凭无依的可听度陡然迸发进真空，犹如耳鼓随着高度的增加破裂，最后连振聋发聩的爆裂也渐渐销声匿迹。

"看来那就是了。"一个声音在他背后说。

"看来是什么？"他问，"战争没结束！你没听少校说？美国人也没撤！你以为莫纳亨（莫纳亨是个美国人，也在 B 连；虽说出来才十个星期，但已经有了击落三架飞机、击伤一架的战绩）撤了？就算他们撤了——"发现他们一个个神情严肃、一声不吭地望着他，好像他就是一名空军中队长，他住了口；其中一个人问：

"你看呢，莱文？"

"我？"他反问道，"看什么？"那得问问科利尔，他心想。他现在办了养殖场；一样苦不堪言：问问科利尔——那个大烟斗、那秃头、那张一团和气的圆脸现在是英国在这方圆半英里的法国土地上的唯一主宰，维护着她的荣誉和自豪，三年前，他或许将与自己一样褊狭和按捺不住的感情、信念和渴望，或者那什么的，带到了法国（据中队传闻，他科利尔在战争的第一周就被一名枪骑兵拿一杆长矛撂倒，转作侦察员登机再次上阵，一个星期内 F.E. 失事，飞行员阵亡，他好歹捡了一条命，自那以后，传说他扛着同一颗星、含着同一个冷冰冰的烟斗，一直担任中队副官），接着又丢了它，或者就像他从此放下战争一样，将它搁置一旁，安心、专心地做他的地面工作，在这儿不必操心胜利，也无须为高涨的英雄气概烦恼；想想也是，问科利尔，接着再捡起在食堂被停炮打断的思绪：他也撤了。他早就断了念头，现在连自己丢了什么都想不起来。——他暗想，听说英国灭亡了，接着大声地说:"看什么？那喧嚣？顾名思义，不是吗？"

五点钟，该旅的旅长差不多将少校送到了旅部门口。日落时分，两辆卡车开进了机场；从自己的临时营舍，他看见背着步枪、戴着钢盔的步兵跳下车，列队走到连部后满是灰尘的草地上，接着分班解散，日落时分，中午挂 B 连的名起飞巡逻的连排长和副职们还没返航，他们出巡的时间是一般巡逻机队或 S.E. 出巡时间的三倍。他与大家一块吃的饭（虽说有不少老兵，外加那位步兵军官，可惜少校不在；他不清楚他们去了哪里，什么时候归队），他认识的人有一半一无所知，另一半稀里糊涂，或是认为事不关己；——开饭前副官站起身，沉吟了许久才开口，但这番话却不是对老兵说的。"你们并非在营房关禁闭。干脆这么说吧，你们能想得到的地方都不得入内。"

"连村子也不能进？"不知谁问了一句。

"连维勒纳夫·布兰奇在内，藏污纳垢、罪孽深重之地，虽说不应该这样。你们好不过都跟莱文回去，躺床上看看书。那才是他该去的地方。"他顿了顿，说，"你是说，机库也算在内。"

"大晚上的，我们去什么机库呀？"又一个人说。

"谁知道。"副官说，"不清楚。"接着，除了他，其他人纷纷散去，勤务兵晚上打扫完了食堂，他还坐在那儿，摩托车开了过来，直接绕过食堂去了连部，隔着薄薄的隔板他听见有人进了连部办公室，接着传来了如下对话："天黑后没见少校、布赖德曼、另外两位空军指挥官，一架 S.E. 降落这个机场，尽管他没听见小车声，但后来想想也没错，飞机不是新近更换的,它们不但没有生命,问不了问题,回不了嘴,你甚至可以将它们一扔了之,都不要步兵看守。"他侧着耳朵,可惜听不清那声音究竟说了些什么,干脆坐在那儿,声音这时候戛然而止,片刻后门开了,副官想了想,带上身后的门走了进来,说:"回你的宿舍去。"

"是。"他应着,站起身。但副官却走进了食堂,然后带上了身后的门;他现在语气和蔼:

"你何苦要自扰之?"

"你说的是。"他说,"别的我干不了,因为如果没结束,我不晓得怎样才能结束,如果结束了,我也不晓得怎样才能不让它结束——"

"回你的宿舍去。"副官说,他出门走进茫茫夜色,走进了寂静,在众人的目送下走向临时营舍,为了保险起见,他又走了二十来步才拐向机库,想想他的烦恼也许非常简单,真的,他之前从没听过静谧,战争打响的时候,他才十三岁,将近十四吧,但即便是十四岁这个年纪你恐怕也忍受不了静谧:你矢口否认,像个六到十岁的小孩子家家,连忙采取点措施,等喧嚣渐渐过后,他不得已逃进壁橱、碗橱、床底或钢琴下,只想找一个密闭、暗处躲避;绕过机库的墙角,突然传来一句口令,大门紧闭的机库门缝里露出一线灯光——这是他、这个或别的中队谁也不曾见过的事,他面对离肚子六英寸的刺刀尖,一动不动地站在原地。

"那好,"他说,"我现在该怎么办?"

但那个兵没理他。"警卫队下士!"他喊了一声。"四号哨!"下士走了出来。

"我是莱文中尉。"他说,"我的飞机在这座机库——"

"除非你是黑格将军,你的剑在里面。"下士打断了他。

"那好。"说完他转过身。他一时甚至想到了空军中士孔文迪科;他当了这些年的兵,早就清楚许多军情不是简单的一句"中士"就能解决得了的。当然大抵如此,但也不无例外:关系,多半不是他和孔文迪科之间的关系,而是他们两个阶层之间——出身那个阶层的肤色黝黑的中年男子,除了两三个人的名字出自《旧约》,叫什么多伊特罗诺米、塔伯纳克尔,或孔文迪科,他认识的多半叫埃文斯或摩根——单凭一腔热情就能解开谜题、脾气乖张、精通音乐的人,他们像似生来了解和具有人的阴暗、见不得人的身世,没人说得好他们拗口、好听的名字,因此,他们一旦走出沼地和要塞,踏入人们竭力忘却自家见不得人的身世的理性世界,任由人家从古老的希伯来史书中挑一个令人敬畏的词,给他们取一个名字,而那些人和他们一样,对这本书知之甚少,就好比拿破仑当年在奥地利,命人将他名字拗口的子民带过来,根据他们的相貌、住所或职业,说,"你叫伍尔夫",或"霍夫""福克斯""伯格""施耐德"。但他并没多想。可靠的消息只有一个,但他也清楚连这一个也靠不住。布赖德曼和考利的临时营舍别无长物(那是英勇无畏、求得一官半职的一个诱人的条件:你自己只能睡半间。少校占了一整间),考利从枕头上抬起头,望着布赖德曼从另一张铺坐起身,点上蜡烛,对他说:

"的确没结束。远未结束,你明天该做什么还做什么。明白了没有?"

"明白。"他答道,"出了什么情况?怎么回事?三十分钟前一名全副武装的哨兵在机库门口拦住了我,赶走了警卫,机库门上了锁,机库内点了一盏灯,我听见里面有人在忙活,可惜被刺刀拦着,他们赶我走的时候,我听到一辆卡车、看见一盏灯驶向村子这一侧的高炮阵地,这当然是赶造送上前线的弹药,高炮部队今天中午时分也要停火,不用说,他们停火也得多要些弹药——"

"要是我告诉了你,你能不能别烦我,回你的铺上睡觉?"

"行,"他说。"我没别的要求,就想知道这事儿。如果他们打我们,我也希望尽自己的一份力——"

"人若犯我,我必犯人。这场战争,谁也不是赢家,除非美国人及时——"

"叫他们来好了。"考利说。但布赖德曼依然说个不停:

"一个法国团今天早上发生了兵变——不肯上阵出击。他们——法国人——一旦多管闲事、打探消息,似乎——但那也说得过去。"

"怎么说得过去来着?"

"不满的只有步兵。唯独他们把守前线。但其他团却袖手旁观。看来其他人都事先知道这个团拒不从命,都等着看这场戏如何收场。但他们——法国人——没有贸然采取行动。他们撤下了这个团,换了一批人,调集大炮猛轰他们的前线,跟我们今天早上一样。好争取时间摸一摸情况。就是这样。"

"怎么说?"考利说着,将一支烟含在嘴里,支起胳膊正要去够蜡烛,手迟疑了片刻,又伸了过去。"德国佬这段时间在干什么?"他轻声问道,"这么说,战争结束了。"

"没结束,"布赖德曼粗声粗气地说,"少校今天中午说的话你没听见?"

"哦,听见了。"他轻声说,"结束了。遍布战场、神情疲惫、浑身散发着恶臭的步兵,法国人、美国人、德国人、我们……所以那恰恰是他们要隐瞒的。"

"隐瞒?"布赖德曼不解,"隐瞒什么?有什么好隐瞒的。战争还没结束,我跟你说,刚才没听见吗?明天该干吗还干吗。"

"那好。"他说,"还没结束。怎么能没结束?"

"因为没结束。我们、法国人,还有美国人今天从英吉利海峡赶到这里,在全线铺开的阻击火网,打掉了半年的弹药,就为了挡住德国佬,等我们想出对策,你怎么看?"

"想出什么对策?他们今晚在我们机库干了什么?"

"什么都没干!"布赖德曼说。

"他们在 B 连机库干什么来着,布赖德曼?"他不依不饶。烟盒放在两张铺之间当桌子用的烟箱上。布赖德曼侧过身,伸出手,但没等他够着烟盒,头枕着一只胳膊、躺在床上的考利连看都没看,就递过了一支点着的烟。布赖德曼接了过去。

"谢谢。"他道了声谢,又说道,"我不知道。"他正色铿锵有力地说:"我也不想知道。我只知道,我们明天有任务,你在执行任务的名单之列。如果你理由充分,去不了,你尽管说,我带别人去。"

"不用。"他说,"晚安。"

"晚安。"不知谁接了一句。

可惜没有明天。不存在明天:只有拂晓,继而是黎明,接着是早晨。拂晓时分没出动侦察机,他早就醒了,不会听不见。他路过跑道去食堂吃早餐的路上，没看见飞机，黑板上也不见一个字迹，科利尔认为偶尔心血来潮、可以拿粉笔在上面画几行谁也不会真心看的字，他早就坐在收拾干净的餐桌前，布赖德曼如果想要见他的话，迟早要过来。从这儿，他能看见机场对面空荡荡、死气沉沉的机库，望着早就停滞、两个小时一换班的步哨，早晨在和煦的天空下和寂静中挪不开脚步。

中午时分，他看见一架飞机着陆，慢慢地滑向连部，熄了火，一名穿防水大衣的人跳下瞭望座，摘下头盔和风镜，扔进座舱，抽出手杖和红黄相间的帽子。接着，将军、他的飞行员、步兵军官和全连都在用餐，他清楚地记得一个、往往两个飞行小队都在座的第一顿午餐，将军的发言还不如少校，因为他花了好些时间，说的却是同一件事：

"战争没结束。倒不是我们需要法国人。我们只要撤到英吉利海峡的各个港口，让德国佬占领巴黎。这又不是第一次了。易手恐怕要起波澜，但他们又不是头一回。不过那都是过去的事。我们不仅捉弄了德国佬，法国人也有了重新夺回巴黎的靠山。姑且称之为度假吧，假日都一样，迟早要结束。你们当中有些人大概也不觉得过意不去——他论功行赏，他了解他们——索普、奥斯古德、德·马尔希、莫纳亨——他们干得非常漂亮，法国人眼下吃了亏、长了记性，以后会干得更好，下次怕是一个长假，因为下次炮声停歇的时候，应该在莱茵河两岸。许许多多次革命，如此下去。"没有人应声，兴许他也不要人回应，大家都跟着他到了门外，走向引擎嗒嗒发动起来的飞机，少校帮他将手杖和红帽放进机舱，拿出头盔，帮将军戴上，将军爬上飞机，少校说了一声："闪开！"接着敬礼，将军捏着拳头、竖起拇指，飞机飞走了。

到了下午，还是什么情况都没有。他还坐在布赖德曼要是想见他的话，能见到、找到他的食堂里，现在倒不像上午那样等什么人，因为他现在知道，他当时也不是在等人，当时也不信，况且布赖德曼就餐时就坐在他对面，想必看着他。其实，全连都在食堂，或在食堂打发时间——也就是说，新兵、刚来的、德国佬都和他一样——维勒纳夫·布兰奇，还有科利尔称作藏污纳垢之所的维勒纳夫也都是禁区（其实，这恐怕是史无前例的第一次，外地人个个都想去的禁区）。他原本可以回自己的临时宿舍；给母亲的信还没写完，只可惜现在他写不下去，因为昨天的停炮不仅抹杀了信中文字的意义，而且抹去了它们传达意义和目的赖以存在的基础。

他回到了临时营舍，掏出一本书，抱着书躺在铺上。兴许他只想展示、证明这副老身板什么也不等。或者教它们放弃、就此作罢。这副身板并非不如胆量和力气，政府为了应对危急关头，历练了胆量和力气，让它们追随一项高度专门化的事业，政府度过了危机，解决了困境，他却没来得及偿还培训所花的成本。他不是为了荣誉：就为了偿还成本。荣誉的桂冠但凡带那么几片叶子，无不沾着人血；只要祖国有难，这些都不妨事。和平将这一笔勾销，荣誉与和平只取其一的人最好不要出声——

可惜这不是读书；至少值得捧着《加斯顿·德·拉杜尔》这本书、翻开来一读，即使躺在床上。他打定主意，准备安心读下去，但现在不再如饥似渴。他现在还有指望，前途无量；他不能无所事事，现在他学到的唯一一门手艺——驾驶武装飞机（想办法）击落另一架武装飞机——如今也过了时。晚餐时间说到就到,一天二十四个小时,吃饭耗费、浪费了不少,大约有四个小时吧,再算上午茶,恐怕也要五个小时,要是你谨记吃饭时细嚼慢咽,要是你再牢记慢慢来,再减去八个,甚至九个小时的睡觉时间,你恐怕只剩下半个小时了。只可惜他今天又要喝茶,又要吃饭;母亲上周寄来的巧克力,他还剩差不多四分之一磅,喝茶吃饭加巧克力都无所谓。因为他们——新兵、新手、德国佬——说不定明天就被送回国内,他也要回伦敦,如果他非回国不可,又不曾立下军功,但至少不能像从集市回来、睡眼惺忪的小男孩,手心攥着四分之一磅化了的巧克力回去。吃、睡能花上十四个多小时的人,应该能充分利用《加斯顿·德·拉杜尔》,消磨剩下来的这难挨、无聊的一天,挨到晚上,夜幕降临,挨到上床睡觉。

接着是明天,现在下午刚过三点,他不仅谁也不等,自从他提醒自己什么也不等,现在已过了二十四个小时,这时候,连部的下士突然站在临时宿舍的门口。

"什么?"他一惊,"什么情况?"

"报告长官,"下士说,"一架侦察机三十分钟内升空,长官。"

"全中队?"

"布赖德曼上尉说就你,长官。"

"三十分钟内?"他问。"见鬼,为什么不能——好吧,"他说,"三十分钟。谢谢。"他现在非把信写完不可,倒不是三十分钟不够写完,而是不够他重拾写这封信所必需的心境和信念。要不是还得落款、叠好塞进信封,他都不要把信取出来。因为他记得:

……没什么危险,真的。我还没出国就知道我能飞,我在这方面相当拿手,连布赖德曼上尉现在都承认,我在飞行编队中不会威胁到别人,所以等我哪一天适应了,说不定对中队有些用处。

又能说些什么?对一位不仅是母亲,而且也是一位单身和相当于寡母的女人,又能说些什么?当然,那都成了往事,但谁都明白他的意思;谁又说得好?恐怕谁都能指点他写如下一段附言。

又及:给您说个好笑的笑话。他们两天前中午宣布停战,你要是知道就好了,那样的话,从那天到今天下午三点,您压根儿不必担惊受怕了;两个下午,你都可以安然自得地出去喝杯茶,但愿如此,甚至在那里待到吃晚饭,但我也希望您别忘了雪莉酒能保养您的皮肤。

只可惜没工夫写这个了。他听到了引擎声;抬头向窗外望去,只见三架飞机停在机库前,引擎轰鸣,几名机械师围着它们跑前跑后,哨兵又站在紧闭的机库门前。接着他又看见连部旁的草地上停着一辆奇怪的指挥车,于是他提笔在信尾匆匆写下"爱您,戴维",叠好信,塞进信封;进了食堂,他看见少校的勤务兵从对面的连部捧出一抱飞行装备;布赖德曼分明还在连部,但他之后看见布赖德曼穿戴整齐地从机库走向侦察机,所以这不是他的装备。接着,连部的门开了,布赖德曼走了出来,说:"好了,穿上你的——"话没说完,见他已戴上了手套、头盔，围上围巾，手里拿着地图，飞行服膝盖的口袋里塞了把手枪，已经穿戴整齐，于是连忙收住了口。他们出了门，走向停在B连机库门前的三架飞机。

"就三架。"他说，"还有谁去？"

"少校。"布赖德曼说。

"哦。"他似有所悟，"他凭什么挑我？"

"难说。估计是随便挑的吧。你要真不想去，我可以把你刷了。没关系。我认为他的确是随便挑的。"

"我凭什么不想去？"他反问道。接着他又说："我不过以为——"话没说完，他又连忙咽了回去。

"你以为什么？"布赖德曼问。

"没什么。"他说。接着不晓得怎么着，他又说出了口："我以为是少校发现了这一情况，打算提拔一名新人的时候，想到了我——"实说了吧：那天早上，他本应出机执行任务，大概是超低空飞行，他却驾驶没带武器的飞机花了四五十秒钟直接掠过德国佬的战壕，或者说至少我们以为的德国佬的前线。"你当时没被吓着吧；直到后来，事后。后来——就好像牙医手中的钻，你还没张口，就听它嗡嗡作响。你不得不张嘴，你知道不要紧，但你同时也清楚，你不晓得张不张嘴都无济于事，因为就算你又闭上，那东西还会嗡嗡地对着你，下次，明天，说不定六个月后再次响起，你还得张开，不过，它还会嗡嗡作响，你别无办法，只能张开嘴，再说你也无处可去……"他说："也许仅此而已。也许为时已晚，由不得你自己，你真的不在乎被杀……"

"我说不好。"布赖德曼说，"你身上连一个伤疤都没有？"

"没。"他说。"说不定这一次吧。"布赖德曼这次没吞吞吐吐。

"你听着，"布赖德曼说，"这是任务。你清楚这个中队要承担的任务。"

"清楚。找到德国佬。"

"然后狠狠地揍他们。"

"听你说的，倒像莫纳亨：'哦，我跟着冲上去，痛揍那帮杂种。'"

"你也那么干。"布赖德曼说，"走。"他们走了过去。但他又打量了一眼那三架飞机。

"你的飞机还没回来。"他说。

"没回来。"布赖德曼说。"我抱定了莫纳亨的想法。"说话间，少校走了过来，一行人登机起飞。飞机经过连部的途中，他看见一辆小巧、蒙得严严实实的货车拐下大路，可惜他当时没来得及细看，飞机起飞、升空，他才从掉头处向下看了一眼。那是宪兵司令部的人用的那种车；升空编队过程中，他看见食堂后不是一辆车，而是两辆——不是沾满泥浆的普通指挥车，而是空军和陆军司令部参谋派了保镖和骑兵卫队、配了专职司机的那种车。这时候，他横越少校的横尾翼，贴近对面的布赖德曼，飞机不断爬升，向南飞去，以便直接靠近前线，他采取这一连串动作的同时，飞机仍在爬升；布赖德曼一摆机翼，掉转了方向，他也跟着他，摆脱了那架维克斯，进入德国或飞向德军的阵地，接着转过刘易斯机枪对准它的象限仪，一梭子弹将它打了下来，接着又跟了上去。少校现在掉转机头，向西南沿着前线飞行，飞机仍在爬升，现在机翼下一片模糊，只知道是前线，尽管他从未见过，但仔细再看，他又明白了——只见英军战壕上空飘着两个相隔一英里的气球，对面的德军阵地上空同样飘着两个，不见闻由漫无目的、没来由的漫天尘土和硝烟交织着的无端和已然消退、已经被取代的声音，也不见他从前见过的炮口焰，兴许是这个高度看不见。现在只能见到与地图相关的东西，现在看来恐怕和将军说的一样，莱茵河对岸的最后一门大炮就要停火——一有风吹草动，立即冲过去隐蔽，躲避阳光，看不见人的一小块空地——

他跟着少校一左一右突然掉转航向，两架飞机相交，仍在爬升，飞机掠过英军气球，直奔德军气球而去。接着他也看见了——他们正下方、前方爆发了一轮白色的炮火，接着四枚炮弹像星星一样奔东飞去。可惜他没工夫看它飞向哪里，同一时间，德军高射炮在，或者说即将在他们周围炮声大作，少校现在驾机向东俯冲过去。不过，除了德国佬黑漆漆的高射炮，他什么也看不清。大炮似乎遍地开花；他战战兢兢地驾机左冲右突，躲过一轮高射炮火，同时等着他之前听过的叮当声和悲号。不过，也许是他们飞得太快，他和少校俯冲了过去，这时候，他第一次注意到布赖德曼不见了踪影，不清楚他什么时候出了什么情况，接着他看见了它：一架双座飞机。他说不上型号，因为他之前从未在空中遇过一架德国双座飞机，其实，好些德国人也没见过。紧接着，布赖德曼在他前方俯冲而下，他按下机头紧随布赖德曼，他发现少校不见了，但他想不了那么许多，他和布赖德曼直冲而下，德国人的飞机此刻就在他们的正下方，向西逃窜；布赖德曼的一枚曳光弹直奔它而去，接着抽身飞走，他紧追过去，发现无望赶上那架双座飞机，他才抽身飞走，但还没等他脱身，高射炮早就伺机以待，德国佬的高射炮好像只管对天开炮，管不了打中谁，也懒得去管。一发炮弹似乎在他右上方两架飞机之间开了花；他心想，*我听不到叮当声，恐怕是不等我听见，就一炮将我击落了。*紧跟着，他又发现了那架双座飞机。确切地说，他看见的不是那架飞机，而是一阵阵英军高射炮闪亮的炮焰标明了它的方位，一架 S.E.（只能是少校；布赖德曼现在还飞不了那么远）冲向炮火。接着，布赖德曼又出现在他机翼的一侧，两架飞机仿佛两只在纷飞的落叶中翻飞的麻雀，飞出点点高射炮黑色的硝烟；接着他见到了气球，注意、想起、兴许是看见了太阳。

他看见了它们——双座飞机恰好在两个德军气球中间现身，它笼着高射炮火白色的光晕，恰好夹在两架英军飞机中间，呈一条直线，水平飞越无人地带，少校在双座飞机后上方，布赖德曼驾机裹着黑色的高射炮火相距大约一英里，紧随其后，四架飞机仿佛在一根线上滑动的四颗明珠，其中两架飞得并不快，因为布赖德曼瞬间赶上了少校。兴许是因为他的脸色，少校飞快地瞥了他一眼，接着使了个眼色，布赖德曼又驾机返回了队伍。但他并没减速，布赖德曼跟着赶上了他，两人驾机越过少校，他心想，*兴许是我错了，兴许德国佬那天没开炮，那天听到的是我方的高射炮*，他稍稍领先了布赖德曼一步，他正想着，两架飞机拉近了与双座飞机的距离，没等炮兵停火，他们就飞进了包围双座飞机的耀眼的炮火，最后一缕高射炮火消失在他和布赖德曼周围最后一抹渐渐散去的硝烟里，双座飞机不慌不忙地飞向午后的太阳，他按下按钮，将曳光弹对准它，直到曳光弹落下后才折身返航——引擎、飞行员的后脑勺，接着是正襟危坐的侦察员，仿佛乘小轿车去戏院看戏，没开过火的机枪如同收起挂在栏杆上的伞，斜挎在侦察员的背后，接着，侦察员不紧不慢地转过身，望着曳光弹，望着他，一只手从容地抬起风镜——这是一张普鲁士人的脸，一张普鲁士将军的脸；最近三年他见过许多讽刺霍亨索伦王储[①]的漫画，一眼就能认出他是一位普鲁士将军——另一只手举起一副单片眼镜，打量了他一眼，然后收起眼镜，又转身面向前方。

他掉转航向、追了过去；他们身下是机场，这时候他才想起高炮连就在村外，他昨晚还看见火把、听见卡车声来着；他驾机翻了个跟斗，望着身下的炮手，挥手冲他们喊道："来啊！来啊！这是你们最后一次机会！"他一摆机身，折身俯冲而下，对准大炮和仍仰头观看他的苍白的脸发了一枚曳光弹；飞机拉升的过程中，他又看见了一个之前从未见过的人，站在炮阵后的一片树林边；他轻轻地推动操纵杆和方向舵，这次直接将奥尔迪斯瞄准器对准这个人，最后拉升飞机，掠过树梢，他知道，他瞄准了他的肚脐。接着，他驾机又返回机场；只见那架双座飞机正准备迎风降落，两架S.E.一上一后将它逼下了天空；他飞得并不快，但飞得太高；剧烈的侧滑后，即使慢悠悠地降落还是很容易擦掉S.E.脆弱的起落架。但它保持着航向，冲上云霄；飞机起初是俯冲，现在是翻滚，他一时想不起在哪儿见过，接着他想了起来，一旦他鼓起了勇气，立即掉转航向（有朝一日，他们恐怕要在飞机上安一副手刹；现在驾驶飞机的人兴许能看到这一天）。他扭头看了一眼连部附近的士兵，步兵列队来到连部的墙角；这时候，他驾机飞快地沿着柏油跑道滑过几座机库，在机库门前的三名机械师跑过来冲他挥手，他继续滑向机场的一角，上周他见过的那地方，他关掉引擎，跳下了飞机，那架双座飞机也停在地面，他望着布赖德曼和少校降落，

[①] 德国普鲁士王室（1701—1918年）。

三架飞机仿佛三只大摇大摆的鹅,一窝蜂地滑向连部,连部门口的步兵站得笔直、前襟的铜纽扣和红制服在阳光下熠熠生辉。他脚蹬飞行靴、迈着稍显笨重的步子跑着,他赶到的时候,典礼早已开始——少校、布赖德曼和副官、索普、莫纳亨和 B 连的其他人都站起身,簇拥着三位军装笔挺、扛着闪闪发光的禁卫军肩章、出自波珀灵厄航空司令部的人,他们身后是步兵军官和分成两列、站得笔直、面向德军飞机的一个排。

"布赖德曼。"不等他把话说完,就听少校吼了声"闪开"。步兵军官嚷道,"举'枪'——敬礼!"站得笔挺的他只见德军飞行员跳下飞机,在机翼旁站定,侦察员座上的那人脱下头盔和风镜,丢在一旁,又从机舱不知什么地方掏出一顶帽子戴上,接着像魔术师空手变纸牌似的在眼睛上架了一副单片眼镜,跳下飞机,叽叽呱呱地对飞行员说了一通德语,飞行员退后一步、稍息,他接着又对飞行员吼了一句什么,飞行员猛地挺身立正,接着他不慌不忙地脱下头盔,以快到别人来不及拦的速度凭空掏出一把手枪,对准了飞行员,呆住了的飞行员(看模样约莫十八岁)没有看着枪口,而是望着单片眼镜,他对准飞行员的眉心开了一枪,没等尸体一抽、颓然倒下,就将手枪换了一只戴手套的手,还了一个礼,莫纳亨跨过飞行员的尸体,趁布赖德曼和索普还没出手,将另一名德国人赶回了飞机。

"傻瓜,"布赖德曼说,"你难道不晓得德国将军不和无名之辈交手吗?"

"无名之辈?"莫纳亨说,"我又不是无名之辈。看我不宰了那孙子。我不远两千公里,就是为了把他们杀光,我他妈的好早点回家!"

"布赖德曼，"他又说道，但少校没等他说完，又打断了他，"你闪开！闪开！"他又敬了个礼，只见德国人整了整衣冠（他的单片眼镜没丢），掉转手枪，提着枪管将枪把先递给了少校，少校接过枪，他又从袖口掏出一块手帕，掸了掸制服上莫纳亨刚才碰过的前襟和衣袖，用单片眼镜后空洞的眼睛看了眼莫纳亨，踢脚立正，还了一个礼，旁若无人地径直走向人群，他甚至无须看人群分开，为他让开一条道路，三名禁卫军官跟着他，阔步从两排步兵中间走向食堂；少校吩咐科利尔。

"把这弄走。他们要不要它我不知道，但我们这儿也不要。"

"布赖德曼。"他又说道。

"呸。"布赖德曼狠狠地啐了一口。"我们才不要去食堂。我在宿舍里藏了一瓶酒。"布赖德曼赶上他。"你去哪儿？"

"耽搁不了多久。"他说。接着，布赖德曼显然也看见、注意到了那架飞机。

"你的飞机怎么啦？你好好儿地降落的。"

"没什么，"他答道，"我把它停在那儿，因为苇荡里有一个汽油桶，我们不妨去坐一坐。"汽油桶还在那儿：在日暮下闪着暗淡的光。"因为战争结束了，不是么？不用说，那也是他们对德国将军的期望。话虽这么说，但人家只要打出一面白床单或台布，他们何必来这一出；他们在典当行肯定有一块桌布，德军司令部肯定有他从一位法国妇女那儿抢来的一块；再说有人想必欠了那名浑身是血的出租车司机什么东西，他——不按常规：他倒行逆施；他首先应该从自己胸前解下铁十字，挂在对方身上，再对他开枪——"

"你这个白痴,"布赖德曼说,"你这个十足的白痴。"

"好啦。这又耽搁不了多久。"

"算了,"布拉德利说,"别说了。"

"我只想看一眼,"他说,"然后再随它去。耽搁不了多久。"

"这么说,你随它去了?你答应了?"

"那还用说。我还能怎么办?我只想看一眼。"——他放好空汽油桶,抬起 S.E. 的机尾,架在桶上,刚刚好,呈一个较好的飞行角度;差不多呈水平滑翔,机头落地的角度也刚刚好。布赖德曼这回真的不答应了。

"我他妈的才不干呢。"

"那我只好……"他犹豫了,片刻,继而立即老练地说:"……莫纳亨。他愿意干。尤其是只要我赶上那辆货车或指挥车什么的,借来那个德国将军的帽子。就那个单片眼镜也行——不,就他手上的那支手枪。"

"你就自说自话吧。"布赖德曼说,"你当时在场。你看见他们朝我们开火,我们朝那架双座飞机开火。我看见你瞄准了他五六秒。我从单片眼镜里看见你的曳光弹从引擎瞄向他的背。"

"你不也是?"他说,"进去吧。"

"你何不干脆别管它去?"

"我早就随着它了。进去吧。"

"你把这叫作随它去?"

"这就好比留声机上的一个破唱片,不是吗?"

"揳上机轮。"布赖德曼吩咐道。他找了两块楔子,稳住了机身,布赖德曼进了座舱。然后绕到机头前查看情况，一切正常；他个子高，能看见整流罩斜面和稍稍歪了一点的瞄准器还是高了一点。但他可以踮起脚，用双臂护住脸，免得昨晚装子弹时遗留下来的什么东西到时候弹出二十英尺，虽说他没见过它打中过谁，他在布赖德曼说的那玩意儿上待了五六秒钟。螺旋桨已经启动，所以康斯坦丁内斯科成功也好，不成功也好，不管怎么着，只要螺旋桨不挡子弹就行。因此，他只要将瞄准器对准布赖德曼在挡风玻璃后的脑袋，谁知布赖德曼从挡风玻璃后探出身，又说道："你答应的。"

"没错，"他说，"到时候没问题。"

"你太近了，"布赖德曼说，"它终究是曳光弹，能把你烧焦喽。"

"那是。"说着，他往后退了退，但还是面向炮口的一小块盲区，"我就奇怪来着，它们是怎么办到的。曳光弹大概是里面的弹头燃烧的吧。不过，没有弹头曳光弹能发光吗？你知道吗？我是说，那是什么？不会是面包球吧？不对，面包球在炮膛就烧没了。说不定是蘸了磷的木球。这倒有趣，是吗？咱们的机库昨晚大门紧闭……还有一名端着枪的哨兵在黑暗中前后走动，机库外寒气逼人，机库内有人，说不定是科利尔；棋手应该擅使匕首，神不知鬼不觉地出手，人家说象棋是哲人的娱乐，说不定是一个明天升任下士的机械师或一名明天就是中士的下士也未必，即使战争结束了，他们还是能在他回国的路上，至少在他退役前给他增加一条杠（官升一级）。他们说不定还会保留空军，因为在他们掌握飞行之外的其他技能前，还有许多人走出航校，加入空军，即便和平时期，这些人至少还得要吃饭——"布赖德曼又向他摆了摆手，他又往后退了退，将瞄准器对准他。"——三年前，这外面什么都没有，后来的一天晚上，他拿着一把铅笔刀坐在一间紧闭的机库内，腿上放满了木段，立下鲍尔、麦卡顿、曼诺克或毕晓普等人谁都不曾立过的战功：击落一架德军飞机，并生擒了一名德国将军。下次休假去白金汉官求得一点赏赐——只可惜没有下次了，如今没什么假好休的，就算有，他们能给什么赏赐，布赖德曼？——好吧，"他说，"好吧，我这就护着我的脸——"

只可惜他现在真的大可不必；一条火焰喷向了地面，就算隔着这么大老远，也能一枪击穿他的胸膛。他最后看了一眼瞄准器，调整好角度，稍稍低头从面前的两件武器中间穿过，说："行了。"接着嗒嗒嗒的一阵响，他抬起左腕，手表表面映着黝黯的舷窗，强烈的光线（那不过是小子弹；如果他离枪口三英尺，而不是三十英尺，恐怕早像真子弹一样叫他当场毙命。即便如此，他还是弯腰快步冲进枪阵，倒不是免得被击翻，而是免得被打倒。不论哪种情况——仰面摔倒的角度和方式，都可能被一枪击中胸口，不等布赖德曼停火，最后一枪恐怕要叫他的脸开花）噗突突、噗突突地钻进他的胸膛，他还没觉得烫，就闻到一股阴燃的焦煳味。

"快脱了！"布赖德曼吼道，"你扑不灭！把飞行服脱了，见鬼！"说着，布赖德曼扑过来拽着他的军裤，他一边扯着裤子，一边踢下飞行靴，脱了军裤和看不见的阴火的煳臭。"你这下开心了？"布赖德曼没好气地说，"是吗？"

"是的，谢谢，"他说，"这下好了。——他打死自己的飞行员，那又何苦？"

"接着，"布赖德曼说，"把它给扔出去——"他抓起军裤的一条裤腿，刚扔出去，紧接着又捞了回来。

"等等，"他说，"我得把手枪给掏出来，免得他们把我送上军事法庭！"他从飞行服膝盖的口袋掏出手枪，塞进了上装口袋。

"喂。"布赖德曼说，但他话到嘴边，又咽了下去。

"焚化炉，"他说，"我们不能把它随便丢在这里。"

"行，"布赖德曼说，"你快去。"

"我把它送到焚化炉，再去宿舍找你。"

"把它带到宿舍，让勤务兵丢焚化炉好了。"

"这不坏了我的名声？"他说。布赖德曼松开了飞行服的裤腿，但他并没动。

"完了以后你快来宿舍。"

"那还用说。"他说，"另外，我得去趟机库，叫他们把我的飞机推进去。——但他为什么非要杀他的飞行员，布赖德曼？"

"因为他是一个德国人。"布赖德曼故作镇静、耐着性子说，"德国人打仗墨守成规。按规矩，一名德军飞行员驾驶一架载着一名德军中将的德军飞机安然无恙地降落在敌方机场，他要么是叛徒，要么是一个懦夫，他必死无疑。那个可怜的家伙恐怕今儿早上吃香肠、喝啤酒的时候就晓得自己的命运了。如果将军在这儿不杀他，只要他们逮着将军，也会将他就地处决。别想那事儿了，快回宿舍吧。"

"好。"他答道。布赖德曼走了，他起先不敢卷起军裤拿着。之后转念一想，那也没什么分别。于是他卷起军裤，又捡起他的飞行靴，回到了机库。B连机库的门这会儿开着，他们刚刚推进了少校和布赖德曼的飞机；按规章制度，他们不能将这架德军双座飞机置于一座英

星期一，星期二，星期三 · 109 ·

军机库,但反之,却肯定要害得至少六名英国人(由于步兵现在差不多都不在,那只能是既不会用步枪,还得熬一个通宵的空军机械师)拿着枪轮班守它一夜。"我的飞机出了故障,"他告诉第一名机械师,"飞机上有一枚未爆的炸弹。布赖德曼上尉帮我排除了。你们这下能把我的推进来了。"

"是,长官。"机械师答道。他小心翼翼地拿着那卷军裤绕过机库,踏着日暮走向食堂后的焚化炉,之后又突然折身去了厕所;厕所内现在想必伸手不见五指,除非有人带着一把手电进去。(科利尔有一盏锡蜡台;每次上厕所,他都跟剃度出家的僧侣似的将裤背带在腰上打个结,将蜡台端进端出。)厕所内黑咕隆咚,飞行服的味道盖过厕所内的臭气。他放下飞行靴,展开军裤,但即使在漆黑的厕所里,也什么都看不见,只有看不见的阴火;他也听说过:B连有人的小腿骨中过一枚曳光弹,由于磷烂掉了他的腿骨,他们只好截去了他的小腿;索普告诉他,下次他们打算截掉他膝盖以下的整条腿,看看能不能遏制腐烂。不用说,这个愚蠢的错误并没有解决问题,直到后天,那次侦察。(或者说其实是明天,可惜科利尔不会答应他。)他怎么晓得一年前,那时候他在中队有一个熟人,直到人家对他放空炮他才明白这事儿,看来当时他也不敢相信?他又卷起飞行服在漆黑一团的厕所里摸了一阵。(适应了厕所内的环境以后,他才发现天其实并没全黑。帆布墙有些聚光,仿佛外面天黑以后,延迟了的一天在厕所内刚刚开始。)才摸到了那双靴子。厕所外面,天还算不得晚上;天要两三个小时才黑,这次他径直去了布赖德曼的宿舍,但转念一想,他将飞行服卷起,放在门口的墙根下。布赖德曼卷起衬衫袖子在洗脸;两张床之间的箱子上,他和考利的漱口杯之间放了一瓶威士忌。布赖德曼揩了揩手,连袖子都没顾得上放,就从杯中倒出牙刷,倒上威士忌,将考利的杯子递给了他。

"干了,"布赖德曼说,"这威士忌要真是好酒,你和考利留下的细菌都会被烧掉。"一杯酒下肚。"再来一杯?"布赖德曼劝道。

"不了,谢谢,你说他们会如何处置那几架飞机?"

"你说处置什么?"

"飞机。我们的飞机。我没空收拾我那一架。要是有空的话,我没准会收拾一下我的那一架。你知道的:洗一洗。撞上什么——跑道上还有一架飞机,说不定是你那架。他们还没来得及卖给南美或黎凡特,它就给报销了,两架一块儿报销。这样的话,就没了那帮假惺惺的将军指挥这个连的飞机这事儿了。说不定科利尔会让我再飞一次。那我就开着它撞——"

布赖德曼提着酒瓶稳步走向他。"端杯。"布赖德曼说。

"不了,谢谢。你恐怕也不晓得什么时候回国。"

"你喝,还是不喝?"布赖德曼问。

"不了,谢谢。"

"那好,"布赖德曼说,"我随你挑:要么喝,要么给我闭嘴——随他去——我的话完了。你挑哪一样?"

"你干吗老说随他去?随什么?我当然晓得步兵应该先回国——步兵在泥泞里摸爬滚打了四年,下战场两个星期后,没理由庆幸,甚至奇怪你还活着,因为你下战场不过是为了擦干净步枪,清点一下你的铁干粮,好回去再干两个星期,所以战争一日不结束,你没什么好奇怪的。当然，他们应该先回国，把那杆该死的步枪扔了，两个星期后说不定连虱子都除他个干净。以后除了见天儿上班、晚上泡酒吧，然后回家抱老婆，什么都不用管——"

布赖德曼提着酒瓶，作势要砸他。"你的话等于放屁。端起杯子。"

"多谢。"他说着，将杯放回了箱盖。——"好啦，"他说，"我随它去了。"

"那就快去洗洗，然后去食堂。我们再邀上一两个人去米约夫人餐馆去吃。"

"科利尔今早上再三叮嘱过我们，谁也不得离开机场。他兴许知道。停战兴许和开战一样难。谢谢你的威士忌。"说完，他出了门。还没到门口，他就闻到了它，他弯腰捡起军裤，回到自己的宿舍。不用说，宿舍内空无一人；食堂说不定举办了一场庆祝会，说不定是一场酒会。他没点灯，丢下飞行靴，用脚推到了床底，然后小心翼翼地将卷起的飞行服放在床头的地上，躺在床上，在四壁营造的伪夜色和就寝时间中仰面躺在床上，闻着阴燃的味道，伯克骂骂咧咧地推开门，他还躺在那儿。

"老天，这是什么味道？"

"我的飞行服，"他从床上答道，不知谁点了灯，"着火了。"

"你撞鬼啦，把它拿进来干什么？"伯克说，"你想把这间宿舍给烧啦？"

"好吧。"说着，他翻身下床，在对方好奇的目光中拿起那件飞行服，点灯的是德·马尔希，手中仍擒着那根燃烧的火柴。

"怎么回事？今晚没举办酒会？"

伯克不等德·马尔希回答,又骂起了科利尔。

"科利尔关了酒吧。"

他出了门;天还没黑,他还能看清手表:二十一点(不,现在就是午后十点,因为时间又不声不响地回来了)。他绕过宿舍的墙角,将军裤放在墙根下,但又不靠墙太近,整个西北面是一扇渐渐淡去的大教堂窗户,他听着寂静中充满了之前在法国从未听过,再说也不晓得存在的无数细微的声音,因为他们是英国人。他想不起英国的夜晚是否听过这声音,想不起人家是否告诉过他,因为四年前,这种夜晚的声音实属正当,至少流行,那时候,他还是一个除了童子军装,并不向往军装的孩子。他转身返回屋内;到了门口,甚至进了门,还能闻到飞行服的焦味,当然,闻到也好,闻不到也好,他都不能骂人。大家都上了床,他穿上睡衣裤,吹了灯,挺直身子轻轻地仰面躺了上去。鼾声已经响起——伯克一向打鼾,但谁要说他打鼾,他一准要骂人——所以他只听见夜悄悄地溜走,时间悄悄地流逝,窸窸窣窣的窃窃私语从哪儿来,也回哪儿去,他又轻轻地翻身下床,伸手从床下够出飞行靴穿上,站起身不慌不忙地找出厚呢短上装穿上,走了出去,但他人还没到门口,又闻到了飞行服的味道,到了墙角,他在飞行服旁倚着墙坐了下来,现在是二十二点(不,是午后十点),天并不见黑,那扇教堂的大窗户只是缓缓地向东旋转,你还没明白过来,它就充满了阳光,焕然一新,接着是太阳,接着到了明天。

但他们等不及。长长的一队步兵摸黑爬出了他们待了四年、地处荒郊野岭、臭气熏天的战壕、沟壑和岩洞,惊诧、将信将疑地眨了眨眼睛,突然又满腹狐疑地打量着四周,他侧耳去听,却又听不清,他肯定能听得见，因为它比突然的狐疑和难以置信要喧闹、嘈杂。西方世界的妇女众口一词，从当年的俄国前线到大西洋，再横越大西洋，到德国、法国、意大利、加拿大、美国、澳大利亚——不单是失去了儿子、丈夫、兄弟、恋人的妇女，因为这声音从第一名士兵倒下那一刻起就响彻云霄，士兵们如今已忍受了那声音整整四年；今天或明天将失去儿子、兄弟、丈夫或恋人的妇女，昨天、今早或随便什么时候立即发出的哭喊声，如果不停，现在不必了，因为它（当然不是他的女人、母亲，因为她毫无损失，也不曾承担过风险；再说也没那么多闲工夫）——的声音比满腹的狐疑喧嚣，喧嚣到连男人们都难以置信，而妇女们只要愿意，她们能够，况且也的确相信，欣慰和哭号之间其实没什么区别（她们不想，也不需要）。

并非他在朗伯斯河对岸家中的母亲，他在那儿出生、在那儿长大，父亲十年前早早过世，过世前他每天要到伦敦商业中心去管理一家美国大型棉花商号的伦敦办事处。他们——他的父亲和母亲——起步太晚，虽说母亲遗传给了他女人的多愁善感，但她却是一个要他（历史认为——从他在食堂听来的片言只语，他也相信，历史至少清楚它在说什么——男人一向如此）从炮口为她摘花环或桂枝的女人。他清楚地记得，他和另外两个人唯一一次共祝授衔，他们凑钱去了萨瓦[①]，后来麦卡顿加入了进来，要么多立功、要么多杀几个德国佬，很可能兼而有之，其实就是兼而有之，这是一场女人，而不是男人的小凯旋仪式，他们三个人望着在他们眼中更加漂亮、无异于天使一般的女人像一束束鲜花仆倒在英雄的脚下；望着这一幕，他们做何感想，要不

[①]　法国东部地区，与瑞士、意大利接壤，1860 年后并入法国。

要大声说一句:"慢着。"

可惜他当时没空;他母亲一声不吭,他甚感失望,女人为什么偏偏对荣誉毫不动心,等她们也做了母亲,她们甚至见不得军装。他突然明白母亲所到之处,是最吵吵,也是最爱嚷嚷的一个女人,她无时无刻、生怕在战争中失去什么,在世人的见证下,证明那是对的。因为女人不管谁胜谁败,甚至不管谁去打仗。后来他才明白,这真不要紧,对英国不要紧:鲁登道夫①不妨来亚眠②,再辗转到海滨,乘船过英吉利海峡,猛攻古德温暗沙③到兰兹角和毕晓普岩之间他认为合适的一个地点,再直取伦敦都不要紧。因为伦敦之于英国,无异于泡沫之于啤酒,可惜泡沫不是啤酒,谁也不愿多费时间或生命兀自伤心,鲁登道夫也没工夫自鸣得意,他还要包围降服全英国每一片林子中的每一棵树和每一面墙上的每一块石头,何况家家酒吧都有那么三个人,他恨不得一块块拆下砖头,将他们抓获,抓到他们。就算他拆了酒吧又有何用,因为在下一个十字路口还有一个里面待着三五个人的酒吧,再说欧洲或别的地方也没那么多德国人或什么人,他展开了飞行服;前襟先是遍布一个个阴燃重叠的小圈圈,但现在却连成了一个不规则的圆环,上至衣领、下至腰带、两侧到腋窝,到了早上,估计整个前襟都不见了。阴燃持续不断、势不可挡地向四周蔓延;他可以和鲍尔当初一样,全仗着它,麦卡顿、毕晓普、瑞斯·戴维斯、巴克、

---

① 埃里希·冯·鲁登道夫(1865—1937),德国陆军将领。毕业于士官学校。1908年任陆军总参谋部处长,在总参谋长小毛奇的领导下对修改施里芬计划曾起到重要作用。该计划的核心是:不惜破坏比利时的中立,从侧翼包抄法国,并一举击溃之。1913年调任步兵团团长。1914年第一次世界大战爆发后,调往东线任第八集团军参谋长,从此成为兴登堡将军的得力副手。
② 法国北部城市。
③ 英格兰多佛海峡北海口处的沙洲。

伯尔克、里希特霍芬、英麦曼、居内梅、曼诺克,以及莫纳亨一样的美国人,祖国还没参战,他们就甘心赴死,留给祖国一份宣扬的名单;在战场、泥泞中的士兵和步兵——他们不求平安,甚至不求别转天又被卖力的黄铜帽子[①]们出卖,他们只求需要他们挺身而出的危急时刻,其实,他们个个敢于承担,许多人也承担了这份责任,结果却成了往事,除了英勇的胜利和英勇的失败,尽在巴黎、柏林、华盛顿、伦敦和罗马远离硝烟战火的异教徒的掌控之中,对其中的一方来说,给它的荣誉,是从另一方身上洗却耻辱。

---

① 高级将领。

星期二，星期三

下次凡是见过或注意到、想起她的人，应该是在巴黎的老东门。他们注意到她，不过是她在那儿待了许久，站在城门旁盯着每一张进城的脸，接着不等前一张从她身边走过，又连忙向下一张望去。

不过，谁也没把她放在心上。没人留意她，除了见她在城门边徘徊、张望。源源不断地拥进城门的人，人还没到、心早就进了城，他们的牵挂和担心早就与市民们蓄积的牵挂和担心融为一体，他们的身躯却堵着通向城里的一条条拥挤的道路。

他们昨天就陆续赶到了，昨天是星期二，不等这个团被带回绍讷蒙听凭最高统帅他老人家发落，决定它的命运，他们兵变被捕的消息就先一步传遍了这个区。昨天一晚，他们源源不断地拥进城内，今天早上又裹着疾驰返回、进城、穿城而过的卡车扬起的尘土，紧跟这个团的脚步行走，或赶着笨重的大车拥进城门，那名年轻女子站在城门旁，紧张、不知疲倦、飞快地打量着每一张脸——村民、农夫、工人、手艺人、客栈老板、文员和铁匠。在这个团当过兵的其他男人，现在是这个团官兵的父母和亲友，因为他们如今在城另一头的临时监狱被严加看管，有被处死之忧——若不是纯粹偶然或运气，其他男男女女现在多半是他们的父母或亲朋——有些人下次也逃不了。

离家的第一天他们似乎不知情，进城之前，从他们在路上碰到、赶上、被赶上的人那儿又打听到了一些。不过是这几个团昨天拂晓时分兵变，拒不发动进攻。并非进攻失败，而是拒不从命，不肯跨出战壕，不是进攻之前，也不是进攻之际，而是进攻之后；——毫无征兆，连军官中奉命领导他们的芝麻小官、准下士都没看出苗头，没看出士兵们不肯履行例行的公事，四年后，这公事如同节日或狂欢季节每晚正式舞会的开场仪式①，成了正规战同等和必不可少的一个环节；该团昨晚被派往前线，经过两个星期的休整，甚至消除了刚入伍的士兵积蓄的问题，何况摸黑赶往前线的途中遭遇的变数和激发的激昂斗志：阴森密布的枪炮，黑咕隆咚、慢吞吞地行驶的弹药车和卡车，装的想必是弹药；接着是炮火，集中火力轰炸敌军把守的山头足以告知前线两侧几公里内的双方官兵这时候即将发生什么，突击队在前线上上下下，拂晓时分，全团严阵以待，默默、规规矩矩地望着阻击火网从敌军阵地跨过他们的前线，斩断了他们的援兵；事先看不出丝毫征兆和苗头；连长排长、军官和士官爬出战壕，扭头却发现没一个人跟上。士兵之间不是口耳相传，而是分散在全团前线的三千名士兵不约而同地来了这一出，仿佛——当然是反过来——电话线上的一排小鸟不约而同、呼啦一下从电话线上飞走，师长撤下并逮捕了这个团，当天，也就是星期一中午时分，除了空中侦察和发信号弹似的隔一会儿一阵齐射，法军全线和对面从阿尔卑斯山到埃纳河的德军前线停止了一切行动，下午三点，从埃纳河到沿海的美军和英军，以及敌军前线也如法炮制，师长将这个团遣送到设在绍讷蒙的总司令部，星期三下午三点（他们没静下心好好想想，别说怀疑全体乡民竟然如何提前两

---

① 开正式舞会时全体宾客列队进场或绕场一周。

天打听到了一场高级别军事会议的主旨和目的),他要去那儿取得军长和司令等顶头上司的支持,至少默许,当面请求总司令他老人家准许他处决全团士兵。

那是他们匆匆赶往城里的路上了解的情况——老人、妇女和孩子,总司令他老人家明天只要动动手指头就能要了他们小命的那三千士兵的父母妻子、儿女、亲朋和恋人气喘吁吁、跌跌撞撞,又急又怕地从四方八乡涌进城,他们并非又是害怕,又是抱着一线希望,而仅仅是痛苦和惊恐;甚至毫无目标,因为他们没有希望。他们并非走出家门、放下田间地头的工作、关上店门匆匆赶往城里,而是不管他们是否情愿,被痛苦和恐惧拽出茅舍、小屋和水沟,拖进了城,悲痛欲绝地从村子或农庄赶进城,因为悲痛和牵挂就好像贫穷,只顾自己;他们涌进早就人满为患的城市,他们别无指望,只想将他们的悲伤和担忧交给汇聚了一切感情和权力的城市——担心、悲伤、绝望、无能为力、无上的权力、恐惧和战无不胜的意志;同呼吸,从而共命运:一方面靠悲伤、怜悯,另一方面靠雕花石门、哨兵和中心广场三面象征性的旗帜后那位一手遮天、见不到面的白发老人,他掌管众人的生杀大权,他掌管着全团的生死,省得再惦记他手下无数人马中的这三千人,除了以后想起来,他点个头、抬抬手就能饶了他们一命。他们不相信战争已经结束。战争持续得太久,不是一个通知一夜之间就能这样停止、结束得了的。停战停的仅仅是战争;不是参战的士兵,而是战争本身,战争,痛苦、备受煎熬的众生无动于衷、漠不关心,胜负成败仿佛粪堆上一群群朝生暮死、盘旋的昆虫,也像是对着枪炮和伤员哭喊道:"嘘,请安静!"——从阿尔卑斯山到海边那片沦为废墟、无可挽回的土地上,一张张脸睁大眼睛、张大嘴巴漠然地等着一刻、一天,或两天,等着绍讷蒙那位白发老人高抬贵手。况且,也无所谓。过了四年,他们如今已经习惯了战争。这四年,他们甚至学会了适应它,不去想它;确切地说,是委曲求全,就好像接受大自然、自然法则这一实情或条件——剥夺和被剥夺、恐惧和威胁仿佛隔着一道薄弱的防洪堤隐隐逼近的龙卷风或海啸;还有丈夫、父亲、恋人和儿子的伤残和阵亡,仿佛战争中失去亲人不过是婚姻、为人之父、养儿育女和爱情这类稀松平常的职业病。不仅战争期间,而且战争正式结束后也断不了根,仿佛战争只晓得或只能靠死神打扫它腾出来的空屋子;似乎只要被它的污秽和生理的恐惧沾染上哪怕一秒,人人都像得了不治之症一样免除了只有死刑才能免除的义务;战争对停战熟视无睹,直到它也找到充分的理由掸去它心满意足后最后一点冰冷、毫无价值的灰烬和未尽事业的遗憾;停战也好,不停战也好,这个团的兵还是非死不可,难以颐养天年,但既然这个团作为一个单位要为停战负责,作为一个单位,这个团肯定要灭亡,按战争这个老规矩,就为了让刽子手清点他们的枪支,送交军需官的仓库,以便分发给下一个单位。其实,能救这个团的只有重启战争,但这有违他们的初衷,是他们的一大憾事,这个团靠兵变阻止了战争;它拯救了法国(单单是法国吗?也拯救了英国;甚至整个西方,自从突破亚眠前线、德国人分明势不可当),这是对它的一个回报;拯救了法国和世界的三千名士兵将要丧生,但不是在拯救过程中,而是在事成之后,所以对拯救了整个世界的士兵来说,他们拯救的这个世界有愧于他们付出的代价。当然,这个团的三千名士兵却不这么认为;他们愿意赴死:这个世界、西方、法国等等都与他们无关；但为了拯救法国和世界甘愿不惜一切的士兵们的妻子、儿女、父母、兄弟姐妹和恋人却不这么认为；他们不再认为他们团结一心、拧成一股绳、同甘共苦、抵抗德国这个敌人，而是独自一人、一个小分队、一个家族、差不多是一个家庭严阵以待，抵御他们儿子、父亲、丈夫和恋人要拯救的整个西欧。再说，不论战争的阴云持续多久，有些恋人、儿子、父亲和丈夫至少能平安脱险，谁知恐怖和威胁都已过去，他们的父亲、恋人、丈夫和儿子却难逃一死。

他们到了城门口，却找不到一片悲叹无奈的平静之地。恰恰相反，这里民怨沸腾、惊愕不已，因为他们现在才知道，这个团并不是全体图谋兵变，既不是事先计划，也不是一时冲动，而是受一个班十二个兵和他们的班长诱导、诓骗、诱惑发动的起义；全团三千人被人带坏、犯了死罪，因为这事，作为惩罚，要被这十三个人带到枪口下，其中四个人不仅不是土生土长的法国人，连归化法国人都算不上。其实，只有班长一个人会说法语。查遍全军的档案，恐怕都查不出他们的国籍；他们身在一个法国团或一支法国军队着实令人费解，尽管他们肯定、想必是通过记录在案、有据可查的外国军团粗心大意征进来的，因为一旦记录在案，各部队决不会轻易丢弃；靴子、刺刀、骆驼，或者一个团兴许会消失得无影无踪，但它的履历和最终拥有这个名字、职务和番号，以及接受它的单位还在。这个班另外九个人是法国人，但只有三个不到三十，其中两个年过五旬。但九个人的履历清清白白，不仅可回溯到1914年8月，而且到最年长的一位三十五年前年满十八岁应征入伍那一天。

到了第二天早上,也就是星期三,他们打听到了余下的情况。那时候,他们还在赶往城里的路上。这消息仿佛干柴遇见烈火,被风吹出城,沿着条条拥挤的道路迎接他们。情况是这样的,掩护炮火不仅预示着即将展开进攻,德军观察哨想必也见到了士兵们不肯跟着他们的上司跳出战壕,但他们没发动反攻;还有,即便有机可乘,即便这个叛乱、不再可信的团被调到了光天化日之下,他们也没把握好宝贵的时机,趁乱发动反攻,甚至没有阻击换防和被换的团必经的交通壕,因此,这个被换下的团一个小时后被捕,这个战区的步兵停止一切行动,两个小时后,这个团隶属师的师长、军长、司令,以及一名美军上校参谋、英军总司令手下的参谋长和统帅集团军的总司令关门密议,随着谣言越传越广,据说不仅该师另外三个团的列兵,而且左右两个师的人都事先获悉要发动进攻,挑中的团却拒不从命。(参谋和宪兵队长又惊又怕、将信将疑地带着中士和下士迅速采取行动,只听见刺耳的电话铃、嗒嗒作响的电报,通信员的摩托车轰鸣着在院子里进进出出。)这位外国班长和手下一个国籍混杂的班私下里不仅闻名三个师的列兵,而且两年多来,这十三个人——那个名不见经传的班长叫什么,恐怕没几个人知晓,甚至无人叫得出,他在这个团,加上另外三个分明出自同一个中欧国家的兵是一个难解的谜团,他们来到这个团之前似乎没人晓得他们的根底,似乎凭空出现在发给他们军装和装备的军需官的仓库,另外九个人倒是知根知底,直到今天早上,还是清清白白的法国人和法国兵,他们如今不仅在法军地盘,而且也在美军和英军的野战部队营房度了两年假,时而是一个一个地,但常常是一个整班——全班十三个人,其中三个不会说法语,他们班长的法语也只够他保住这个职务,这十三个人一次数日、有时数周,不仅走访法国部队,而且还走访英军和美军;——当时,系着腰带、戴着领章、扛着肩章、鹰徽、花冠和将星的人都认为这算不得大罪,只是觉得怪异、不可思议;他们碰到的事极其不可思议,极其地怪异。当时他们获悉休假那两周,有三天,去年是两天,上个月三号,也就是不到三个星期前,一天夜里,全班带着通行证、干粮票证,开车出了军营,从法国消失了踪影;两个星期后的一天早上带着没签注、原封不动的通行证和票证又出现在军营;怪异且不可思议,因为四年来,这十三个人不需要签注、无须通行证、只要一把老虎钳就能摸黑去的地方只有一处;他们——审问官和检察官、审判长和宪兵司令一行人在一个排拎着手枪的士官和宪兵的簇拥下,强忍住怒容,匆匆检查了从阿尔萨斯绵延到英吉利海峡浑身污垢、穿着泛白的军装、仅以番号相称、无官无职的全体士兵,将近四年来,他们在绵延不断的踏跺上轮流守着架在射击孔内、真枪实弹的步枪,谁知他们现在却好像放弃了战争,不盯着对面的德军阵地,反而监视着他们,监视着惊恐、义愤填膺的审判员、检察官;后来法军观察哨的日光反射信号器闪了一闪,对面德军前线后的一台信号器遥相呼应;那个星期一的中午时分,法军全线和对面的德军阵地全面停火,下午三时,美军、英军阵地和对面的德军阵地纷纷效仿,夜幕降临时分,在严密的监视、砰砰的火箭声,以及后方大炮缓缓一闪、接着砰的落地声中,双方兵员密集的阵地纷纷像庞贝或迦太基古城一样陷入一片死寂。

这下他们有了一位宣扬苦难的领袖,一个诅咒的对象,星期三一早他们跌跌撞撞、气喘吁吁地走在条条小路的尽头,城市在阳光下拔地而起，尖塔和城垛仿佛它的金王冠，他们涌向老城门，汇成庞大、纷乱的一股洪流，仿佛出自昨天还代表这座城市顽强和勇武气势，但如今却成了一股沸腾、在黎明时分淹没大街、现在仍跟着疾驰的卡车涌向大街小巷的人流。

卡车飞快地穿城而过，很快将人群远远地抛在身后，先头的卡车驶上城外阳光明媚的旷野，后面的卡车又驶入了视线，卷着淡黄色的尘土飞也似的驶向一公里半外漆着伪装漆、乱糟糟的俘虏营。

可惜人群似乎一时分不清或辨不出这些卡车。车队停了下来，仿佛一条蛇蜥突然被推到了阳光下、卷作一团，那动作犹如拂过一垄小麦的一缕看不见的风，在车队中漾起一阵淡淡的涟漪。接着，他们分辨或看清了滚滚的尘土，他们乱了阵脚、拥了上来，但没有跑，因为从小城那一头走来，老人、妇女和孩子都耗尽了体力，现在没人嚷嚷，因为他们都喊哑了嗓子，不过是脚步匆匆、气喘吁吁、跌跌撞撞，由于出了城，他们在旷野四散开来，因此，他们不再像一条蛇蜥，而是又成了一股黎明时分席卷中心广场的浪潮。

他们没有计划；只有潮水一样的行动；现在呈扇形散开穿过旷野，他们，或者说这支队伍像似一波宽广，但没多少后劲儿的浪潮，快到临时监狱的时候，像一波接近沙滩的潮水加快了速度，突然冲上前，拍打着铁丝网，停留了片刻，接着分成两小股沿着围栏渐渐停下了脚步。仅此而已。本能、悲痛带他们踏上了道路；动机驱使了他们一个小时，有人甚至二十四个小时，将他们带到了这儿，像渣滓一样将他们弃在围栏边（它——临时监狱——曾是一家工厂，那是当年世人称之为和平、业已消失的日子的事了。当年它是一圈爬满平静的爬山虎的长方形砖墙,去年才改建成了一座新兵训练营,加了用美元购买的材料、在美国用美国机器分割成编上号的部件、漂洋过海运到了这里,再由美国工兵和工人组装成晃眼、代表一个国家惊人的效率和速度的五十座几何形状的板材和糊墙纸的营舍,昨天又改建成了收押这个兵变团、防止人逃跑的监狱,加了一圈电网、探照灯塔,机枪点和掩体、又为看守修了一条高架通道;法国坑道工兵和现役部队又修了一道栅栏、牵了一圈电网予以加固),之后又被弃之不顾,留下他们乱哄哄地围着栅栏,仿佛大屠杀后还魂的受害者,眼巴巴地望着这个团在紧绷、凶险、爬不过去的铁丝网对面从没存在过似的消失得无影无踪,这期间,四周——阳光明媚的春天、欢快的清晨、云雀叽叽喳喳的天空、闪亮的铁丝网(虽说伸手可及,却又恍若在眼前的圣诞节金丝彩带,赋予了埋头在里面忙碌的杂役队一种乡下人装饰教区晚会这一无关紧要的氛围),空无一人的操场和死气沉沉的营房,看守他们的塞纳加尔人,沿着他们头顶的通道趾高气扬、慢悠悠地逛着,给他们俗气、破烂的军装添上了一层造作、夸张的散漫,仿佛一个匆匆从当铺出来的美国化妆黑人乐队——若有所思、漫不经心、高深莫测,又心不在焉地低头呆呆地望着他们。

  仅此而已。他们二十四个小时前就想过来,总算到了这里,他们如同一堆失去冲势的沉渣、连看都不看一眼他们靠着的铁丝网,沿着围墙躺在那儿,更不去想围墙对面的事,过了约半分钟,他们回过神,倒不是他们来的时候没计划,也不是权且代替计划的动机,只要有进去的机会,那不过是个动机,但动机本身就出卖了他们,将他们带到了这儿,不单是他们穿城走到临时监狱这一公里半路花的时间,而且在于返回城里和中心广场花的工夫，他们这下才明白，他们本来就不该认输，所以说，不论他们现在以怎样的速度返回城里，都为时已晚。不过，他们静静地站在围墙外的那半分钟，围墙另一边的杂役缓缓地挣脱光鲜，却又不尽的烦恼，扭头默默、茫然地望着他们，衣着花哨的塞纳加尔看守端着冲锋枪，懒洋洋、鄙夷地瞧着墙内忙碌和墙外伤心欲绝的白人，抽烟，拿又黑又粗的拇指懒洋洋地弹着刺刀刀口并不耽误他盯着他们。

连在狂风中岿然不动的飞行员也不知道从何入手，就好像没头没脑的蚯蚓，显然没有发现情况或选择逃路的器官，只能以瞬间的认识和瞬间的速度向一个方向出发，人群和鸟儿一样，呼啦啦地转身，又匆匆地返回城里，他们筋疲力尽，但不屈不挠不仅在于忍耐，而且在于冲动，再次穿过两列一直延伸到城里的官兵——（这次分明是一个骑兵旅，像一队步兵似的在空荡荡的路上整队面向而立，他们没带背包，但这次刺刀上枪，身背手榴弹，有几名士兵还带着火焰喷射器的喷嘴和带箍的软管，空荡荡的大路尽头的城里又见到了坦克，在城门口若隐若现，仿佛从狗窝里探头探脑的一只脾气暴躁，却又胆小怕事的小狗）似乎既没留意来了部队，况且毫无兴趣，所以也没注意到他们的存在。军队也没注意到这些人，当然也不曾警惕，而是懒洋洋地跨着马，或枪挂着地，望着人群从他们中间涌过，在部队和下令他们赶到这儿的人看来，人群仿佛一群西方的牛，一旦行动起来、形成了气候，既能保护自己的安全，还能保民众的平安。

他们穿过小城，又返回，挤满了中心广场，一直挤到尖尖的铁栅栏，栅栏后三名哨兵分列三面迎着晨风招展的旗帜下那扇假门左右。

即使早没了空地，人群还在源源不断地涌向广场，他们知道，不论他们以多快的速度从临时监狱赶回来，都为时已晚，他们知道带着执行令的信使不可能超过他们，先他们一步赶到这里，但也相信有人肯定送了过去。但他们还是涌向广场，好像迟来的人接受不了私下相传的消息，必须看看或想办法亲眼看看他们错过的信使，可惜还是迟了一步；到了后来，即便他们蜂拥、跌跌撞撞、气喘吁吁地赶回临时监狱，至少赶到能听到一排枪声、夺去亲人性命的地方，但也没了转身就跑的空地儿了；密密匝匝人群困在年代远过克洛维一世①和查理曼大帝②的石窟内进退不能——到了最后，他们突然想起，他们不会迟到，也不可能迟到；不论他们是否搞错了时间、方向或地点，也决不会错过执行死刑，就算他们阻止不了，因为急火攻心的人流又返回城里的唯一原因在于，这个团的师长要赶回来面见他们面前那扇紧闭的石门后的那位白发苍苍的老将军，请求让他枪毙这个团，另外师长要到下午三点才能赶到。

因此他们现在只能等。这时候刚过九点。到了十点，三名下士，一名美国人、一名英国人和一名法国人各领着一名全副武装的本国士兵走出了市政厅后门，换下本国的哨兵，又护送下哨的兵进了门。接着到了中午。他们的影子慢慢从西边爬到了脚下；先前三名下士又带来三名哨兵，换下了三个哨走了；如果搁在从前所谓和平的虚度光阴的日子，这兴许是人们回家吃饭、休息片刻的时候，但现在谁也没动；他们的影子慢慢地偏东，又慢慢地拉长；下午两点，三名下士第三次

---

① 法兰克王国的缔造者，法兰克国王，生于465年，卒于511年。
② 生于742年，卒于814年，世称查理大帝或查理一世，于768—814年期间为法兰克王，并于800—814年期间为西罗马帝国皇帝。

走了过来；三套班子第三次踱步，跺脚走了两个小时一次的过场，离开了。

车这次在大街上开得飞快，超过了它自个儿的传令官。人群忙不迭地拼命为它让出了一条道路，车开进了广场，人群跟着涌了上去，望着车飞也似的穿过广场，突突突地掀起一阵尘土、停在了市政厅门口。这也是一辆指挥车，但蒙满了灰尘、沾着干了的泥浆，虽说车上插了一面司令的五星旗，但他们不仅来自军区，而且来自前线。不过，过了四年，连小孩子家家都看得懂，如果车上没插面小旗，连他们都认得出车上的两个人——指挥这个团的那位五短身材、大腹便便的师长，车还没停稳他就站起身，学者模样的高个子是师长的上司总司令手下的参谋长，不等前排坐在司机旁边的勤务兵下车打开车门，师长就跳下了车，先参谋长一步迈着两条短而僵直的骑兵腿走向哨兵分列两旁的假门。

参谋长跟着站起身，从身边的座位拿起一个稍长的物件，他们——人群——立即认了出来，退在一旁的人群也嚷嚷着、呼啦啦地围了上去，他们不是骂人，更不是针对师长；就连不了解这位外国下士前，他们也从没当真怪过他，说到这位下士，虽说他们怕师长，怕他给他们添愁，怕他给他们添忧，他们也从没怪过他：他不仅是一名法国军人，而且是一名英勇忠贞的法国战士，他只要秉持自己的本分，只要坚守自己的信仰，恰恰是因为有了他这种人，长久以来，人家才对法国又是嫉妒又是羡慕。一名军人，不仅是他个人和所在部队的荣誉，而且是从班到排、到军，乃至集团军全体指战员的光荣。身为一名法国人，祖国危在旦夕，至少可以说受到了威胁。事后，在他们看来，或者说在某些人看来，他们看出参谋从小车座位上拿起的物件的意义前四五秒钟，他们一时对他抱以同情：他不仅是一个法国人、一名军人，首先是一个人，之后才说得上法国人和军人，身为法国人，参军报国，但为了取得成为一名英勇忠诚的法国人和军人这一崇高的权利，他势必要放弃自己做人的权利——只留下煎熬和悲伤，听命上级的安排；他只能名列阵亡将士，而不是遗属之列；沦为他自己一族和高官们的炮灰。

接着他们看清了参谋长手中的东西。是一把军刀。他——参谋——有两把：一把扣在武装带上，一把拿在手中，他挽上带子，收好军刀，夹在腋下，跟着下了车。连小孩子家家都看得出，师长也被捕了，他们发出了一阵嘘声；好像到现在他们才刚刚明白这个团性命难保——这嘘声不单单是出于揪心的痛楚，然还出于万念俱灰、大失所望，或者事已至此，无奈的叹息，听到这，师长停下脚步、转过身，人群好像第一次望着，或见到他似的——他甚至都算不得这个职位或上司的炮灰，而是和他的手下一样，是随时随地要消灭这个团而且无权决定自己命运的人的炮灰；孤寡、穷苦人、孤儿出自那些签署了孤儿判决书要他执行的人之手，也出自他一手造成的孤儿；他以与生俱来的人权、同情和怜悯的权利，甚至死的权利从他们手中换取了坚韧、忠诚和克己这一至高无上的特权，谁知却被他们事先一票否决；他站在那儿、扭头看了看，然后转身，大步走向通往假门的石台阶，参谋腋下夹着收好的军刀跟着他身后，三名哨兵咔嚓咔嚓地举枪向踏上台阶、从他们身旁经过的师长敬礼，师长不等别人为他开门，砰地拉开黑洞洞的大门，自顾走了进去——这个无亲无故、凛然、有罪在身的

星期二，星期三 · 129 ·

矮胖身影头也不回地跨过黑漆漆的门槛,(在一张张脸和一双双眼中)如同迈进了无底的深渊或地狱。

现在为时已晚。如果他们早些出发,至少能及时赶到临时监狱,扒着铁丝网听听凶讯;这下倒好,只怪他们不肯动,现在只能看刽子手准备空荡荡的绞索。要不了多久,全副武装的信使和警卫将出来发动等在通道上的摩托车;小车开到门口,官员们依次露面——不是最高统帅他老人家,也不是他手下的两位将军,更不是师长。为了最后抵偿他的罪过,师长不得不去看管一帮自己曾经是他们代言人的死刑犯——都不是,而是宪兵司令、专家。这是他们的另一个身份,也就顺着这个叫法,他们由主教精挑细选、培训,为这个永恒的战争集团贡献如是的管家,他们面不改色心不跳地负责井然有序、由一队穿着一色军装的士兵枪毙另一队士兵,免得出现纰漏或当场发生暴乱;他们接受的训练就是为了这一刻、这一目的,好比圣雷杰尔或德比赛马会,以全人类的本领、学识和小心在看台观众的呐喊声中娴熟优雅地策马跑向障碍;插着三角旗的指挥车一声轰鸣、绝尘而去,渐渐散去的灰尘呛了他们一嘴一鼻,返回他们这才回过神来不该离开的临时监狱;就算他们能走得动,以最快的速度赶到临时监狱的围栏也只能听一听、看一看让他们沦为孤儿和孤寡的渐渐消失的枪声和散去的硝烟,可惜现在他们连动都动不了,别说去见这一幕。整个广场是一片张大嘴巴的面孔,响起的不是呐喊,而是既像怨言又像呜咽,瞪大眼睛望着灰突突、坟墓一般的建筑群,目送两位身穿礼服、胸戴勋章、拿着权杖的将军舍生取义似的走了进去,要说再有什么从里面露面的话,应该是死神——他们又急又怕、怒目而视,脚下却动弹不得,除非前排的人不等骑兵队出发，扑将过去，把他们踩在脚下，消灭它，与他们同归于尽，至少给这个判了死刑的团一段喘息的时间，让它重整旗鼓。

可惜毫无动静。过了一阵，从拱门出来一名信使，但他只是一名普通的通信员，而且是一个人；从头到脚、一举一动都看不出他跟他们或他们的苦恼有一丝一毫的关系。他连看都没看他们一眼，所以人群停息了原本就不大的喧闹，目送他跨上一辆停在那儿的摩托车，打着了火，与临时监狱方向相反，驶上了大街，由于人多拥挤，车跑不快，也保持不了平衡，他只好叉开两条腿，推着突突突的车子慢慢地前进，人群闪开一条不宽的道，车过后，人群随即又在他身后合拢。他一路连声恳请人家让开一条路，声音中透着悲凉、急切和恼火，仿佛一只失散的猎鸟；过了一会儿，又出来两名连优哉游哉的连风度都毫无二致的通信员，分别跨上两辆车，也骂骂咧咧一步一步地往前挪。

"闪开，你们这些杂种……蠢货、笨蛋……"

仅此而已。转眼到了傍晚。站在转潮一般的夜色中，退潮般的天色里突然响起了整齐但又不和谐的号角，说整齐是同时吹响，不和谐因为不是一个调，而是三个，法国人的鸣鼓致敬、英国人的作息号角、美国人的回营号，同时在城内吹响，从一座兵营和兵站响彻另一座兵营和兵站，以各自整齐的音调此起彼伏，像传令兵和宣战的铜嗓子宣告一天的结束，换哨仪式中，老哨兵在嘹亮、低沉的号角声中将守护今天的重任交给下一班哨兵，这时候出现了六名各自带着新老哨兵的中士，六列士兵迈着整齐的步伐走了出来，然后转身面向站得笔直的哨兵，像齐声奏出不和谐的号角一样喊着三种不同的语言口令，陆陆续续、娴熟地换了哨,三名新哨兵走上哨位。接着,老城堡方向传来了傍晚审慎的炮声,仿佛一根裹着布的鼓槌落到了一个倒扣着的嗡嗡的空箱。炮声缓缓、从容地散去,最后不留一丝痕迹,随着沙沙的彩旗,以及遍布这片被战火蹂躏的大陆的旗帜和鲜艳的光荣花,沉沦,归于沉寂。

他们现在总算能动了。渐渐沉寂的炮声和降下的旗子卸去了将他们牢牢定在原地的魔力;他们还有工夫赶回去吃顿饭,然后再赶回来。他们几乎是跑,跑不动或人多的时候才走几步,一旦恢复了体力或人少的时候,他们一如早晨的落潮退进黄昏、黑暗、夜幕渐浓的城市,面带愁容、不知疲倦地跑向他们来时的大杂院和公寓。他们如同不分昼夜赶制炮弹、下班走出工厂的工人,在撤退,并非败退的军队看来,他们被烟熏红了眼睛,头发和衣服散发着恶臭,匆匆赶回家吃顿饭再回来,或端着饭碗跑回厂子,嚼着、咽着不知滋味的饭菜回到铛铛作响、闪着光、一刻不停的机器旁。

星期二，星期三，星期三夜

通信员到这个营报到的时候，正值1916年春末。全旅从佛兰德转移到了庇卡底，住进了靠亚眠的几座兵营休整、招兵买马，准备事后闻名于世的第一次索姆河战役——这一事件将留给幸存者回忆卢斯和运河的谈资，他们发现，不仅有些事需要回避，一些事至今还是不能提。

他当天黎明时分从多佛下船。之后又在布伦搭了一辆顺风的卡车；他从碰到的第一名士兵那里打听了方向，揣着委任状按时赶到了旅部，指望找一位下士，或中士，或者顶多找一位旅部副官的差事，谁知却找到了捧着一封打开的信件、坐在办公桌后的旅长本人，他说：

"下午好。请稍等片刻，好不好？"通信员依言站在一旁，见进来一名上尉，他事后才知道他是一个营属下一个连的连长，他后来被安排到了他的连，上尉身后跟着一个瘦高、结实、一脸凶相的列兵，连通信员第一眼就看出他的罗圈腿和手之间看似一匹马的形状，旅长没好气地说："稍息；稍息。"接着展开信，瞥了一眼，又打量了一眼那名列兵，说："这封信是信使今早专程送来的。从巴黎转来的。有人从美国专程来找你。这是一位要人，法国政府经多方打听才找到了你，又派专人从巴黎赶了过来。那人叫——"他又瞥了一眼信："——托比·萨特菲尔德主教大人。"

通信员这下也注意到了那名列兵，他上下打量了他一眼，没错过听见和看见他连忙接口生硬地回了一个"不"。

"说呀。"上尉催促道。

"不什么？"旅长问，"是个美国人。一位黑人牧师。你不认识？"

"不认识。"列兵答道。

"看来他早猜到你会这么说。他说你总该记得密苏里。"

"不记得。"列兵一本正经、生硬、坚决地说，"我从没去过密苏里。我不认识他，也没听说过他。"

"说呀，先生。"上尉催他。

"你说完了？"旅长问。

"说完了，长官。"列兵答道。

"好了，"旅长说，"真是胡闹。"接着两个人毕恭毕敬地退了出去，他（通信员）倒不希望看见旅长翻开旅部的花名册，看一遍，然后抬眼看着他——头一动不动，仅仅扬起眉毛，看了一会儿，又低头看一遍名册，（通信员）默默地想：这次不行。这儿官太多，他想，又不是要你安排我一个少校，不过是个副官罢了。按例顶多两周后，一名通信员就会被分配到了一个作战营，他的身份和该营的其他人一样，也要正式"休整"到重返前线；要不是机缘巧合，大抵如此。（通信员）没去营上士那儿报到，两个小时后偏巧进了他要下的营房，把装备放在一个空角落的过程中，他又看见了两个小时前在旅部见到的那个兵——这个性情乖张、桀骜不驯、一身马粪味儿的小兵，凭他的相貌，一准要被抓、从怀特查佩尔被押往纽马克特的一个乱石场一天后死于非命，指不定他还不仅是某个美国要人，或间谍，抑或机构要动用法国政府这一官方渠道出面牵线才能说得上话的大人物,而且牛到不予理睬——他正坐着一张铺上,一只膝头上摊着一个厚厚的带钱包的皮腰带,另一只放着一本脏兮兮、卷了角的小笔记本,另外三四名列兵轮番过来,他从钱包里数出几张法国票子递给他们,然后拿一支铅笔头在笔记本上记几笔。

　　第二天是同一幕;第三天、第四天早操列队点名检阅后;不同的连人数各异,两个,或三个,有时候只有一个,但始终是那个破旧、越来越薄,但分明取之不尽、反正不见底的钱包,以及在那本脏兮兮的笔记本上不厌其烦地登记的铅笔头;接着到了第五天午餐后;这天是发饷日,快到营房的时候,通信兵一时误以为那儿也是一个发饷点:一行,对了,一列士兵从门口一直排上了大街,耐心地等着一个接一个地进去,进不了宿舍的通信兵站在一旁。反观这一出:顾客、客户、病人——不论他们是谁吧——这会儿把一沓沓又脏又破的法国票子放进钱包,不厌其烦的铅笔头不厌其烦地登记;他正站在那儿看着,一名传令兵挤了进来,对铺上的那人说:"快,有人找你。一辆他妈的摩托车从巴黎送过来一个他妈的什么首相。"——(通信兵)望着铺上那人不慌不忙地把笔记本和铅笔头塞进钱包、扎好、转身把钱包推进身后的毛毯下,然后起身跟传令兵走了出去,人群四下散去,通信兵拉着身边的一个人问:

　　"怎么啦?那钱是干什么的?他现在走了;你们干吗不趁他不在,干脆自己登记好了?"谁知换来的却是戒备、躲躲闪闪、已经远去的目光。那人还没答话,他自己也跟着出了门,上了鹅卵石铺的大街。他也看见了,一辆类似于法国政府高官用的、长长的法国黑灵车,前排坐着一名穿制服的司机、一名法国和一名英国上尉参谋,两边的小折叠座椅上各坐着一名瘦高的黑人小伙,他们身后的后座上坐着一位一身昂贵的裘皮大衣、想必是一位美国贵妇的中年妇女(通信兵不认识她,但由于她出资资助由独生子担任飞行员的一支法国空军中队,法国人无人不识),以及一位不是首相,但(这一个通信兵认识)起码是一位内阁秘书长之类的法国高官,两人中间坐着一位头戴旧拉绒高顶礼帽、面相慈祥高贵、典型的罗马执政官似的黑人老者;钱包的主人板着脸、木无表情、目不斜视地敬了一个礼,他谁也不看,也不是对某个人敬礼,不过是敬礼而已,接着又恢复了一本正经、面无表情,十英尺外的黑人老者探身对他说了几句话,接着下了车,通信兵也看到了,不仅通信兵,还有附近的全体人员。车上的六个人、从铺上把那人带过来的通信员,以及通信员驱散、排着慢得像爬一样的队伍的三十几个人也跟着上了街,也站在营房门口望着,兴许是等着。两个人现在走到一旁,钱包的主人依然板着脸、面无表情,不理睬那张慈祥尊贵、从容高雅、巧克力色的脸,老人压着嗓子对他说了不到一分钟,然后转身上了车,通信兵不等他上车,就跟着那位白人返回营房,聚在门口的一群人主动为他们闪开一条路,然后跟着他拥了进去,通信员拍了拍手,拉住最后一个人的袖子。

"那钱,"通信兵问,"怎么回事儿?"

"是个会。"那人答道。

"行啦,不说这个啦,"通信兵不耐烦地说,"你们怎么支的?有谁……"

"这么说吧,"那人说,"你支取十个先令。到下一个发饷日,你一天还六个便士，连续还三十天。"

"如果你还活着的话。"通信兵补上了他没说完的半句。

"对，"对方说，"你还完了款才能接着再支。"

"如果还不上呢？"通信兵说。但这次那人上下打量着他，所以他又几乎不耐烦地说：

"好啦，不说这个啦，我又不那么傻；从现在起再活一年，啥不值上六倍。"但那人仍打量着他，脸上、眼底露着好奇的神色，通信兵连忙说："是吗？怎么了？"

"你是新来的吧？"对方问。

"对，"通信兵说，"我上个星期还在伦敦来着。怎么说？"

"利息不算太高，如果你是个……"那声音打住了，断了，一双眼睛仍不解、定定地望着他，连通信兵自己的目光仿佛也被什么力量吸引了过去，落向那人垂在腰间的手。那只手轻轻地打了一个手势、一个暗号，手飞快地一翻，又一动不动地扶着穿着卡其布裤子的腿，通信兵以为看花了眼。

"什么？"通信兵问，"你说什么来着？"可惜他现在收起脸色，一副高深莫测模样；转身要走。

"你有什么想了解的，干吗不问问他？"他说，"他又不咬你。你要不愿意，他又不会逼着你拿十先令。"

通信兵望着那辆长车占满了狭窄的街道，返回它来的地方。他连个营副官也没见着，他至多是个上尉，年纪很可能比他小，所以考察期用不了多久，兴许还不及这，不出几年，好莱坞恐怕就要为此杜撰一个词：装蒜。接着是副官：*哦，原来是你。你咋没拿个军功十字勋*

星期二，星期三，星期三夜 · 137 ·

章呢？要不，是他们把它收回了，捎带也收回了你肩头上的星？

然后他说：说不好。我这身衣服配得上军功十字勋章？

然后副官说：我也不好说。你还想要什么？下周一你才正式走马上任。

然后他会问：迄今谁猜出了那位美国贵妇是何许人也，因为最近两年，欧洲——反正法国——见惯了——掏钱资助法国前线的流动战地医院、空军中队的费城、华尔街和长岛等地的知名人士——美国借非交战国的非官方组织、机构阻止战争，而不是德国人；届时他可能要问，为什么偏偏是这儿？假如有一个机构、负责人像一位非国教牧师似的黑人老者，法国政府凭什么要派一辆公车不远千里地送他到一个英国步兵营见一名列兵，而且只见了区区两分钟？——哦，对了，他可以问，说不定只记住了那个黑人老者的名字，如果在和平时期，他明知道，因此他不缺，也不需要，想必有了。星期一之后再过三天，到时候他到连部报到，正式成为这个营大家庭中的一员，谋一个负责该营通信班长的职务，最终亲手拿到参谋长在波珀灵厄签署的官方文件，文件上不仅有那位黑人的大名，而且还有财大气粗、令人倒胃口的组织机构和人，他为文件添上了一行标题：Les Amis Myriades et Anonymes à la France de Tout le Monde① ——一个标题、一个称呼而已，有高度、有信仰，显得那么温馨，那么朗朗上口，全然脱离了人和人的痛苦，高高在上，仿佛饱经蹂躏的大地上空一团轻飘飘、光溜溜的云。要说他希望从钱袋主人那儿得到什么，也仅此而已，何况其他，他真想错了，(这一疏忽)损失了他换成法郎的五个先令，满世界

---

① 此句为法语，意为法国在世界各地千千万万、素未谋面的朋友。

地找到那人，跑到他跟前拦住他，站在那儿直截了当地说：

"请问谁是托比·萨特菲尔德主教大人？"然后站在那儿挨足足一分钟的臭骂，骂累了，他才开口："你骂完了吗？那我道歉。我真的只要十先令。"望着他的名字写在那本卷了角的小本本上，接过他压根儿不会花的法郎，以便这三十个六便士又原样如数奉还。但他至少确定了一种工作关系、说话的伴儿；由于他在连部的门路，他能用得上，这回无须吞吞吐吐。

"这事儿最好交参谋处理，我想你应该清楚。我们今晚回去。"那人打量着他，"要出大事了。他们往这儿调来了许多兵。要打仗了。捏造出卢斯的家伙不可能躺在功劳簿上吃一辈子老本，你知道。"那人只是愣愣地望着他。"那是你的钱。所以你能保护自己。谁又能说得好？没准你能保住一条小命也说不定。非但不让我们一天给你区区六个便士，而是一次算清，藏到那儿也说不定。"那人还是面无表情地望着他；通信员突然心中一动，抱着几分歉意，甚至自惭形秽，就像银行家，他自有一套道德标准，他对待客户并非因为他们是人，而是把他们当作客户。没什么好遗憾的，他可能破产，但只要愿赌服输，任谁都会面不改色；这是针对他的使命、他这一行、他职业的一条准则。这就是高尚。不，不，不仅如此，这是纯洁，纯洁得像恺撒的妻子——当心了；这个营今晚就要开赴前线，他说的没错，等到走出战场——只剩下百分之六十挂零——仿佛一枚通红的火钳将许多地方宽不过一口顺风的浓痰的小溪，以及阿拉斯①、阿尔贝尔、巴波姆、圣康坦、博蒙阿梅尔等索姆河沿岸的地名深深地烙进记忆，抹之不去，

---

① 法国北部城市。

一直到咽下最后一口气，流尽最后一滴泪——（通信员）这下说道：

"你是说那里的情况就像股市崩盘，恐慌是再正常不过的事：只有保持自身的实力和能力？你是说阵亡或即将在那儿阵亡的人是理所应当，就像那些傻乎乎、没脑子，或是仅仅靠几个钱壮胆，他们神圣的使命是为了维持这座金融大厦的稳定去送死的小经纪人和小掮客？"对方还是望着他，脸上看不出轻蔑，甚至不带一丝怜悯，耐心地等着通信兵把话说完，他才说道：

"怎么说？六便士旧币，你要，还是不要？"

通信兵接过钱，是法郎。这次他都花了，也是第一次明白，第一次想到钱财如诗歌，要想存续就非得有给和取；就好比歌者和听众、银行家和借贷者、顾客和商家，双方都在凭良心、无可非议、清清白白地奉献和信任；他想到失败的是自己；自己丢了脸、辜负了众人的希望，这次把钱花了，往往还是一下花个精光，碰着谁就跟谁大吃大喝，履行他六个便士接六个便士还款的合同，然后再借十先令，带着一名罗马天主教堂祈祷或赎罪时的虔诚，过了那个秋天、那个冬天；春天转眼就到，又要到了休假的时候，他默默地想着，没有一丝忧伤、没有一丝懊悔，那还用说，我可以回家，回到伦敦。在基督诞辰一千九百一十七年这一年，对一名被革职的副官，你除非给他一杆枪和一柄刺刀、再说我已经有了这两样，你还能有什么办法；这时候，他突然但又平静地想到了利用那段派不上用场的自由和特权，因为这个世界上已无处可用；这一次，他不打算要先令，而是要英镑，不仅对他追寻何时何地丧失了曾经存在的人类自由精神的旅程，而且对成就了这段旅程的努力以英镑而不是以先令计价，要他十个英镑，自己定一天算三十天、一天十个先令的利率。

"准备去庆贺你那见什么的高尚品行勋章,是吗?"对方问。

"凭什么不?"说完,他接过相当于十个英镑的法郎,带着他死了十五年的儿子的孤魂重返他不但盼望,而且深信的死寂生活,四周一度林深茂密的山谷如今散落着圣叙尔皮斯教堂灰暗、朴素的石头,只剩下他住了三年的弯弯曲曲、狭窄的走廊,经过索本神学院①的时候,他慢下了脚步,却没折进去,码头和桥梁、画廊和公园咖啡馆等塞纳河左岸他熟悉的地方,他曾经在这儿度过了充裕的闲暇,花光了好不容易攒下来的积蓄;直到第二个寂寞伤感的早晨,在双叟咖啡馆喝过咖啡(《费加罗报》4月8日电,一艘满载美国人的英国班轮昨天在爱尔兰外海被鱼雷击中;他平静地想着,他们非来不可了,我们现在能摧毁两个半球),大老远地绕道从护士、伤残军人(来年春天、说不定今年秋天,这里也会有美国军人)和污迹斑斑的男神和女神像中间穿过卢森堡公园,上了沃吉哈赫大街,抬头找着应该是塞尔万多尼街的狭窄的小巷和他以往叫作家的阁楼(恩主夫妇加尔格内先生和太太还在那儿迎接他呢),他才看见——横幅,一条挂在王公贵族的马车曾经进进出出的拱门上写了字的布条,证明这一谦虚的豪言出自当年那些巴黎近郊的贵族: Les Amis Myriades et Anonymes à la France de Tout le Monde. 一群士兵和平民、男女老幼汇成一股七零八落、源源不断的人流进了恍然若梦的门厅,进了接待室,一名头戴修女似的小白帽、精神矍铄、看不出年纪、相貌平平的女人坐那儿打毛线,见人进来,她说:

---

① 该院位于巴黎。

"请问先生您是?"

"Monsieur le président, Madame, s'il vous plaît. Monsieur le Révérend Sutterfield."①（女人）没有停下嘀嗒翻飞的衣针，又问道：

"请问先生您是?"

"Le chef de bureau, Madame. Le directeur. Monsieur Le Réverénd Sutterfield."②

"哎呀，"女人说道，"是杜勒曼先生。"她手上仍忙着织毛活，起身走到前面将他带进、引进一间铺了大理石的大厅，大厅楣柱鎏金，挂着一盏盏枝形吊灯，杂乱无章、挤挤挨挨地摆着一张张木板凳和公园里几个苏③就能租一把、听乐队演唱会的那种旧椅子，大厅内窃窃私语，但又不像人声，像是呼吸，人们的吸气和叹息——伤残和没伤残的兵、戴着黑纱和臂章的老翁老妇，以及东一个西一个抱着孩子、刚脱下丧服，甚至穿着丧服、悲悲戚戚的年轻女人——独自或像一家人围在一起挤满了偌大的大厅，交头接耳的还有公爵、王孙和富贾，他们面向同样悬挂了横幅的大厅另一端，横幅与门头上挂的没什么区别，都写着" Les Amis Myriades et Anonymes à la France de Tout le Monde"，没人看横幅，也没人在意；他们不像教堂里的人，安静地等着做法事，倒像是进了一座列车无限期晚点的火车站；接着到了一座富丽堂皇的螺旋楼梯梯口，女人闪到一旁，手里仍忙着毛活，连头都没抬地说：

---

① 此句为法语，意为法国在世界各地千千万万、素未谋面的朋友。
② 此句为法语，意为局长，夫人，局长大人，萨特菲尔德主教大人。
③ 法国旧辅币，按1726年时的规定，1路易合24里弗，1埃居合6里弗，1里弗合20苏（sou）。

"Prière de monter, monsieur.①" 他依言穿过了一团云彩,上了高耸的尖塔顶端,一间公爵夫人天堂般闺房似的小屋,临时改成了一间矫揉造作的办公室。一张空荡荡的新办公桌、三把空荡荡的硬木椅,办公桌后抬起一张慈祥、高贵的脸,他身穿一套看似昨天还搁在后勤中士搁架上的淡蓝色步兵下士军装,身后不远处站着一名穿着一身新的法军少尉军装、戴着肩章的瘦高个黑人小伙,他上前一步,来到他们对面,桌后的那人嗓音安详和蔼、前言不搭后语,让人恍如在梦中。

"对,这儿以前是萨特菲尔德的。我改装了一下,让大家觉得随意些,不那么拘谨。从共济会来的。"

"哦,杜……勒……蒙。"

"对,杜勒曼。"

"这么说,你那天是来看……我险些说朋友了——"

"他还没心理准备,我来看看他缺钱不。"

"缺钱?他?"

"那匹马,"黑人老者说,"他们说是我们偷的。只可惜就算我们有心偷,也偷不成。它向来是匹无主的马,谈何偷窃。它是全人类的马。是名战士。不,这么说也错了。世间本无事,庸人自扰之。事和人一个道理。他干的。我干的。我们三个人还没来得及下手,它就玩完了。"

"他是谁?"通信员听糊涂了。

"艾利先生。"

"哪位先生?"通信兵问。

---

① 此处为法语,意为您请,先生。

"哈利，"年轻人说，"他说话就这口音。"

"哦，"通信员脸上不免有些抹不开，"那是。艾利先生——"

"对，"黑人老者说，"为了要我说艾利，他可没少费功夫，但我估计我年纪太大了。"于是他讲诉了，亲眼所见、所观察，以及从所见推测出、注意到的情况，不仅如此；通信兵知道，也想过，是一名主角。如果要我追野兔，我要先变成一只猎狗，必须有一个人唱主角，这时候，小伙子第一次开了口，他答道：

"派新奥尔良律师过来的是副执法官。"

"谁来着？"通信兵问。

"联邦司法区副执法官，"小伙子答道，"那帮追拿我们的家伙的头头。"

"那好，"通信兵说，"你快给我说说。"

* * *

那是1912年，战争爆发前两年；那是匹三岁的快马，不过，阿根廷赛马和小麦大亨在纽马克特拍卖会上为这匹马付的价钱也算公道，虽是一个例外，但也不能说荒唐。马夫是个哨兵，管账又管钱。他带着账本和钱包去了美国，此后二十四个月内发生的三件事不仅改变了他的一生，连性格都变了，所以到了1914年，他返回英国应征入伍，好像是在密西西比河谷腹地的什么地方，不到三个月他就不见了踪影，成了一名不知身世、无牵无挂的新兵。

他当时不在那匹马的销售之列，卖他实属万不得已。既不是迫于买家，也不是迫于卖家，而是迫于那桩买卖：那匹该死的马，带着一股儿不屑姑息的傲慢,别说容忍。倒不是因为他是一名难得的马夫,这一点他兴许是的,也不在于他是一个百里挑一的马夫,虽说他的确是。而是因为那人和那头牲口之间分明形成了不仅融洽而且亲密,不仅互相了解,而且心心相通的默契,因此,除非那人在场,或者说至少在附近,否则它算不得一匹马。它压根儿不再是一匹马,不是不服管教,而是谁也说不准,因为它其实也说得准;不仅危险,而且说句实话,出于它热忱献身的目的和宗旨——长期精心的照料和培养、终于能卖个好价钱、带到马场一展风采——这些都不足道,何况养一个人陪它进入同一圈围墙或围栏照料它、饲养它,除非连同那人买下来,骑师或驯马师谁也近不了它的身、上得了它;就算买下了他,骑手上了马,也骑不了,除非——任你喊、任你抹,只要那人不撒手,你总归拿它没办法。

就这样,阿根廷人只好把马夫也买了下来,并且在伦敦一家银行托管了一笔钱,等马夫正式解约后返回英国后才能支取。解约当然要看那匹马,因为谁说了也不算,等(马)最后退役,恢复马和人的自由身,黑人老者说了这段故事,因为这时候他——应该说他们——他和孙子才出场:——马夫走进马的生活前,它不过是赢得比赛,但自他来后,马开始屡破纪录;它第一次被他抚摸、听到他的声音三个星期后,它就创了纪录。("那场比赛叫西林格,"黑人老者说,"就像我们国内的德比赛马。")七年后,它风采依然不减当年;第一次参加南美大赛,尽管它在海上颠簸了一个半月、下船才两个星期,却一举创下了令其他马无论如何也望尘莫及的佳绩。("无论何地,无论何时、没有一匹马能企及。"黑人老者说。)第二天这匹马就被一位美国石油大亨以一笔连阿根廷百万富豪都拒绝不了的价钱买了下来，两个星期后抵达新奥尔良，这位黑人老者见到了它，他当时星期天传教，其余时间在这位新主人家的肯塔基养马和驯马场打工；拉着装载这匹马和一黑一白两名马夫的火车车厢行驶了两天两夜后，冲向了一座被洪水冲蚀的危桥，事故和混乱中，英国马夫在出来二十二个月后终于成了一名虔诚的浸礼教徒，一名共济会会员，以及当时无人能敌的操盘手或赌手。

二十二个月当中有十六个月，五个相互独立但如今团结一致的组织——联邦政府、历届州警察机关、铁路公司、保险公司和石油大亨的私人侦探——在全力缉拿他们四个——那匹跛马、英国马夫、黑人老者和骑马的十二岁少年——他们的足迹上上下下、前前后后踏遍了从伊利诺伊到墨西哥湾、堪萨斯、阿拉巴马之间密西西比河流域，即使跛着一条腿，这匹马也始终在偏僻乡村的季赛上所向披靡，黑人老者认真平静、安详地东一句西一句地说着，仿佛在听一个梦想，到五年后的现在，通信员才明白联邦副执法官五年前卷入其中时的狼狈。他们算不得贼，而是一段痛、一个牺牲品、一段神话——不是一帮带着一匹跛马逃窜的投机分子，就算是那匹几个星期前的好马也值不了花在它身上的追索费用，但不朽、神话般的动人传说是人类神话的无上光荣，传说始于他第一批结为夫妇的孩子们输光了世界，他们依然效仿从前的榜样挑战、质问伊甸园，依然不顾沾满灰尘和血迹的史册结为夫妇、永垂青史。亚当和莉莉丝[①]、帕里斯[②]和海伦、皮拉缪斯

[①] 亚当的第一任妻子。
[②] 特洛伊国王普里阿摩斯和王后赫卡柏的儿子，因诱拐斯巴达王墨涅拉俄斯之妻海伦而导致特洛伊战争。

和忒斯彼①，以及无数名不见经传的罗密欧与朱丽叶们，他简要概述的这个世上最古老、最灿烂的故事将这个生着两条罗圈腿、满嘴脏话的英国马夫描绘成堪比帕里斯、洛金伐尔②等世上赫赫有名的强盗。一段激动人心的孽缘，倒不在于它命中的劫数，因为这段流传千古的孽缘，传奇说的不是哪一对为它增添灿烂和悲剧色彩的情侣，不过是被每对孽恋依次沿用、传承。

他没详说他们当初是如何得的手，只说了他们下了手，一旦得了手，好像如何得手都无关紧要；这么说吧，如果一件事非做不可，成功之后，当初的难处、烦恼或不利都可以忽略不计，没什么大不了。——他们把一匹受惊的伤马弄出那辆摔坏的车，进入一片托着它的头能游过去的长沼。（"他找来一艘小船，"黑人老者说，"如果你还能叫它小船的话。用一截木头削出来的，得翻过来才能插脚。人家管那叫独木舟。那儿的人说话叽里咕噜，和这儿的人一个样。"）——接着又出了长沼，消失得无影无踪，等到铁路侦探第二天赶到现场，看光景好似洪水从世上抹去了这三个人。这是一块高地，沼泽中距离崩塌的铁路桥不到一英里的一座小岛，铁路工人乘工作车第二天一早赶来重修小桥、重铺铁轨。（第一天晚上他们尽量不让马沾水，又留下黑人老者专门照看它。"我喂它水，在它屁股上糊了一团泥巴，想尽办法不让蠓虫、苍蝇和蚊子沾它的身。"黑人老者说。）第三天天放亮他才划着一艘独木舟，带回来一个印着铁路字样的滑轮组，他们自己吃的粮食、喂马的草料、做吊带和护架的帆布，以及针对这次事故的熟石膏。（"我就知道你现在要问什么，"黑人老者说，"我们哪来的

---

① 古希腊神话中的巴比伦情侣。
② 沃尔特司各特所著叙事诗《马密恩》中与情人私奔的传奇人物。

钱买这些东西。跟他搞来那艘小船一样。"我跟你直说了吧：除了埃普索姆的赛马场或唐克斯特①，那个伦敦马夫之前都没出过伦敦，但在美国两年，他入了共济会和浸礼会，只用了两个星期就在布宜诺斯艾利斯返回美国的货轮水手舱练就了一手好骰子，他第一次回失事现场捡到那副滑轮组不过是因为他恰好打它旁边经过，因为他真正要去的地方是黑人维修队睡觉的卧铺车，他叫醒了他们，马裤上沾满泥浆的白人和穿着汗衫，或粗布短裤，或者干脆光腚的黑人围着烟灯下一张铺开的毯子、钞票、硬币和叮叮当当的骰子。）——在漆黑的夜幕下——他没带灯笼，也没带灯回来；给人瞧见不仅危险，再说他也用不着。又好气又好笑，从十岁那年他就对马了如指掌，就好比从不敢出门的盲人了解自家一样。他没肯带一个兽医回来，不仅用不着，再说除了他或黑人老者他不愿让任何人碰那匹马，就算马愿意也不行——他们吊起马，接好了髋骨，替它做了一个固定石膏夹。

马受伤的髋部愈合的那几个星期，搜救队守住沼泽的每一条出路，恨不得在铁路桥下的沼泽地掘地三尺，又躲着水蛇、响尾蛇和短吻鳄骂骂咧咧地找遍了沼泽地，（搜索人员）认为那匹马死了，原因再简单不过，它准定死了，因为它只能是死了、死不见尸，末了，马主人只好拿贼撒气。每周都有那么一天，等夜幕降临、搜救队回去过夜，马夫会乘着独木舟离岛，两三天后的拂晓前带回来一批食品和饲料；现在是两和三天，因为铁路桥修好了；到了晚上一列列火车又轰隆轰隆地驶过，维修队回了新奥尔良，马夫也断了这个财路，那个白人自己也去了新奥尔良，在电灯下铺着粗呢的台上玩职业比赛，连那位黑

---

① 均为英国南部城市。

人老者——（一名骑师，抑或一名马夫纯粹靠机缘巧合，但也凭着上帝的仆人平时的奉献，与罪恶不共戴天但又分明心安理得或毫不犹豫地动了邪念，继而将包括那匹体格健壮的跛马和情愿伺候它的人统统抛到了脑后）——他知道要走多远才能另找一张熏黑了的提灯下铺着毯子的赌台，或者像上次一样被电灯照得通明的粗呢面赌桌，在赌桌上，尽管皮套中的骰子跟恺撒妻子一样无可指责，但凭他的天分也好，纯粹出于他的贪念也好，筹码——筹码、钱——仍越积越高。

接下来的几个月，他们不仅能清楚地听见一列列火车又轰隆轰隆地驶过修复的铁路桥，而且搜索队的一举一动都逃不过他们的耳朵（有时候甚至双方都不必抬高嗓门），躲着受惊后懒洋洋地翻个水花游走或凶巴巴的水蛇和响尾蛇骂骂咧咧、在沼泽中深一脚浅一脚受够了罪的人个个坚信那匹马早就命丧沼泽地，喂了肚子填不满的鳗鱼、雀鳝和乌龟。盗马贼自己早逃之夭夭，逃出了这个国家，甚至逃出了美洲和这个半球后，又继续搜索了许久，但铁路公司不肯罢休在于它不惜重金押了三倍的赌注和一条直径两英寸长两百多英尺的电缆，外加保险公司拥有的从缅因州波特兰到俄勒冈的银行、国内航线和连锁商店，他们连一匹价值一美元的马都丢不起，何况一匹一万五千美元的马，在马主人看来，那个"聚宝盆"的价值其实够不着他手上的六十匹赛马，要抓偷了他第六十一匹马的贼，不过是为了出一口恶气，比起有名有利的州警察，联邦警察不知是祸是福：他们有一份文件急着处理——合众社不晓得哪一天发来一急电，昨晚又从华盛顿转到了联邦警察局，说是一匹三条腿的纯种宝马，照应它，或者说至少它身边是一个生着两条罗圈腿，连英语都说不利索的小个子外国人，一名中年黑人牧师,以及一个骑着马的黑人少年,竟然在得克萨斯威德福一场三浪①马赛上,在众目睽睽之下逃之夭夭。("是我们干的,"没等通信兵开口,黑人老者就如实相告,"趁晚上天黑。只有到那时候它才能缓过神来。不去想什么信任,做做热身运动才又是一匹马。等天一亮,我们又躲进了树林。"也是过后,也是明白了这个道理后。没他们不敢的,跑一场比赛,然后马不停蹄地直接转战下一处,因为那匹三条腿的马一旦赢了一场比赛,很快传遍了全世界,所以他们始终要先他们一天。)——等他们赶到那里,为时已晚,只了解到黑人传教士和脾气暴躁目空一切的外国人好像从天而降,及时报名让三条腿的纯种马参加一场那个外国人押了(当时)十到一千美金赌注,赔率从一赔十到一赔一百的比赛,这匹三条腿的马起步太快,快到它身后的出发栅好像在它身后弹开,它跑得太快,快到远远落在后面的马像是在跑另一场或后面的比赛,它遥遥领先,好像骑师压根儿控制不了它——何况骑手是一个十二、顶多十三岁的孩子,马没配鞍,只有一根出发栅落下后拿住它的肚带(这人见过那场马赛),马全速冲向终点线,要不是那个外国白人从终点栅栏外探身对它说了一个十五英尺外都听不清的字,它分明准备再跑一圈。

他们下一个露面的地方是即使那匹马也要跑三天的爱荷华威洛斯普林斯,接着是俄亥俄的比塞洛斯,再下一次差不多是两个星期后——田纳西东部群山中一处人迹罕至的山谷,这里地处偏僻,不但不通铁路,甚至不通电话和电报,等侦探闻到风声,这匹马已跑了十天,赢了十天比赛;这儿分明是他加入,或者说被接纳为共济会会员

---

① 英国长度单位,1浪是1/8英里。

· 150 · 寓言

的地方：因为他们逗留的时间超过了一个下午。这匹马这次痛痛快快地跑了十天、侦探们却一无所知，因此，等侦探们出了山谷，已经被马甩了二十天，因为沿着长三十英里、群山环抱的浅盆地上上下下、耐心地打听了两个星期后，一如那匹马当初失踪一样，这儿的人别说见，连听都没听说过那匹三条腿的马、两个男人和一个孩子。

所以下一次风闻他们在阿拉巴马中部的时候，他们早已离开了那儿，又转战到了西部，侦探们却还在远隔一个月路程的密西西比对岸：过了密西西比河进入阿肯色，蜻蜓点水般地稍做休息，但并不落脚，虽说所谓的逗留不可能叫作徘徊，因为马再次跑出了惊人、难以置信的速度（也是惊人、难以置信赔率；据风传，两个人——上了年纪的黑人神父，以及仅仅担任恶魔仆人，而不是恶魔自己、满嘴脏话、姑且算个人的白人——赢了好几万美元），好似他们慢悠悠地横穿美国的步调太慢，不入人眼，只有在这些了不起的时刻这匹马和三名随从才让人刮目相看。

因此，联邦副执法官这位缉拿队队长无意中突然发现他碰到了一个名字他闻所未闻的英国兵五年后在巴黎碰到的情况。他——副执法官——是位诗人，一位一字未成铅华的诗人，或者说反正没发表过，但他却是荷马一个被遗弃了的不开口的教子，又偏巧生在新奥尔良一户有钱有势的人家，按那户家人的标准，他没考上哈佛，之后在牛津虚度了两年光阴，等家人获悉此事把他领回家，经过几个月的软硬兼施，他和父亲各让了一步，接受了这个无足轻重的副职。所以那天晚上——当时在阿肯色一座历史不足一年的新兴伐木小镇上的一家新开的旅店——他发现了自从得克萨斯威德福以来始终不肯承认的全部情况,但紧接着又打消了这个念头,因为余下的不仅是答案,而且也是真理;不是什么也算真理,而是就是真理,因为真理就是真理,不是别的什么东西,甚至不在乎是否公平,(副执法官)打量着它,没有扬扬得意,反而有些心虚,因为黑人老牧师两年前一眼就明白了个中的缘故——一位牧师,或者说圣徒吧,是人类贪欲与邪恶的死敌和克星,可惜他当初不仅怂恿了偷窃和赌博,而且像当年撒母耳的父亲或以撒的父亲亚伯拉罕一样出于同样的动机付出了亲生儿子的纯真童年;说不上得意,因为他花费了一年时间才总算明白了一个道理;正如他现在明白的,他至少为自己当初就悔恨交加地履行了自己的职责自豪。十分钟后他叫醒了副手,过了两天,他在纽约的办公室说:"算了吧。你一辈子也休想抓到他。"

"你是说连你都抓不到?"马主人问。

"你爱怎么说就怎么说吧,"副执法官说,"我辞职了。"

"你要不干,八个月前就应该早说。"

"言之有理,"副执法官说,"如果那样能让你痛快的话。恐怕我现在要做的是为八个月前的不识趣向您赔个礼。"他说:"我知道你迄今的花费。你也清楚那匹马现在的情况。那笔钱,我出。你那匹跛马我买了。找马这事儿到此为止。"马主人说了马的实际开销。数目不出公众所料。"行,"副执法官说,"我签不了那么多支票,但我会给你立个字据。我父亲不会长生不老。"马主人按了一个按钮。进来一名秘书。马主人对秘书交代了几句,秘书转身拿进来一张支票放在马主人面前的桌上,马主人签了字,将支票推给对面的副执法官。数目超出了马的价格与迄今为止找马费用之间的差额。支票的抬头是副执法官。

"这是找马、把那个英国人驱逐出境和把那个黑鬼抓回来的费用。"马主人说。副执法官把支票折了两折撕了两遍,将碎纸小心地丢进烟灰缸,起身正要告辞,马主人已按下按钮,秘书又推门走了进来。"再拿一张支票过来,"马主人头也不回地说,"加上抓住偷了我的马的那家伙的赏金。"

但他没等秘书取来支票就走了出去,他(之前)在俄克拉荷马才赶上了搜索队,跟那个口袋里揣着钱或者说曾经揣着钱后来丢了或花了的小伙子当初参加马尔堡大陆游行一样加入了找马的队伍(他在队伍当中还真碰到了一周前还对这事不屑的朋友,就像那个年轻人在马尔堡碰到的专家一样)。接着在只有一只饮牛槽和水罐的荒凉的小火车站,戴着宽檐帽、脚蹬高跟马靴的男子跺着重重的步子围着一张传单,传单开出了美国人闻所未闻的赏金悬赏一匹被盗的马——照片中的马和人,以及文字说明翻印自布宜诺斯艾利斯的一份报纸——对美国中部(还有加拿大和墨西哥)人来说,这张脸不亚于总统和女杀人凶手,无人不知无人不晓,但关键还是赏金的金额,或者说数目——分明唤起了人们的黄金美梦,只要交还一匹活马,一摞摞崭新闪亮的美元谁都能拿,这个消息总是先他们一步(当然是找马的队伍,副执法官现在确信,也总是先通缉令一步),快得像为爱殉情的故事,像流星洒遍、污染、坏了密西西比到密苏里再到俄亥俄河流域的每一个角落,副执法官明白好戏即将收场。思来想去,发现难怪人永远也解决不了自己一辈子的俗事,因为人从不想办法学习,不知道如何管束自己的贪欲和蠢念头;被贪欲和愚蠢祸害了的人比比皆是;但说到人如何克制自己的盲从：明白他们——他们要抓的那人、那马，还有那两个黑人好像身不由己地踏上了这个狂热的圈子——逍遥法外，在于那不过是一时的热情（所以他们始终琢磨不出一个好的说法，所以夏娃和蛇、玛丽和小羊羔、鲸鱼和安德鲁克里斯和巴尔扎克笔下的非洲逃兵，以及天国中的马、羊、天鹅和牛等等等等都是人类历史的基础，而不只是他留下的余孽），也不在于抢夺即是窃、窃即是错、错不应提倡，不过在于，由于印刷告示上美元符号背后一串明明白白的零，（从加拿大到墨西哥到落基山脉再到阿帕拉契山脉之间凡是有眼睛长了耳朵的）人目之所及、耳之所闻无不是私下交头接耳地议论那匹马的下落。

不，要不了多久了，接着他突然想到了，并且玩味着以讹攻讹这个主意。以他在纽约提出要签的相当金额的支票对抗这笔赏金，但他随即又打消这个念头，因为这也成不了大事。倒不是以讹攻讹不过是将讹传传得更快更远，而是在于这个念头反而造成了一个连诗人都认为实属异想天开的印象：贪念的大卫反正一时奈何不了贪念的歌利亚死硬、罪孽深重的头颅。要不了多久，好戏就要收场，这时候，他们的路线、行程（像是也知道快要结束一样）突然折向东南、横跨密苏里，在圣弗朗西斯河汇入密西西比河，从前在此地打家劫舍、抢劫火车的土匪的鬼魂经常出没的地方画了 V 的最后一笔；然后结束、完事、作罢。一天下午，在一个偏远、被人遗忘的小县，县民围坐一座露天赛场和一条半英里、没有栅栏的跑道，追捕者领着越聚越多的当地人走进内场，镇上的、沼泽地和乡下的，都是男人，他们一声不吭地望着，并不围拢过去，仅仅是望着。他们现在终于见到了迄今追了十五个月的贼,那个外国人,或者说那英国人弯腰站在破败、缺了门的马厩里,邋遢的马裤腰带上别着散着余温的手枪枪柄,身后是被一枪击穿眉心的马尸,尸体后露出罗马议员似的脑袋和黑人传教士的拉绒旧法袍,紧挨他的,是静静的影子中那孩子一动不动的白眼珠。前副执法官(虽说犯人坚决不肯接受,但他终究是一名律师)当晚在牢房里说:

"我也准会这么干。但请你告诉我为什么——不,我知道为什么。我知道理由。我知道这是真的,我只想听你说出来,我们两个人都说出来,好让我明白这是真的。"——已经——或者还要——通过对方粗俗傲慢、特有的措辞说出:"你本来可以随时交出那匹马,它也不必死,但事实却截然相反:你非但没留它一条命,还断送了人家一直以为你靠它赢下的几千或者几十万美元的财路。"——接着他住了口,等着。总之扬扬得意但又心平气和地望着沦为阶下囚的英国人不是对他,也不是仅仅对他这个人,而是对他,或者说对前副执法官以想不到的难听、下流话骂了差不多一分钟,前副执法官才又心平气和地好言劝他:"够啦,够啦。理由不就是它能跑,继续跑,起码继续输掉比赛,哪怕它不用三条腿也能跑完比赛,但它的确靠三条腿在跑,因为它不是一匹凡马,到了最后甚至不要三条腿,哪怕只剩一条腿一只蹄子也是一匹响当当的马。他们要把它带回肯塔基一家农场,关进一家'妓院',到了那儿它压根儿不需要腿,连一根从流动的吊机垂下、被机器牵动出射精节奏的带子都用不着,只要一名端着锡杯、戴着橡胶手套的熟练的老鸨。"——他得意、坦然地自顾说道:"接连不断地造出许多小马驹儿;他们本可以借它的睾丸打压它余生的斗志,只不过你省了它的麻烦,因为谁都能做父亲(种马),但只有最优秀、最勇敢——"他在翻来覆去都是那几句、厉声的叫骂中起身走了出去，第二天一早，他动用家族的政界渊源，以及自己这个半吊子律师和社会关系，经多方打听从新奥尔良请来了一名律师——这个被人遗忘的密苏里小镇恐怕见所未见，其实人家也闻所未闻的律师不远四百英里来为一个寂寂无名的外国盗马贼辩护——向这位律师介绍了他在那儿见到的情况——这个小镇不怕事多的观望态度——

"一群暴徒，"律师不无同情地说，"我有好一阵子没对付过暴徒了。"

"别，别，"这位客户连忙说，"他们不过是观望，等着好戏看罢了，我没空打听是什么好戏。"

律师也看了出来，不仅如此，乘私人轿车颠簸了一夜赶到这儿的第二天一早，以及当初在新奥尔良与客户电话上聊的半个小时内，他赶来为之辩护的人却走了，不见了踪影，倒不是他越狱，而是被释放了。律师坐在电话旁望着窗外几乎空荡荡、静悄悄的广场，广场上现在没人注意他，其实也没人望着他，但他却晓得他们——并非固执、说话慢慢吞吞、兼有西部和南部的面孔，而是明白这种期待和关注。

不仅那个白人，连两名黑人也不见了踪影，律师当晚又给新奥尔良去了电话，倒不是花费了这么大的功夫才掌握了这点少得可怜的情况，而是他现在明白，不论他在这儿打听、收买或仅仅靠听多久，他也只能了解这么多。两名黑人究竟为什么没被送进监狱，却明明在县政府大楼到监狱的路上凭空消失，前联邦副执法官的继任明明在县政府把三名犯人交给了地方治安官；却只有那名白人进了监狱，因为前副治安官在那儿见过他，但他现在也走了，说是获释倒不如说是凭空消失，律师抵达这儿五分钟后就发现这里没在押犯，三十分钟后没重罪犯，到了下午晚些时候连罪行都没了，马尸第一天夜里也不见了踪影，没人动过，也没见人动过，或者听说谁动过，甚至都不知道它失踪。

但缉拿队早在去年秋天在田纳西东部的山谷掌握了这两周的全部情况，再说前副执法官也交代过律师，所以对律师来说不存在什么秘密；他早就猜到了答案：密苏里也有共济会。对这个看法，身在新奥尔良的客户不必多费口舌说不知情，何况承认，律师说话的时候，在电话线另一头喋喋不休的不是前副执法官，而是一位诗人。

"说到钱，"律师说，"不用说，他们搜了他的身——"

"那是，那是。"前副执法官说。——兴许正当，但肯定合法，恐怕还没形成主流，不过更要紧——

"他身上只剩区区九十四美元，外加几个钢镚儿。"律师说。

"那黑人老头早把其余的钱从大衣下摆取走了。"前副执法官说。——比起真理、爱情、舍身，更重要的是：人与兄弟，或一个人对兄弟坚贞的情谊强似束缚他任性躯壳的金镣铐。

"瞧瞧我这脑袋。"律师说。"钱肯定藏在那儿。我怎么就没——嘘，你听我说。我在这也没什么用处，所以明早车库一开门，我这就取车回城。不过你在现场，比我打电话要快得多。快联系你的人，尽快把消息散布到山谷——告示，以及他们三个人的说明——"

"不行，"前副执法官说，"你不能走。如果有进一步的指控，非出自那儿不可。你必须在那儿保护他。"

"这儿唯一需要保护的是第一个想动那个大家以为赤手空拳、仅

星期二，星期三，星期三夜 · 157 ·

靠一匹三条腿的跛马发了一笔横财的人,"律师说,"他就是个傻瓜。如果他在这儿待过,连竞选都不用就能稳坐执法官这把大椅。如果有事,我坐在办公室一个电话也能搞定,直到我们逮住他。"

"我从一开始就说你不懂,"前副执法官说,"不,你还是不相信我,即使我费尽口舌地向你保证。我不希望抓到他——他们。我的机会来了,真是得来全不费功夫。你待在那儿。那是你的岗位。"前副执法官说完,挂了电话。律师人没动,但他这一头的电话却没放下,雪茄飘出的烟仿佛一只巧手中有条不紊的画笔,直到新奥尔良的另一个电话号码接了电话,他三言两语地向自己的心腹文书描述了两个黑人的相貌。

"从圣路易斯到贝森街①的沿河城镇一个不能落。当然,特别要注意列克星敦的窝棚或马厩之类的地方;如果他自己回不了家,他说不定想办法把那孩子送回去。"

"要说找他,你那儿再方便不过了,"文书说,"如果那儿的治安官不——"

"你给我听着,"律师说,"听好了。他无论如何都不会再在这儿露面。到他在某个没人认识他,也没人在意他的大城市流浪,谁也别想找到他。他也决计不会撞到一个小到谁也没听说、别说见过那匹三条腿的马的小镇或村子的地方治安官的手里。听明白了没有?"

过了一会儿,文书说:"这么说,他真赢了那一大笔钱了。"

"你按我说的去办。"律师说。

"那还用说,"文书说,"只可惜你迟了一步。马主人先了你一步。

---

① 新奥尔良的一条街。

这儿的警察昨天就接到了通知，估计各地的警察现在都知道了——相貌特征、赏金。连藏钱的地方都知道了：在那黑鬼穿的教士服垂尾里边儿。只怪他住过的旅社不像船上有无线电报。那时候，他就能清楚自己的身价，说不定愿意跟你做笔交易。"

"按我说的去办。"律师说；当时是第二天；到了第三天，律师已经把他的总部或者说指挥所设在了法院审判厅隔壁的法官办公室，倒不是经过法官的同意或默许，法官是巡回法官，纯粹跟着法庭的路程转，不住在城里也不允许他住在城里，也不是小镇全体居民的默许，而是出于小镇的意愿，所以倒不在乎法官是不是共济会会员；律师那天在理发店见过圣路易斯头天晚上出的一张刊登了想必是黑人老头照片的报纸，照例是相貌特征，甚至猜测大衣垂尾中藏钱的数目，忙着招呼另一位顾客的理发师至少瞥了一眼站在那儿看报纸的律师，理发师说："那么多人找他，应该能查出他的下落。"接着一阵沉默，接着理发店另一头一个嗓门自言自语似的冒了一句："好几千美元吧。"

接着到了第四天，司法部的调查人员和治安官的担保公司派人赶到了这里（圣路易斯的第一位记者比美联社从小石城派的人先一班火车赶到了现场），律师站在这间僻静、借来的办公室望着小窗外的两名陌生人、治安官，以及想必是治安官的两名当地的保证人穿过广场，绕过银行大门径直走向通往总经理办公室的那扇别致的偏门；五分钟后，他们又走了出来，两名陌生人停下了脚步，治安官和两名当地人健步四散开去，不见了踪影，两名陌生人望着他们的背影，最后联邦司法部派来的人摘下帽子、打量着帽兜一阵，或者说片刻。然后一转身撇下仍望着广场对面担保公司的人，穿过广场进了监狱，很快又拿着一个拼纹包走了出来，在公共汽车站对面的一张凳子上坐下；接着担保公司的人也走进广场对面的监狱，拿了一个包走了出来。

到了第五天、第六天，连两名记者都各自返回了报社，除了律师，小镇不剩一个陌生人；不过，他现在也不算陌生人，不过他绝对想不到小镇居民从哪里打听到或看出他来此的目的不是为了检控，而是为了辩护；百无聊赖的等待中，他时而设想或想象自己与他不仅不指望，甚至压根儿不打算见的人站在法庭上——他着手辩的官司并非是又一场简单的胜诉，而是——兴许——是一个彪炳史册的盛况，甚至不仅如此，肯定了一种主义、一种信念，宣扬了一种不朽的信仰，提出了一种坚定不移的生活方式，美国从这片千疮百孔却又不屈不挠的处女地向西方大声疾呼，在这片大陆除了无关道德的苍天，谁也限制不了一个人的作为，连上苍也限制不了他的成功和同胞的恭维；他要采用的辩护词无非是美国老一套巧取豪夺的传统，一位比任何一个英国马夫或黑人传教士走运的贼恰恰——反正差不多——又在这片土地开了先河，证明了它的作用。约翰·默雷尔亲自为自己辩护，掠夺不算偷，不过是行为不检点，因为告示在马死之前开出的赏金已经赋予了律师合法权利，授权谁都可以碰那匹马的身体，违反这一规定不过是失信，举证的义务在原告，因为他们不得不证明那人确实一直不曾想办法找到失主、将马物归原主。

这真是连美梦都做不到的好事，律师真没指望见到他们之中的任何一个人，因为马主人或联邦政府肯定会先抓到他们，一直到第七天早上有人敲了敲监狱厨房的门——敲门声仅仅能听得清，而且相当有力；有力却又不显得盛气凌人，彬彬有礼、不亢不卑，这一敲，别说密苏里一座小监狱，连阿肯色、路易斯安那，或密西西比庄园的后门也难得一闻，所以显得倍感亲切，监狱看守的妻子从洗碗池前转过身，撩起围裙揩了揩手，推开门，只见门外站着一个已过中年的黑人男子，他身穿一件旧拉绒大衣，手中拿着一顶脱了绒毛的礼帽，她不认识他，再说也没料到在那儿见着他，兴许只有他一个人，那个少年，那孩子还在监狱旁边的巷口，距离他五分钟的路程，他也好，老人也好，反正都不好认，虽说祖父——已是看守的阶下囚——曾经与他擦肩而过。但她丈夫立即认出了他，倒不是看脸，再说他从不看脸，而是看衣服：那件风尘仆仆的旧呢大衣。他看的不是人，而是那件大衣，甚至不是一整件大衣，而是它手提箱般宽敞的垂尾——正是相邻五个州州县警察沿途设卡，搜遍了农家运货的马车、汽车、货运列车、黑人送人的小车、火车站盥洗室，两三个人一组操着短枪，拔出手枪冲进台球房、灵堂、黑人家的厨房和卧室踏破铁鞋搜了六十五个小时无处觅的大衣。小镇也不例外，看守和他戴着镣铐的"赏金"刚出监狱大门，身后就像放风筝似的跟上来一群男人、小伙、孩子，在通向广场的大街上，看守还能说他牵着犯人，穿过广场走向县政府大楼的路上，他越走越快，像是拖着铁链另一头的犯人加入了人群，最后他突然收住了脚步，其实是紧跑了一步，然后站定，转身面向追上来的人群，猛地从枪套中拔出手枪，像一个绝望、拼命抵挡的孩子再次鼓起勇气掏出玩具枪转身天真地对准冲自己冲过来的大象脑袋，他不再恐惧，而是得意扬扬、操着孩子一样稚嫩的童音绝望、尖声尖气地喊道：

"站住，你们！这玩意儿就是法！"——如果他们冲向他，看守肯定会攥着没开，也不会开的手枪被人群活活地踩死。——一个你在美国小镇街上见惯了的性情温厚的小人物，有些也并不小，但不在广袤的中部山谷，而在西部和东部流域，以及山区高原，他们靠环环相扣的裙带关系得到了一份工作和职务，共和国成立以来的这一百多年，它几百万儿女不仅靠它混得了一口饭，而且还有点小小的盈余供节假日消遣，因为与共和国同龄，所以它是一块主要的基石——对于他，出乎他不尽的意料并让他惊喜的是，十年后他竟然娶了现任治安官的一位远房表妹——他为人温和、憨厚、平凡，谁也没对他宣誓入职时的举止评头论足。他不过是人家一个不知名的表弟，兴许是妻子一方的表弟发誓像人家一样勇敢、诚实、忠诚，能够、理应对得起今后在治安官卸任那天也会丢了的岗位上的四年所拿的那份薪水，像雄蜉蝣夜间繁殖时倾注一整天的生命然后死去一样努力迎接他辉煌的一刻。但人群并非冲向他，他们不过是在走，不过是他在他们和县政府大楼之间，一见那把拔出的手枪、他们顿时站住了。最后，一个声音说："把枪夺下来，免得他伤了人。"有人伸出一只手客气、善意、果断地从他手中夺下手枪，人群又开始走向他，同一个声音这次耐着性子好生直呼他的名字：

"关，艾蕾，闪开。"再一转身，看守面临的是另一盘棋，他必须重新选择：要么一辈子仰人鼻息，要么因此一辈子没脸见人——要么还铁链这一头的自己自由，要么放了另一头的犯人——让他逃走。再说他算不得逃，也说不上远走高飞；到了最后一刻谁又会质疑这一刻的英雄形象：并非去摸无知无觉的钥匙，而是一把剑或弯刀一闪划过不听话的手腕，接着，他跑了起来，鲜血淋漓的断臂犹如一根挺直的旗杆或所向披靡、掉了头的长矛高高举起，不是对严令，而是断了众人和自己堕落的念头。

可惜容不得他多想；他只好想办法躲着紧跟在他身后的人群，免得他和犯人被人踩着，他们夹在人群中穿过广场、进了法院，这时候，正如他任职以来夜夜梦见自己当场抓住一名要么身材矮小、要么老实巴交的重罪犯，一只手牢牢地抓住他的胳膊，推着他穿过走廊、走上通往法官办公室的台阶，办公室里新奥尔良来的律师一惊，先是气愤，继而一愣，最后脸上和眼中掠过一丝不易觉察的表情，他恢复了镇定、没好气地说："这儿太小。我们去审判庭。"说完，他（律师）也跟了出去，他、看守和犯人现在像三只洪水中的鸡笼堵住了那间小屋，窸窸窣窣中仿佛科克撞到了利特尔顿、利特尔顿撞到了布莱克斯通、布莱克斯通撞到了拿破仑、拿破仑撞到了尤利乌斯·恺撒惊了一跳的鬼魂，审判厅对面的门内传来一声含混的惊叫，律师突然摆脱了人群，又成功地（也难为了他这个大胖子：他五大三粗，身穿一件昂贵的黑呢大衣和一件洁白的凸纹布背心，系了一条黑领带，领带上别着一颗蜂鸟蛋似的珍珠。）救出了看守和犯人，同时用膝盖顶开了围着板凳、证人席、陪审席和辩护人席的矮栅栏的转门，将另外两个人推进门，然后跟了进去，门在他身后又弹了回去，人群跟着涌进了旁听席。

居民们现在不仅从法官办公室，而且从后门涌了进来，来的不单是男人和孩子，还有早上八九点钟在杂货店喝可口可乐的小姑娘，在杂货店、菜市场买肉和包心菜，或者在布店配花边或纽扣的主妇等女人，到了最后，不仅这座小镇，连全县的居民都见过那匹三条腿的马，大多数人为那两个人所赢下的、上了年纪的黑人传教士带着逃亡、再说肯定藏起来的那笔款子各贡献了一两个美元（现在总计达到了三万)——从四面八方源源不涌进审判厅,不紧不慢的轰鸣响彻走廊、楼梯和嗡嗡的审判厅,坐满了一排排长条凳,直到最后一阵回响散进钟楼、屋顶扑扑啦啦地拍着翅膀的鸽子、梧桐树间和院子里叽叽喳喳的麻雀和蚂蚱,以及恢复了镇定、气急败坏的嗓门——不是某一个人在说,仿佛不是一个人,而是整个审判厅在说:"好了,先生,开庭。"

他带着他的收获站在围栏后这个不堪一击的避难所,隔着一道连孩子抬抬脚就能跨过去的矮木栅栏,他们其实已陷入了绝境,进退不能,再说他还没见到庄严的审判台,就已经败了诉,不说他的两名同伙,他其实并非孤身一人,也不是说由不得他们,恰恰是因为他们,律师一时望着健步走进他的部族举行最后一次圣餐礼的神殿、迈进神龛,慎重或者说轻松地走了进去,为什么不呢?这是他下旨修建的神殿,为它流尽了最后一滴汗。倒不是出于个人的需要,也非望眼欲穿,因为他养尊处优,或者由来已久的烦恼,或者说他朝思暮想、可望却又不可即,而是因为他想要,办得到,或者说不论办到办不到他都志在必得。无意做什么信条、源头,或者说哺乳动物的高潮、港湾,他执着、不知从何入手的梦想,好比一艘迷航的小舟,终于找到了方向。因为,这话还得从头说起,他并非他,而是他们,且经过大家的推举,因为他真实的身份,是我,首先,他算不得一个哺乳动物,说到不明的身世,他不仅清楚六千年前他来自哪里,而且明白七十年后归向何处;说到赞许,自由人的资格,除了反对,无非是他有权反对,这也是对一致赞成的一个答复;他铺了地板、花了钱,地板是他家的,他想吐痰,谁管得了。律师年轻那阵子恐怕读过狄更斯和雨果的作品,他透过不堪一击的栅栏,望的不是虔诚的其他传令兵们的祖父和正派、虔诚的密苏里农夫们一砖一抹泥灰建的谷仓,而是回首一百年,望着比奥尔良、卡佩或查理曼历史悠久的石头大厅,大厅内到处是昨天散发着犁过的土地和肥料的味道,这泥土和肥料弄脏、熏臭了历经上千年,还要经历上万年,却惨遭践踏的丝绸和百合花;地中海渔夫的帽子,皮匠、搬运工和筑路工人的罩衫沾满了撕扯、丢弃丝绸和百合花的手上猩红的污垢,面对他们,不仅怀着敬畏和惶恐,而且怀着得意和自豪:为人类的胜利自豪。这都在于他的同胞,他现在占了天时地利——美国,合众国这个我主的一千九百一十四个春天,人类享受了一百四十年的自由,已经习以为常,参加有迹可循、系统的哑剧字谜这一无可争议的权利就足以让他们心满意足地静静地待在一旁;他面向他们,又站了一会儿,然后转身,猛地敲了敲手铐,发出听着有几分悦耳的声音,接着咚咚咚地走向看守。

"这是什么意思?您难道不清楚同一个人不能受双重审判?"然后又转身操着洪亮、打鼾似的嗓门对着满座的人说:"此人被非法拘禁。他有权请一名律师。我们要休庭十分钟。"说完转身推开栅栏上的门,推着两个人走出栅栏门,头也不回地跟着他们走向法官办公室,审判厅后排的五个人站起身,从大门跟了出去,律师推着黑人和看守进了法官办公室——看守事后说——关上了门,脚也不停地走向对面的一扇门,开门刚站定,从审判厅出来的五个人已经转过了屋角。

"给我五分钟,先生们,"律师说,"到时候我们就回审判厅。"说完,他关上门,回到看守和黑人跟前。但他连看都没看一眼那个黑人;逞一时之勇和激动过后已筋疲力尽、险些晕倒的看守有几分恼火,将信将疑地发现，意识到主动提出只要十分钟处理事务的律师分明打算用烟消耗其中的一部分，望着律师从仿佛洗衣妇刚熨过的白背心口袋里（口袋里还装着三支）掏出一支雪茄。看守立即认出了雪茄的牌子和价钱——一美元——因为他有过一支（那一周的星期天一早就给抽了），递烟给他的客人，或者说狱卒误以为娶了自己妹妹的是治安官，而不是娶了治安官嫂子的侄女的他，看守悲愤交加地看出又出了同样的情况，但这一次糟糕上千百倍。当初递给他那支雪茄的人对他别无所求，但现在他总算明白了律师的用意、居心，一直以来的居心是以一支一美元的雪茄为他、他这个看守的贪污定了一个价：那个黑鬼卷走了、藏得连联邦警察都找不到的四万美金。接着是伤心，愤慨算不上愤慨，何来的伤心；这是胜利和得意，甚至是欢喜，因为在目光落向黑鬼的那一刻，律师就败下阵来，他（律师）甚至不必费心找出原因，只等他（看守）心甘情愿地告诉他，等着律师操着非人的嗓子先开口，而不像他妻子那个无赖姨夫一样生硬、厚颜无耻、无聊又无趣。

"你得把他弄出镇。这是你唯一的机会。"也许是他（看守）的语气太不镇定，也许是在一位大城市来的律师眼中这不过小菜一碟。连他这位大律师也能听出一不做二不休的意味，如果他仔细听，还带着几分嘲讽、轻蔑和欢喜。

"我再想想办法。其实我已经打定了主意。"他对黑人说了声"快"。说着，他拽起身后的黑人走向走廊门，另一只手去摸腰上拴着手铐钥匙的钥匙扣。"你想着那笔钱。我可不。那可不是我考虑的。钱是他的，有一半是他的；一个黑人该不该拿四万美元的一半不关我的事，也不关你屁事。只要我打开这副手铐，他就能去拿。"他拧开门把手、打开了门,一个声音拦住了他——他身后一个十分镇定、不太响亮的声音,像是有人在搅乳桶中扔下了几枚鹅卵石。

"我也不想。因为根本没钱。我也不考虑你们。我考虑的是你的担保人。"(看守)听见有人划了根火柴,一转身看见雪茄头上一团火焰和遮住律师面孔的第一缕淡淡的烟雾。

"那也行,"看守说,"我在监狱待了两年。所以我不必走。估计我能受得了苦役的苦。"

"呸。"律师不是从烟雾中啐了一口,而是对着烟,借着烟雾,对着那口烟、那味道,那喷薄而出、渐渐消散、味道浓烈、价值不菲的淡淡的烟雾啐了一口,撂下了鹅卵石或鹿弹一样镇定、声音虽不大却掷地有声的话:"只要你第二次逮捕这个人,你就触犯了法律。一旦你放了他,他无须找律师,现在恐怕有不下一打从孟菲斯、圣路易斯和小石城来的律师等在院子里,盼着你一时糊涂放了他。他们并非成心要把你送进监狱,甚至没打算起诉你。因为你还不如这个黑人,一没拿钱,二不晓得钱在哪里。他们是要起诉你的担保人——不论他们是谁,不论他们认为你能为他做什么——再说你的——你的什么来着?大舅子?——那位治安官。"

"他们是我的——"他正要说亲戚,可惜他们不是,他们是他妻子娘家的亲戚;他确有许多亲戚,可惜谁——或者说为了这事,就算他们把存在银行的家底都拿出来也凑不够保证金。接着他说到了朋友,但他们都是妻子娘家的朋友。但他再说什么已无济于事,因为那声音已经看透了他的心思。

"——这事反而难办了;你怕是要承担罪责,不能连累了亲戚,他们都是治安官的朋友,再说你每晚还要跟他的外甥女同床共枕。"这样也不好,因为三年零两个月又十三夜前,但那也无所谓,雪茄在法官的烟灰缸里冒着烟,那声音说道:"过来。"他转身拉着黑人走到怀表链仿佛一段金犁垄似的白背心跟前,那声音说:"你好不过把他送进一座监狱,多关他一段时间,以便你给他安一个法律能认可的罪名。如果他们愿意,第二天或者当场就能放了他;只要他被一个依法指定的法院一位有资格的法官判定一项有法可依的罪名或轻罪,过后,一旦他的律师团以非法逮捕起诉你的担保人,就可以叫他们自己去追查。"

"什么罪名?"看守不解地问。

"离这儿最近的大监狱叫什么?我问的不是县城:一座人口至少五千的小镇。"看守告诉了他。"那好。送他过去。坐我的车;车就在宾馆车库;我这就给我的司机去个电话。只是你——不过,你肯定用不着我教你怎么逃脱一帮暴民的魔掌吧。"他说的千真万确,也是看守的一个梦想;他早就有此打算,在脑子里一遍遍地过着两年前他将手按在《圣经》上宣誓那一刻起就要全力以赴完成的英勇壮举,倒不是他真盼着这一刻,而是他要准备响应那一刻的号召,证明他不仅胜任他的工作,而且证明他作为一个人的节操和勇气,维护和捍卫他当着保举他担任这一职务的人的面立下的誓言。

"是的,"他说,"只是——"

"好啦,"律师说,"把那劳什子打开。喂,你把钥匙给我。"他从他手上接过钥匙,打开了手铐,扔到了桌上,手铐又发出了一阵微弱的音符。

"只是——"看守又说道。

"你从走廊绕过去,关上通向审判厅的大门,从外面把它给反锁上。"

"那也挡不住——拦不住他们——"

"你别管他们。交给我好了。你走吧。"

"好。"说着,他转过身,接着又停下了脚步。"等等。门外的那几个家伙怎么办?"律师愣了两三秒钟,等他开口说话,仿佛办公室内一个人也没有,或者说仿佛他没有说话,他大声说:

"五个人。再说你是正式司法人员,手上有枪。你甚至可以拔出枪。只要你小心些,他们没什么大不了。"

"那好,"说完,他转过身,接着又停下了脚步,头也不回,跟他当初转身一样停下了脚步。"哪项罪名呢?"

"流浪罪。"律师说。

"流浪罪?"他反问道,"一个身家两万五千美元的家伙?"

"哼,"律师哼了一口,"什么身家,他连一美元都没有。走吧。"但现在没动的是他;兴许他没回头,但他也没动,坦然地自言自语道:

"因为这事儿全反了,是倒退。法律从监狱和小镇拐走了一名黑人犯人,免得他落入了想抓走他、把他烧死的一群暴民之手。这些人只想放了他。"

"你是说法律应该两全其美?"律师问,"你说它要不要保护不曾偷了四万五千美元的人?"

"应该。"看守说,他打量着律师,手又握住了门把手,但还没拧。"但这反正是一个我不想问的问题。我希望你也能想一个解决办法,但愿是一个稳妥的办法——"他坦然地一字一顿地说:"这样吧。我干脆送他去布兰克敦,关到我依法给他安一个罪名。然后让他远走高飞。"

"你看看他的脸,"律师说,"他一分钱没拿,连钱在哪儿都不知道。他们也不清楚,因为从来就没有,就算有那么一点儿,那个伦敦来的马夫早送给了窑子和酒馆。"

"你还是没回答这个问题,"看守说,"他的罪名一旦成立,他就可以远走高飞了。"

"是的,"律师说,"你先锁上审判厅的门,再回来带这个黑人。"看守打开了门;五个人还站在那里,但他没有迟疑,从他们中间走了过去;他没按律师的吩咐从走廊去审判厅的后门,而是突然折向楼梯,他走得飞快,但不是跑,仅仅是走得飞快,飞快地下了楼梯,沿着大厅走向妻子姨夫的办公室,进了这时候空无一人的办公室,绕过隔墙径直走向抽屉,一把抽开,从一堆废证件、空白的传票、纸夹、橡皮图章和生锈的笔尖下取出办公室那把备用的手枪,塞进空枪套,又返回大厅,上了对面通向审判厅大门的楼梯,他轻轻地关上门,这时候,一张脸,接着三张脸,接着是一打人扭头望着他,他转动锁眼中的钥匙,然后拔出,塞进了口袋,又匆匆,现在是跑着回到法官办公室,只见律师放下电话听筒,将电话推向一旁,伸手拿起搁在烟灰缸内的雪茄,第一次打量着那个黑人,悠然自得地抽了一口,抽着了雪茄,透过烟雾第一次仔细打量着眼前经仔细掸过、精心补过、有些年月的旧法袍上,恺撒的桂冠一样扣着脑袋的半圈花白头发下一张冷静、看不出年纪、罗马元老院议员似的脸,然后说道,两个人简单直接地一问一答几乎听不出声调。

"你一分钱没拿,是吗?"

"是的。"

"你不知道钱在哪里,是吗?"

"是。"

"因为没有这笔钱。从来就没有。连那一点点,那白人无赖连看都不给你看一眼就挥霍掉了——"

"你错了。你也认为你想错了。因为我知道——"

"好吧。说不定足足有一百美元。"

"不止。"

"不止三万美元?"说到这里,他沉吟了片刻,但不是责备。虽有停顿但语气依然强硬,依然坚定、不容置疑。

"是的。"

"不止三万美元,那是多少?……对了,不止一百美元,那是多少?……你有过一百美元吗?见过一百美元吗?……好吧。你知道不止一百美元,但你不清楚到底有多少。是这回事儿吗?"

"是的。但你用不着操心——"

"总之你是回来分那一百美元的。"

"我趁他还没回去,来跟他道个别。"

"回去?"律师连忙问,"你是说回英国?他跟你说的?"对方面不改色、固执地说:

"他怎么能告诉得了我?他也用不着。人到了一个没有值得他为之付出、献身的份儿上,他一般都会回家。但你用不着操心,我明白你的心思：把我关进监狱，坐等他从报纸上听到消息，回来自投罗网。你打对了算盘，他会那么做，因为他也需要我。你不必操心有多少钱；但请这帮律师打官司的钱还是够的。"

"就像基本的吃喝用度？"律师问。但这次没有停顿；他没吭声，一声不吭，律师结束了这段停顿："这么说是他离不开你喽！但他身家四万美元。一个身家四万美元的人离不开你？"接着又是一段固执、平静地停顿，最后又是律师打破了僵局："你是一名正式任命的牧师？"

"我说不好。但我有见证。"

"对谁见证来着？上帝？"

"对人。我当然是为上帝见证，但我主要对人见证。"

"人吃的最大的苦就是摆在上帝面前的一条确凿的证据。"

"你错了，"黑人说，"人罪孽深重，欲壑难填，他做的一切都不堪入目，尽说些下作、无聊的话。但不是任何证据都奈何不了他。总有一天，终有一件证据能让他哑口无言，但不会是撒旦。"两人循着开门声望去，只见看守进了办公室，用力扶着走廊的门，撑着固执地要合上的门扇，最后大门向内敞开，将他一下逼到了墙根，那五个人从走廊走了进来，律师先他们一步走向对面通往审判厅的门，扭头说："这边请，先生们。"说着，他打开门，站在一旁扶着。他们既不威风凛凛，也不趾高气扬，倒像是五只温顺、步调一致的绵羊——鸭子，或陶管或星星——如同五个一模一样、靶场内近距离的靶子，跟着他穿过办公室，鱼贯出了门，紧跟在他们身后的律师扭头对看守，抑或是那个黑人，抑或是对着他们俩，抑或自言自语道："五分钟。"说完，律师跟上，穿过停下脚步，仿佛猛然撞到了一堵看不见的墙而挤作一团，挡住了狭窄的走廊的五个人，进了审判厅，在众目睽睽之下穿过转门进了观众席，面向满座的观众在十分钟前同一个位置站定，这次是他独自一人，仿佛孤零零地处身或醒目地出现在一幅幅英雄长册中的雕带或绣帷，这些英雄册是人类崛起的一座座丰碑——这些伟人压制、逼迫、指引、偶尔率领无数个小人物，恺撒和基督、波拿巴和彼得大帝和马萨林、马尔伯勒和亚历山大大帝、成吉思汗和塔列朗和沃里克、马尔伯勒和布莱恩、比尔·森迪、布斯将军和祭司王约翰、王子和主教、诺曼底人、伊斯兰教苦修教士、阴谋者和可汗，他们并非为了权力和荣誉，更不是为了扩张；这些无不是次要的附属物，甚至意外；但对人来说：是赋予他的一个动机、一个方向，由他、本着他、为了他，去拯救世人，至少让他暂时一反常态——他在那儿站了片刻，一连站了好一阵，不是忍受，而是迎着众人的目光，仿佛一间光线朦胧的屋子里将所有的光线汇聚一点的镜子，人家不过是间接地看到自己；又过了好一阵，这期间听不见人语、叹息和呼吸，除了清脆的金表链和仍托在他掌中、粪土般的珍珠发出的微弱、动听的音乐，等待一如雕塑家又搁下手中柔韧服帖的黏土，或指挥放下手中有条不紊、柔韧的指挥棒，以及一切尽在轻飘飘的棒影中的狂怒、爱和烦恼。

  接着他抬起手，只觉得众人的目光和注意力仿佛被魔术师的手凝成一束光将全部的分量集中到了他的手上，他掏出怀表，啪地打开，一边看一边算着表针慢慢走过的时间，在表盖下圆润的凹面以及观者眼中的水晶球内，看守和犯人朦胧的身影这时候应该上了广场，说不定已进了通向宾馆车库的小巷；这一刻，审判厅外甚至传来了一辆汽车引擎的轰鸣，接着只听见小车飞快地冲进、穿过、出了广场，以鲁莽的黑人司机在主人的指挥下目空一切、不顾后果的速度一路狂奔，司机以为车上乘客的身份不如自己，或者说配不上这辆显赫的车——这个黑白混血杀人犯俨然一个神气活现的小达达尼昂[①]，律师让他在监狱吃了一年零一天的苦头，好比是训练者在不服管教的猎狗脖子上拴了一只死猎鸟，然后将他保释出狱，他（律师）并非为谋杀了这个女人的杀人犯辩护，而是他谋杀的手段；这家伙手中分明拿着一把明晃晃的剃刀，但他没将女人赶出卧室，不过是不停地唠叨、催促她，按律师的猜测，想必具有芭蕾舞剧的情调，女人终于忍无可忍，尖叫着一头冲进了洒满月光的小巷，无疑是想逃向她干活的洁白的厨房，那家伙不慌不忙地赶上她，他没拦她，也没急于抓住她，而是超过她，像外科医生一样干净利落地反手一刀，刀进刀出一气呵成，显得过于讲究，甚至像斗牛士一样吝啬致命的伤害，两人在月光下并肩跑了两三步，女人瘫倒在地，那家伙连看都没看一眼几乎不见血迹的刀刃，好像他割断的不是喉咙，而是一声尖叫，仅仅为了恢复午夜的宁静。

　　律师本可以罢手，像埃斯帕达一抽斗篷一刀结果牛的性命，一句话就能让他们再次遭众人责打，他转身出门，去法官办公室，接着去宾馆收拾行李。但他没有。他欠这人一份人情，跟从前的异教徒一样，端起满满的酒杯，至少在壁炉前的地上洒一滴再一饮而尽，倒不是为了抚慰，不过是酬谢能与他相提并论的人；他在新奥尔良一个最好的区，一条最好的街上一栋宅子里有一幅画，一幅油画，这可不是赝品，而是一幅货真价实、令人垂涎欲滴的真品，为这幅画他掏了一笔不愿回忆的大价钱，虽说他买之前经过专家鉴定，之后又经两次鉴

[①] 大仲马小说火枪手三部曲——《三个火枪手》《二十年后》《布拉热洛纳子爵》中的人物。

定,又有人两次出他当初一半的买价买这幅画,他当初不喜欢,现在也喜欢不到哪儿去,连他自己也不晓得怎么回事儿,但画现在他的手上,所以他也不必非得装着喜欢这幅画——他当时认为,其中的缘故只有他自己清楚——他承认买这幅画的唯一一个目的是不必自称喜欢它;一天晚上,他一个人独坐书房——(他孑然一身,没妻子和儿女,家中只有穿着一身白夹克、轻手轻脚、桀骜不驯但又好使唤的黑白混血杀人犯)突然发现,他望着的不是一方骚动、纷乱的湛蓝、橘黄和土黄,也非大肆鼓吹他平生丰功伟绩的公告牌——无懈可击的大街上的宅子,某个渊源比美国政府历史久远,他父亲是个寂寂无名的社团的会员,开保险柜的密码,证券一览表上与日俱增的数字——却望着他命运的裁决,这命运如同老诺曼伯爵迎风招展的旗帜,旗帜庇护下的不是摇唇鼓舌、上蹿下跳的银行家和政客,也不是脸色苍白、浑身筛糠似的市长、郡长,他望着厨房、碗碟洗涤室,甚至空旷的庭院、窝棚里吱吱嘎嘎的桌子,望着每天六万手无寸铁、无名无姓、准备光荣献身的人:穷人们不花钱的礼品,(律师)心想:我真不差这个钱。我可没那闲工夫。我可没那闲工夫。我甚至都犯不着拼了命地去争取;我还没来得及拒绝,那个愚不可及的人就硬是塞给了我;他合上表盖,放进背心口袋,接着是不曾抬高的嗓门,倒像似喃喃自语,又像腹语,或者凭空产生,说话的不像是他,倒像是周围环境、审判厅,抑或高耸、影影绰绰的上楣柱周围或楣柱之间高高在上、无形的空气,不像是对着一张张脸,倒像是飘落,不像是人语,倒像是祝福,像普照温顺、吃苦耐劳、得意扬扬的人的阳光。

"女士们,先生们——"接下来的嗓门不高,但不容分辩、简明扼要，仿佛一杆清脆的小鞭子或玩具手枪，"民主党员们：两年前的11月4日，美国的投票箱升起了一千年的和平与繁荣的太阳；四年后的11月4日，我们却要眼睁睁地看着它陨落，如果华尔街神通广大的能人和新英格兰身家百万的厂长们一意孤行，等着找机会在南方农场主和急需原材料的工厂、欧洲旧世界廉价的劳动力之间重新竖起一道北方佬的关税壁垒，欧洲如今已然迈进太平与理性的盛世，终于摆脱了两千年战争的羁绊，以及对战争的恐惧，只想以你能承受得起的价格换取小麦、玉米和棉花，生产关系我们生活和幸福的必需品，以及用你能承受得起的价格为孩子买关系孩子生活和幸福的必需品，再次肯定我们祖先一百二十年前赋予的不可剥夺的自由和自由贸易权。随时随地销售他们辛勤的劳动成果，用不着怕榨取童工血汗、挥金如土的纽约资本家或新英格兰工厂主，也用不着经过他们的恩准。因此不是你们，而是非洲奴隶和异教徒中国人的孩子拥有好公路、好学校、乳油分离器和汽车——"话没说完，他已匆匆穿过栅栏门，满座的人不约而同、不慌不忙地站起身，与其说是拥向，倒不如说是转向身后的大门，因为一个嗓门几乎立刻从门口说：

"门锁上了。"人群连停都没停，仅仅转了个向，汇成人流，一阵沙沙、沉重的脚步声，不是在跑，不过是人群转身慢吞吞地拥向和走进通向法官办公室的那条狭窄的走廊，律师匆匆穿过转门挡在他们和门之间；他心想，我犯的第一个错误是走，现在又犯了一个。

"请留步，诸位。"说着，他抬手、掌心向外，第一次看着、分辨着一张张脸庞，这时候不再属于某一个人的一双眼睛，而是渐渐逼向他，吓坏了他的一张脸，他突然后退了一步，绝不是受惊，也绝非被人冲撞，而是被人包围，形成了一个移动的包围圈；他一个趔趄，但好像觉得立即伸来十几双有力、非人的手扶住了他，甚至掰着他转了一个身，接着拦住他，另有几只手伸了过去，打开了法官办公室的门，不是将他扔向或推向一旁，而是将他拽了回来，贴着墙，让人群拥过小小的办公室，走向走廊对面的门，后面的人刚进小屋，前面的人已走了出去，所以他清楚第一个出门的人绕到审判厅的大门口，锁上了门，因此，走廊和整栋大楼都响起不急不缓、闷雷般的脚步声，他紧贴着墙根站着，曾经洁白的背心中间出现了一块印迹，倒不是被人故意抹上去的，不过是被一只手不急不忙地按了一个有力、清晰、淡淡的手印。

　　他突然一惊，几乎一跃而起，义愤填膺，也早在意料之中，人还没到窗口，他就清楚会看到怎样的一幕，望着窗外的广场，只见人群停下了脚步，看守转身面向审判厅，伸手在怀里摸着什么；但他们现在是三个人，律师脑子一转，不经意间自然想到：哦，对，想到了骑马的那个孩子，他撇下笨手笨脚地翻着大衣下摆的看守，望着人群仿佛泼在桌布上缓缓流淌的墨水，从容地拥出审判厅大门，分成三股走向三个等在那儿的人，（律师）心想，为什么他只有上了——从脚凳到马或讲台、再到旗杆，或飞机，不管什么——的时候才那么脆弱、熟悉；脚踏实地、行动起来的时候，他才令人生畏；他惊讶、谦虚、不无自豪地想，为什么只有他一动不动，不论如何，他在干，或准备干一番大事业或貌似一番大事业，也不是他起身站在一双叫作脚的什物上，总之是他驱着它走向一个方向，靠他自己一副羸弱、胡乱拼凑在一块的腿脚走向一个目标——不是成吉思汗的号角，亦非缪拉[①]的军号，更别说狄摩西尼或西塞罗的金嗓子，或保罗、约翰·布朗、皮特、卡尔霍恩，或丹尼尔·韦伯斯特的吹角，而是望着美索不达米亚的海市蜃楼渴得奄奄一息的孩子，背着全部家当从北部丛林一步步走到罗马的野蛮人，摩西手下干了四十年的拾荒者，扛着枪、斧头或背着一袋袋人头、改变了美国人种肤色的大高个们（律师记得以连片的马粪、生锈的沙丁鱼和土豆罐头盒闻名的全美洲的西部牛仔早已被一拨带着拉线钳、背着一袋袋特产的家伙从这个地球上给消灭了）；他自豪但不无敬畏地想，为什么人只有行动起来才虎虎生风，沉默中才有危险；孕育他潜在威胁的不是欲望、胃口，也不是贪婪，而是寓于静静地思考之中。他凭一时冲动付诸行动的本能，陷入沉思和沉默，接着仿佛进入敞开的检修孔；他不无得意地想，既然只有领主大人们最了解大众的呼声和愿望，领唱者最了解自己激昂、杂乱的歌声，他们绝无仅有、靠限制和引导发挥他败家子的潜质。在当今的底特律，一位资深自行车运动员注定将成为一位世界伟人，他的姓注定家喻户晓，他已让半个美洲大陆的孩子骑上了自行车，二十五年后，半个地球恐怕都要在车轮上生活，一千年内怕是要消灭一个物种的腿，就好比很久很久以前，宇宙不经意间一震、沧海变陆地、鱼鳃渐渐消失。但还不至于到那一天；还有和平，为实现和平，还要改正沉默这一习惯：这段沉默中，你可以去思考，继而将你相信自己考虑的或你自认为相信的事务付诸实施。人群默默地、源源不断地穿过广场，拥向等在那儿的三个人，看守打破了沉默，从外衣下摆下掏出一把新手枪，尖着嗓子

[①] 若阿尚·缪拉（1767—1815），法国军事家，拿破仑一世的元帅。

失声地喊道：

"你们给我站住！我数三下！"他数道："一——二——"他盯着，甚至怒视着并非冲向他，甚至并非走向他，而是俯视他的一张张面孔，他再次感觉手枪不是被夺，而是被一把从他手中摘了过去，接着又有几只手按住了他。"你们这帮天杀的傻瓜！"他一边喊，一边挣扎着。但如何说？如何告诉他们？说到钱，你必须廉洁、正直，不论钱在谁的手上；如果你对钱有私心，同情弱者对他们没有好处，因为他们从你那儿得到的不过是同情。再说告诉他们已经晚了一步，即使找不出理由，几只有力、相当亲切，甚至有几分文雅的手不仅抓住他，甚至提着他、举着他，继而带着他，就好像两个单身汉夹着一个非亲非故的孩子，他脚想着地却又沾不着地；几只手将他又往上举了举，透过、越过人头和肩膀，他可以看见一圈既不严肃，也不愤怒的脸。只不过齐刷刷地全神贯注着人群中一身旧法袍的黑人老者和巧克力色的瘦高个少年，他一对瞳子白得纯洁、不可思议，只有佛兰德画家才懂得如何去琢磨；接着，那个沉得住气的嗓门的主人又开了口，看守第一次看见，并认出了他。不是律师、商人、银行家，或其他什么官员，而他自己恰恰是一名投机商人，不择手段、挖空心思地占有了一家走街串巷的小锯木厂，十五岁那年他到这家小厂子打工，独自一人挑起了重任，养活孀居的母亲和三个未出嫁的姐姐，如今他年已四十，如愿以偿地成了这家锯木厂的主人，娶了一个妻子，生了两个女儿，还添了一个外孙女，他一开口，人群顿时屏住了呼吸，安静了下来。

"你跟那家伙究竟靠那匹马赢了多少钱？一百美元？"

"不止。"黑人老者说。

"一千?"

"也不止。"这时候没有人动,也听不见人呼吸。唯有一个大大的悬念,仿佛四月一个阳光明媚的早晨陡然失去了颜色。

"四万吗?……好吧。还是四万的一半?你见过多少?你数过吗?你能数到一千美元吗?"

"一堆。"黑人老者说。他们这下松了一口气。一阵骚动、吐了一口气,有了动静;这一天,这天早上又过去了,那声音算是告别。

"二十分钟内有一列火车到站。你上车走吧,别回来了。这儿不需要有钱的黑人。"

* * *

"那我们上火车,"黑人老者说,"坐到下一站。然后下车再走。这段路可不近,但我们知道他现在在哪儿,只要他们放了他——"佐治亚、田纳西和卡罗莱纳三州交界、青烟笼罩的山谷,去年夏天他带着一匹三条腿的赛马、一个上了年纪的黑人传教士和一个骑马的黑人少年凭空突然来到了这里,他们待在这里的两个星期,那匹马在方圆五十英里内所向披靡,最后有人远道从诺克斯维尔[①]找了一匹马跟它一决高下,接着(三个人和一匹马)又先全州,或全国赶来围剿狐狸似的一帮联邦侦探、警长和特勤六个小时,一夜之间不见了踪影。

"我们没说错;他想必从密苏里监狱直接去了那里,因为现在还没出六月。他们是这么对我们说的:一个星期天的早上,很可能是教堂里的传教士先看见了他,因为他面朝那个方向,其他人还没来得及

---

① 美国田纳西州东部城市。

扭头认出他,他已经进门靠后墙而立,好像从未出过门似的。"通信兵也见到了这一幕,如果那位联邦前治安官也在场,见到的也大抵如此——乖僻、粗野、满嘴脏话、口齿不清的(尤其是他偶尔说的片言只语在这一带的山里人听来有几分像英语)外国人的一举一动不仅透露着痞气和单身汉的习气,又好似一条流落街头、无人管教的土狗,无父无母、没家没口,兴许还患阳痿,是个奇形怪状、粗野、醉醺醺、身无长物、可怜巴巴、倔强的孤儿,凭空将一个怪异、令人惊诧的流动团队带进一个沉寂的真空,仿佛建在一颗彗星旁的一座竞技场。两个黑人和一匹健壮的好马的残躯,即使它四肢健全的时候,这片河谷,或这一带的人恐怕也没见过,他们来到了一处乡下,这儿凡是不产奶的牲口要么能犁地,要么每天拉车,每逢星期六驮着一袋袋玉米去磨坊,到了礼拜天,瘦骨嶙峋的脊梁则尽量多拉几口人去教堂,这儿别说没有,连见都没见过一个黑人;六十年前,这儿上至六十多岁的老人,下至十三四岁的孩子纷纷告别云遮雾绕、恍若世外的家园,不远数英里,甚至步行几个星期去参加一场与他们无关的战争,不过,就算他们待在家里也不会有人来找他们的麻烦,但他们是为了捍卫自己的土地,不容黑人侵犯;他们不满足于仅仅反抗和推翻他们自己的政治地理属性与共同经济出身,还必须联合交战的敌人,趁着夜色偷偷翻过(有一次,他们一伙人在一家街头酒馆为了一件事与一支联邦军征兵队展开了一场激烈的争论)联邦军阵线,找到并加入了一支联邦军,他们并非为了推翻奴隶制度,而是为了打击黑人,从可能将黑人引进他们中间的人手中放了他,从而消灭黑人,这无异于从壁炉和门口的木桩或鹿角上取下步枪,这么说吧,抵制一家提出要让印第安人重返家园的贸易公司。

大伙儿都听见了。"只不过我们第一次在那儿待了不是两个星期。是十五天。头两天他们光顾着看我们了。他们或走，或骑骡马，或者一家子乘一辆马车从四面八方赶过来，挤到商店门前的路上看我们蹲在走廊里吃奶酪、饼干和沙丁鱼，光顾着挤在那儿打量着我们。接着男人和孩子们又绕到商店后面，看我们用扶手、小木板和绳子搭的围栏，看我们关在里面的马。后来我们开始比赛，到了第五天，我们胜了河谷上下的每一匹马，甚至赢了山上一块十英亩的玉米地，到了第七天，我们打遍了从隘口对面几个县远道而来的马而无敌手。又过了六天，河谷的人当时都把赌注下在我们的马身上，到了第十五天，他们从诺克斯维尔牵来了一匹跑过丘吉尔园马场的马，这一次，不但河谷的人，来自田纳西各地的人亲眼看见那匹连马鞍（我们也没用过笼头，只有一根单股马勒和肚带给这孩子抓着）都没有的三条腿跛马第一个回合在五浪比赛中跑赢了诺克斯维尔来的那匹马，第二个回合是在一英里比赛中以双倍的赌注获胜，当时不单是河谷，连其他各县的人都将赌注押在它身上，所以它赢的钱，田纳西这一方人人，总之家家都贡献——"

"就是他被共济会接纳的时候，"通信兵说，"就在那两周吧。"

"十五天，"黑人老者说，"是的，那儿还有一个门房。——第二天天还没放亮，一个人就骑着骡子从隘口那边赶了过来，刚好先他们大约一个小时——"黑人老者一年后听说的事，通信兵也听说了。太阳刚出，那辆汽车就停在了商店门口——在这片河谷留下第一道车辙，一些老人和孩子平生第一次见到汽车，车翻过隘口开了一段路，不过余下的一段肯定又拉又推,说不定是被抬过来的,这个县的治安官和戴着城里人的帽子、领结,穿着城里人的鞋子,一副税务官老爷派头的城里客人进了商店,昨儿个的骡马、马车又从山坳和小山上赶了回来,人们慌不迭地跳下骡马和马车,怯生生、默默、好奇地打量着汽车,像似望着一条不大不小的响尾蛇,接着又涌进商店,把商店挤得水泄不通,小心地挤在痰迹斑斑的沙坑内,痰迹斑斑、灭了的火炉前,他们没去看城里来的客人,而是打量了他们一眼,接着转向治安官,所以说,因为治安官是自己人,顶着这个河谷一班人顶着的同一个姓,河谷的百姓都投了他的票,其实,要不是他廉价的领带和他们的罩衫,他们相差无几,好似一家人。

"他们偷了马,"治安官说,"大家不过是想把它给找回来。"可惜没人应。只有神色凝重、礼貌,并非在听,仅仅是期待的面孔,末了,一位城里来的客人用一口城里人的腔调说:

"且慢——"说着,他抢过治安官一步,手插进城里人那种扣着的大衣前襟,只听治安官用他直率的山里人腔调说:

"你且慢。"他的手也伸进了对方扣着的大衣,抓住对方的小手,抽出大衣,毫不费力气地将城里人的小手和城里人的小手枪握在手中,好像握着两个玩具,不是夺,而是用手捏出了手枪,塞进了自己的大衣口袋,说:"喂,咱们走。"说完,他迈开了脚步,穿着两天前在查塔努加①宾馆睡皱了的白衬衫、衣袖和裤腿,与皮鞋擦得光可鉴人的同伴紧跟了上去,人群为他们闪开了一条道路。他们穿过商店、人巷,人群紧跟在他们身后合拢。出了走廊,走下台阶,人群依次为

---

① 美国田纳西州东南部城市。

他们闪开一条道路,又在他们身后合拢,一行人最后来到汽车前;当时是1914年,山里的小伙子还不晓得只要拆下分油器或堵上化油器就能废了一辆车。所以他们用上了他们的土办法:一把从铁匠铺找来的十磅大锤,他们当时还不晓得引擎盖下的那玩意儿的寿命,彻底把它整歇了火。被砸成了瓷粉的火花塞,拧下来,敲断的电线,砸扁了的油管,连喷出来的油和汽油都被敲了一串半个半个无声的马蹄印,以及明明白白地靠着一条工装裤腿的大锤;城里人这下暴跳如雷,一边痛骂,双手一边挠着治安官的衣服,治安官最后一把薅住他的两只手,捉住他;面向成了一堆废铁的机器。"这辆汽车不属于公家的,"治安官说,"是他的。只好他自己掏钱修。"

许久没人吭声。接着一个嗓门问:"多少钱?"

"多少钱?"治安官扭头问。

"多少钱?"城里人没好气地说,"恐怕要一千美元,说不定两千——"

"就五十。"治安官说着,松开了他的两只手,从城里人头上脱下漂亮的乳白色帽子,另一只手从裤兜掏出一团皱巴巴的钞票,抽出一张丢了进去,拿着那一张钞票做诱饵似的托着帽兜对身边的人说:"下一个。"

"可惜他们只看眼前利益,因为传教士还没来得及祝福,他们起身向他问好,他已经从那儿跑了。但他去得快,来得也快,消息还没传开。"也就是说还没泄露出去。到了下午晚些时候,或日落时分吧,那天早上在教堂里,其实也是整个山谷的三十七个人,总之条条山坳、小山以及小河都听说了他要来的消息,他是一个人回来的,没骑马,身无分文、饥肠辘辘:不会再走,不过是失踪了,不见了,一时失踪了,所以他们明白,他们只能等,那晚在俯瞰邮局和商店的阁楼里——"这是一间门房。他们也在这谈论政事、开会,但多半在这玩自从山谷人到那里定居、建了这座商店以来他们一贯玩的扑克和掷骰子游戏。商店外常备一段直通楼顶的楼梯,是律师、法官、政客、共济会员和东部明星们的通道,但主要是一段直接钉在后墙上的楼梯,直通后窗,山谷这一带的人都听说过,但谁也没见过,别说爬过。室内的搁架上放了一个长年装满了山区白威士忌的酒壶、水桶和葫芦瓢,山里人都晓得,就跟他们听说过这段楼梯一样,但谁也没亲眼见过法官、会员或那儿举行的会议。"情况是这样的:

天黑一个小时后,围着一块铺在地上的毯子、蹲在灯下的六七个男人(包括店员。"今儿星期天。他们只能在星期天晚上掷骰子,但不允许玩扑克。")听见他上了楼梯,看见他翻进窗户,接着收回了目光,自顾掷起了骰子,他走向酒壶,自顾倒了一瓢酒,几个人没去管他,正如他们谁也不会送他,或借钱给他买食品,甚至不去看他转身发现脚边的地上十秒钟前还没有的一枚五十美分硬币,也不看他拾起硬币,打断了他们的赌兴两三分钟,一一逼着他们否认自己是那枚硬币的主人,然后挤进圈子,跪在地上,押上那枚硬币,掷了骰子,收起当初的五十美分,又加倍押了两注,然后递过骰子,起身将当初的那枚硬币丢在原处,走向活板门、摸黑从梯子进了黑洞洞的店内,拿回来一块奶酪、一把饼干,又打断了他们的赌兴,递给店员一枚他赢的硬币,接过找的零钱,靠墙蹲着,除了有规律的咀嚼声,一声不吭地吃了自从他十个小时前在教堂露面以来,山区人晓得的第一顿饭;

自从他和那匹马、两个黑人十个月前消失后,或者说突然回来的第一顿。

"他们只是把他带了回来,就好像他从没离开过。情况远不是这样。仿佛他们现在见到的压根儿是没影子的事。没见过三条腿的马赢了比赛来着,压根儿没有,因为他们连那匹马怎么着了都没问过,也从没有过像我和这个孩子一样的两个黑人,就好像密苏里人那会儿一样,从没人问过他究竟赢了多少钱,一年前的夏天和今年夏天连个喘息的机会都没有。"没有秋去冬来和春至,不见橡木和山核桃木的烟火,不见凄厉的雨夹雪,也不见夏来时漫山盛开的杜鹃;那人(那个通信兵靠听、靠耳朵也见识过这一幕)没变,也不见得邋遢到哪里去,这次就他一个人(尽管不像前联邦治安官见到一样)——歪戴着一顶脏兮兮的格子呢帽、穿一件廉价的仿花呢夹克和一条粗布贝德福德灯芯绒裤(他管那叫马裤。裤子能穿得下他三个人。他说这是一个叫萨维尔街的地方做的,说萨维尔·罗是爱尔兰贵族中的第二大公爵),还是当初的粗鲁、口无遮拦、愤世嫉俗,他蹲在商店的前廊,头顶是专利机器、香烟、发酵粉招牌以及治安官、代表和地方检察官候选人的告示和誓言(今年是1914年,换届选举的一年;他们已然落败、被人淡忘,只剩下被叫价最低的人击败、褪了色的照片,总之相片看着都走了样,谁也不这么想,可但凡候选人都一样,人人都希望照片点缀在乡间的电线杆、篱笆、小桥的木栏杆或谷仓壁上,因为天长日久和风雨褪了颜色,像似一声惊呼,一句警告,一句祷告,一声呐喊)。

"他起初就蹲在那儿,无所事事,没人去打扰他,甚至没人去搭理他,到礼拜天他又去教堂的时候,他会坐在最后一排板凳,以便祝祷后第一个出门。他住在商店楼顶的一间阁楼,睡的是草垫,也在那家店里搭伙,因为他第一天晚上就小赢了一把。他原本可以找一份工作;他们也告诉过我,那天早上,他正蹲在走廊上,一个家伙牵了匹马进铁匠铺,打算自己钉马掌,那人打着马屁股催它快进去,可他们只要一碰,它不是跳,就是又踢又叫,最后他们打算把它给绑起来,干脆来硬的,末了他起身走了进去,扶着马脖子,对着它嘀嘀咕咕地说了一分钟,接着把缰绳拴在环上,操起马蹄、脱下马掌,然后又装了上去。铁匠提出给他一份稳定的工作,但他始终理都不理,又回到走廊蹲在那儿,到了礼拜天又坐着教堂后排,不等人家跟他说话,就第一个走出教堂门。因为人家摸不透他的心思。"

"他的心思?"通信兵问。

"对,"黑人老者说,"后来他不见了,他们再看见他,要不是那顶帽子,他们险些没认出他,大衣和爱尔兰裤子不见了,换了一条工装裤和一件工作衫。除非他们亲自去那儿看一眼,他现在是一名农夫,靠薪水吃饭,挣的那点儿薪水怕是只够食宿和洗衣钱,因为他做事的地方难以维系指望靠这儿为生的两个人的生计——"通信兵现在差不多也有了与前联邦治安官类似的看法。一对无儿无女、患关节炎的中年夫妇,这两个倒霉的继承人非但没继承偌大一份家业或王位,却不惜孤注一掷结成了婚姻同盟,一间稍显寒酸的单坡顶斗室抱着山腰一片零零散散的玉米地中的一处峭壁,稀稀落落的玉米仿佛在勉为其难地纪念这一奇迹,一根根瘦弱的玉米秆代表的不仅是劳身而且劳神的劳动。摩洛神[①]象征的自食其力并不回报人的辛勤,不过是消耗

[①] 一位上古近东神明的名号,古代迦南人所拜祭的神明。

了人的血肉之躯；——十个月前有大人物、英雄前呼后拥，即使没了那匹马，即使昨天还雄赳赳气昂昂的人今天却落得穿着一条泛白的工装裤在为一头瘦骨嶙峋的山区奶牛挤奶、劈木头（老远就能认出他们三个人，在于其中一个戴了一顶格子呢帽。另一个穿了件衬衫）锄东倒西歪的玉米，星期六下午下山蹲在走廊上的一群人中间，不说话、但也并非一声不吭；第二天也就是礼拜天一早又坐在教堂的后排，始终轮换着穿一套干净清爽泛白的蓝工作服，这倒不是说他不忘本、终日忙着田里的活计、吃苦耐劳，而是掩饰他骑马骑出的罗圈腿，抹去人们心中对这个狂妄、行踪不定、行侠仗义的老单身汉最后一点琐碎的记忆，因此（现在是七月份）只剩下（不是勇士）趔里趔趄、歪戴着的深格子呢帽（惦记儿女情长的人算不得勇士）在田纳西空旷的群山中谈论熙熙攘攘的外国大都市。

"接着他又不见了踪影。当时是八月天；驿差那周从隘口那边带回来查塔努加和诺克斯维尔的报纸，第二个礼拜天，传教士又开始为大洋彼岸再次陷入战火、被杀或死于非命的人祈祷，又过了一周，到了星期六晚上，他们告诉我他如何如何取得了共济会最后一个级别，当时他们如何如何想办法跟他搭话，因为查塔努加和诺克斯维尔的报纸每天都从隘口送过来，他们也能看到，什么战役来着？"

"蒙斯。"通信兵说。

"蒙斯。"黑人老者接着说。——"他们问他：'他们也是你的乡亲吧？'他答的话还不如不说，他们恨不得揍他一顿。下一个礼拜天，他走了。至少这一次他们知道他的去向，所以等我们那天好不容易赶到那里——"

"怎么了？"通信兵问，"从密苏里到田纳西，你们要从六月走到八月？"

"不是八月，"黑人老者说，"是十月份。我们是走着去的。我们一路上还得时不时地打点零工、挣钱糊口。那要花些时间，再说这个孩子那会儿还小，除了马和传教，我一样也不懂，沿途每逢我歇宿，喂马、传教，都有人问我是什么人。"

"你是说你得先把钱交给他，然后再从中支取盘缠？"

"他不是没钱，"黑人老者说，"从没缺过，那不过是我们需要，不要不行。除了那个新奥尔良律师，谁也不相信我们没有。我们哪有闲工夫赢一堆钱，还得操心守着。咱们有马。它被遣送回肯塔基，只作一匹种马前，只要保住了它，咱们什么都不要、什么都不用管，只要在比赛中跑在其他马前头。我们非得保住它不可，保到它死为止，不是我们什么都不懂、一无所求，不过是为了出人头地。一开始他还有别的想法，另有打算。但并没有维持多久。我们就是那段时间走着去的得克萨斯。有一天，我们躲在一片小溪边的树林，我跟他谈了一番话，当晚我就在小溪中为他洗礼，介绍他入了我们的教会。之后他也明白赌博是一种罪恶。我们不得不偶尔赌一把，赢点钱糊口，给它买草料，为我们买点吃的。但仅此而已。上帝也晓得。他也睁只眼闭只眼。"

"你是一位正式牧师吗？"通信兵问。

"我有见证人。"黑人老者说。

"可惜你不是一名正式牧师。那你怎能批准他入你们的教会？"

"别说了，爹爹。"年轻人说。

"别忙,"通信兵说,"我明白了。他也介绍你成了一名共济会员了吧。"

"差不多吧,"黑人老者说,"你跟这孩子一样。你们以为我无权让他成为一名基督徒,但他有权让我成为一名共济会员。但你们以为的事再简单不过:教一个人按共济会会长的要求做事,就好像一个人想了解什么事能做,或告诉他上帝认为正当的事,那是上帝,知道怎样才能让他少遭罪,拯救他。"

"对呀,"通信兵说,"十月份——"

"唯独这一次他们知道了他的行踪。'法国?'我问。这孩子扯着我的袖子说:'别说了,爷爷。别说了,爷爷。''怎么去的?'我问,'也在田纳西吗?'"

"'别说了,爷爷,'这孩子说,'我知道他在哪儿。'"

"好,"通信兵对年轻人说,"我过会儿有话问你。"他面向黑人老者:"所以你才来的法国吧。我不想问你身无分文,是怎么办到的。因为有上帝,对吗?"

"靠的教区联合会。"年轻人说。只是他不说"Society",他说的是"société"。①

"是吗?"通信兵对年轻人说。他使出了浑身解数,说起了法语,一口漂亮、信口胡诌的江湖行话从巴黎贫民窟经夜店登入了国际大雅之堂。"不知是谁为他做的翻译。是你,对吧?"

"总得有个人做吧。"年轻人说,他的法语要好得多,字正腔圆、一口地道的法语,黑人老者安安静静地听着,最后说:

---

① 前一处为英语,后一处为法语,都是联合会的意思。

"他妈妈是个新奥尔良姑娘。她懂那种叽叽呱呱的话。他是跟她学的。"

"但口音不对,"通信兵说,"你从哪儿学来的?"

"我说不好,"年轻人答道,"我反正学会了。"

"你也能这样'学会'希腊语、拉丁语或西班牙语?"

"没试过,"年轻人说,"如果不比法语难,我估计能学得会。"

"那好,"通信兵说,这次是对黑人老者,"你们离开美国前入教区联合会了吗?"听到这东一句西一句、不知所云的话,黑人老者如堕五里云雾中。他们生在纽约,要不是一年前踏上那片坚韧的土地,还不知道列克星敦、肯塔基和路易斯维尔之外这几个叫路易斯安那、密苏里、得克萨斯、阿肯色、俄亥俄、田纳西、阿拉巴马和密苏里的地方——在那之前,这几个地名就像阿瓦隆①、阿斯托拉脱②,或天涯海角一样虚无缥缈。接着又提到了一个女人,是一位"女士",虽不年轻,但一身裘皮大衣——

"我知道,"通信兵说,"去年春天你去亚眠的时候她和你坐的一辆车。她儿子在她赞助的一支法国空军中队服役。"

"那都是以前的事了,"年轻人说,"她儿子死了。他是一名志愿兵,是第一批阵亡的法军。那时候她才捐钱资助这个中队。"

"因为她错了。"黑人老者说。

"错了?"通信兵不解,"哦。她阵亡儿子的墓碑成了多杀德国人的机器,是因为一个德国人杀了他?是这样吗?你对她说这番话的时候,是不是像那天早上在树林里跟那个偷马贼谈心,就像在小溪里替

---

① 凯尔特族传说中的西方乐土岛,据说亚瑟王死后尸体被移往该岛。
② 英国《亚瑟王传奇》中的英格兰城市。

他受洗,拯救他?没事儿,你直说好了。"

"是这回事儿。"黑人老者说,接着说了原委:他们三个人的一系列经历仿佛投胎转世,从一间想必是派克大街的公寓到一间想必是华尔街的办公室,再到另一间办公室、一间房间。一个稚气未脱、只一只眼蒙着眼罩、安着一条假腿、胸口一排小勋章的小伙子,一位扣眼里别着一枝假玫瑰骨朵似的红色小玩意儿、上了年纪的男人叽叽呱呱地跟这位女士说着话,然后又对小伙子说——

"法国领事吧?"通信兵说。"在找一名英国兵?"

"是凡尔登。"年轻人说。

"凡尔登?"通信兵问,"那是去年的事——1916年。你到1916年才——"

"我们沿途打工来着。爹爹后来听说他们——"

"他们太多了,"黑人老者说,"有男人、有孩子,长途跋涉几个月到一条泥泞的壕沟,就为了杀另一个人。这种人太多了。简直没有一块地方能躺下来睡个安生觉。你能毁掉的只有血肉之躯。你毁不了他的呼声。只要有这种血肉之躯,够多,哪怕没一块躺下来睡个安生觉的地方,你也能听得见。"

"就算它一句话不说,就说一句为什么?"通信兵问。

"还有什么比一个人不停地对你唠叨更心烦的?告诉你原因,告诉你办法。你倒说来给我听听。"

"你可以跟他说嘛。"

"我能相信。"黑人老者说。

"就因为你相信,法国政府才派人接你们来的法国。"

"是那位女士，"年轻人说，"她出的路费。"

"她也相信了，"黑人老者说，"他们都信了。钱现在指望不上，因为他们都清楚，钱办的事都没办成。"

"那是，"通信兵说，"总之你们到了法国——"听说是这样的：一艘船；在布雷斯特[①]有一个至少有一两个人的委员会，哪怕他们派出的只是军官或参谋，虽不是特派员，但至少手握除军事以外的特权；巴黎已经为他们腾好了华丽的房子，或者说宫殿。拱门门头上挂的横幅就算没做好，也提上了日程。可惜好景不长，房子，或宫殿并没空多久，首先是戴孝的女人、上了年纪和抱着孩子的年轻妇女，接着是身穿淡蓝色军装、一身硝烟的伤残士兵，进了门，在临时搭的硬板凳上坐了一会儿，他们到这来不是为了看他，因为他只顾找他的朋友，他的艾利先生，也告诉了他情况：从巴黎陆军部到国务院，再到唐宁街、白厅，然后出白厅到波珀灵厄，总算打听到了那人的下落。（那匹纽马克特马和它的故事传到了白厅）如果他愿意，本可以到总司令帐下担任马倌，但他却被阴差阳错地编进了一帮伦敦佬的队伍，连打绑腿还没学会，就要开赴边疆，在一支近卫骑兵营担任马夫、兽医和维修工，要不是他教会了负责征兵的中士掷美国式的骰子、赢了他一把、放了他一条生路，他现在恐怕在诺森伯兰郡边境一个作战营当了两年的小兵。

"你终于找到他的时候，他竟然对你无话可说。"通信兵说。

"事出突然，"黑人老者说，"我们又等不得。时间还长着呢。"

"我们？"通信兵问，"你，还有上帝？"

[①] 法国港口城市。

"对呀。哪怕它明年结束。"

"它？你是说这场战争吧？上帝告诉你的？"

"那还有错。你嘲笑他。他受得了。"

"除了笑，我还能干什么？"通信兵反问道，"他难道喜欢哭，不喜欢笑？"

"他宽宏大量，容得下眼泪和欢笑。他一视同仁；为双方伤心难过。"

"对呀，"通信兵说，"这事儿太多了。这样的人太多了。见怪不怪了。去年又有了一起，叫索姆河战役；他们现在授予勋章不是看他们英勇，只要被逼急了，官兵们个个英勇善战。你想必听说过这一战吧；你想必也听说过他们。"

"听说过。"黑人老者说。

"Les Amis à la France de Tout le Monde,"① 通信兵说，"只要信奉、有盼头。就这些。仅此而已，只要围坐在一间屋子，愁眉苦脸地信奉和盼望。那就足矣？就好像你病了，你知道他治不了你，却没承想他把你骗了过来，你现在只要人家说一句'信奉和盼望。加油'。但假如现在看医生为时晚矣；现在只有外科医生才能救他一命，有人见惯了血，那里血流遍地。"

"那他何不送你过去，却送你来住宫殿，穿干净、没有臭虫的衣服，享用新鲜的饭菜？"

"兴许是他知道我不够勇敢吧。"黑人老者说。

"如果他派你去，你愿意去吗？"

---

① 此处为法语，意为法国的友邦。

"我愿意，"黑人老者说，"如果我能胜任，我是否勇敢，与他与我都没关系。"

"要有信仰，有盼头，"通信兵说，"哦，对了，我打楼下那间屋子经过；我见过他们；我在街上恰好看见门头上的那则告示。我打算去别处前，偏巧也到了这儿。但不是出于信仰和盼头。人只要还有点家底，一点点家底，他什么都能承受。作为一个正直的人，他至死不渝，但这不仅不是为了有个盼头，也不是为了信任它，甚至为失去它耿耿于怀；坚强、忍受到突然显现，突然清醒，不论什么吧，那时候他不再是个人物，那也不要紧，即使那时候他仍然坚强，还能承受。"

"你说的是，"黑人老者心平气和地说，"恐怕你明天就得回来了。快去吧，趁你还有空，去一趟巴黎。"

"哎呀，"通信兵说，"Ave Bacchus and Venus, morituri te salutant①，呃？你非得要称之为罪恶吗？"

"邪恶也是人的本性，邪恶、罪恶和懦弱好比忏悔和勇敢。你可以全信，也可以一概不信。你可以认为人皆有之，也可以认为一概没有。如果你想走，可以从这儿出去，省得碰上什么人。"

"多谢了，"通信兵说，"我恐怕还真得见个人不可。为的是信仰，但什么都不信，仅仅是信仰而已。进楼下那间屋子，并非为了逃避什么，而是为了心有所骛，暂时逃避一会儿人类。甚至不去看那条横幅，有些人也许不识字，仅仅抱着那份自信、那份承诺、那线希望在那间屋子小坐片刻。要是我能行该有多好。只有你能行。谁都能行。你知道什么最孤独吗？你哪能不知道，你刚才就说过来着。是活着。"

---

① 此处为法语，意为万岁，酒神巴克斯和维纳斯，将死的人向你致敬。

"到时候叫人告诉我一声。"黑人老者说。

"哦,行——只要我能行。"

"我知道,"黑人老者说,"你还没下定决心。不过,等你打定主意,叫人告诉我一声。"

"什么主意?"通信兵问。

"你用得着我的时候。"

"用得着你,做什么?明年就结束了。我现在只要活着。"

"叫人告诉我一声。"黑人老者说。

"再见。"通信兵说。

* * *

下了楼,他不禁倒退了几步,他们还在大教堂似的房间里,当初的人不但还在,还有人源源不断地进来,看都不看一眼写了字的横幅,抱着天真、坚定的信念在同一片屋顶下小坐片刻。他说对了,现在已是八月天,法国有了美军,虽不是作战单位,但在诚心实意地学习。这个营派了一名上尉和两名副官,以血沃索姆河这个老名义,做好准备,练好本领,率领战友走上这片古往今来、耳熟能详的屠宰场;他心想:哦,对呀,再过三年,我们将荡平欧洲。到时候,我们——德国佬和盟军——就像一支巡回马戏团将职责毫无保留地一概转交给大洋彼岸生机勃勃的牧场,纯洁的美国舞台。

转眼到了冬天;事后他想了起来,那天大概是耶稣受难日,天阴沉沉的,起了凉意,村广场灰蒙蒙的卵石路仿佛溪水中的石子,闪闪发光,这时候,他看见一小群越聚越多的人,他也跟了上去,当时出于好奇，从湿漉漉的卡其布肩头望去，见到的是一小群粘着硝烟的淡蓝色军装，他们显然，至少貌似戴着法军中士肩章的领导，一副外国人的面孔和一样茫然的表情，这些军人（至少有几个吧）像似因为一时鲁莽到了某种程度，或某个地步，或者说某种情况，如今对逞一时之勇失去了信心，三四个外国面孔让他想起人们普遍认为法国外籍军团从欧洲监狱征的兵。他们交头接耳，一见他露面，认出了他，他们立即收了口，汗流浃背的兵扭头认出了他，立刻又恢复了自从那句话从他当时还是一名军官的连部（兴许是通过一名中士文书）传出来后就熟悉的犹豫、矜持和警觉。

　　于是他退了出来。他当初在连部就知道，他们持通行证在英控区一个村拜访一两户，或两三户人家并不违反军规。当时他甚至从随军牧师那儿猜出了其中的原委。不是打听，是猜出原委。"这是一个普遍问题，"随军牧师说，"已经有一两年了。恐怕连美国人现在都认识了他们。他们拿着正规签发的通行证在各驻地走动。他们成了名人，当然也受人关注。关键是他们没做——"他没说下去，通信兵望着他。

　　"你是想说'没做什么坏事吧'？"通信兵说。"坏事？"他轻声说。"问题吗？对在前线战壕里关心和平的军人来说，这算得了问题和坏事吗？别忘了，如果大家抱定一个想法，我们能阻止战争。"

　　"要用脑袋想；不光是嘴上说说而已。那可是兵变。办法多的是，不发动兵变的办法也多的是。"

　　"一码归一码？"通信兵问。

　　"戴着这个，我不便讨论这个问题。"随军牧师说着，抬手指了指袖口上的王冠图案。

"但你也戴着这。"通信兵说着,也抬手指了指衣领和制服翻领内侧的黑 V 字。

"上帝保佑我们。"随军牧师说。

"或者说我们,上帝,"通信兵说,"说不定现在时机业已成熟。"说完,他撇下牧师转身离去,冬天循着春天和结束这次战争的一场决战而去,这期间他还将听到他们的消息,从(如今三个)军事区后方传来的风声,他们(如今)处于三个情报机关监视之下,但还是拿他们没办法,因为他们没造成实质性的危害,至少现在没有;其实,通信兵现在认为这是一个被正式采纳,甚至与士兵们匆匆达成的妥协,士兵们深信他至少死不了,就好像一批批有组织地被送往后方排遣男人性欲的妓女,实属人之常情,(通信兵)和从前一样闷着头苦苦思索。上帝的原型恰恰有着凡人要克服的作恶的秉性;这次要面对的却是一帮罪恶昭彰、厚颜无耻、冥顽不灵的总参谋部全体人员。

这一次(又到了五月份,他从钢盔的帽檐下看到了第四辆车,这个营两天前又发动了进攻,刚从设在维勒纳夫·布兰奇的军司令部出来)他又见到了那辆黑色的大轿车,听士官吹起一阵刺耳的哨声,以及一阵咔咔嚓嚓的举枪敬礼,他起初以为车上坐了满满一车法国、英国和美国的将军,后来才看清楚只有一位将军,一位法国将军,接着他认出了后座将军身边的人,罗马式的脸上扣着一顶一尘不染、未经风雨、一枚未经加工的蓝宝石一般的蓝钢盔,穿着一件佩有中士军衔、一尘不染的淡蓝色上装,那个年轻人则一身美军上尉装束,坐在英军少校参谋身边的第二张折叠座椅上,通信兵与车保持半个轮子的距离,大步追着轿车,在距离车一步不到的地方站定,然后退了一步,并拢脚跟、敬了一个礼,用洪亮的声音对上士说:"报告长官!"接着用法语对那位法国将军说——将军是一位老人,看他帽子上的星,起码是一位军长。"将军先生。"

"早上好,我的孩子。"将军说。

"如果您允许,我想跟您身边这位长官先生说句话。"

"当然可以,我的孩子。"将军说。

"谢谢您,将军。"通信兵说完,对黑人老者说,"你又想他了吧。"

"是的,"黑人老者说,"他还没定。别忘了我去年对你说过的话。叫人通知我一声。"

"也请你别忘了我去年对你说过的话。"通信兵说完,后退了一步、站定。"总之祝你好运;他不需要。"说着,他又并拢脚跟,敬了一个礼,用洪亮空洞的嗓音又对上士,兴许自言自语地说:"长官!"

到此为止吧,他心想;他恐怕一辈子也见不到他们一面了——见不到那张凝重、高贵的面孔,那个稳重、了不得的孩子。但他错了。不出三天,他站在靠沥青公路边的一条战壕内,望着一辆辆开赴前线的卡车,那位圣奥梅尔的老更夫告诉他,卡车上装的都是空防空包弹,凌晨四点钟不到他就醒了,血往上涌,好不容易才喘匀了气,扭头吐了一口痰(他豁了嘴唇,两颗牙齿即将不保——他又吐了一口,已经没了——现在他甚至想起了抵着他脸的步枪枪托),听着(惊得他坐起身的)恐怖的沉寂。

他立刻明白了自己身在何处,他一向睡觉或执勤的地方。躺在(甚至有人替他盖了一条毛毯)从小洞穴洞壁开出的土台上,小洞是这个营地下掩体的前厅。只有他一个人。他现在发现对面没有坐着一个端着枪的看守，甚至没给他上镣铐，貌似只有他一个人自由自在、默默地躺在熟悉的土台上，土台高出地面，但也深在地下，对面的电话交换台不见忙碌的话务员，也听不见任何声音——话声、走动、进进出出的通信兵、连长们或士官——一个乱中有序的营部在地下深达四十英尺的狭小空间内正常运行——这些声音应该出自地下掩体；起支撑和平衡作用的泥土聚集的分量发出的无声的轰鸣震耳欲聋，直到獾、工兵、鼹鼠等打洞动物什么都听不见。他的手表（竟然没碎，真是咄咄怪事）显示的时间10点19分，究竟是上午还是下午，因为深在地下，他说不好，不过不可能，也不应该是下午；他到这儿不可能，也不应该到二十个小时；上午七点恐怕都说多了。所以说，他至少知道他们在那里，上校、副官、上士、话务员等全体人员，拖着临时接出去的电话线伏在胸墙后，通过潜望镜盯着对面沦为废墟、静悄悄、空荡荡的前线，他们对面的德国人兴许也躲在胸墙后，通过潜望镜警惕、惊讶地注视着对面凄凉的春天，寂静，还有期待。

但他没动。并非为时已晚；他早就不信那一套了，所以打消了这个念头。那名端着枪的看守说不定就在地下掩体，守着唯一一个出口。他甚至想到弄出一点响动、呻吟一声，将他引进来；他甚至考虑怎么对他说：你难道不明白？不晓得他们看出了什么苗头，我不过是有些担心或放心不下罢了。如果我错了，我们反正迟早死路一条。如果我说中了，你一枪把我打死在这里，我们俩肯定都没命。要不，你干脆给我一枪好了。我兴许是整整四年来唯独一个没有浑身沾满齐腰的泥浆，或浑身浸透了辛劳和痛苦的汗水，穿着一身干衣服、安详平静地死去的兵。但他没这么干。他也没这个必要。地下掩体空无一人。端着枪的看守也许在梯顶,不在梯级下,上校、营部和潜望镜这时候恐怕也在那里或那附近;再说他还得在什么地方试试这支步枪,不管在哪里,因为枪只装了一发(对付他)的子弹,但他的装备足以瞬间钳制一切敌人。

他一眼就找到了他的头盔。当然,不会给他配一杆步枪,但他正要打消这个念头,却看到了一支:靠在上士办公桌后的墙上(哦,对了,上士的装备他也有,为备不时之需,他的武器甚至好过上士)。对,它还在上士的办公桌里:星期一签发给他来往军司令部的通行证。所以他不指望在通往地面、进战壕的梯口找到一名看守。只有挪了地儿的营部,他早就知道了——上校、副官、上士、电话、潜望镜等等,话刚到嘴边,却发现上士转身望着他。

"厕所在哪?"他问。

"往右,"上士说,"动作麻利些。完了以后快回来。"

"遵命,长官。"他说,两个小时后,他又置身两个晚上前观看火把围着高射炮阵地转的小树林;三个小时后,他看见四十八个小时不见一架飞机的天空出现了三架 S.E.5① 战斗机,望着、听着想必是敌军阵地上空隆隆的炮声。接着,他看见了那架德军飞机,望着它笔直地飞将过来,看样子并不快,在紧追它的点点闪亮的英军高射炮火的包围下反身穿过无人地带,三架 S.E. 裹着点点德军黑压压的高射炮火上下翻飞,俯冲向德军阵地;只见其中一架紧紧地咬住德军飞机的尾巴不放,有那么一两分钟,两架飞机仿佛被一条细长的曳光带紧紧地拴在了一起。德军飞机仍有条不紊地飞着,不断下降、下降,掠过他的

---

① S. E .5战斗机,是英国皇家飞机制造厂在第一次世界大战期间制造的双翼战斗机。S.E.5战斗机的产量只有 77 架,后续生产被 S.E.5a 取代。

头顶、掠过紧靠他藏身处的炮阵后方，高射炮歇斯底里，同时又无望地猛烈地对它开火；飞机不断下降，最后消失在树梢那边，他突然明白了过来，机场就在维勒纳夫·布兰奇郊外，飞机慢悠悠地消失，不慌不忙地下降，三架 S.E.5紧追不舍，却又奈何它不得，最后拉起机头，扬长而去，好像那不足以让他明白该怎么办，只见一架飞机在空中翻了一个筋斗，他愣在原地，望着它有条不紊地俯冲，直冲向下面的炮阵地，机头眨着眼睛，微微地抽动，将一枚枚曳光弹撒向炮阵和静静地站在周围的一组组炮兵，飞机越飞越低，掠过他以为它险些自身难保、混沌着一头撞进的炮阵，随即又扬起机头，只见曳光弹嗖嗖地从对面的中间地带飞快地向他袭来，现在他能清楚地看见闪烁的曳光，飞行员头盔下和风镜上露出的脸，两人近到下次如果再碰到，说不定能互相认出对方——两人对视了片刻，这一刻命悬一线（事后他回想那道光飞快地撞了一下他的腿，仿佛一根手指轻轻、飞快地敲了一下），飞机扬起机头，一声低吼，向下喷出一注气流，折身飞快地跃上空中，越爬越高，悲嗥似的轰鸣渐渐散去，他还一动不动站在渐渐散去的轰鸣声和淡淡的烧焦制服衬衫的毛臭味中。

这就行了。他甚至不指望越过第一道路障，更不指望去维勒纳夫机场，他对着端着机枪，而不是步枪的下士说："我是第×营来的通信员。"

"我可管不了，"下士说，"你不能过。"他其实并没有这个打算。他现在很清楚。十个小时后，他已身在巴黎，身穿维勒纳夫·布兰奇的宪兵制服穿过阴沉、静悄悄的大街，这座骇人、难觅人声的城市随处可见法国警察和乘着武装汽车在大街小巷巡逻的三国宪兵，末了，他又穿过门头上挂着横幅的拱门。

星期三夜

在等在老东门内的年轻女子听来,中心广场散去的人群发出一阵连绵不绝、稀稀落落、空洞、遥远、哗啦啦的声响,仿佛倒水或一大群迁徙的候鸟掀动翅膀似的遥远、冷漠。她扭过头、一只纤细的手攥着胸前的旧披肩,心不在焉地听着,橘红色的晚霞洒遍了紫罗兰色的城市和墨绿色苍穹之间的空隙,然后又渐渐地退去。

接着,她转身望着进老城门的大路。路上现在几乎人走一空,只剩下最后几个行人、少数的几个人零零落落地走进城门;等她再转过身,她的脸虽说仍蜡黄、紧张,但恢复了几分平静,仿佛连早间的苦恼已消失殆尽,抑或终于被一天的守候和等待抹去。

接着,她撇下大路,松开了披肩,披肩掠过衣服的前襟,垂在胸前,她静静地站在那里,手伸进怀里摸着什么,也不晓得摸什么,好像她的手也不晓得究竟要找什么。接着她从裙子里掏出一样东西——原来是将近十二个小时前那男人在大街上给她的面包,还带着她的体温,看她的表情,一准是忘了,忘了放在了哪里。接着她又忘了那块面包,用一只瘦小、贪婪的拳头攥着,送到了嘴边,一边像小鸟啄食似的连连地啃着面包,一边望着那些一步一挪、慢得要命的人走进城门。他们都是些老的很老、小的太小的老弱病残,落在后面倒不是要多走一段路,而是当中有些人寿命太长,有心借车给他们,或捎他们一脚的亲戚朋友早就先他们而去,另一些人年纪太小,买不起车,也无有车的朋友,而且早在三年前的贝蒂讷、苏谢和贵妇小径几战中沦为了孤儿——他们一个个迈着羸弱的碎步,爬也似的向城里走来。

她突然跑了起来,一边跑一边嚼着面包,她口中嚼着面包穿过沐浴在暮色中的老城门,避开走进城门的一位老妇人和一个孩子,仿佛一匹遇到障碍的奔马换了一下脚,她将面包屑抛向身后,又抬手将它拍向虚无缥缈的空气,迎上几乎空荡荡的大路上走来的一群人——一位上了年纪的男人和三名妇女,其中一个抱着一个孩子。抱孩子的妇女看见了她,停下了脚步。第二位妇女也站住了,但其他人——老人拄着一根拐杖,一手拎着一个挽了一个结的小包袱,扶着一位瞎眼老太太的胳膊——并没有驻足,姑娘绕过他们,径直跑向抱着孩子的女人,面对着她站定,脸上又恢复了迫切、慌乱的神色。

"马尔蒂!"她喊道,"马尔蒂!"

那女人连忙应了一声,她说的不是法语,而是一种又快又硬、不连贯的语言,倒跟她的脸色很配——出自山区古代中欧发祥地那种黝黑、健壮、沉着、粗粝、直率和能干的农民的脸,过了一会儿,她又说起了一口地道的法语,看她的脸,似乎跟她怀里抱的孩子非亲非故,那孩子生着一双蓝眼睛、脸上透着佛兰德以西的人才有的红润。她望着姑娘,立刻改口说起了法语,好像突然意识到了什么,不论那姑娘懂不懂别的语言,她现在终归错过了了解或想起的机会。瞎眼老太太领着停下脚步的跛脚老汉折了回来;你现在恐怕第一次注意到了第二位妇女的脸,就是跟着抱孩子的妇女停下脚步的那位。两人长得几乎一模一样;无疑是一对姐妹。第一眼你就能看出第二张脸的年纪稍长。再一看，又稍显年轻。接着你会恍然大悟，她的脸根本看不出年纪；这是一张愚钝、平静的脸。

"别出声，"抱孩子的女人说，"他们不会独独枪毙他一个人。"瞎眼老妇人牵着老汉走上前。她面向大家，并非对着某一个人，她一动不动地听着姑娘的呼吸声，听出了方位，用患白内障的眼睛狠狠地瞪着姑娘。

"他们抓到他了？"她问。

"大家都知道，"抱着孩子的女人连忙说，"快走吧。"说完，她又迈开了脚步。

但瞎眼妇人没动，她瞎着眼睛挡在路中间，仍面向小姑娘家。"你，"她说，"我说的不是那帮听他的话、活该受死的傻瓜。我说的是那个外国人，谋害他们的无政府主义者。他们抓到他了？你说。"

"他也在那里，"抱孩子的女人说着，又迈起了脚步，"走吧。"

但瞎眼老妇人依旧没动，只不过说话的时候将脸转向抱孩子的女人。"我问的不是那事儿。"

"我不是跟你说过，他们也打算枪毙他。"抱小孩的女人说。她又动了动，仿佛伸手要推瞎眼妇人。但那只手还没碰到她，瞎眼妇人就抬手把它给打了回去。

"我问的是她，"她说，"他们还没枪毙他？你的嘴呢？你过来说话，你有一肚子话要说来着。"但那姑娘只是愣愣地望着她。

"你说呀。"抱孩子的女人说。

"没枪毙。"姑娘小声说。

"那就好。"瞎眼妇人说。她眼窝里空荡荡的，眨不了眼睛，但除了眨眼睛,你也叫不出别的来。她的脸飞快地转向姑娘和抱孩子的女人之间。没等她开口,那姑娘先惊叫了一声,战战兢兢、呆呆地望着瞎眼妇人。瞎眼妇人换了一副腔调,好声好气地问:"那个团也有你们的亲人吧,嗯?是丈夫,兄弟,还是爱人?"

"有的。"抱孩子的女人说。

"是你什么人?"瞎眼妇人问。

"我们三个人的,"抱孩子的女人说,"一位兄弟。"

"也是恋人吧?"瞎眼妇人说,"你说。"

"嗯。"抱孩子的女人说。

"那好。"瞎眼妇人说着,将脸猛地转向那姑娘。"你,"她说,"你装得了这个区的人,但你骗不了我。你说错了。还有你——"她的脸又转向抱孩子的女人。"——你连法国人都不是。从你们俩不晓得从哪儿冒出来那一刻我就听出来了,说你们把推车送给了一个有孕在身的女人。你骗得了他们,他们只有一双眼睛,除了相信亲眼所见,什么也干不了。但你们骗不了我。"

"安热莉克。"老汉颤巍巍、凄凉地喊了一声。瞎眼妇人没理他。她面向两个女人。或者说三个,还有第三个,至今没开口的姐姐,见过她的人都说不好她究竟是不是要开口,就算她开了口,说的无非是人所共知、老一套的情感:猜忌、嘲讽、担心或愤慨。她连理都没理喊妹妹教名的姑娘,她没走不过是因为妹妹停下了脚步,平心静气地等着妹妹,平静、漫不经心地来回打量着每个说话的人。

"这么说,那个谋害法国人的无政府主义者是你哥哥咯?"瞎眼妇人问。她仍对着抱孩子的女人,将头偏向那个姑娘,"他是她什么人?

也是哥哥,还是叔叔?"

"她是他妻子。"抱孩子的女人说。

"你莫不是要说是他的情妇吧,"瞎眼妇人说,"我怕是高看你们俩了,哪怕你们俩都能做得了他奶奶。把孩子给我。"她又准确无误地转向悄无声息的孩子,没等对方反应过来,一把从她肩头夺过孩子,甩在自己的肩头。"杀人犯。"她骂了一声。

"安热莉克。"老汉说。

"捡起来。"瞎眼妇人抢白了他一句。她说的是挽着结的布包袱;除了仍面向另外三个女人的瞎眼妇人,连老汉自个儿都不知道他把它给丢了。他弯下腰,小心翼翼、慢悠悠地双手交替扶着拐杖,蹲下身捡起包袱,又双手交替扶着拐杖直起腰。他刚一起身,她就伸出手准确无误地抓住他的胳膊,将他拽在身后,让孩子高高地骑在她的另一个肩头,扭头默默地盯着一直抱着孩子的女人;她扶着老汉,其实领着他走。他们走向老城门,进了城。这时候连荒郊也不见了落日最后一抹余晖。

"马尔蒂。"姑娘对抱孩子的女人说。姐姐这时候也第一次开了口。她也提了一个包袱——一只盖着一块掖得整整齐齐的白布的小篮子。

"那是他与众不同,"她平静、不无得意地说,"连城里人都看得出。"

"马尔蒂!"姑娘又喊了一声。这次她抓住对方的胳膊,拽着它,"人家都这么说!人家要杀他!"

"这就是原因。"姐姐不无得意、不紧不慢地说。

"快些。"马尔蒂说着,迈开了脚步。但那姑娘仍抓住她的胳膊不放。

"我怕,"她说,"我怕。"

"站在这儿说怕,我们什么都办不成,"马尔蒂说,"我们现在要团结一心。不论谁发号施令,谁来干,或者承担后果,都是一死。快些。现在赶过去,我们还来得及。"她们走向暮色笼罩的老城门,进了城。现在已听不见人群的喧嚣。吃过晚饭,小城居民们现在又匆匆赶回中心广场。但现在发出的声音散发着朴实、内敛和舒缓的气息,不再含有思考、希望和恐惧的意味,而是带着每天平静、净化心灵的语调;暮色和窗户、门口、烟囱,以及架在人满为患的卵石路上的火锅、熊熊燃烧的明火飘出的袅袅炊烟也改变不了颜色的天空,在沸腾的马肉和锅,以及围着锅的男人和孩子、掌着勺叉弯腰做饭的妇女脸上洒上了一抹玫瑰色的光彩。

确切地说,是刚才。因为两个女人和一个姑娘进城门的时候,眼前的大街陷入了死一般的沉寂,谣言和不幸一样,传得飞快,尽管他们再也没见过瞎眼老太太和瘸腿老汉。她们只见围着附近一堆火的人扭过头,以及弯腰起身,一只手拿着悬在锅上方的叉或勺,也扭过头来的女人,在他们身后,围着另一堆火的人也扭头往这边张望,再往他们身后,围着第三堆火的人站起了身,见到这,马尔蒂停下了脚步,姑娘又连忙扯住她的胳膊。

"别,马尔蒂!"她说,"别!"

"别闹,"马尔蒂说,"我刚才不是跟你说了,我们要团结吗?"她慢慢地挣脱了姑娘的手,继续往前走。她坦然地走进火光、走进淡淡的肉香。蹲在那里，一张张茫然的脸猫头鹰似的跟着她转，她停下了脚步，望着对面一圈人中掌勺的女人。"今晚和明天，上帝将与我们同在。"她说。

"你们可来了，"那女人说，"你们这帮凶手的情妇。"

"我们是他姐姐，"马尔蒂说，"这姑娘是他妻子。"

"我们听说了。"那女人说。这时候，围着旁边一堆火的人开始起身离开，接着是另一群人。但三个外乡人中，看来只有那姑娘发觉人群悄悄地涌上整条大街，越聚越多，但人群并不看着她们，甚至垂下一张张脸，或稍稍偏向一旁，只有瘦骨嶙峋的孩子呆呆地张望，但不是望着三个外乡人，而是盯着姐姐手中捂得严严实实的篮子。马尔蒂连正眼都没瞧她们一眼。

"我们带了吃的，"她说，"你们带我们烤火，我们分给你们。"她头也不回地用山里话说了几句，伸手从背后接过姐姐递过来的篮子把儿，然后将篮子递向掌勺的女人。"拿去吧。"她说。

"把篮子递给我。"那女人说。蹲在圈子里的一个男人从马尔蒂手中接过篮子，递了过去。女人不慌不忙地将勺子放回锅里，搅了一圈，扭头闻了闻腾起的蒸汽，然后放下勺子，转身从男人手中接过篮子，抡起胳膊，将篮子摔向马尔蒂的脑袋。篮子打了个旋，但布仍盖得好好的。篮子打中了马尔蒂的肩膀，弹了回去，接着翻了一个跟头，撒了里面的食物，才撞到姐姐的胸口。她一把接住了篮子。确切地说，谁也没看见她出手，但她现在却用一只手轻松地将空篮抱在胸前，平静、饶有兴趣地打量着扔篮子的女人。

"你们不饿。"她说。

"那不成了我们和你们争吃的了?"那女人没好气地说。

"我话不中听,"姐姐说,"你不必难过。"那女人紧接着从锅里操起勺子,扔向姐姐。可惜没打中。确切地说,那女人弯腰操起下一件武器(一个装了半瓶醋的瓶)的时候,她就意识到勺子没打中,三个外乡人连躲都没躲,仿佛那勺子出手后消失进了稀薄的空气。她扔出醋瓶的时候,却不见了三个女人的踪影。醋瓶打中了一个男人的背,又弹了开去,不见了,人群一拥而上,将三个外乡人逼进一个小圈子,仿佛一群不依不饶、却又奈何不了被虽不害怕却全然不顾狩猎规矩的猎物彻底搞糊涂了的猎狗,因此,人群仿佛矮了几分气焰、停止呜咽的猎狗,停止了嚷嚷,张口结舌地将三个女人围在当中,扔勺的女人操起一个大口锡杯和两个煤球分开人群冲了进来,一股脑儿地向她们扔了过去,人群又一拥而上,马尔蒂连忙转身,一只手牵着姑娘的一只胳膊,另一只手推着身前的姐姐不慌不忙地向前走,人群为她们闪开一条道,又在她们身后合拢,因此,这个在人群中向前移动、不变的小圈子仿佛激流中的一个小漩涡,接着那女人尖叫着奔向一堆散落在卵石路上的马粪,弯腰捧起要不是颜色或韧性、让人误以为煤球的干粪球,拼命地向她们扔去。马尔蒂停下脚步,转过身,姑娘扶着她的胳膊肘,姐姐转过分不清年纪的脸,饶有兴趣地望着,毫不理会雨点般落向她们的剩饭、垃圾、树棍和大街上的鹅卵石。她的嘴角突然流出了一丝血迹,但她没动,过了一阵,好像是她肖然不动震慑住了如雨的飞弹,不过,张大嘴巴、密密匝匝的面孔又逼将过来,嚷嚷声响彻小巷,在墙壁之间回荡,余音仿佛哄笑,在消失与汇合中积聚着力量,一路踏着大街两边数不清的路牙的节拍,沿着大街小巷滚滚向前。

巡逻队——宪兵骑兵队——在第一个街角截住了他们。人群顿时作鸟兽散，因为这是一项罪名。嚷嚷声如同叫牌，陡然提高了一个八度，三个女人又静静地望着潮水般从她们身边退去的人群；她们站在匆匆营造的真空中，望着从她们身边掠过的人群，在石子和火星飞溅的马蹄、飞奔的马前马后和马下一哄而散，惊叫声渐渐消散，汇成一城茫茫低沉的喧嚣，留下只剩这三个女人的空荡荡的小巷，带领巡逻队的士官勒马站定，被嚼子勒住的马发了阵脾气、蹿了几蹿，他低头瞪了她们一眼。"你们从哪儿来的？"他问。脸色蜡黄的姑娘、冷静高挑的妇女和身手麻利、默默扶着妹妹的姐姐抬起头，一声不吭盯着他。上士侧耳听了片刻远处的喧嚣，接着又打量了她们一眼。"那好，"他厉声说道，"趁现在还出得去，你们快出城。走吧。快些。"

"我们哪儿也不去。"马尔蒂说。上士低头狠狠地瞪了她们一眼，充满痛苦和愤怒的天空清楚地衬托出他和马渐渐模糊的身影。

"全世界的人都要挤到这儿来处死一个总之要按军法论处的杂种？"他义愤填膺地说。

"没错。"马尔蒂说。他松开缰绳，走了；马掌在卵石路上嘚嘚地踏了一路火星；热气在马蹄后渐渐消散，留下一阵刺鼻的气味，接着连嘚嘚的马蹄声也散进了小城的喧哗。"来吧。"马尔蒂说完，她们又继续上了路。起初她好像领着她们远离喧嚣。但现在她却像是领着她们又直奔喧嚣而去。她拐进一条小巷，接着又拐进一条不小但空旷、冷清、犹如人家后院的巷子。但看样子她认识，至少清楚要找的地方。她现在差不多搂着那姑娘，最后姐姐主动跟上一步，将空篮子换了只手，托住姑娘一半的分量，三个人飞快地走到巷子尽头，转过墙角，到了马尔蒂直奔而去的地方，她好像不仅认识这里，而且之前还来过——一座嵌在夜幕渐渐退去的小城边缘、空荡荡的石马棚，抑或牛栏，抑或马厩。石铺的地上还放了一小把干草，到了里面，喧闹仿佛还在耳畔，仿佛喧嚣和躁动达成了妥协。倒不是说它应该为了她们退出小城，但至少不应靠得太近。马尔蒂没有吭声，她站在那儿扶着那姑娘，姐姐放下空篮子，像一个小姑娘搭玩具屋似的跪在地上，麻利地铺匀了干草，然后摘下披肩铺在草上，接着跪着帮马尔蒂扶姑娘躺在披肩上，又接过马尔蒂从肩上解下的披肩，替姑娘盖好。接着两人一边一个躺在姑娘身边的干草上，马尔蒂揽过姑娘替她暖和身子，姐姐怏怏不乐地伸手够过篮子，又以孩子式的笨拙，飞快，同时又麻利，或慢吞吞，总之如愿以偿地从火堆旁的女人扔向她时明明空了的篮子里掏出一片比两个拳头大不了多少的碎面包。马尔蒂还是没作声，从姐姐手中接过面包，掰了起来。

"掰三份。"姐姐说着，从马尔蒂手中接过第三块，放进了篮子，两人又一左一右躺在姑娘身边，吃了起来。天已擦黑。旧门楣上微弱的余晖柔和朦胧，仿佛憔悴迷离的晕圈，外面的世界稍稍比里面亮一些——冰凉结露的石头似乎不是传导，也非含有，而是渗出其中水分似的渗出这个不知疲倦的城市的低语——那声音不再像耳语，就好像一条病恹恹的小狗或孩子的呼吸，惹得人心烦意乱。姐妹俩同时停止了咀嚼；像被一根撑杆连着似的同时坐起身，一人手中举着一块面包坐在那里，侧耳细听。第一阵喧闹下，再细听是男人的声音，但根本不是同一种声音，因为刚才的喧闹中还夹杂着女人的声音——远古哺乳动物众口一词这一由来已久的本领不单是出于煎熬，而是为了悲叹、哀悼，去承受难言的苦楚，因为不必害羞或难为情，想都不用想就能脱口而出——刚才是男人发出的一阵嚷嚷，尽管她们不晓得临时监狱现在何处（也没人耐心地告诉她们），也不清楚那个团关押在何处，但她们立刻明白了怎么回事儿。"听见他们了吗？"姐姐又惊又喜、不紧不慢地问，她欣喜若狂，抬头望着马尔蒂爬起身，俯身叫醒那姑娘；姐姐又不假思索、立即笨手笨脚地伸手从马尔蒂手中接过那片面包，和着自己那一块放回了放着第三片面包的篮子，接着爬起身，跪在地上帮马尔蒂扶起那姑娘，语气中透着喜悦和期待。"我们现在要去哪儿？"她问。

"去见驻军司令，"马尔蒂说，"把篮子带上。"她依言拾起篮子；她还要收起两条披肩，稍稍耽搁了一会儿工夫，等她站起身，马尔蒂已经扶着那姑娘到了门口。但姐姐暂时没跟上去，攥着披肩和篮子站在原地，又惊又喜地扬起脸，沐浴着流连的最后一抹暮光，仿佛这暮光不仅给这间潮湿的石屋带来了烦恼和喧嚣，还有这座壮观、气势恢宏的城市。在这间仅有一道隔栏的马厩，仿佛耸起一座光彩夺目的塔和塔尖，哪怕夜幕降临后，塔和塔尖还高高地耸立在阳光下，高耸出昔日的雾霭，永远也不让茫茫、漆黑的夜色夺去尖塔灿烂的光彩。

"他要在这儿配一把好剑。"她说。

日落前不久，新建的临时监狱牵上了最后一根铁丝网，通上了电。接着，除单独关押的十三个重犯外，全团都被赶出了简陋的临时监狱。他们不是被释放，而是被赶了出去，不是被一队队看守，也非被一支行动神速、机灵结实、全副武装的巡回分潜队，而是被一队塞内加尔兵从一座兵营赶到另一座兵营。塞内加尔人或提着一杆上了刺刀的步枪，或拿着一把刮刀或匕首似的刺刀，或两手空空地冷不丁地突然出现在每一间牢房，将里面的犯人赶将出来，趾高气扬、轻蔑地将他们推向门口，甚至没等犯人全部出门，他们就跟了上去，一帮人还没到门口，他们已经走在了队伍中间，并且还在往队伍前面赶，一路拿步枪托或刺刀柄戳着地，即使在人群中，他们也走得飞快，他们高出队伍一头，如同趾高气扬地骑在队伍头上，像极了从野地，或荒地连根拔起的五颜六色的树，正义凛然地航行在一条污染城市、死水一般的通商运河上。因此，队伍走上街头的时候，等于是塞内加尔人领着一支支队伍。他们甚至不会停下脚步，等着他们结成对，且不说结成一个连队，而是提着上了刺刀的步枪，或猎狮子或猎羚羊的长矛或刀一样的刺刀，甩开一两步，像他们来时一样，一个个很快不见了踪影。

　　等这个被缴了械、蓬头垢面、丢盔卸甲、衣衫褴褛的团自动按从前的排和连队老老实实地集合的时候，却发现压根儿无人理会它，连将他们赶出门的步兵都抛弃了这个团。但那一会儿，全团人在落日的余晖中继续变换着位置，摸索着从前熟悉的队列，寻找着模糊的兵营。接着全团开始出发。没人下达命令；各班和排恰好排在从前的队首和队尾，仿佛被某种和缓，甚至未被觉察的力量牵着，在兵营中结成连队，在操场上集合成营，接着站定。这算不得一个团，倒像是一群乌合之众，只有班和排还有个样子，就好像以家为单位维系一帮被逐出城的市民，维系他们的不是血脉亲情，而是他们同吃、同住、伤心、希望、并肩作战得太久太久，他们聚集在高不可攀的铁丝网、探照灯、机枪点和慢悠悠地走来走去、傲慢的看守脚下，眨着眼睛，在落日的映衬下成了一个个剪影，仿佛十分钟前通上电的铁丝网争分夺秒地在同一瞬间将他们统统处以了极刑，一了百了。

他们仍聚集在那里，听着城里传来的喧闹。太阳已经落山，号角也已停歇，老城堡传来了嗒嗒嗒的枪声，又渐渐地远去，聚集在操场中央的一群人渐渐变成影影绰绰的一团，野外又传来第一阵隐隐约约的嚷嚷。但一开始他们除了屏住呼吸，没有采取任何行动，就像狗听见一声越来越高，到了难以忍受、人耳听不到的警笛。其实，等他们开始出声，却不是人，而是动物，不是嚷嚷，而是嚎叫，他们一动不动地聚集在渐渐退去的暮色中，乌合之众兴许本来就是原生质，没有眼睛，没有舌头，在第一层海床上一动不动，也发不出自己的声音，而是冲着原始石破天惊的潮汐壮观地交融发出的阵阵轰鸣高声地叫嚷，头顶狭窄的通道和平台上，塞内加尔兵懒洋洋地扶着步枪，或将废弹壳做的打火机平稳的火焰凑近香烟，好像黄昏揭开了藏到现在的日光，将他们牢牢定住的电击留下了点点尚未燃尽的炭火。

暮色中显出了点了灯的窗户。这是警察局大楼一面曾经爬满常春藤、有些年头的墙，他们兴许见过站在窗内的人，但现在哪怕见到那扇窗也行。他们不是嚷嚷，而是咆哮着跑过临时监狱。但夜色说降就降；一群人还没走过操场，就已经被夜色吞没，仿佛滚滚向前的喧哗，或咆哮，隆隆地冲向亮了灯的窗户和窗内一动不动的身影脚下的墙，接着后退，又发出阵阵的咆哮，后退和咆哮声中响起了匆匆的号角和尖厉的口哨，一队密密麻麻、一身白的步兵飞快地转过墙角，用步枪托一阵猛捣，将他们挡了回去。

星期三夜 · 215 ·

看守向他们冲过来的时候，下士仍站在窗前，听着窗外的喧闹。他们十三个人在一间徒有四壁、结实、仅留了一扇窗户的小单间，当年停工期间这儿显然是一座保险库，那时候这里不过是一座工厂。天花板中间垂下的一只老鼠笼似的钢丝笼里点着一只脏兮兮的电灯泡。今早天亮后他们被赶进这间屋子后不久就通上了电，因为这是美国人的电，确切地说，先美国远征军后勤供应部一天供上了电，从那一天起成天亮着。昼夜交替的时候，靠着一面墙静静地坐在地上的十三张面孔并没有隐入阴影，反而显得更加突出，非但不面无血色，由于胡子拉碴反而显得更加刚毅，而且极大地鼓舞了他们的士气。

塞内加尔雇佣兵动手将全团赶出兵营，引起的第一阵躁动传遍临时监狱的时候，靠牢房墙坐着的十三个人毫无反应，要不是死一般的沉寂一个接一个地传遍了十二个人——稍稍侧过脸，用眼角飞快、几乎不易觉察地瞥了一眼第十三个人，坐在他们中间的下士几乎一动没动，这时候，操场传来第一阵呐喊，仿佛一波浪花滚滚地冲向窗下的墙壁。下士站起身，要说从容大方，倒不如说像山里人的灵活，他走到窗前，双手像当初扶着卡车栏杆一样轻轻、不经意地扶着窗栅，低头瞧着窗外叫嚷的人群。他似乎并没去听，只是打量着它，望着它流过操场，在窗下摔出一声脆响，士兵们清晰可见的苍白的脸上露出了喜色——即使他们张大嘴巴高声呐喊，他也早认出了当初一块儿躲在弹痕累累的胸墙后，或冒着猛烈的炮火、隆隆的阻击火网咬着牙钻进冒着硝烟的弹坑，或晚上侦察的时候屏住呼吸、攥紧拳头一动不动地在嘶嘶的照明弹下伏了四年的一张张苍白的面孔。他没听，而是一动不动、全神贯注地看，同时想起了急促的号角和尖厉的哨声，步兵小分队突然冲向它薄弱的侧翼,一步一步地将他们赶开。他好像一个聋子,饶有兴致、神态自若地观看他充耳不闻、与他无害、于他无关的这幕声势浩大的哑剧。

走廊传来了沉重的脚步声。中士从窗前转过身,另外十二个人不约而同地扬起脸,墙外看不见的脚沿着墙一步一踱地走了过来,最后停下了脚步,他们齐刷刷地望着门,门开了、向后一推,一名中士(这次既不是塞内加尔人,也不是白人步兵,而是宪兵司令部的人)站在门口,他不容分辩地一挥胳膊,命道:"起立。"

*　　*　　*

师长还是先参谋长一步进了房内,只不过稍稍迟疑了片刻,副官推开门,闪在一旁。这间房和如今的音乐厅相仿。其实,这不过是已不在人世的公爵夫人,或者说 marquise① 当年的闺房,挂着帷幔的壁龛、壁柱盘花的吊顶、枝形水晶吊灯、钉在墙上的烛台、衣镜、多枝烛台、嵌花博古架、玻璃橱内的彩釉摆件,以及一块染着硝烟的靴子一脚踩上去,仿佛踩进战壕污泥一样陷到脚脖子的白色小地毯,无不烙着极度(兴许那位公爵夫人或 marquise 以为享不尽的)奢华的印迹,比方说面对一弯冷月,绵软如云的地面,三位老将军面前壮丽的林荫风景。

在一帮跑前跑后的副官和参谋的搀扶下,他们在一张朴实无华,如一位骑士或一位主教棺材盖一样朴素的椭圆形大桌后落了座,三个人各戴了一副老花眼镜,身前各放着厚厚一摞一模一样的活页文件,

---

① 此处为法语,意为侯爵夫人。

因此，这群身穿土黄或淡蓝色军装，披着铜的、红的和皮铠甲的人显得一副有悖常理、怪诞的模样，既像学者，又显得粗鄙，俨然是一群森林里未经驯化的野兽盛装坐在文明人的办公室，人模狗样、昏昏欲睡、不急不慌地等着三位老首长坐在那儿看够了毫无意义，也属于盛装一部分的文件，直等到不做评价，也不谴责，而是抛开冗长的文件、碍手的衣服，予以执行的那一刻。

几扇窗户洞开，敞着窗帘和窗框，穿窗而入的不单是午后的阳光和空气，还有小城的躁动——不是喧哗，因为师长和参谋长刚才撇在中心广场的嗓门，就算突然爆发，也到不了这里。这颇像一种感觉，有几分光的意味，有几分像光从楼下密密麻麻的脸上反射进敞开的窗户，又像似光跃出泛着涟漪的水面，在进进出出、不知道忙些什么的文书和秘书要不是恰好抬头都不会注意到的天花板上微微，不停地律动，所以师长和参谋长进门的时候，一屋子的人都望着门。虽说他们刚一进门，躁动也随之消失，只剩下律动的光。

师长之前从没见过这间屋子，现在也没看多它一眼。他进门犹豫了片刻，等参谋长走到他的右手边，军刀在两人之间，夹在参谋长的左腋下。接着两人几乎齐步踏上一段褪了色的地毯，在桌前同时止步、站定，参谋长敬了一个礼，从腋下取出那把像一把没收好的伞、随手卷在刀带里的被缴的军刀，往桌上一放。参谋长正式宣布将师长撤职的时候，他却出神地望着，心想：这是真的。他当即就认出了我，转念又一想，不，更糟，早在派人去接待室传他们两人前，老人家就认出了他；他远道从两天前的那个早晨、他军旅生涯终结的观察哨过来，分明只是为了向听说过老元帅大名的人证明，他老人家记得他见过的每一名军人的脸、叫得出每一个兵的名字——不仅是当年他从圣西尔①被分配到老团出来的官兵,他每天见到的军长、司令,还有军长,司令手下的参谋、干事、文书、师长、旅长及其手下的参谋、团长、营长、连长,及他们手下的勤务兵、马弁、通信兵,以及他授过勋、处罚、训过的大头兵、士官,以及三四十年前他匆匆检阅过的连、排和班的无职无衔的文书,他一概唤作"我的孩子",就跟他叫自己年轻帅气的贴身副官,以及他足智多谋的勤务兵和司机一样。他身高六英尺五英寸,是一个的巴斯克人,生着一副专杀小女孩的凶巴巴的面孔。他(师长)没见到动静,他记得刚进门时老元帅一直拿着一沓翻开的文件。但现在文件不仅合上了,而且推到了一旁,老元帅摘下眼镜,轻轻地擒在几乎完全隐藏在一只与一件浆得雪白的老式普通衬衫分开、洗得干干净净的大袖管中的饱经沧桑的老人的手中,师长瞥了一眼那双没戴眼镜的眼睛,想起了拉勒芒曾经说过:如果我是恶人,我会恨他、怕他。如果我是圣徒,我会流泪。如果我是聪明人,作恶也好,行善也罢,我都会绝望。

"你来啦?格拉尼翁将军。"老将军说。

师长又出神地望着老将军头顶,复述了一遍他一进门就认出的报告——放在三位将军面前、他亲自签署、军长签字、一字不差地油印三份的文件,他说完、歇一口气,等翻到下一页或喝一口水,接着第四次正式申请处决全团;他心意已决,坦然地站在放着三份标志着他军旅生涯的坟墓、总司令称之为荣誉的三座墓碑的桌前,第四次恳请

---

① 法国圣西尔军校是法国陆军的一所军事专科学校。早年建在巴黎郊外凡尔赛宫附近的圣西尔,并因而得名。曾与英国桑赫斯特皇家军事学院、美国西点军校以及俄罗斯伏龙芝军事学院并称世界"四大军校"。

将这个团从他的师除名，就当它两天前的早晨被一个机枪点或被一个地雷报了销。他没有改变初衷。这在三十六个小时前是出于正义，作为一师之长（或任何一位团长），他耿直的脾性容不得他过早地出此下策；他发现那给了他一个机会，要他以一世的英名换取师长一职，他只好舍弃的那一刻，也不为过。因此，现在出于同样耿直的脾性，认为这一善举值得他舍弃少将军衔的三颗星，而不是为行善而行善，也算不得错。

因为善举原本无须摆姿态、做样子。就好像司令今天早上亲口告诉他的一样，但除了纯属巧合，跟他现在说的话毫无关系。说这番话是他两天前在观察哨发现不得不出此下策之前。那一刻他发现自己恐怕要被张榜通报军官学校，缘起他接到委任状那一天，因此这好比手枪、军刀和中尉的肩章，是他此生以自己的生命遵从天意，尽自己一份职责的一部分装备；它类似的同时代人是手枪转轮不断发出的一颗颗实弹，防范他准备履行他发过誓的无偿留置权，补偿平民口中的霉运、洗却军人眼中的耻辱，（任何）霉运仅在现在这一刻，这一刻他不得不说这番话，同时不接受辞呈。其实，现在看来，发言和请辞的缘起又何其相似、吻合，相似是它们从不同的出处——那时候还没有成形——走向一个共同的归宿——一堆从地下开采出的矿渣经高温炼出黄铜，再经严格精确的高压做成子弹壳，从一家工厂，一撮、一勺、一点地球和空气基本运动的沉淀物，二者在一个上了保险、开了槽的小铁棒后凝结、合成，又精确地对准一个不由它掌控、不由人支配的后膛和枪膛，就好比一名被职业介绍所一个电话招聘来的仆人；半个欧洲与另一半开了战，最终成功地将半个西半球拖入了战争的泥潭，一项气势恢宏，出发点崇高，实质（和前景）令人胆寒的计划，或野心，这并非是这三位老将军和他们手下训练有素的专家、顾问在总司令部的办公室想出的，而是三个远隔重洋的国家同仇敌忾和出于共同的担忧，由文人雅士同时在华盛顿、伦敦和巴黎构思出的计划，这一计划并非诞生在总司令部而是诞生在奥赛码头一间大门紧闭、戒备森严的会议室——这次会议，训练有素、对战争像修女嫁给上帝一样忠贞不渝的军事专家，人数远不如不仅不懂战争，连军人都算不上的首相、总理和大臣，以及内阁阁僚、参议员和首席法官；他们人数又远不及生产军火、鞋帽、罐头食品的大企业的董事长，以及金钱至上、被埋没的能人；他们的人数也远不及政客、说客、报馆老板和发行人、特命委任的牧师，以及备受压迫或笼络的人的道德、态度，以及被正反两面群众的价值左右、实力雄厚的大组织、机构和运动的特派巡回代表；一切手眼通天，鼓吹恐怖、和平处理一切民主事务的代表们在战争中大行其道，红极一时，现在跻身关系国家大事的秘密会议，代表半个地球颁布一个宏大到旨在摧毁一条前线的计划，以及愤怒到旨在消灭一个民族的野心；秘密会议中个个气味相投，因此那位白发苍苍、高深莫测、生着一副早就信奉人类不朽的愚行的面孔的最高统帅根本无须表决，只要指挥，因此在他的指挥下，盘算出了一个计划、接着留心观察，甚至都不必管注定不会偏离的路线，从协约国传达到被相中的国家，从三军总部到集团军群，再到集团军，再到军；这一篇壮观、漫长复杂的年代史最后沦为一个团进攻一个小到图上找不到的高地，这块高地只有附近的人知道，四年前甚至编了一个号、起了一个诨名，当时不知是谁发现从山顶放眼望去，大概要比山脚远上四分之一英里；这次进攻并非指派给一个师，而是出于地势和后勤考虑，不得已而为之，因为别的师不是不在这里，就是没赶到，不是这个理由，就是那个理由，硬派给他这个师是因为这次进攻注定、也旨在失败，如果失败，他这个师的代价最小，而别的师要么有一条能轻易渡过的小河，要么有一个能轻取的村庄；他现在才想通，谁也不必预见到一场兵变，因为这与兵变本身并不相关，仅仅失败这一条就足矣。至于如何、为什么失败，谁也不在乎，谁也不会去管。兵变给这个结果添上了一笔，其唯一的目的是让他在放着盛了他职业生涯尸体、收起的刀鞘的桌前毕恭毕敬地第四次复述这番话，他的请辞被拒，说完，他停了下来。

"全团。"这次轮到老元帅重复了一遍，他的语气莫名其妙地快活，不夹着任何感情，听着有几分热心、漫不经心，又有几分不近人情。"不只是这个罪魁祸首和十二个从犯吧。总之，他们当中的九名法国人至今仍自甘堕落。"

"这儿没有罪魁祸首，"师长义正词严地说道，"是这个团发动的兵变。"

"是这个团发动的兵变，"老元帅又重复了一遍，"就算是吧。你师里别的团呢？他们获悉此事的时候？"

"把他们都毙了。"师长说。

"你们军的其他师？你们两翼的其他军？"

"毙了他们。"师长说完，又执拗从容地站起身，这工夫，老元帅转身轻轻、快速地将他的话翻译给在座的左右英美两位将军，然后转身对参谋长说：

"谢谢你，将军。"参谋长敬了一个礼。但师长没等他说完，向后一转，再次先了参谋长一步，因为他要完成如果不事先叮嘱连一名出色的操练中士都不熟练的一套动作，参谋长其实他跨了两大步想赶上师长的右手，但还差了那么一点儿，所以老元帅的贴身副官赶上师长的时候，参谋长还差半步，他们又踏上白地毯走向现在敞开的大门，宪兵司令手下的一名军官侧身在门口等着，但他们还没到他跟前，师长已先了副官一步。

副官顾不上师长，但撵上参谋长，引着他向左，回到宪兵候在外面的大门，这时候，师长已经走了出去。

*　　*　　*

副官不仅冲淡了室内那把交出的战刀的意义，而且也将战争这一推论抹得一干二净。他迈着轻快，甚至有几分傲慢的步子走向敞开的大门时，师长和宪兵已经消失在门外，宪兵像似不愿先一步为师长扶门（虽说师长没肯受他的礼，脚步连停都没停），他不仅报了他以下犯上这一箭之仇，而且拿他当枪使，要他们知道，他和参谋长不屑与他们为伍，也不想理会这屋子和屋子里的人代表的一切——那位上尉二十八、三十岁上下，身材修长，一副风流小生的模样，仿佛仙风道骨、不染尘烟、生不逢时的世外高人，似乎只有在世外才能找到一片熟悉的容身之地，他等不及明天，今天就来到命归西天的士兵在有生之日凭一己之力保住的凡间——他明摆着证明战争没他的份儿，没他的事，战争之初残酷的弃兵保卒或摇摇欲坠的国家的得失也与他无关，倒像似一名戴着帽子（和金黄的贵族流苏，与其说他是一位公爵之子，倒不如说一位贵族子弟)、身穿一件飘逸的长袍穿过牛津或剑桥校园的学生，让望着他和参谋长的那些人原谅他除去他们身上军装散发的战争气味，只留下他们一身行头，他轻快、优雅地上前一步，超过参谋长，抓住门把手，关上门，等门闩上，然后又拧动把手打开门，接着双腿并拢，微微鞠躬送参谋长出门。

他关上门，转身回到室内，紧接着他又站下了脚步，分明是要抹去间接进了室内的战争谣言；他静静地在壮观、渐渐淡下去的林荫风光这一头站了一会儿，换了一副丑角在第二幕或第三幕幕间独白一样逍遥自在和快活的神态，他偏着头，站在那儿听着。接着他迈着没骨头似的长腿，轻飘飘地快步走向最近的一扇窗户。但他还没迈出第二步，就听老将军用英语轻轻地说了一句："开着好了。"

副官没听见似的，几步走到窗前，探出整个上半身，伸手够着向外开着的窗扇，拉了回来。接着他又停下了手，用法语说了一句，声音不大，带着一闪即逝、不易觉察的惊诧。"一群人就好像在赛道上排队等着打开这扇两开窗——如果有这条赛道的话。不，他们好像围着一家失火的当铺看热闹。"

"开着好了。"老将军用英语说。副官又停下手，半掩着窗扇，扭头也说起了英语，说得很好，不带一丝口音，既无牛津的纯正，也没有上流社会的高雅。

"何不请他们进来谈谈？他们在外面又听不见那儿的情况。"

老将军这次说的是法语。"他们不想知道，"他说，"他们只想挨罚。窗户开着好了。"

"是，首长。"副官用法语说。他又推开窗扇，转过身。这时候，对面墙上的双扇门推开了一扇。不声不响地推开了恰好六英寸，停住了。副官连看都没看一眼，走进了室内，用他那一口字正腔圆、不带口音的英语说："用餐了，先生们。"话音未落，两扇门又不声不响地合上了。

老将军随另外几位将军站起身，但仅此而已。门在最后一名副官身后合上的时候，他又坐了回去。他推开合上的文件夹，将眼镜收好，装进旧眼镜盒，塞进上装口袋，扣上，一个人身处偌大一间华丽的屋子，连城市的喧嚣和痛苦也随着天花板上午后的阳光渐渐退去，他一动不动地坐在椅子上，椅背高过头的雕花椅仿佛皇帝的宝座，他的手藏在同样掩住他大半个身子的昂贵的大办公桌下，金光闪闪的穗带、星章和他纽扣下的身子不只是一动不动，分明是被定在那儿似的，像一个小男孩，一个孩子，蹲在一座被一伙基督徒在光天化日之下刨开的苏丹或法老（兴许是木乃伊）墓金色的瓦砾中，而不是一座借夜幕的掩护盗取的骑师或主教墓。

接着双开门的同一扇门又开了，跟先前一样，还是六英寸，没看见推门的手，声音小得几乎听不见，似乎刻意为之，门很轻，声音压到最小，仅能听得见而已，门开了六英寸停住了，接着传来了老将军的声音："怎么了，我的孩子。"接着门又合上了，这次压根儿没听见响动，再说也没了必要，那扇门关了一半，又停住了，没有犹豫，准备再推开，仍然毫无声息，但这次相当快，快得推开了足足十八英寸，推门的人瞬间露出真容，没容老将军开口，他就抢先说道："没什么。"门停住了，没关，停在那儿，像一个车轮似的不靠门头，也不靠门轴，静静地悬在那儿，最后老将军又开了口："让它们开着好了。"

门接着又关上了。这次一关到底,老将军起身、绕过办公桌,走向最近的一扇窗户,天色好像跨过入夜的门槛,匆匆宣告这一天的结束,他穿过房间的途中,楼下的院子里传来了立正和步枪的咔嚓声,等他走到窗户跟前,两名哨兵已经面对面,等着三对哨兵撤退和正式换哨的第一声号角。但老将军似乎并没注意。他站在窗前,窗下的广场挤满了密密匝匝人群,耐心地挤到铁栅栏前;门忽地开了,他没回头,进来的是一名捧着一部电话的年轻副官,拖在他身后的电话线在雪白的地毯上如同一件看不到尾的战利品,他走到办公桌后,抬脚钩过一张椅子,坐了下来,将电话放在桌上,拿起听筒,飞快地瞥了一眼另一只腕上的手表,将听筒贴着耳朵,眼睛一眨不眨地盯着手表。他却站在那儿,稍稍离开窗户一步,偏向一边,一只手掀开窗帘一角,如果广场上谁想起来抬起头,一准能看得见他,这时候,零零落落的口令淹没在两组哨兵稍息跺脚的咔嚓声中,现在不是下午,但也算不得夜晚的临界点仿佛屏住呼吸,悬在那儿,直到又吹响了号角,这次是三声整齐,但又各唱各调的齐奏,院子里齐声吼出分明不是同一种语言的三套口令,两组全副武装的士兵如同举行部落宗教祭祀,一丝不苟地互相敬礼。他听不见电话,因为副官将听筒贴着耳朵,对着话筒客套了几句,又听了一阵,说了一句,放下听筒,也坐在那儿等着,这工夫,号角像血红的晚霞中几只公鸡,吟唱、悲号了一阵,没了声息。

"他回来了,"副官说,"他下了飞机,掏出一把手枪,叫飞行员站好,对着飞行员的脸开了一枪。谁也不晓得为什么。"

"他们是英国人,"老将军说,"那不就结了。"

"那是自然,"副官说,"我就觉得奇怪来着,就好像在欧洲大陆战争,他们没遇到什么麻烦。"他说:"是,首长。"说着,他站起身。"我已经做了部署,在这儿和维勒纳夫·布兰奇之间打开五个突破口,所以你要密切关注他的动向——"

"从他的目标看不出什么破绽。"老将军说,但仍没挪步。"那就行了。"副官放下听筒,捧起电话绕过桌子,柔软、看不见头的电话线在地毯上打成卷,最后他手一挥,把身后越来越小的电线圈甩了出去,带上了门。这时候传来了傍晚的枪声,不是喧闹,倒像是真空前的喧嚣,仿佛回到了被炸空的子宫,退回了回荡着枪声的战争年代;窗外三组士兵和三组拉牵索的高吼和塞窣声,同一扇门又开了六英寸,犹豫了一阵,接着悄无声息,自动开了,老将军还站在那儿,听着窗下吼着格外陌生的口令,轻轻地捧着三面颜色各异的神秘旗帜下身穿三色军装的哨兵的脚迈着整齐刚劲的步伐,在铺着鹅卵石的院子里回荡,在纷乱的夜色下渐行渐远。

这时候,栅栏外的人群开始穿过广场走上四通八达的一条条林荫大道,四散而去,人群还没走出广场,广场上已经空空如也,不见了人影,仿佛夜晚轻轻地吸一口长气,抹去了淡淡的人踪;老将军站在高处,眺望这座早已不问人类苦难、如今甚至没有他烦乱的城市。或者确切地说,夜晚抹去的不是中心广场上的人,而是中心广场重新抹进了人无尽的烦恼和征服不了的躯体,这座城不是当真没有人和烦恼,不过是他高高在上,视而不见罢了。因为他们忍耐着,正如唯有忍耐坚比磐石,堪比一意孤行、久过悲伤,他们忍耐着耸立在空蒙暮色中的朦胧、静悄悄的城市,暮色低垂,仿佛一声即将炸裂的闷雷,

星期三夜 · 227 ·

因为这是雕像、这是权力，仿佛一个其王权白天敢质疑太阳、夜间敢挑战繁星的大蜂房，一层层地从神圣、迷宫一般淡浓相映的画面中脱颖而出。

首先是三面旗帜，以及三位为之效力、高高在上的将军。一个神圣救世主般的三头政治，几位遥若恒星的俊杰，三位一体的大主教一样权倾一方，在随从中如枢机主教一样声名赫赫，在盲目的追随者心目中如婆罗门一样众多；其次是他们的三千名助祭、教士；他们一家人的祭司长，侍者，帮他们捧圣体匣、圣饼和香炉的下级军官。掌管文件、地图和备忘录的上校和少校们，负责联络、办事、更新文件和地图的尉官和副官，用生命保护手中的文件夹和地图匣、接电话、跑腿的中士和下士们，以及凌晨两点、三点、四点守着闪烁的交换台，顶风冒雪，骑着摩托车，开着漆了星徽、插着三角旗的小轿车，为将军、上校、少校、上尉、副官们做饭、铺床叠被、替他们刮脸剃头、洗衣擦鞋的列兵们；以及戴着发辫、神圣的大主教中的下层和最底层人员。城里随处可见的高级将领，以及他们耀武扬威的随从，不仅有中尉、上尉，甚至还有少校和上校，仅凭他们穿的制服就能一眼看出他们非同平常百姓，这其中还有最底层的士兵，冲锋陷阵的军人。上至少校，甚至中校和上校，凭借天知道究竟是什么军队更迭，只为了除掉他的非同寻常的乱局误入这座没染战火的城市，压根儿没学到什么，忘记什么，或损失什么——哪怕一片纸，哪怕再无意义或价值的功绩或备忘录；有不少人一直都在，虽不多，但也够了。在挤挤挨挨、闪烁的勋章，交叉的权杖，穗带，铜纽扣和猩红的肩章[①]中，满身前

---

① 指高级将领。

线硝烟的班长、排长、连长和排副们像被传唤到城堡、大宅算账或受罚的一身田间地头、马粪味、呆头呆脑、丢了魂似的农夫,狼狈地落荒而逃。人们骇然、嫌弃但又不无同情、震惊和义愤填膺地盯着一名没手没脚、瞎眼的伤兵,就好像他是一个在繁忙的街头发作的癫痫患者;之后是平民:推动这次进攻、赞成这一意图、赦免这次败绩的安提帕特们[①],他的朋友、他朋友的朋友、商人、王孙和主教、官员、逢迎拍马者和赦免者,陪将军们大吃大喝,向将军们效力的政府推销枪炮、弹药、飞机、牛肉、鞋帽,供将军们打击敌人的台比留[②]那远在罗马的后裔、教子、他们的朋友、他们妻子的朋友、朋友的丈夫,以及因为要提公文包、要开车而暂缓退役的干事、信使和司机,以及这座四年来盛极一时的城市,及其取得成就期间,以及红火过后仍(众望所归)孜孜以求、生活在为人遗忘的大街小巷的官长:市长、市民、医生、律师、执政官和法官。他们手上虽没有台比留从罗马寄给他们的亲笔信,但他们仍能打通将军、上校和中校(不是上尉和中尉)的关节,即便他们的联系仅限于会客厅和餐桌,还有酒馆老板、铁匠、面包师、杂货店老板、手艺人,他们跟上尉、中尉、中士、下士和列兵都套不上关系,因为在柜台后打毛线、称商品、换几个钱买面包和蔬菜糊口,以及在河畔石头上浆洗衣服的是他们的妻子;还有执政官或面包师的妻子,她们的丈夫不发战争财,但做战争生意,从某种意义上来说,他们与二千九百九十七名庶民一样不过是普通人,他们的妻子也都是女人,他们进屋的时候上校参谋们起立也好,拿着体面的

---

① 希律(公元前74年—公元前4年统治加利利和犹太)的几任国王,以杀害施洗约翰(马太福音14:1)、迫害耶稣和基督教徒著称。
② 42B.C. -37A.D., 全名为 Tiberius Claudius Nero Caesar, 公元 I 世纪 14—37 年间为罗马皇帝。

津贴与现役上尉住同一层楼也好，为通信下士或他们的部队煮汤水也罢，或者在所谓的爱、兴许从一份军方花名册中接纳他们的搭档，把他当作一名领取铁皮罐头、靴子的大兵，那位搭档无须重新穿上军装或大衣，重新走上前线，因为中士禁止他谈情说爱，免得他一辈子不肯脱下军装或大衣，所以女人那晚多半带着阵亡士兵的余温和遗腹子入眠；末了，这些无名之辈使出了绝招，无名无姓、不明身份的群众也聚集在耶路撒冷旧城或罗马老城，统治者或独裁者时不时地向他们扔几个面包，就像老一套的哑剧，雪地里仓皇逃命的牧羊人向身后追来的豺狼扔剩饭、衣服，最后扔羊羔——昨天挣了、今天才有钱开销的工人始终不明白他们是在行乞和偷窃的乞丐和贼，蹲在城门和庙门下，都不知道自己是不是正常人的麻风病人，他们既不属于军人，也不是商人、王孙和主教，无望从军队合同中分得一杯羹，也不能指望仅仅靠现在活着的人挥霍浪费，给一个国家造成莫大的疾苦养活，每每无缘在挥霍祖国命脉的盛宴中分得一杯羹的少数几个忠诚的怪人，他们一向运气不佳，连拐弯抹角、有权有势的亲戚朋友或靠山也没有一个，他们除了继承了祖辈的韧劲儿，实际上一无所有，无望过上好日子，也没有出人头地的机会——即使在自己的国家和城市作为吃苦耐劳、毫无权利的外人生活了四年后的韧劲儿，即使在忍耐的煎熬中，他们也无望或自豪地像不朽的人一样要求或指望发挥这一能力。它从苦难深重的乱世、愚昧的中世纪梦中横空出世，梦想着中世纪的拱顶和扶垛，由骑士、主教、天使、圣徒和智天使通过交叉拱和壁柱送入妖魔和恶鬼、狮身鹰首兽、怪兽和阴阳人，在夜幕映衬下的冰冷、无声、高耸的尖塔中尖声嘶喊。老将军放下窗帘，转身离开窗户。

"你可以关上——"他话说了一半,又咽了回去。这喧嚣出乎他的意料,没想到它进了窗户就没了动静——一阵隐约的喧嚣响彻全城,这喧嚣没有散去,而是集中到一点,匪夷所思的是,它从源头发出的时候就集中向一点,就好似针对某个跟真人相差无几的小目标,前进的不是呐喊,而是面对呐喊慢慢后退的目标——他没折回窗前,只是一动不动地站在一旁。广场突然传来了嘚嘚的马蹄声,一队骑兵小跑穿过广场,上了通向老东门的大街,他们现在加快了步伐,一路奔了过去。接着,马蹄声似乎消失在呐喊声中、被呐喊声淹没,最后,这队骑兵突然冲进了呐喊,仿佛冲进了一堆轻飘飘的枯叶,冲破呐喊、掀起呐喊、追赶呐喊,紧接着又像肯陶洛斯①一样飞快、悄无声息地出现在依旧清清楚楚的一团嘈杂狂乱的惊叫声中,即使马已经走远,惊叫声还在隐约澎湃的动荡中盘旋、爆发,在另一阵喧嚣中盘旋、激荡、渐渐散去。一开始不高,压根儿不像人声,确切地说是光,源源不断地出自城外的一片旷野。人的嗓音,几乎是异口同声,并非越来越响,仿佛露白的曙光,越来越亮,以这一抹光,而不是喧嚣填充着城外黑魆魆、高楼林立的地平线,隐约、越来越近、歇斯底里的尖叫和呐喊在这抹光影上掠过、飞旋,像入水的火星瞬间不见了踪迹,即使这喧闹停止后,仍充斥着地平线,空留下一阵嗡嗡的余音,仿佛渐渐退去的日暮,冷若在地球加速走向毁灭之时发出的一声固执、坚定的咆哮声中直冲天际、黑压压的大城市背后的曙光,又像死气沉沉的星河中一艘铁船头,直挺挺地翘着。

老将军这次转身离开了窗户。一扇门开了约三英尺,门旁站了一

---

① 人面马身的怪物。

位年迈的老者,他没敬礼,就站在那里。他身材充其量算个孩子,说不上勾腰,也说不上驼背和干瘪。他依旧精悍、干练,仿佛漫长的人生道路又要重新来过,他脸色光洁红润,没有往事,也没有悲伤的外表,他头上"寸草不生",嘴里不见一颗牙,他如今只要三样东西,别无所求:一个胃、稍许为了取暖的体表神经,稍许能睡得着的细胞。他不是一名士兵。但他不仅穿了一件厚厚的正规步兵束腰大衣,而且戴了一顶钢盔,身背一杆步枪,这身打扮反而让他更没一名步兵的样子。他站在那儿,戴了一副眼镜,套着一件泛白的上衣,兴许是从第一任(或者最后一任)主人尸体上脱下来的——衣服上还留着士官山形袖章和团番号摘除后深色的印迹,前襟裤腰以上补着整整齐齐的补丁,想必是什么(明摆着是刺刀)留下的洞,在最近二十四个小时内经过一个视力不太好的人仔细刷洗和熨烫——经过清洗、灭虱厂处理,再由一个军需废物利用站发给了他,那顶擦得锃亮的钢盔和锃亮、一尘不染的步枪仿佛出自一家私人博物馆、一向精心保管、没用过的十二世纪长矛,他从未开过一枪,也不会开,再说哪怕法国全军就剩下一个兵也不会发给他一梭子弹。他在老将军手下担任了五十年的勤务兵(除去了中间十三年,从现在算起,那是四十年前的事了,老将军当时还是一名前途不可限量的上尉,他突然退出军界,消失在自认为了解他的人的视野,十年后再现身,重返军营,他已官至准将旅长,至于从哪儿来、何以官至准将,谁也说不清楚;他的第一项公务是寻找从前的勤务兵,马夫当时在西贡一个兵站担任文书,接着将他调到从前的岗位、恢复了原先的职务);他站在那儿,脸色婴儿般地红润,他一味的忠诚中透着永恒和安详,劝告、意见和评论显得格外冷静、自负、坚定和中肯，极其瞧不上战争及其带来的一切后果，他慌乱拙劣地模仿军人中体现出忠贞不渝、目空一切，却又不显山不露水，就如古时候公爵府里一位上了年纪的仆人，盛装纪念一年一度的某件年代久远的大事，抑或是府上早年的挫折，抑或是府上早年的荣光，由于年深月久，就算他晓得，也早忘了其意义，这工夫，老将军穿过屋子，绕到桌后，又坐了回去。老勤务兵转身退出门，眨眼工夫就端来了一个盘子，盘子上放着一只像似从士官食堂，兴许就是部队食堂端来的普通汤碗，一把小石壶、一截面包、一把旧白镴汤勺，和一块叠得整整齐齐的白缎子餐巾，勤务兵将盘子放在老将军身前的桌上，擦得油光锃亮的步枪随着他弯腰、直起身闪闪发光，他退后一步，深情、不容分辩、毫不客气地望着老将军拿起面包，掰碎，放进汤碗。

自从他十七岁那年进圣西尔求学，撇开几段他想躲都躲不开的红运不说，似乎没见他建立过什么光辉的业绩，他留下的也只有一个小金盒——一个旧雕花小金饰物，显然很贵重，或者说反正有来历，好像一块密面表，显然能装两张肖像；再说也只能装这种东西，因为同学们谁也没见他打开过，其实他们只听说他有这玩意儿，那还是有一天，一两位同学在营房的浴室凑巧看见它就像一枚十字架，吊在他脖子上的项链上。即便这点点了解也因为连这些关卡也挡不住的运道很快被传得有鼻子有眼——他不仅是内阁大臣的内侄，而且是跨国军火制造联盟董事长的教子，能将公司名印在每个子弹头和炮弹壳，装备整个西半球和半个东半球几乎每一支步枪、手枪和轻型野战炮的军火商屈指可数，他们家算得上一个。尽管如此，由于他从小被看得紧，几乎不与外界接触，进入军事学院前，圣日耳曼城区以外几乎没人见过他,除了一个男性教名,从巴黎市郊开始的外面世界连听都没听说过他。他从小父母双亡,是这一脉唯一一个孩子、最后一个男人,从小在沃吉哈赫大街他母亲大姐幽暗、与外界隔绝的家中长大——他姨夫是内阁大臣,原本是一个胸怀壮志、只等机会的小人物,靠妻子的钱财和关系,他抓住了机会,另外——夫妻俩膝下无儿无女——在妻子亲戚的名字后添上自己的姓,将这孩子收为养子也属理所应当,这孩子快长大成人的时候,不仅是姨夫的继承人,而且也继承了单身汉教父的权力和财产,费罗斐公会会长是他父亲的挚友,可惜在此之前,除了来圣日耳曼城区姨母家做客的客人、家里的仆人和他的几任家庭教师,谁都不会把他的脸联系上赫赫的身世和无量的前程。

因此,他入校那会儿,没有一位将要同窗四年的同学(兴许还有职工和教授)见过他。他比别人早了差不多一天到校,不过,还是有一个人将他的脸对上了他的大名。此人不再是少年,而是个二十二岁的成年人,他先了两天到校,毕业那天,他屈居第二名,从认识他的第一个下午,这位同学就开始相信,并且将这个信念一直坚持了十五年,他从这个十七岁的少年脸上看到了重振法国和决定法国命运的希望(当时是1873年,巴黎投降、被正式占领前两年)。至于其他同学,他们的第一反应溢于言表:意外、惊讶,那一刻压根儿不相信,这个小伙子竟然到了这里。倒不是因为他一副弱不禁风的样子;他们那是纯粹以貌取人,误解了那张脸,以为他弱不禁风,那一刻,他不像在过一道道关,倒像坏在这些关卡、在人家心中形成了一个定式,决定他是一个与战争学徒的铁石心肠格格不入、仿佛出自教堂彩色玻璃上的人物,而这块玻璃却又被莫名其妙、阴差阳错地安在了一座要塞城墙上的缺口。在他们看来，他摊上了好命，是一位继承乐园的王储。他们认为，不能说他算得上一名镀金青年，他就是一名镀金青年；在学院里的教授同学，以及从巴黎市郊远到巴黎这个词褪去光彩的世人眼中，不能说他算得上一名巴黎人，他是一名名副其实的巴黎人。一位百万富翁和一位生来的贵族，一个孤儿和独子，不仅有资格继承了律师、银行家不仅要看好、管理好，还要让它增值，但谁也说不准有多少的法郎，而且有资格继承姨夫和教父通天的势力和关系，姨夫位居国家内阁第一重臣，虽说另有人顶着一个名头和空占着这个位置，以及单凭通报一个姓名就能敲开（费罗斐公会会长）家大门的教父，这在于他们的本质和义务，或者说他们（青年人的）性别，或者说男人，这一点连内阁大臣也无法企及；他只需长大成人，继承这一切旷世灾难，因为他是个年轻的小伙，尚未成家立业，是位有钱的贵族，外加生在巴黎这些得天独厚的条件，他有权耗尽他的一生，如果有必要的话，直至抛弃他的生命。这座城市代表着世界，因为在所有的城市中它至高无上，是一切男人追求和景仰的地方，不但在她如日中天、称霸世界的时候，而且像如今一样没落的日子，人们对她的热情也丝毫不减。诚然，虽然她已然没落，但从没见过谁像今天一样对她热望和景仰，因为这种壮观的没落，唯独巴黎才有资格，这个资格让她成为全世界的巴黎，被征服，确切地说，没有被征服，因为法国的巴黎有幸免遭踩躏法国其他地区的铁蹄，苟且偷安（因为她也是世界的巴黎，其他世界的巴黎）。——征服不了、幸免于难的是：这个令人向往的文明世界的神圣和亘古的下作、原始的无趣和贪婪。在无聊、说不出口的淫乱中又想起贞洁的情妇，夏娃和莉莉丝[1]同侍一个个有幸拜倒她们裙下、满足她们淫欲的小伙子；要说得意扬扬的德国侵略军被胜利冲昏了头脑，倒不如说发现自己身在何处、手足无措，在芳香扑鼻的客厅，钉着平头钉的靴子不知从何下脚，他们想不到有谁生来有这样的好命，她就是神，她赋予他们不朽的神性，换取的却是年轻人的青春。

他还是来了，在一个班候选的职业军人中，他不过又是一个无名之辈，这支军队不仅等级森严，而且以后还要奋斗五十年，艰难求生，在惨败中出头，为的是不被人家当作一个坏兆头，而是奉为一座丰碑。一个盎格鲁－撒克逊人，差不多任何一个美国人都会牵强地认为他来这里是为了追求一名年轻人的梦想，梦想中，他认为自己无须付出无可挽回的牺牲，从危难中拯救这座世人崇拜、安德罗米达[2]般的城市，但至少是尼俄伯[3]或拉结[4]的一个振臂挥剑、举起盾牌的儿子。可惜拉丁人，或者说法国人却不以为然；在他们看来，这座城市没什么可救的，她早就用见异思迁的莉莉丝的一根发丝绞杀了男人的心；她没有生育，膝下没有子嗣：他们都是她的情人，他们走上战场的时候，是为了一份殊荣，躺在淫荡、尚有情趣的床这座祭坛前。

因此，唯独那位同学相信，除此之外，并非这年轻人不图安乐，而是天堂不接受它的子孙和继承人；将他送到这里是他的家人，倒不是为了跟他断绝关系，而是跟他分开，免得他养尊处优。家人逼着他从军是因为——对他们来说，是他们的名誉和地位——往好里说是

---

[1] 亚当的第一任妻子。
[2] 埃塞俄比亚公主，其母夸其美貌而得罪海神，致使全国遭殃。
[3] 希腊神话中的人物，她有十四个儿子，因自夸而全被杀死，悲伤无已，后化为石头。
[4] 《圣经》中雅各的妻子。

断了他走上的歪路，或封锁他的坏名声。往坏里说，是免得一家人蒙羞，对他来说，也是躲避后果。因为他还是一个独苗、男性继承人；家人还会动用权势、找关系，尽管他们还得隔绝、封锁他不曾或者说理应建立的功勋这一消息。其实，他家人没有单单疏通关节，免了他的罪过。恰恰相反，他们还要在他的帽子和袖口有朝一日要戴的金穗光耀的美名上再添上一笔异彩。因为连那位同学也相信，那个班（也是当时班上的三个头儿）同吃同住的一个人四十岁能升任将军——在今后三十年中，给予他值得这一荣誉的任何军事失败的种种机会——一位法国为之举行国葬的元帅。

谁知他竟然没动用关系，至少在接下来的四年中。再说他也不必。他不仅以全班第一，而且以这所军校历年来的最高分毕业；这就是他的成绩，连无论以什么等第毕业都无缘这一殊荣的同学也毫不嫉妒军需上尉这一职务，传言这一职务就像戏院或餐馆门口仆人捧着的帽子和斗篷，在军校大门口恭候他。但再见到他——也就是第二天，全班其他同学正忙着准备两个星期后走马上任——他却没接受军需上尉一职。下次在土伦见到他，却发现他无官无职，还是四年前的模样。弱不禁风，带着一本一字未写、派不上用场的账本，好比是乞丐向国王家的马掌匠讨来的钉子，或国王从乞丐手上要来的破碗，以及他还没在战场上试过身手的斯巴达式中尉装备和崭新的作战手册（当然还有他的小金盒；同学们没忘；其实，他们现在都知道里面的两张肖像是谁：他姨夫和教父。确切地说，是他的十字架，他的护身符、他的遗物盒），可惜他不再是一名上尉，跟从安全门或后廊出戏院或餐馆上街的客人或顾客一样，没有捧着帽子或斗篷恭候他的仆人。

不过——除了那个人——他们自认为晓得其中的缘故。这是一种姿态，倒非年轻人的姿态，而是家人的姿态——一种低调和有权有势人家的慎重，这种人家权高势重、有低调和慎重的底气；他们，还有他都等着同一件事，等着一辆光滑、灵柩似的黑轿车，车送来的不是像丝绒垫托着的一枚公爵王冠般的上尉，而是那位身为内阁大臣的姨父，他要陪外甥回奥赛码头，像一位红衣主教从一名跪在地上等着授圣职的人选的法袍里抽出一本马丁·路德邪说，背地里若无其事地扔掉那套寒酸的非洲副官装备。但那一幕也没出现。轿车来得太晚。因为，虽说他要赴任的分潜队两个星期后才出发，再说全班人马还未赶到兵站，仅仅一晚后，他就去了非洲，不声不响，差不多是偷偷地赶赴战场，授予的是与同学们一样的中尉军衔和寒酸的装备。

所以兴许嫉妒过他的人（不仅圣西尔上届、下届，没有内阁大臣姨夫和董事长教父的同学，以及虽有父母和监护人，可惜不是内阁成员或费罗斐公会会长的职业军人，他们不恨他被授予了队长一职，而是恨他不肯接受）现在也没了这个必要。因为他们明白，自己恐怕一辈子也赶不上他。他免了人家的嫉妒，因而也免了人家的记恨和顾忌，侄儿、教父和姨夫三人现在走的是捷径，他以前对任人唯亲这一由来已久的风气深恶痛绝，这个年轻人匆匆去了除被一名应时的监察长为难了一下，他姨夫和教父都鞭长莫及的一处偏僻、战事激烈的前线；这家人的志向远大，再说也无人妨碍他们施展抱负。他们没了顾虑，凭缓兵之计这步棋省了人家的嫉妒；等他两年后以一名二十三岁的少校再露面，他早不在人家羡慕嫉妒之列，还怕他们嫉妒不成。或者说用不着两年，一年都绰绰有余，他们坚信不疑的不是那位姨夫和教父的权势和决心,而是贪婪:慈悲为怀、全知全能、无所不见、无处不在的人。有朝一日,奥赛码头恐怕要长吐一口气,国人呐喊着冲向波涛汹涌的非洲前滩,不单单是为了搅浑事实,而是要分散人们对他们的好奇心;只留下在一个没有昨天的舞台同时呈现经历可疑的功绩和不知身世的领导者,就好像从毫无生气的文学杂物间拼凑出的一出两幕哑剧,因为届时他不仅摆脱了人家的记恨和顾忌,而且像女人从此失去了童贞,逃避了漫长、严格、七拼八凑的资历;他们现在将——能——看见他抛开一切烦恼——甚至又见他乘着总督的小车、坐在总督大人的右手、在欢呼声中驶过彩旗飞舞、官兵列队接受检阅的奥兰大街。这位二十二三岁的英雄不仅不曾拯救过帝国的一寸山河,却又装作长空中的一只鸟,话虽如此,那不过又是一根七十年前飞扑欧洲、非洲和亚洲的鹰毛,现在望着这一幕,他们既不羡慕,也不嫉恨,而是抱着不仅出于对法国,而且对常胜将军的叹服;即便经历了两年非洲的风吹日晒,这位英雄依然一副小姑娘家的模样,就像娇柔,又经得起时间考验的妙龄少女,依然弱不禁风,仿佛铸造厂水泥地上轰隆隆的庞然大物中间无遮无拦、无知无觉地飘荡的雾气或蒸汽;不料由于业已证明——应该说——再次证明的确弱不禁风现在显得越发经得起时间的考验,立刻显得文弱,同时又显得神圣不可侵犯,因为换个场合,早成了残花败柳:好比昔日传说中的圣徒,毫不犹豫、一口答应事先以贞洁换取船夫渡她过河、进天堂的少女(这也是一则盎格鲁-撒克逊寓言,因为凡事都能以圣徒这一名分换取,只有盎格鲁-撒克逊才信以为真)。——这位英雄,以及温顺、欢呼的人群,这当中无人过问,或者怀疑他究竟在何时、何地、对谁、取得了什么战绩，面对鼎沸的人声，他乘车一声不吭地穿过这座欢声雷动的城市，驶向码头，登上那艘驱逐舰（兴许是一艘巡洋舰，肯定是一艘驱逐舰），这艘舰将送他凯旋巴黎，之后送回来一位军长、司令，兴许是一位总督。

可惜那种情况也没出现。他过了地中海，之后了无影踪；等他们一一走马上任，打听到他仅仅一晚之后，也从那座港口的基地出发，被安排到内地一个职位，究竟在什么地方、哪支部队，基地的人无人说得清楚。但这早在他们的意料之中。他们自以为晓得他身在哪里，绝不是边远地区，因为那地方遥不可及，比方说布拉柴维尔[①]，在那儿，总督、新任中尉，以及混血翻译这三张苍白的面孔搞得总司令稀里糊涂，一如纯洁、朴质的美洲印第安人的图腾柱繁复、亲切、高深、反复无常、不知所云；这的确是一个偏僻的地方，并非被动地与世隔绝，而是主动、积极地隐没于人世，好比是沙漠腹地的一片绿洲，比洞穴隐蔽，但并非遥不可及——在一顶飘着袅袅熏香的绸帐篷、隐约传来伐木人砰砰的斧头，和挑水人的脚步声，他将坐在一张披着狮皮的长沙发上，耐心地等待命运女神不急不慌地分娩。可惜他们都猜错了，他赶到基地的当天就出发了，去了一个在圈子里名声不输于加尔各答黑洞[②]的驻地——一座方圆五百英里杳无人烟，类似于文明的根据地，甚至落脚点的小前哨，而且最近的增援部队也在六十英里外。——一座被人遗忘的临时小监狱，配备了从欧洲、南美和地中海东部沿岸诸国、岛屿等地招募的外籍军团抽调的一个排看守。在人们闻所未闻、酷热难耐的一片沙漠中耸立着一栋孤零零、开了枪眼的土

[①] 刚果首都。
[②] 一座臭名昭著的监狱。

屋、一根旗杆、一口井，关押着送到这里来惩罚的死不悔改的军人，直关到酷热和无聊永远断绝了人类的天性和后天的罪恶。三年前，他从港口基地直接去了那里，（现任的唯一一位军官，其实也是唯一一名白人）不仅服满了他一年的任期，而且还服满了继任的任期，现在继任的继任任期已满十个月；除一个人外，在他们听来，一听到这个消息，只觉得大地颤抖、贪欲认输，那时候，不论七八年前，或十年前这个内侄辜负了家人多少希望和梦想，连那位姨夫和教父也救不了他；到这个时候，唯独那位同学无意中了解了全部情况，扭转了这一局面。

他是位诺曼底人，父亲是卡昂的一位医生，父亲的祖父在巴黎攻读艺术那会儿结识了卡米尔·德穆兰①，之后成了他狂热的追随者，后来双双被罗伯斯皮尔处死，这位曾孙也抱着成为画家的愿望来到了巴黎，但一如曾祖父当年为了人类义无反顾地走上断头台，他也放弃了自己的梦想，考入了军事学院。尽管他是个膀大腰圆的乡下人，但到了二十三岁，信念却动摇不定，还不如十七岁那时候坚定——一个生着一张病恹恹、松垮垮的圆脸、一双饥渴多情的眼睛的男人，再看这个十七岁的少年，其实与常人无异，如同一位守寡多年的六十岁寡妇对一个石女彻底丧失了希望——他像似捡起纸娃娃，停车带上姨夫、内侄和教父三个人，将他们转过身，又按原样放了回去，只不过颠倒了一个个儿。但那是后话，自那天以后，其实时隔了十年，那一天后，奥兰城外波光粼粼的海面接受了那虚弱的步伐，接着像一幅幕布在他身后合上，不露一丝痕迹，不仅不留痕迹，而且也看不透；说

---

① 卡米尔·德穆兰，生于1760年3月2日，卒于1794年4月15日，法国记者、政治家，在法国大革命期间扮演重要角色，与乔治·雅克·丹东关系密切。

是一幅背景，倒不如说是爱丽丝的镜子，他跨进镜子，进的不是幻境，恰恰相反，他怀揣着幻想，在此前空旷的狂野营造了一幅幻境，此后四年，他一直待在被人遗忘、荒凉、阳光灼眼、看不见前途的小前哨，不论他以前是不是人家的心头之患，但如今却是一团谜，埋着头的鸵鸟，免得参谋委员会硬将他带回巴黎，至少去他之前狠狠心好不容易抛下的奢侈生活；自那天起，算算已有五年光景，他又主动请缨，承担应该落到在册的每一名军官头上的任务，（家人不得不让他断了念头的挪用公款事关重大，不单是长辈，连铁定的轮休也好不尴尬）别说巴黎，连卡萨布兰卡、奥兰或阿尔及利亚的咖啡馆都难觅他的身影。

自那天六年后，他又从非洲销声匿迹，除了那位诺曼底同学殷切的期望，谁也不知道他的去向，不仅消失在人的视线，而且不再是人家津津乐道的谈资，在现役军官名册空留下一个姓名，还是那个依然如故的中尉军衔，可惜之后一片空白：不是阵亡，也非下落不明。这样又过了两年，届时无论是把他当作心头之患的圣西尔老同学，还是他的继任都分散在三色旗①飘扬的世界各地，那是一天下午，包括那位诺曼底同学和一名上尉参谋在内的五个人偏巧在奥赛码头的一间会客厅见了面，之后五个人就近找了一间咖啡馆，在门前围着一张桌子而坐，虽说出圣西尔校门才五年光景，这位副官已是四年的上尉，他是拿破仑亲封的一位公爵的后裔，祖上是一名屠夫，后来成了一位共和派，接着又是一位保皇派，最后成了一位公爵，他儿子先是保皇派，接着又成了一位共和派——尚在人世，仍是一位公爵——后来又成了保皇派。因此，四个人当中的三个望着他，听他一席谈，心中暗自思

---

① 法国国旗。

忖，眼前这位才是货真价实的镀金青年，他谈及的另一位十一年前却拒不肯承认，他们现在才体会到、才明白并非另一位眼下混得如何，而是——有着那样的家庭、背景和权势——说不定他取得了无人能及的成绩，因为稍逊他一筹的这一位不过家有几家银行、能操纵股市而已；参谋将客厅用作他的办公室，另外四个人中的三个结束在亚洲驻地三年的任期，那天早上恰好赶来报到，第四位是刚出校门、分配到这儿的晚辈，五个人偏巧凑在人满为患的露台上一张小桌前，其中三个人——包括那位居高临下、不像坐在他们中间的诺曼底大汉，要不是他无精打采、面露饥色和一双急吼吼的眼睛，分明是一块脆弱、愚钝的大石头——听着上尉参谋口无遮拦、愚昧、狂妄地谈论那位在杳无人烟的小哨所险些被人遗忘的中尉，他嗓门太大，其他桌上的客人纷纷扭过了头。他原本不单是全体职业军人，而且是世界各地镀金青年的楷模和希望，就好比波拿巴不仅是全体士兵、而且是每一位家道贫寒、无权无势、视小命和良心如儿戏的法国人的楷模和向往。（上尉参谋）想不明白，在那片茫茫荒漠究竟是什么让一位中尉军需官一待六年，这位中尉管着一口发臭、由八棵棕榈树环抱的水井，和十六名没有国籍的杀人凶手；那儿究竟有什么奥兰、卡萨布兰卡，甚至巴黎比不上的东西——在一顶弥漫着骆驼味的帐篷里究竟有怎样的乐趣——苍老、腻味、老练的四肢究竟有着什么蒙马特妓院没见识过，却又稍纵即逝、刚一出现就令人厌腻、最终反感的老一套的乐趣，仅仅六年后，这位苏丹王想必辞去了职务——

"辞职了？"三个人当中的一个问，"你是说他走了？他终于离开了那地方了？"

"算不上走，"副舰长说，"他还要等换他的人过来。他毕竟对法国宣过誓来着，即使他，虽然他确实不想沾费罗斐公会会长的光。可惜终究未能如愿。他丢了一头骆驼。还有一个人，虽说他服的五次兵役、但多半是在牢里度过的——"这么说吧：这个生在马赛一家窑子的兵最终让一个女人遭了报应，十八年前，她还是一个姑娘家，被他糟蹋、生了病，后来被卖入娼门，最后遭了他的毒手，此后他就这样做了十八年的前线失踪人员，因为——这儿天高皇帝远——这儿自由、能保一条活命、吃穿不愁。现在他唯一担心的是一不小心做了什么，让人家把他提拔为一名下士，或者中士，那样的话，他只好去一个哨所，附近一日路程内有一个配了一名警察的大社区，在那儿，倒不是他会认出一个陌生的面孔，而是生怕某个陌生的面孔认出他；他——这个兵、这名骑兵连同那头骆驼一道不见了踪影，显然落入了附近一个匪帮或里弗族[①]的一个部落之手，因为这个部落，法国才在这儿驻军。这个家伙虽说是政府的一项财产，尽管不是很珍贵，但那头骆驼却是一头骆驼。但哨所的指挥官显然没下功夫去赎他；因此，他们——听说此事的人——兴许要说，这位指挥官在这事儿上的唯一失误是避免了一场局部战争。不过，这么说也不妥。他说不上阻止战争，而是没能发动一场战争。这不是他在那儿的宗旨，要他接受考验、胜任这一职务，不是为了别挑起战争，而是为了保护政府财产。他错失了良机，昨天，一份正式请求将他免职的函件交到了人事行政参谋主任的办公桌上——

副执法官话没说完，那位诺曼底人已经站起身；他们当中，至少

[①] 北非。

有四个人清楚他如何打听来这个指挥部的缺，但究竟用的什么手段补了这个缺，却无人知晓——除了高大、病恹恹的身材，以及圣西尔班级第二名的成绩，在他军旅生涯中，他无背景、无钱、无势，说白了，无人提携或护着他；由于这个成绩，他已然是一名工兵中尉，且不说他刚刚结束驻印度支那陆军一个服役期，因为这个成绩、加之他病恹恹的身体，今后恐怕稳获一个国内机关的职务，说不定在巴黎也犹未可知，最后混到退役。但不到一个小时，他已身在军需主任的办公室，凭他，平生第一次（兴许也是最后一次）处心积虑地以第二名这个成绩站在他不知道，或想不到有朝一日自己将坐在后面的办公桌前，轮到他独揽大权，决定每一名穿法军制服的军人的去处和津贴。

"是你？一个工兵？"他对面的人问。

"他也是。"——声音中充满期待，但也平静，并非无理纠缠、免得被一口驳回。"你瞧，那就是为什么。你别忘了，在我们班，他名列第一，我是第二。他不在，这个位置当然非我莫属。"

"那么，你也别忘了这个，"对方说着，敲了敲放在桌上的体检报告，"这就是为什么你不用再回西贡，为什么今后要去国内机关的缘故。说到这，你在那……你在那地方估计都活不过一年。"

"你是想说'监狱'吧，"他说。"那不正好——体面地证明在军队机关无处容身？"

"你说军队？"

"法国吧。"他说。十三天后，坐在骆驼背上隔着刺眼、无遮无拦的那些路，如同第一次朝圣一千年后望着一堆难以分辨的垃圾，当地的向导信誓旦旦地告诉他,这当然不是各各他①,而是客西马尼园②,放眼望去,只见一丛乱蓬蓬、枯黄的棕榈树掩映下的旗杆和太阳晒得发白的墙壁;日落时分,他已置身其中,板着脸听着号角,轮到他享受帝王般的威仪;天刚一擦黑,候在大门口的勤务兵隐约听见呼哧呼哧的两峰骆驼,他站在门口,眼前是六年前让他屈居第二的那个人,两人几乎看不清对方,只听见平静、亲切、因吃的苦动情、因盼望变了调的嗓音:

"我懂。他们以为你这是在躲避。他们最初对你有所顾忌,但后来认为你不过是个傻子,执意要在五十岁,而不是四十五成为法国元帅,凭你在二十一、二十二、二十三、二十四和二十五岁时的能力和关系,在四十五岁时回避你五十岁上推不开的权杖;有权有势的人希望抛开权势,上流社会的人想逃避上流社会;希望挣脱血肉之躯,但又不必死,不必非得忘记你摆脱了血肉之躯。并非要你摆脱它,你逃脱不了,再说你也不想。无非是希望挣脱它的束缚,希望时刻谨记你无非是为了与它相安无事,哪怕夜夜睡不成觉也在所不惜,若非那层认识,也就不存在你要挣脱的血肉之躯,因而不论到哪里都没有你需要摆脱的东西。哦,对了,我懂了:英国诗人拜伦梦想、希望或渴望世上的女人独独接受他的吻。靠计谋智胜人类毁灭众生的优秀镀金青年还是处子之身。但我再清楚不过,与其说像西蒙,倒不如说像安东尼一样寻找一片荒漠,动用米特里达梯一世③和黑利阿加巴卢斯④不仅是为了夺取一片傲视一切的栖身之地,而且是为了自由进出狮子栖

---

① 耶稣被钉死的地方。
② 据传是耶稣被捕处。
③ ?—大约公元前136年,帕提亚(安息)国王。
④ 218—222年,罗马帝国皇帝。

身的洞穴。

"哪有这等事儿。这不仅不可思议，而且不能容忍。贪婪不会绝迹，否则人也活不下去。别说贪婪，其光辉灿烂的历史都不否认。它不会、不能，也一定不会绝迹。不单是一个国家有一户人家有幸靠它，或因为它发迹、跻身上流社会，不单是在世界各国中独独相中一个国家继承这一伟大、灿烂的文化传统；不独是法国，而是曾经辉煌过一段日子、留下了这样名声的各个政府和国家皆靠它，因为它起家，凭借它，永远令今人惊叹、载入光辉史册；文明本身是其畅行无阻的通行证和基督教教义，是其业绩，沙特尔[①]、西斯廷教堂[②]、金字塔和赫拉克勒斯门下岩石孕育的火药库是其圣坛、纪念碑，米开朗琪罗、菲迪亚斯[③]、牛顿、埃里克森、阿基米德和克鲁伯[④]是其宗师、教皇和主教；长长一份名垂青史的名单——恺撒、巴尔卡家族[⑤]和两位马其顿人、我们自己的波拿巴和伟大的俄罗斯人、一头红发、如一团火划过极光的巨人，不是英雄却胜似英雄，至少为英雄立下汗马功劳的小人物——将忍辱负重的皇子推上国家商会的会长、免得埋没了他麾下的将军、元帅、下士和光荣的水兵，名扬四方的马夫和勤务兵、董事长和联合会主席、医生、律师、教师；从站在大石头上汗流浃背地挥着凿子、刷着天花板、发明印刷机、开着枪膛的手和脊背，到别无所求，只为了有权在罗马狮子坑表达愿望、在加拿大森林中印第安人古怪的火葬堆念上帝之名的颤抖的嗓音，那些古往今来、无官无职、

---

① 法国北部城市，位于巴黎西南。
② 罗马梵蒂冈。
③ 公元前5世纪希腊雕刻家。
④ 阿尔弗雷德·克鲁伯（1812—1887），德国军火制造商。
⑤ 古代迦太基的巴尔卡家族，出过哈米尔卡尔、哈斯德鲁巴和汉尼拔等伟人。

无名可匿的人。这不是巧取豪夺。巧取豪夺不会落空；假使米特里达梯一世和黑利阿加巴卢的后嗣行使了自己的继承权，不过是为了躲避他的继承人。米特里达梯一世和黑利阿加巴卢还是当年的米特里达梯一世和黑利阿加巴卢，仓皇逃出奥兰的依然是那个胆小鬼，因为老刁妇的父亲或母亲也一副好脾气，圣西尔——土伦——在非洲干的事无非是打一枪换一个地方，好比是逃脱了强奸犯魔爪的少女，非但不逃进避难所，反而躲进没人的地方，攒够了资本，就能大获全胜，将战利品当作赏赐。贪婪好比贫困，说不上欲壑难填。它长久，倒不在于它贪婪，而在于人就是人，永久不灭；永久不在于他不朽，而是因为他能长久才不朽。有了贪婪，不朽的人类才会不落空，因为他从贪婪中得到，并保持着永生——浩瀚的宇宙、芸芸众生、善良的人只对他一个人说，相信我；尽管你怀疑过无数次，但你只要再信一次。

"我知道。我在场。我见到了，十一年前的那一天，在正酣的战争间隙，他并非弱不禁风，不过像似彩色玻璃窗上的人物，让人觉得一副弱不禁风、不食人间烟火的样子；并非从爱丽丝的镜子进入幻境，不过是不为所动，离经叛道；如果你还能梦见出生之地和被遗忘的家园壮观、艳丽的林荫道和巴黎近郊，这不过是永远与你的身世解不开、与你的命运断不了的梦；解不开的梦，磨炼了你，也打消了你的非分之想，让你摆脱那种痛苦和无休无止的奢望；如今这个男人与当年的小伙分不开，就好像这片荒凉、为人遗忘的小地方与剪不断理还乱的命运——绝非是那位姨夫和教父自家的主楼，这一次，在这里、在一个时空虚构，授予圣职必不可少的临时场所——并非青春少年，而是脆弱；并非要考验青春少年，而是考验脆弱。去掂量、判断和考验；绝非一个叛逆离家出走的倔孩子，绝非一位靠不理睬、饿饭逼迫孩子就范的姨夫或教父，还是当初那孩子、姨夫和教父，他们不约而同地以沙漠为标准、考验命运和奉献这一经不起考验的能力，就像过去的见习骑士，作为侍从的最后一晚，他会独自一人跪在小教堂的石地上，面前放着伴他日后骑士生涯的新马刺。

"他们是这样认为的：并不是说人不贪婪，而是人辜负了人。他羸弱的身体让他蒙羞：豪情壮志如今日渐消退，到了他填饱肚子强似荣誉或做皇帝这个短暂的第二段人生，接着是能控制好大小便比将姑娘的一头秀发铺上枕头更令人激动的第三和最后一个阶段。他们相信这就是你的命和结局。从今十年后，他们依旧一无所知。你十年内还不曾时来运转。这不是十年、八年的工夫。它需要一个抛开我们昔日的豪情和失败的一个新时刻、新时代、新世纪；在漫长的期待和困境中又有新业绩宣扬人类发现了上帝，片刻后又失去他以来的新世纪；你横空出世，仿佛从未涉足过这个世界的那一天、那一刻，兴许要等上二十余年。在他们眼中，你仅仅活在人们的记忆中，届时你将不复存在，成了没有生命、只在同盟中才存在的奇人。身为一介平民，无人管你，没人搭理你，因为你属于共有财产，唯独在你的监护人恰好从（法国）各地相聚、拼凑你的一个个人生片段、将你变得完整的那一刻，你才具有凝聚力和号召力；从莫桑比克到密克隆岛[①]、魔鬼岛至法国各个通商口岸，他仿佛一抹被人遗忘的味道、一句话、一个习惯，或一段传说，无足轻重——一尊钢丝锯挖出的雕像，纪念品，好似男孩子比或换烟标上撕下的女演员、将军和总统头像，只有在布拉

---

① 北美洲东部岛屿，法国海外领地。

柴维尔、西贡、卡宴①和塔那那利佛②的咖啡桌或餐桌上那一刻、那一时,才拼出一个完整的人;甚至都算不上一个活生生的人的影子,而是虚构的人物,就像保姆挖空心思地在育儿室的灯光和四壁间为孩子虚构的一个平常、亲切、让他拥着入眠的东西:一个气球、一只鸭子、小丑、la gloire③、猫头——一个投在你消失在奥兰城外那片荒凉的背景后的影子,投下这影子的不是阳光,而是军需中尉的委任状,拒不接受这一委任当初令他们惊恐、愤慨,二十年后,真切的不是你,甚至不是你的两位有权有势的亲戚,不过是当年那张褪了色的上等羊皮纸签发的委任状,它所以真切,无非是你拒不肯受,在你的传奇中添上浓墨重彩的一笔——那张陈旧、却又无辜的羊皮纸在你融入最古老的喜剧的峡谷旁晃着褪了色的印章和缎带。小伙子出走,被抛弃的人儿渐渐老去,但倔强的未婚妻不肯罢休,一片痴心、忠贞不渝,可怕不在于放狠话,而在于忠诚,到后来,那些害怕你的人将不怀好意地望着你走向辉煌,走向屈辱,走向幻境,最后冲破你的种族和民族,走进尘封的文学木屋。"

"但我不是。"他瘦削、高大、病恹恹的身影凑将过来,气冲冲地嘟哝了一句,"因为我最清楚。十一年前,我望着、看见你站在那扇门里的第一眼,我就相信。我相信。当然,我到这儿来不是为了看这个(你知道我最近一份体检报告:那东西令人称奇,被医生一纸枯燥、无聊的行话束缚,然后——布尔人怎么说来的?——卸下责任的人生。他们肯定弄错了。我是说在奥赛码头。他们压根儿不打算把我安排到

---

① 法属圭亚那首府。
② 马达加斯加首都。
③ 此处为法语,意为光环。

这儿,在他们看来,无论怎么做都无异于给他们办事人员添了麻烦,不仅要替我调动,而且要从陆军军官名册上将我的名字一笔勾销,然后在我服役期限届满前将我的继任安排到这个岗位),最初我还有些难过,因为我曾经以为你们离不开我。我是说,离不开我这个人,而非纯粹我有资格、有前途。——那当然没错,"他说,但对方没吭声。"嘲笑那个梦想,也嘲笑那个妄想。为了能回来,无论你现在去哪儿,你都用不着别人。你放心好了,我不乱打听。我要说的是,'找一个人做你的替身或什么的',但我最终还是忍住了。所以再怎么说,你也不必耻笑,因为我知道你的志向,为了有朝一日不负众望、荣归故里。我能抱一抱你吗?"

"非得抱吗?"对方问。接着又说:"要抱吗?"紧跟着又说:"当然可以。"但还没等他起身,高个子已经躬身捉住他的手,吻了吻,放下他的手,直起身,捧着他的脸,像一位父亲、一位母亲捧了一会儿,然后放开他的脸。

"行行好,"他说,"走吧。"

"所以我要拯救法国。"对方说。

"法国,"他说,话不唐突,也听不出傲慢,"你将拯救人类。再见。"

有将近两年时间,他是对的。也就是说,他几乎一向是错的。他压根儿不记得那峰骆驼,或骆驼崽——管它什么吧;兴许,或者说在奥兰基地的医院,无疑——有一张面孔,兴许是一位医生的嗓门,那一刻惊叹的不是他在那段难挨、空虚的日子没能保持清醒,而是他竟然保住了一条小命;接下来的无须多说,只要一个眼色,地中海,接着他既不高兴,也不狂喜,只是平静地了解到:仅仅是心平气和,有几分无动于衷,他还抬不起头看一眼(也不打紧),这就是法国、欧洲,家乡。后来他的头能动了,也能抬手了,虽说他一副偌大的诺曼底农民的身板仿佛躺在其透明的躯壳外;他张开嘴,声音虚弱,但洪亮,惊讶但不动声色,虽说虚弱,但总归洪亮。"我都忘了冬天的模样了。"他现在终日半躺在封闭阳台上,俯瞰策马特①、遥望马特洪峰②,守着的并非日复一日,却又说不出滋味的日子,而是那方小天地,因为这座高耸的山峰始终如一只大手,给另一座山峰洒上一把阳光。那是唯一的躯体,但也在恢复;身体很快就能恢复,兴许不如以前壮实,虽无法恢复如初,但也不甚要紧,因为都是一样——那不过是躯壳,不是记忆,再说它也不曾忘了什么,甚至一刻都不曾忘记两年前的那个下午,从巴黎远道赶来,只为了见一面坐在奥赛码头摆在露天一张桌子旁的那张面孔。

"不是巴黎,"对方说,"是凡尔登。我们如今在那儿建了他们一辈子也别想过的要塞。"

"他们,他们是什么人?"他平静地说,"眼下怕是晚了。"

"晚了?说什么呢。我跟你说,那儿依然有民怨沸腾。他们天生满腹的怨气;兴许是不能自禁。不过,恐怕要几十年,或许要整整一代人才能变天。"

"我们可不这么想,"他说。"对他们来说,为时已晚。"

"哦。"对方说,他压根儿不这么想;他心知肚明。对方接着说:"我把它带了过来。你去非洲不久后出的。你恐怕还没见过呢。"这是

---

① 位于瑞士瓦莱斯州。
② 阿尔卑斯山峰之一,位于瑞士与意大利之间的边境。

一页公告，褪了色，泛了黄，大概有三年了，对方展开，擒在手上，他望着刻板的文字——

致中校

（姓名）少尉

1885年3月25日

免职、退役

（姓名）中校

1885年3月25日

"他从未回过巴黎，"对方说。"甚至没回过法国——"

"没回过。"他平静地说。

"这么说，你恐怕是最后一个见过他的人。——你见过他，是吗？"

"见过。"他答道。

"这么说，你晓得他的去向，他的下落吧？"

"晓得。"他平静地说。

"你是说他亲口告诉你的？我不信。"

"对，"他说，"信口胡说，不是么？我可没说他告诉过我，但他一准是告诉了人家。他在西藏一座喇嘛庙。"

"一座什么来着？"

"对。清晨，连死人、连死去的异教徒也面向东方，好让第一抹淡淡的朝阳唤醒他们。"说到这，他能感觉到他瞅着他，以及脸上露出的神色，但他没多想，对方说话的时候，话中不无那种腔调，但他也没费心思去想。

"他们还授予了他一条绶带,"对方说,"是一条红绶带。他不但保住了你的哨所和驻军,兴许还拯救了非洲。他避免了一场战争。当然,他们事后非除掉他不可——要他辞职。"

"没错。"他平静地说。接着又问,"怎么了?"

"他丢掉了那峰骆驼和兵,那个杀人犯——还记得吗?如果他对你说了他的去向,他肯定也一并对你说了。"对方打量着他,观察他的神色。"那里还有一个女人——当然不是他的。你的意思是他没跟你说过?"

"说过,"他说,"他跟我说过。"

"那我就不必多说啦。"

"说过,"他又重复了一遍,"他对我说过。"

"她是里弗土族,是那个村子、部落、小村落的人,反正因为这,才在那儿设了这个哨所,驻了军队;你在那儿的时候想必见过——一个值钱的奴隶。看样子不是谁人的妻子、女儿,或心上人,这么说的吧:可以买卖。她也死了,就像十八年前马赛的那一个;男人对女人的控制权的确事关成败。因此,第二天一早,那峰骆驼——他的骆驼,司令自己的坐骑,兴许是一头宠物,如果你能,也想把骆驼当宠物的话——和马夫,就是赶骆驼的人,或者叫骆驼夫吧,反正不见了,两天后的黎明时分,马夫回来了,一路走回来的,他吓坏了,他给司令带来了酋长,或者说酋长的最后通牒,限司令在第二天拂晓把对那个女人的死负责,并把她当作商品一样销毁的人(涉案的是三个人,但酋长只要主犯)交给他;否则酋长和手下将包围哨所,铲平哨所、消灭驻军,就算不立即动手,下一任监察长注意到这里前的十二个月内,他们肯定能得逞。于是,司令请一名勇士趁夜悄悄溜出哨所,赶在最后通牒拂晓生效、哨所被围前,去附近的哨所搬来救兵。——你刚才说什么来的?"但他板着脸、没吭声,他体质最弱,却是唯一一个死里逃生的人。

"记得你说'挑一个'来着,"对方说。"他用不着挑。因为这是那人的一个机会。他随时可以逃——十八年来,他随时能攒下食品和水,趁着夜色逃走,说不定逃到海边,甚至逃往法国。但那时候他能逃往何处?他只能逃出非洲,他一辈子也逃脱不了自己,逃脱不了昔日的罪责,逃脱不了救他一命的军装,再说他只能白天穿。但他现在能走。他不是逃,甚至不光是申请赦免,而是请求免除罪责;从现在起,法国这座大厦将为他担保,为他洗脱罪名,虽说他搬来救兵的时候,已经晚了一步,因为他不仅带着司令的口谕,而且还带回来他的一纸亲笔信,承认他的功劳,命令一切人等不要辜负了身上的重任。

"所以说,司令用不着挑他,不过是承认他而已;日落时分,全体驻军列队,那人向前跨了一步,出了队列;指挥官现在应该从胸口取下勋章,别在那位舍生忘死的义士胸前,只可惜他自己也没得过勋章(哦,对了,我也想过小金盒:从他脖子上取下项链,为即将赴死的义士戴上,但这要留待美好、经得起时间考验的时刻,而不是除掉了一个小混混,或保住了一个微不足道的小人物)。因此,那无疑是他签署一纸命令,让他摆脱过去的那一刻,那人还不知道,他跨出队列的第一步已经不需任何一个活人再为他做些什么;那个兵敬了一个礼,转身挺胸走出了门,走进了茫茫夜色。舍身赴死。我一时以为你又有话要说,准备问一句怎么办,如果到明天拂晓时分没人理会最后通牒,里弗族酋长发现一名侦察兵当晚出逃,于是在那名侦察兵必经的旱河河口埋下伏兵。对,怎么办?那人说不定哽咽着喊出他留待控诉和反驳时要问的一句话,因为他当时也不清楚绶带为何物。

"走进夜色,走进夜晚,走进旱河。走进连雨果都想不出的地狱。因为看他的遗容,那晚他临死之前,想必苦苦挣扎了许久;站在大门头上的哨兵第二天一早对口令,接着那峰骆驼(当然不是那峰走失的膘肥体壮,而是一峰满身疥疮的老骆驼,因为那个死了的女人值钱;再说,在运输部门的眼中,还回来的骆驼都一个样)背上绑着一具尸体一路小跑,跑了回来,尸体被剥光了衣服,以及大部分皮肉。就这样,敌人解除围困、封锁;撤退,那天日落时分,指挥官带着一名号手和一支行刑队,埋葬了唯一一名阵亡的兵,你救了他,他出走非洲,成了喜马拉雅山下一座喇嘛庙里坐在莲花座上的中校,身后只留下他拯救的法国小小的一角,作为被他哄着拯救了这片土地的人的纪念碑和衣冠冢。一个兵。"对方说,"一个人。"

"一个杀人犯,"他说,"一个杀人的累犯——"

"一家法国窑子造就的杀人犯。"

"可惜全世界的窑子都不认他,他两度失去了国籍,两度失去了祖国,因为他丢过两次命,两度默默无闻,因为他已丧失了死的权利,他不属于任何人,甚至不属于他自己——"

"但却是一个人。"对方说。

"——说法语、用法语思考,只因为他没有国籍,必然要使用这种世界性的语言;穿法军军装不过在于法军军装是杀人犯躲避追杀的唯一一张免死牌——"

"但敢于承担,至少毫无怨言、白白地承担少有人敢于或能承担一份帝国的光荣重任;他自有一套做人的规矩;他的履历清清白白,除了难得几次醉酒、几次偷窃——"

"至今,"他喊道,"——仅仅是偷窃、鸡奸、兽奸——至今。"

"——这是他唯一的一手,防备可能判他死罪的中士或中士委任状。他不求人,最后,他微不足道的命运牵扯到拖垮了费罗斐公会和法军的命运,如今沦落到围着人类的猪浴池和污水坑求生的地步;他丢了性命,他不欠法国,除了身上穿的军装、擦得闪亮的步枪,作为回报,祖国危难之际,他在一个排的前沿阵地填上了一个男人宽度,只为了有资格死在军营一张依然罪孽深重的床上,可惜他被人诓骗,献出了自己的生命,甚至没来得及做好在十五分钟内被文职人员送上断头台、为国捐躯的思想准备。"

"他曾经是个兵,"对方说,"即使不在人世,天使们——正义——仍在守护着他。你当时不在场,所以没听说过这件事。当时正要签署嘉奖令。捧着羊皮纸文件去办公桌请总司令签字的途中,文书(平时是位业余登山家)绊了一跤,打翻了一大瓶墨水,不但污了被嘉奖人的姓名,而且污了记录他功绩的全部档案。于是他们又重做了一份文件,送到总司令的办公桌,谁知总司令伸手取笔的时候,凭空吹来一阵风(如果你了解马特尔将军,那么你肯定知道,只要他在一间屋子待的时间够长,需要脱下帽子,门窗必定会关得严严实实)——凭空一阵风将那张羊皮纸吹进了二十米外的火炉,化作了灰烬!跟赛璐珞似的。但那又有何用?他们共用的武器不过是拙劣的神话中的火剑,左轮手枪呼呼转动的费罗斐公会,以及嗒嗒嗒的马克沁机枪。所以他现在去了西藏的喇嘛庙。在那儿忏悔。"

"等待!"他喊道,"做好准备!"

"对,"对方说,"他们也这么说:Der Tag[①]。我恐怕还是快些回凡尔登的好,着手准备、静候佳音,因为我们现在获悉,二者缺一不可。哦,我懂了。那天我不在场,没见到他在那扇门中的脸。但至少我继承了它。我们不仅继承它的优秀,而且继承了你和他的一切。我们现在至少懂得了我们继承的不过是恐惧,而非苦恼。一位先知给我们提了一个醒儿,免除了我们的苦恼。因此现在只要关注别人。"

"一个杀人犯。"他说。

"却是一个兵。"对方说完,撇下他,走了,他虽说不上提防着死神,但至少不再理会它;他注意了良久,发觉他的老本坐吃山空:承载他前程这艘小船的水位越来越低,照这种速度下去,很快就要搁浅。其实,他知道小船搁浅的日子是迟早的事,潮汐、浪头或洪水也不能让他脱身:他平生坚信,不说在他有生之年,至少在短暂的一生赋予他的庞大的身板;因此,下一刻他就知道搁浅与否,它——他——绝不会被人遗弃;认可他憔悴的身躯奉献的那座大厦终将明白,在他和起点之间起码有一个人,即使只是他自己;所以有朝一日,Der Tag,敌兵并非从凡尔登压境,因为二十五年前那个清晨的客人说得没错,他们不会从那儿出兵,而是绕道佛兰德,出其不意,速战速决,以至于一帮不要命的乌合之众会将他们堵在巴黎的出租车上,将他们扣留,少不了要让他们经历一段绝望的时刻,站在镶了玻璃的阳台后,

---

[①] 此处为德语,意为一天。

他还能听出圣西尔昔日第一名的同窗如今在西欧孤注一掷，率领联合起来的民众，他说，即使在这里，我也能明白它的起因，两个月后，他站在办公桌前，对面是三十年未见，四十年前在圣西尔门口第一次相见，一辈子也忘不了的那张并不显老、依旧从容淡定的面孔，他的身板和那张脸下的肩膀不改当年的柔弱、优雅，但注定——不，不是注定，是有能力——了却人类的苦痛和恐惧，以及上帝寄予的厚望，他上下打量了他一阵，说："任命军需主任在我的权限之内。你愿意接受这一职务吗？"他自言自语，心态平和，仅仅是为动机、逻辑，而不是为了迫切地希望辩白几句：我能见到它的结果，还有它的落实。届时，我会在场。

不过，用客人十分钟前的话说，那是二十五年后的事；他躺在床上，护士捧着一件叠得整整齐齐的制服，俯身望着他流着平静的泪水的脸，好像护士也清楚，他虚弱，但温柔、执拗、满怀殷切的希望，不加分别地用了两个"他是"。"对，他曾是一名军人。但他那时候还小，不过是个孩子。这不是伤心的泪水，不过是伤心罢了。"

*　　*　　*

室内现在（灯火通明）点上了枝状烛台、墙上的烛台和多枝烛台。窗户紧闭，拉上了窗框和窗帘；这间屋子现在犹如一口潜水钟，孤零零地悬在嗡嗡的城市上空，市民们又聚集在窗外的广场。大壶和碗被收走了，老将军和一左一右两位同行又坐在空荡荡的桌后，但这次桌旁又多了一个人，好像一盆金鱼中的一只喜鹊，是个另类——他是一位留着小胡子的文官，坐在上了年纪的大元帅和一身黑白装束的美国人中间，这在盎格鲁-撒克逊人看来，是赴晚宴、展示魅力或其他场合的正装，但对欧洲大陆人或南美人来说，却是执意要瓜分其他政权或推翻自己政权的军人。年轻的副官站在他们对面，用一口流利的法语说："囚犯们都到了。从维勒纳夫·布兰奇来的卡车还要二十四个小时才能赶到。那女人说了勺子。"

"勺子？"老将军不解地问，"我们拿了她的勺子？还给她好了。"

"您理会错了，首长，"副官说，"不是这次。那三个外乡女人。外国人。这是市长大人的事。"老将军一动不动地坐了好一阵。但听不出他什么口气。

"她们偷了勺子？"

副官也不露声色，板着脸，语气平淡："她冲他们扔勺子。勺子不见了。她有人证。"

"看见人家捡起勺子、藏了起来的人吧。"老将军说。

副官挺直身体，茫然地凝视着前方。"她又扔了一个装满了食物的篮子。同一个人伸手接住了，食物没洒出篮子。"

"我明白了，"老将军说，"她是来砸场子呀，还是来证明一个奇迹的？"

"是的，首长，"副官答道，"你也想见见证人吗？"

"让那几个外国人等着好了，"老将军说，"我只见原告。"

"遵命，首长。"副官说完，又出了屋子尽头的一道小门。下一刻他快进门的时候，险些挡了人家的路。倒不是他一阵风似的跑了进来，而是绊了一跤，说是进来，不如说爬了起来，他站起身，高过人家不是半个头，也不是一头，而是半个身子，他低头望着紧紧地挨在一起、披着披肩或头巾的女人，打头的一位矮胖、结实、五十上下，她在白地毯前猛地收住了脚，仿佛那是水，接着飞快、意味深长地瞥了一眼屋内，然后又飞快地打量了一眼桌后的三位老人，之后带着身后的几个人径直走向老元帅，总算在门口脱身的副官果断地上前一步，走上漂白的地毯，朗声说道：

"这就对了。你们别指望藏着掖着——反正别指望躲在市长身后；你们这种人我见得多了。我恐怕要说，这个国家坏就坏在市长颁发的勋章和剑多如牛毛；我现在总算看明白了。受了它四年的害，连小孩子家家都能一眼认出谁是将军——如果你需要他的时候能见到他的话。"

"那是第三个奇迹，"老将军说，"因为证明你的第一个条件在于搞混第二个。"

"你说奇迹？"那女人说，"呸。这个奇迹是惨遭外国人蹂躏了四年，我们竟然还能剩些东西。现在倒好，连美国人也欺负我们来了。法国到了这般不中用的地步了吗？你们不但要抢走我们的锅碗瓢盆，还要招来美国人替你们打仗？战争、战争、战争。你们不腻味吗？"

"毋庸置疑，夫人，"老将军说，"您的勺子——"

"不见了。别问我去了哪里。你问他们好了。要不最好派几个下士和中士去找。下面的确有两个人，看了他们的打扮，连中士也不肯去搜他们的身。但谁也不会反对。"

"不反对，"老将军说，"除了军旅生涯要承担的风险，我们不能强求下士和中士。"他叫了副官的名字。

"首长。"副官应道。

"你到现场去找找这位女士的勺子,把它还给人家。"

"我吗,首长?"副官大声问道。

"带上一个连。顺便带囚犯进来。——不,先叫三名军官。他们来了吗?"

"来了,首长。"副官答道。

"好。"老将军说着,扭头望着两位同仁,刚要开口,又打住了,接着对文官说;见他跟自己说话,那位文官受宠若惊地从座位上站起身。"好生处理那把勺子,"老将军说,"依我看,你们余下的问题应该是这三个外乡女人今晚无处安身吧?"

"这个,这个——"市长说。

"对,"老将军说,"我这就见他们。对了,能有劳您费心替她们找个住处,或者——"

"一定,一定,将军。"市长说。

"谢谢您。那好,晚安。"说完,他扭头对那个女人说,"您也晚安。您放心;勺子会还您的。"这次轮到市长被赶着、带——这次是一群鸽子,兴许是母鸡,或者说鹅中的喜鹊——走向副官打开的门,出了门,副官仍惊讶、不解地扭头望着老将军。

"为了一把勺子,"副官说,"竟然要出动一个连。我没带过兵,别说一个连了。就算我能,知道怎么带兵,我又去哪儿找那把勺子?"

"你当然能找得到,"老将军说,"那算是第四个奇迹。好了,带那三个军官进来。不过,你先送三位外乡女士去你的办公室,叫她们在那儿等我。"

"遵命,首长。"副官答道。他走了出去,带上了门。不一会儿,门又开了,进来了三个人:一名英军上校、一名法军少校和一名美军上尉。两名下级一左一右跟着上校正步走上地毯,面向桌子立正,少校敬了一个礼。

"先生们,"老将军说,"这又不是检阅。连审问都算不上,不过是证明罢了。——请把椅子搬来,"他头也不回地吩咐身后的几名参谋。"然后带囚犯进来。"三名副官把椅子摆好;屋子一头现在形同圆形剧场的一端或一截美国人的露天看台,三位将军和三位新来的军官呈半圆坐在上首,背后站着几名副官和参谋,望着一名搬椅子的参谋走向一扇小门,开门后退到一旁。他们人还没进门,味道先钻了进来——一股淡淡的刺鼻、挥之不去,前线腐臭的污泥、硝烟、尿骚和人身上的污垢味。接着进来了十三个人,领头的是一名挎着步枪的中士,走在最后的是另一名背着枪的列兵,光着脑袋、满脸胡茬、带着战场上的硝烟味,以及另一种说不清的味道——小心、谨慎,稍许有些顾虑,但多半是警惕,他们在中士用法语快速喊出的两句口令声中稍显笨拙地散开,接着排成一排。老将军扭头对着英国上校。"上校?"他说。

"在,首长,"上校连忙应道。"这位下士。"老将军转身对着美国人。

"上尉?"他说。

"在,首长,"美国人说。"就是他。比尔上校说的没错——我是说,他一向没个准——"但老将军已经和中士说上了话。

"上校留下,"他吩咐道,"把其余的带回客厅,在那儿等着。"中士转身喊了一声,但下士已上前一步,出了队列,虽不是毕恭毕敬,但也算不上散漫地站定,另外十二个转身排成一列,全副武装的列兵这次打头、中士在后,穿过屋子,走向那扇门,但他们没出门,而是面向门口,因为队首迟疑了一阵,向后退了几步,为老将军的贴身副官闪开了一条路,副官进了门,从他们身边走过,然后又闪在一旁,直到队伍从他身边经过,中士跟着最后一个兵,从身后带上门,再次留下副官一个人站在门口,依然轻飘飘、高挑、迷茫,依然觉得奇怪,但现在不觉得气愤,不过是摸不着头脑。英国上校说:

"首长。"但老将军却打量着门口的副官,用法语说:

"我的孩子?"

"那三个女人,"副官说,"现在我的办公室。我们抓到了她们,何不——"

"嗯,对,"老将军说,"你临时任务的权限。你去告诉参谋长,侦察——总共——四个小时。应该够了。"他转身对上校说:"肯定够了,上校。"

上校猛地站起身,盯着下士——那张神态自若,并非谨慎,不过是警觉的山地人的面孔礼貌、警觉地望着他。"博根,"上校问道,"你不记得我了?比尔中尉?"可惜那张面孔只是礼貌、满腹狐疑,但并不迷茫地望着他,呆呆地等着。"我们还以为你阵亡了,"上校说,"我——看见你——"

"我做的还不止那些呢,"美军上尉说,"我为他下的葬。"老将军抬手冲上尉轻轻地摆了摆,对英国人说:

"是吗,上校?"

"那是在蒙斯,四年前的事了。我当时还是一名小中尉。那天

· 264 · 寓 言

下午他们……抓到我们的时候,这个人在我的排。他倒在了枪口下。我……看见枪尖穿出他的后背,枪杆断作两截。接着两匹马从他身上飞奔而过。踩着了他。我还看见了,过后,我是说,不过一两秒钟的工夫,他被一匹马踏飞过后脸色,我还没来得及——我是说,他以前的脸色——"他说着,仍目不转睛地盯着下士,他的语气由于竭力克制显得越发急切:"博根!"但下士依然恭恭敬敬、呆呆地望着他,然后转身用法语对老将军说:

"对不起,我只听得懂法语。"

"我明白。"老将军用法语答道。他用英语对英国人说:"好了,他不是你说的那个人。"

"不可能,首长,"上校说,"我亲眼看见那杆枪的枪尖。我见过他被马踏过后的脸——再说,我——我见过——"他没说下去,坐在那儿,红领章、肩章,以及象征该团七八年前在克雷西和阿金库尔①战役中穿过的威风、闪亮的锁子甲,但他的脸却面如死灰。

"你说说,"老将军和颜悦色地说,"你看见什么了?你后来又见过他了?事后?我明白了——你们英国古代的弓箭手到了蒙斯?——身穿无袖紧身皮夹克、紧身裤,背着弓弩,他一身卡其军装、头戴一顶钢盔、端着一杆恩菲尔德式步枪混在他们中间?你见到的是这一幕吧?"

"是,首长。"上校答道。随即又挺直身子,大声说:"是,首长。"

"但愿是同一个人吧。"老将军说。

"我没听明白您的意思,首长。"上校说。

---

① 均为法国小城,1415年英军在阿金库尔击败法军。

"你不会模棱两可,说他是,或者不是那个人吧?"

"我没听明白您的意思,首长,"上校说,"我得有点信仰。"

"哪怕信死神?"

"我没听明白您的意思,首长。"上校说。老将军转身对着美国人。

"上尉,你看呢?"他问道。

"这可叫我们为难了,"美军上尉说,"我们三个人;不晓得谁最倒霉。因为我不仅亲眼看见他死于非命,而且亲手把他葬在大西洋中间。他名叫——以前叫——不对,这不可能,因为他就在我跟前——他以前可不叫布若尼。至少去年不叫这个名字。他以前叫——见鬼——请您见谅,首长——他叫布热夫斯基,出生在匹兹堡一座煤炭小城。是我亲手为他下的葬。我是说,我带领安葬队,为他念的祭文,你知道的。我们隶属国民警卫队;您恐怕不了解国民警卫队是——"

"我了解。"老将军说。

"是吗,首长?"上尉问。

"我明白你的意思,"老将军说,"你接着说。"

"好,首长。——平民百姓自己组建连队,出国为亲爱的老罗格斯献身——之类的事情;我们自己选出军官,告知政府谁担任什么职务,接着学习军规,在下达委任状前尽量记住。所以,去年十月遭遇流感的时候,我们正在赶过来的途中,第一个人死的时候——是布热夫斯基,我们发现,除了我,谁也没掌握多少知识,晓得如何安葬一名死去的士兵——我当时是一名少——少尉——我碰巧在我们出发前一晚无意中发现了,因为一个女孩跟我分手,我大概明白了其中的原委。我是说，他是谁，那家伙是谁。你知道怎么办：你想尽一切办法报复、叫她过意不去；你直挺挺地躺在她要经过的路上，可惜那时候为时已晚，伙计，那也留不住她的心——"

"是的，"老将军说，"我懂。"

"您懂，首长？"上尉问。

"我非常理解。"老将军说。

"您当然——记得，总之，"上尉说，"谁也不是真的那么迂腐，我不在乎怎么——"扯了那么远，他才打住。"对不起，首长。"他说。

"别客气，"老将军说，"你接着说。你就这样安葬了他。"

"所以，那天晚上，不过是机缘巧合，或出于好奇，兴许出于一己私利，我熟睹了人家事后要除掉我、非得使的一手，跟山姆大叔算了总账，所以等英——"他顿了顿，飞快地瞥了一眼下士，但仅仅是片刻，甚至不到片刻，甚至算不上迟疑。"——与军医一道亲自证明那是一具尸体，签发了证明，训练行刑队，然后下令将他抛下船。虽说等两个星期后赶到布雷斯特①，余下的人在这方面都有了丰富的经验。事已至此，你都瞧见了。我说的是他；他不知如何是好，如果我去年十月份在大西洋深处安葬了他，那么1914年，比尔上校不可能亲眼看见他在蒙斯阵亡。如果比尔上校1914年亲眼见他阵亡，他现在不可能站在这儿，等着你明天处决他——"他连忙收住了口。紧接着说："对不起，首长。我不——"

"对，"老将军和蔼、亲切、不动声色地说，"这么说，比尔上校错了。"

---

① 法国的一座海港城市，也是一座军港。

"不，首长。"上尉说。

"那么，你希望收回你说过的话，你亲自签署了这个人的死亡证明，看着他的尸体沉入了大西洋？"

"不，首长。"上尉说。

"这么说，你相信比尔上校说的话喽？"

"如果他这么说过，首长。"

"这是哪里的话。你相信他的话吗？"他望着上尉。上尉一动不动地望着他。然后说：

"我为他签发了死亡证明，为他下的葬。"他对下士说，说的竟是法语："你回来啦。幸会幸会，但愿你旅途愉快。"他又扭头冷静、恭敬、镇静地望着老将军，过了好一会儿，老将军才用法语说：

"你也会说我的话。"

"谢谢您，首长，"上尉答道，"还是头一次听人这么说呢。"

"你就别谦虚啦。你说得不错。你贵姓？"

"米德尔顿，首长。"

"你恐怕有……二十五了吧？"

"二十四，首长。"

"二十四。有朝一日，你将是一员猛将，如果你现在不是的话。"接着对下士说，"谢谢你，我的孩子。你可以归队了。"他头也不回地叫了一个名字，下士正要转身，副官已经绕到桌前，送他走向门口，出了门，走了出去，美国上尉扭头，恰好看见那双沉着、高深莫测的眼睛，一个彬彬有礼、温和、近乎文雅的嗓音说："因为他在这儿也叫布若尼。"说完，他往椅背上一靠；他又像一个肩负他这身法军制服、金星、铜纽扣和皮腰带这一光荣重任的幻象下乔装打扮的孩子,最后就连坐着也无异于站着的五个人围拢过来,围着他。他用英语说:"我暂时失陪了。但布鲁姆少校会说英语。当然,他说的没你们好,恐怕也不如米德尔顿上尉说的法语,但应该能行;我们的一位盟友——比尔上校——亲眼见他死于非命,另一位——米德尔顿上尉——为他下的葬,所以我们只要见证他死而复生,在这方面,布鲁姆少校最有发言权,他科班出身,1913年下到这个团,所以自这位无处不在的下士抵达这个团之前,和那一天,他就是这个团的人。因此我只想问一个问题——"他顿了顿;好像连眼皮都没抬,扫了一眼他们:弱不禁风的身子、俊俏、沉着、面目狰狞的小白脸。"谁第一个见过他?比尔上校1914年8月在蒙斯,要么是布罗姆当月在沙隆——当然是米德尔顿1917年替他举行海葬之前。可惜那不过是推测。身份——如果有的话——已经确认(诚然,这毋庸置疑)。现在只要一个总结,这交由布罗姆少校去办。"他站起身;除了两位将军,其他人也连忙跟着起立,尽管他立刻说道:"别,别,请坐,请坐。"三位新来的仍站着。他转身面向法国少校。"比尔上校在比利时有一帮幽灵弓箭手;我们在埃纳省①的大天使至少能与他们一较高低。你肯定能为我们一决胜负——在我们前线巡逻的空中巨无霸幽灵,每每它们像天使长一样铺天盖地飞过来的时候,我们的下士兴许也在场作陪——夜间的炮火依然不断,足以让一名神志清醒的大兵埋头蹲在战壕里,庆幸他有一条可缩着脑袋蹲在里面的战壕,但这位下士却在战壕外,仿佛一位在走廊上的修道士,庞大、透明、无形的幽灵裹着黑风在他身边和头顶飞

---

① 法国北部省份。

舞，他却信步走在胸墙和铁丝网之间？或者说，也许不是信步，而是扒着铁丝网，像一位农民打量着郁金香地一样，打量着那片废墟？你来说，少校。"

"我的想象力平平，首长，"少校说，"不能跟您比。"

"尽瞎说，"老将军说，"罪名——如果有的话——已定。有吗？定了吗？我们连定都不要定；他甚至不必事先承认：他矢口否认。现在要做的是找理由开脱——同情，如果我们能劝他接受同情的话。你来告诉他们。"

"有一个姑娘。"少校说。

"对，"老将军说，"婚礼和红酒。"

"不行，首长，"少校说。"现在还不行。你知道，我——怎么说来着？——démentir①——contredire②——'冲突'这个词英语怎么说来着——"

"矛盾。"美国上尉说。

"谢谢，"少校说，"在这儿与你说的相矛盾；我平平的才智能避团里无知的闲言碎语。"

"你给他们说说。"老将军说。老将军离开屋子后，少校按他们的吩咐说了——埃纳一座小镇上有一个眼睛快瞎了的小姑娘，唯有巴黎一位著名的外科医生才能救得了她的眼睛，下士去附近的两个师为她募捐，这里一个法郎，那儿两个法郎，最后凑够了手术费，将孩子送了过去。还有一位老人；他有妻子、女儿、外孙，还有一座小农场，那是1914年，他等得太久，没来得及撤走，最后为时已晚，不得不

---

① 此处为法语，意为矛盾。
② 此处为法语，意为矛盾。

忍痛抛下他的财产；他的女儿和外孙在第一次马恩河战役造成的混乱中失踪，老太太暴尸路旁，老人家一个人回到了村子，他，对了，成了一个傻子，名字叫什么忘了，他伤心欲绝，把什么都忘了，只有叹气，说胡话，在部队厨房的垃圾堆里找吃的，睡在曾经是他家地头的水沟里和树篱下，后来这位下士利用一次休假，在米迪①一个偏远的小村打听到老人的一位远房亲戚，又在这个团搞了一次募捐，把他送了过去。

"对了，"少校说着，扭头望着美国上尉，"怎么说来着，touché②？"

"你岔远了，"上尉说，"但愿他还活着，好让我听你亲口对他说。"

"呸，"少校啐了一口，"他是法国人。跟德国元帅才说不清。对了，你岔远了，从他岔到了我。因为婚礼和酒会现在——"他说了情况——过了蒙福孔的一座村子，刚刚过去的这个冬天，他们是美国兵；刚发了饷，赌兴正浓，丢了一地的法国票子，美军半个连都围在一起，这时候，法国下士走了进来，二话不说就捡散落一地的钞票；那一刻，一场真正的国际事件随时可能爆发，下士总算说到了正题：一场婚礼，一名美军小伙和一个姑娘，姑娘父母双亡，是从兰斯③那边逃难来的，当时在附近一家小餐馆打杂；她和那个美国小伙子恋——恋——

"他们连的人恐怕都要说，他上了她。"美国上尉说，"不过，我明白你的意思。你接着说。"以下是少校介绍的情况：结果，全连不

---

① 法国南部。
② 此处为法语，意为言之有理。
③ 法国东北部城市。

但参加了婚礼,而且随俗主持了婚礼,买尽了村里的酒,遍请四邻八乡来参加婚宴;也承认了这段姻缘。他们随的礼足够她做个太太,在那间出租屋等到她丈夫下次出征回来,如果他还能回得来的话。但那是老将军出了这间屋子说的后话;三位来客闪到一旁,只见他绕到桌前站定,说:

"你跟他们说说。也说说他是如何立的功。我们现在不是要从轻发落,甚至用不着同情,而是要宽恕——如果能宽恕——如果他也愿意接受。"说完,他转身走向那扇小门;这当口,门开了,带犯人出去的副官立在门口,等老将军出门,然后跟了出去,带上了门。"你说。"老将军问。

"他们在德·蒙蒂尼的办公室,"副官说,"年纪最小的那姑娘是个法国人。年长的一个,丈夫是个法国人,经营着一家农场——"

"我知道,"老将军说,"农场现在哪儿?"

"是以前,首长,"副官说,"圣米耶尔以北,靠一座叫维埃纳-勒-皮塞勒的村子。那一带的人在1914年都逃走了。星期一一早,维埃纳-勒-皮塞勒就被敌军攻破。"

"这么说,她和丈夫不清楚农场属不属于他们。"老将军说。

"不是那么回事,首长。"副官说。

"哦。"老将军若有所悟。接着问:"还有吗?"

"维勒纳夫·布兰奇来的车刚进院子。"

"好,"老将军说,"你代我向客人问好,带他去我的书房。在那儿招待他用餐,我们一个小时内去拜见他。"

三年前,几个木匠把舞厅、之后的审判厅辟出——或辟成——一角，改作副官的办公室。副官每隔一个小时都要去看一次，那期间，他显然至少进去了一次，因为角落里的一个搁架上搁着他的帽子和大衣，以及一把精致、收得非常整齐、伦敦产的伞，相形那顶帽子和那件大衣之下，如同一张假面具或一把扇子，显得怪异、不搭调，到了最后，你才发现，它摆在那儿，全在于室内仅有的另两样显眼的物件：写字台的两头各放了一尊青铜像，否则桌上显得空空荡荡——一匹单腿而立、轻飘飘、优雅的奔马，一个高昂、死气沉沉的脑袋非浇非铸，而且是高迪埃·布泽斯卡[①]的真迹，材料是青铜。要不是办公桌后靠墙一张木板凳，这间斗室几乎空无一物。老将军进门的时候，三个女人正坐在上面，两个年长的坐在两头，年轻一些的坐在她们中间；他瞧都没瞧她们一眼，径直走向办公桌，年轻一些的女人一惊、浑身一哆嗦，正要起身，一个女人伸手拦住了她。她们又坐了回去，一动不动地望着他绕过桌子，在两座青铜像后落了座，上下打量着她们——要不是年纪有别，那张粗糙、根本看不出年纪、安详、和气的山地人的脸酷似下士，坐在她们中间的那姑娘苦着一张脸。姑娘腿上放了一个被一块白布盖得利利索索的柳条篮，平静的脸仿佛接到一句命令，仿佛只等着他客套过后坐下——开口说话。

"很高兴见到你，"她说，"你还真有点人模狗样。"

"玛利亚！"年长的女人呵道。

"有什么好害臊的，"第一个女人说，"你没办法。你应该高兴才是，个个都说没办法。"她站起身。另一个女人又说道：

"玛利亚！"说着，她又抬起手，可惜第一个女人提着篮子，上前

[①] 法国雕塑家，生于1891年，卒于1915年。

几步，她抬起另一只手，像是要扶篮子，接着将手放在桌上。她手上拿着一把长柄铁勺。

"那个好小伙子，"她说，"至少你应该为他害臊。大晚上地派他跟那些兵在城里到处瞎兜圈子。"

"新鲜空气对他有好处，"老将军说，"这儿可没有。"

"你原本可以对他实话实说。"

"我没说过你有。我不过是说，一旦需要，我相信你能拿得出。"

"拿去。"她放下勺子，那只手搁在提着盖得好好的、没动过的篮子的一只手上。随即坦然、不慌不忙地对他神情自若、不加责备地笑了笑。"你真的没办法，是吗？你当真没办法。"

"玛利亚。"坐在板凳上的女人说。她的脸随即又缓缓地退去了笑意。她并不是换一副面孔，不过是退去了笑意，留下不动声色、神情自若、不加责备的神情。

"好啦，姐姐。"她说着，转身坐回了板凳，另一位女人现在站起身；那姑娘又一哆嗦，跟着站了起来；这一次，高个子女人伸出乡下人粗糙的小手，抓住她的肩膀，把她按了回去。

"这位是——"老将军问。

"他妻子，"高个子女人没好气地说，"你以为是谁？"

"哦，对。"老将军说着，打量了一眼那姑娘；然后不动声色、轻描淡写地问了一句："马赛人？还是土伦人？"接着叫出了区、街，还叫出了街的别名。那女人开始回答，但老将军抬手指着她。"让她说，"他说，然后对那姑娘说，"我的孩子，声音能大一点吗？"

"好的，先生。"姑娘说。

"哦，对了，"女人说，"她是一个妓女。你以为她是怎么来的——拿到证件、远道来到这地方，你以为她也是来为法国尽忠的？"

"但她也是他妻子。"老将军说。

"现在是他的妻子，"女人纠正他，"你信也好，不信也好，这是事实。"

"我信，但又不信，"老将军说，"也请你相信我。"她放开按住姑娘肩膀的手，走向办公桌，快到跟前的时候，她停下了脚步，仿佛在这个地方，她说话的声音对两个坐在板凳上的人不过是低语：

"你想先叫她们出去吗？"

"怎么说？"老将军反问道，"这么说，你是玛格达①。"

"是我，"她说，"我不叫马尔蒂，我叫玛格达。我有了一个兄弟，不得不远道半个欧洲，来求一位三十年后掌握他生杀大权的法国将军，我才叫马尔蒂。不能说小事一桩，而是优先决定权；甚至这么说也不妥，而是收回成命。"她站在那儿，低头望着他。"所以说你不是不认识我们。我险些说'忘了我们了，因为我们素未谋面'。但恐怕这么说也不妥，你当年的确见过我们。如果你见过，你恐怕能想起我们，哪怕我那时候才九岁，玛利亚十一，因为今晚一见到你的神色，我就明白了，你不必逃避、掩饰、顾虑，或者伤心、不得不去回忆你见过的人。玛利亚恐怕没看出来——玛利亚现在也不明白，因为她也远道赶来法国，来看人定夺她异母兄弟的一条命，哪怕她也不必顾虑、担心或万不得已去回忆——但我不行。如果你当年见过我们，想起了我们，恐怕是因为玛利亚，因为那时候她十一岁，在我们家乡，

---

① 玛利亚的昵称，意为从良的妓女。抹大拉的玛利亚，耶稣从她身上祛除了七个恶魔的女人。

星期三夜 · 275 ·

十一岁的姑娘不再是姑娘家,而是女人。但我不会说这话,倒不是对我们母亲不敬,何况对你——我们母亲不同常人——我说的不是她的脸——在那一带的村民中显得格格不入——能说那一带的村民吗?在我们山区,在那片乡村——但你势必要身怀——你有吗?你想必身怀世人应该提防、当心和害怕的本领。不敬原本就是罪恶。我不是说那就是罪恶。我说的是罪恶,就好比罪恶中不失清白,上帝也严厉、心存妒意——容不得谎言,容不得折中,退而求其次。这其中自有猫腻,有不轨,就好像我们的母亲和你,都做不了主,没有办法;不单单是你,还包括我们——我和玛利亚的——父亲。不是你们俩,而是你们三个人事出无奈、身不由己。人,无论男女,并非向恶、从恶、作恶,而是恶借考验相中了人,它试探、考验他们,然后将他们纳入麾下,等到他们被榨干、榨空,最后令恶失望,因为他们对恶已没了用处,成了废物;然后再毁灭他们。所以不仅是你,一个不远千里、无意中来到一个国家的外国人,想尽办法笼络世代生于斯、长于斯、葬于斯,不清楚、不了解、不管山外边事,甚至外面世界的我们。不仅是一个无意中来到此地的男人,有着让弱女子一见倾心、爱慕、痴狂的魅力,然后找一个不仅娇柔,而且漂亮的女人——哦,对,漂亮;如果你求的是她的美貌和你的爱,首先宽恕你的恐怕是我的脸,因为吃醋的不是你,而是她——无非是要毁了她的家、她丈夫的信仰、孩子的安稳日子,最后毁了你的人生——逼他和妻子离婚,叫她的孩子没了父亲,之后她在一家路边酒馆后的牛栏里死于分娩,叫她的孩子沦为孤儿,最后有权——特权——责任,随你怎么说吧,有权宣判这家最后,也是唯一一个男丁的死刑,断了她背叛的那一门人家的香火。

因为那还不够。远远不够。势必还要闹出更大、更轰轰烈烈、更吓人的动静。并非我们的父亲从山谷远道来找一张漂亮的脸蛋延续他的香火,谁知却找了断了他香火的丧门星;并非你无意中在那儿铸成了大错,而是被派去见了丧门星那张漂亮的脸蛋;我不说她品行不端,恰恰是因为那张面孔注定与德行无缘;你们三个人此行并非只为了从人类历史中抹去一个姓名,我们那一带的山里人谁听说过那个名字,谁又在乎?却是去造一个儿子供你们判处死罪,搞得跟拯救地球、拯救世界、拯救人类历史、拯救全人类似的。

她抬起双手,一手攥着拳,搁在另一只手掌上,放在胸前。"不用说,你认识我们。我竟然蠢到以为我要拿出证据。现在我都不晓得拿它怎么办,什么时候拿出来,就好像只要轻轻一划的刀,或一把只要一颗子弹的手枪,我不能出手太早,也不敢等得太久。其他的你怕是都知道了;我真是大错特错,以为你把我们忘了。你现在的神色也许说明你清楚后面的事,清楚结局,就算你当时不在场,你尽了本分——或者说,总之让她遭了一劫——然后一走了之。"

"那你跟我说说。"老将军说。

"——我非说不可吗?仅此而已?抵挡了四十年的枪林弹雨、功勋卓著的将军,却拦不住一个女人的舌头?——或者要我告诉你,是的,因为我不懂;那时候我才九岁,我只是见过、记得;还有玛利亚,尽管她那时候才十一,就算那时候,她也不必害怕、伤心,就因为她见过、习以为常。并不是我们想见,非要见这种事,因为它比比皆是,我们,以及大多数乡亲这辈子见惯了。它属于我们,成了我们——山里人——的骄傲(可惜少了些敬畏),好像别人家乡的一座山峰、冰川

星期三夜 · 277 ·

或瀑布——雪白的墙、穹顶或塔，或什么的——在我们那片山谷，它迎来第一缕阳光、送走最后一抹晚霞，在我们赖以生存的那条峡谷退尽了仅有的几缕阳光后，依然光辉灿烂。但它并不高大；再说高大这个词用在这里欠妥；你不能——我们不能那样判断它的位置。它比我们任何一个人，甚至比牧人和猎人爬过的山都高。"倒不是说超出他们的能力，而是超出了他们上过、敢上的高度；它算不上什么神殿或圣地，因为谁不了解它们？无非是那种人住、常去、为它们清扫的地方；还有成为牧师前的山里人，因为我们认识他们的父辈，我们的父辈也了解他们的父辈，所以他们只有靠遗存才能成为牧师。恰恰相反，这就像一处雄鹰的巢穴，人们——或者说男人——好像从天（你）而降，（是的，你）来无影，去无踪（哦，对，是你），堪比雄鹰（哦，对，是你；如果我和玛利亚见过你，那么，我们不记得了，你见到我们的时候，不知道是不是指望打听我们母亲的下落；我险些说如果我们父亲亲眼见过你，因为他的确见过，你恐怕注意到一位风度翩翩、正直、勇敢的绅士，因为这需要勇气和胆量，我们父亲为了一家人的用度那点小事操碎了心），去那儿不是为了跪在石地板上发抖，而是去思考。是思考，不是做白日梦，希望、但愿、以为（主要是等待）我们想什么就是思考，而是能随时——明天、今天、下一刻，或这一刻——改变世界的执着。

"它并不高，不过高高地立在我们和天空之间，仿佛一座通往天国的小站，难怪我们死去的时候，人家认为灵魂虽不待在那里，但至少在那里稍作停留，交出半张去天国的通行证；难怪母亲那年春天去天国时的心情，我和玛利亚都清楚她去了哪里；她没死：我们没埋葬她，所以她也不必非过这道关不可。但她肯定在那里，再说她又能去哪里——那种神情从一开始就与我们那一带的人格格不入，没有她的立身之地，何况连身为她女儿的我们也看得出在我们山民、在我们这种人中没有立身之地的那张面孔后的神情；除了那儿，她又能去哪里？何况去想，被人接纳，融入上流社会，因为她的脸和那张脸掩饰的神情，至少有生气，喜形于色。但怪就怪在她又回来了。不仅山里的人惊奇，连我和玛利亚也不例外。因为我们还是孩子，我们不懂；我们不过是看，去观察，绞尽脑汁地厘清我们心中的千头万绪；对我们来说，只是那张脸，她的神情——不管是什么吧——反正从不属于我们和父亲，即使她身为人妻、身为人母，最终尽了一份从一开始就应尽的责任。但她又回来了。她不曾改变过这个家、一家人、一家人的生活，但她的出走却改变了一切，谁知她回来后反而让她留下的问题越发复杂；她是个外国人，始终是个过客，她不会这样平白无故地回来。连我和玛利亚这两个孩子都比山里的人清楚，这不会长久。那孩子，另一个孩子，冬天就要出生的弟弟或妹妹，或随便什么吧，对我们都毫无意义。我们虽是孩子，但我们了解宝宝呀；我们太小，在我们乡下还懵懂无知，因为在我们乡下，为了自保，过日子，我们狠心肠的山里人跟有猛兽出没的地方的人一样拿，也只好拿，需要，唯有拿孩子当枪使；我们不像父亲，不明白孩子不是罪孽，却是颠扑不破的证据，要不他也能忍。他没将她扫地出门。你别往心里去。都怪我们——怪她。她竟想到自己出走。抛下家人、过去，以及人家叫作家的一切梦想和希望；将愤怒、无能为力、愤慨——哦，对了，还有悲痛，凭什么不——统统抛在身后。是她斩断了那根线，一走了之，肚子越来越大，拖不了多久，现在已经入冬，我们虽不会算产期，但见惯了大肚子的女人，也能猜个八九不离十。

"我们就这样走了。当时是晚上，天黑以后。他是晚饭后出走的，我们不晓得他去了哪里，现在我要说，是去追寻见不到、无处可觅的秘密，寻一方净土和清净。我现在才明白我们——她——为什么也一路向西，另外，我们掏不出车钱、只能下车步行之后，才知道身上的钱从何而来，因为她——我们——除了一身衣服和披肩、玛利亚拎的篮子里一点吃的，我们一无所有。在这儿，我也能说一句'你们平安；这就行了'，可惜我说不出，对你这种连天国都不愿接受的人说不出。于是我们又一路向西，那个星期，在那种地方，我们还不会思考，但她总算想起了学过的地理。后来除了讨来的残羹冷炙，我们不剩一点食物。但这种日子不会长久，尽管我们还有点盘缠。接着到了那天晚上，我们离家的时候已经入冬，现在到了圣诞节，平安夜；如今我不记得究竟是被旅馆撵出了门，还是被挡在门外，也许是执意断绝与男人来往的母亲。我只记得干草、黑魆魆的马厩和刺骨的寒冷，不记得究竟是我，还是玛利亚冒雪跑回去敲紧闭的厨房门，敲到有人过来——谁知最后却是灯光、灯笼，几张围着我们的陌生的脸，紧接着是血和泪。我这个九岁的孩子和一个十一岁的傻姐姐拼命地守住被人强暴、始乱终弃和孤苦伶仃这个秘密，她攥着拳头摸着我的手，想开口说话，即使我说了话，下了保证，发了誓，那只手仍紧紧地抓住我的手不放——"

她站在那儿，低头望着他，捏起的拳头放在另一只手掌上。"这不是为了你，是为了他。不，我说错了；是为了你，为了这一刻，三十五年前的那天晚上,她第一次攥着它放进我的手里,想要告诉我;虽说当年我才九岁,我知道有朝一日我会不远半个欧洲把它交给你,就像小小年纪才九岁的我想必清楚,就算把它带来也是一场空。这是命,我不过碰了一下,就难逃的一劫,不等我打开它看一眼,猜一猜它像谁,不等我——我们——找到那个钱包,筹够我们来这里的路费。对,你慷慨;谁也不否认。你怎能想到,这笔钱还了你年轻时的风流债——如果这孩子是个姑娘家,是一份嫁妆,如果是个儿子,是山坡上的一小块放羊的牧场,他日后娶的妻子,以及你将一时风流的对象永远留在触及不了你痛处的地方的孙子孙女——它反而凑了我们到贝鲁特的路费,而且——余下的钱——实现了你的初衷:一份嫁妆?

"我们本可以待在那儿,待在山里,待在我们的国家,跟知根知底的乡亲相处。我们本可以留在那家小酒店,留在生我们养我们的小山村,因为那里的人心地善良,他们同情和怜悯病弱、孤儿,因为这是怜悯和同情,他们无父无母、无依无靠,是人,虽说你不能,也不敢相信,谁敢相信人竟然能被买卖、榨干,然后一扔了之。其实,我们在那儿待了将近十年。我们当然干活,在那家小酒店——在厨房帮工,晚上睡在牛圈;在村子里,也为了村子;由于不谙世事,玛利亚有办法与安心做牛和鹅,而不是狮子和壮鹿的牛和鹅等单纯、温顺的动物相处,但这在家乡还能过得去,这全靠他们的善良,也许因为他们善良,最初他们劝我们回去。

"但我不行。那恐怕是他的命,但诅咒是一道催命符,催了他的命,至少是我的命;我现在戴着保守这个秘密的护身符、纪念品,倒不是为了铭记、怀念,并非提醒我信守诺言,也不是要我发誓逃走,

星期三夜 · 281 ·

而是揣在我身上、贴着我的肉,像一块烙铁、一块火红的炭、一根棒子(我现在是他的母亲;改变他想法的命首先得改变我;九岁、十岁、十一岁那年,我已经是两个人的妈妈——嗷嗷待哺的弟弟和长我两岁的傻姐姐——到了贝鲁特,我为他们俩找了一位父亲)催着我到那一天、那一时、那一刻、那一瞬,他怀着一样的热情为这一个尽责、为另一个补偿。对,那是他的命,但至少我尽了一份力:把这个给你带来了,我必须带给你,再说也有这个必要;为把它带给你,我还要带上制定必要规则的东西来到你的地盘。更有甚者,带着它进入你的地盘,为了这道护身符,我沦落到拼死拼活也摆脱不了的贫困。

"终将要败坏这和睦的诅咒和厄运,因为你想问,为了来西欧,我们究竟是怎样穿越小亚细亚的,我过会儿再跟你说。我们没这个本事,是靠村里的乡亲。不,是靠我们大家,同舟共济。法国,一个词、一个名字、一个称呼,意味深长却又无从捉摸,不仅对我们,对无父无母、无家可归、目不识丁、善良的人来说,无异于'特赦权''星期二''检疫'一样深奥和稀罕。我们出现在他们面前之前,他们几乎没听说过法国,也不关心法国。因此,就好像他们借,或者说通过我们与它形成了联系,连我们也不清楚它的确切位置,只晓得它在西方,于是我们——我拖着另两个,非去那儿不可。如今,我们和小弗兰奇尼一样,在我们全村——全区、全山区——家喻户晓。我们三个人要去——执意要去——法国,为法国献身,就好像人家决心要去一个遥远的国度或地方,比如一座女子修道院或登上珠穆朗玛峰顶——但那不是天堂;大家都以为只有他真要有心,他会抽空过去——却是一个谁都不真愿去的秘境,除非闲来无事,投机取巧,却又能为这个迎来送往的地方增光添彩。

"因为我们压根儿没听说过贝鲁特；上了年纪、见多识广的人才了解贝鲁特，何况那还有一块法国殖民地，驻了一支军队，官员——其实就是法国，距离我们最近的法国。也就是说，真正的法国要近些，可惜要走陆路、花费多，再说我们是穷人家；我们出远门花得起的只有时间和空闲。当然，我们也有钱，但不够我们三个人抄近路去法国，除了省钱，我们想不出更好的理由。于是我们拿手上的钱，选择了大多数最穷或最富的人的方式出行；不过是方便有钱没时间和太穷没空闲的人：取道水路，花钱不多，能将我们三个人带到了按官方的说法、法国的边缘，口袋里还能剩几个余钱。我已年满十九，在我，比起钱财，我们这时候有一个共同愿望，说到钱财，只要够我别两手空空、赶快嫁给一个法国丈夫就行，他是我们三个人进入这个兄弟命悬一线的国家的通行证。

"所以我才取道贝鲁特。我从没听说过这地方，但乡亲们没听说过，我凭什么不相信？贝鲁特将出现在我们的船尾，那位法国丈夫将在那儿等着我。他是什么人。我之前连听都没听说过他的名字，甚至想不出我们见面时的情景，只晓得快了，他以前——现在是——是个好人，是我的一位好丈夫，玛利亚的哥哥，他的父亲，不说当初生他，为了救他我吃尽了千辛万苦，我努力——以后还要努力——做他的好妻子。他是驻地的一个兵。换句话说，他在服役，因为他以前是个地道的农民，事业刚刚起步；哦，是啊，快了；再过一天，我就要想念他了，这件事应该说明、提醒我，我们面临的是劫数，不是命运，因为命运笨拙、冗赘、拖沓，劫数却绝非如此。但那时候我并不知道。

我只知道我们必须到法国，我们到了——那座农场——我就不必多费口舌告诉你在哪里啦——"

"我知道它在哪里。"老将军说。这期间她始终一动不动，没见过她这么镇静的人——她身材高挑、平心静气，看不出她能说出这番话，她捏着拳头，放进另一只一动不动的手掌中，低头瞧着他。

"话说到这个份上，"她说，"你当然清楚农场的位置；否则你又怎么知道，又不答应我在那里埋葬你爱过——至少渴望过——的骨肉的骨肉呢？我要对你提什么要求，你早就知道了，因为我们现在都知道这——"她松开手，微微抬起捏着的拳头，接着又放回了另一只手掌，"——纯属白费功夫。"

"对，"老将军说，"我也知道。"

"也事先答应了，因为到那时候，他不再是个威胁？别，别，你别回答我；别这么快打断我的幻想，我这辈子也不会相信有人，包括你能控制同情心的自然流露，何况他。我在哪里？哦对了，那座农场。在去贝鲁特的船上，我听他们提起靠岸和港口；到了贝鲁特，我甚至明白了港湾的意思，现在总算到了法国，我以为我们——他——找到了他们。家，以前从来不懂的一个地方，晚上赶回去的家，因为这也属于他的家，做事不是为了取报酬，或者为了在干草棚睡一晚，或厨房门口的一碗剩饭，因为干活是他应尽的一份责任，他要么视而不见，要么把它干完。他不但是一个天生的农民，还是一位种田好手，仿佛他那一半农民的家世、出身和传统暂时休眠，直到他的命运将他和肥沃、丰饶、深厚和广袤的土地联系在了一起，到了来年年关，他已然成了我丈夫的继承人，也将与我们俩的孩子一道继承我们的遗产。不光我们的家园，还有我们的祖国；他已经是一名法国国民；再过十来年，他还将成为一名法国公民，一个法国的公民，一名真正的法国人，就好像从没有过不明不白的身世。"

"我们——我，他——现在总算可以忘了你。不，不能这么说：我们不能忘了你，因为你，我们才到了现在这个地方，用他们在船上的话说，总算找到了港口、港湾，我们可以下锚、稳稳地靠岸。他不好说忘了你，因为他压根儿就没听说过你。确切地说，是我原谅了你。现在我总算不必找你，催着、拖着两个人满世界地找你，当面斥责、逼你什么来着；你别忘了，我当时还是个孩子，虽说从九岁起，我还要肩负两个孩子的母亲的责任。是我一时糊涂、错看了你，欠你一个道歉，认为自己大不应该，而你为人精明，自始至终知道那人纯属咎由自取；他，由于他另一半改不了的农民习气，别的亲戚，你只能给他惹来灾祸，甚至杀身之祸。哦，对了，我现在信了，你了解他的身世，不仅了解我们的下落，而且了解我们的情况、靠什么为生，我们在那儿盼望——对，是认为——你早做好了安排，哪怕你压根儿想不到我会找上你的门——或者说港湾、港口，将他好生生地送上你的门，不仅为了他，也是为了我们，还有玛利亚和我：我们四个人。不仅有你，还有你的亲生儿子，以及另外两个身世与你无关的，被给了我们三个人生命，从此改变了我们的人生，或者说你自己人生的同一种感情烙上了割不断的亲情；我们四个人甚至联手抹杀了这种感情抹之不去、没有你份儿的过去。在你一方，让你数典忘祖；在我和玛利亚看来，你甚至抹杀了他的资格；在玛利亚，她的第一个孩子，你竟然自以为是缴获了童贞。更有甚者，在我们俩——这次不算玛利亚，因为

星期三夜 · 285 ·

她懵懵懂懂、不懂人情世故,她威胁不到你,再说,她不懂得害人,她也不怕你,因为这个没脑筋的人只晓得东西丢了和人不见了,不懂丧亲之痛——但我和他不仅是你的解脱,甚至能让你将功补过,好像你当初使计的时候,你就预见到现在这一刻,早就安排我顶替你已不在人世、被你抛弃的情妇行使她最后的权利,享受她的待遇。颂扬她忠贞不渝的美德,同时要你承担她堕落的罪过。

"所以我用不着原谅你。在这段可行,双方的既非特准,也非普通的停战中,我们四个人现在心意一致,谁也不需,或者有空互相原谅或指责,我们都忙着维持、协调你的补偿和我们——曾经是你工具的他——的赔偿。我没见过你的脸,也不要记,现在我才开始相信,我绝没有,绝没有这个必要。哪怕有那一刻,你逃不了,你要跟他当面对质,他一个人就够了,用不着我认可或证明。我忘却的是过去,现在总算能忘却了。在他掌握的权限内将一切辛酸和委屈换做家——港湾——还有,他将自己做主,要是他做得了主的话——你默默无闻的时候是他的一枚棋子,想留在法国也好,走也好,他跟你脱离了关系,我们也跟你断绝往来。后来,他们班应征入伍。可以说,他迫不及待地响应了号召——倒不是他还能做别的,这我清楚,但要是那样的话,你说你有办法,你还有办法接受你只好推辞的事吗?可以说他迫不及待地走马上任——我险些说上了瘾,不过,我不是说他几乎迫不及待地了吗?——回到家,我当时以为他摆脱了你——你跟他也两清了,罢手了;他现在是一名合法合理的法国公民,一名法国人,他的出生日期证明他有其一的权利,他刚刚脱下军装,凭这身军装,证明他有其二的权利和资格;他不仅跟你脱离了关系,而且你们再无瓜葛：你卸下了责任，因为你给了他生命，现在又为他扫平了道路、推上了高位，所以你不欠他的；他脱离了危险，因为你现在不再害他，所以你也用不着再怕他了。

"对，总算跟你脱离了关系，或者说，我是这么想的。或者说你摆脱了他，也就是说，你最好当心些的是他。如果他对你还有些许的威胁，现在他以结婚、娶妻、有了子女这一最保险的方式把它给根绝了；太多的经济责任要他扛、要他履行，他恐怕没空顾及道义；一个家庭，子女，这种颠扑不破的亲情按捺了他的脾气，从此投入当下，一心专注未来，永远远离过去的悲伤和苦恼（他从没听说过你，我说的这些，他当然一样也不清楚）。但看来我错了。一提到你，一向是错的，每逢我以为你从他的角度思考、感受、担心，无不有错。现在更是大错特错，这时候，你显然认为还他自由、笼络他的心无异于斩草不除根，结婚消除了子女的后顾之忧，任何一个子女恐怕都能抵挡一座农场的诱惑。任何一桩婚姻，这一桩也不例外。当初你的脾气看似免了你这种后顾之忧，仿佛出于你生来的孝心。我们早就为他安排了婚事，现在他已能自立，长大成人，成了一名公民，农场的继承人，因为我们——我和丈夫——现在知道，我们今后恐怕无儿无女，他的军旅生涯已成了往事（我们当时是这样认为的），我们着手为他安排亲事。只可惜他谢绝了两次，两度推辞了我们为他挑好的贤惠、家境殷实，也般配的姑娘，所以，我们也说不好他拒绝的究竟是那姑娘，还是这风气；兴许兼而有之，就我所知，他身为你的儿子，至今不知道你的存在；兴许兼而有之，这都是遗传的你，桀骜不驯，因为他天性使然；找对象挑三拣四，就他来说，从前的热情想必足矣，仅此而已，

星期三夜 · 287 ·

他觉得、希望、认为他理应找一个门当户对的姑娘。

"或者说，这对你来说更不像话，你自己的儿子不是要找你寻仇，而是以牙还牙，谢绝了我们为他挑的，不仅家境殷实，而且贤惠的姑娘，对不曾为了一个背叛另一个，而是换了一个的他来说，反而断送了俩？我说不好，我们都说不好。只晓得他不肯，推辞了，我还是那句话，说是不肯，不如说反对，所以我们只好认为他还没拿定主意，年轻人无拘无束的日子他还没过够，还不想失去才获得的无牵无挂的自由——才获得吗？是发现，昨天脱下军装那会儿才发现的。所以，我们能等，也等了；又过了一些日子，我们还是认为不用急，因为日子还长，结婚后有的是时间。接着——对只晓得挣钱吃饭、不懂政治和荣誉的我们来说，突然，冷不丁地到了1914年，时间究竟多不多、他等得究竟是对是错，还是不要紧。他现在也等不得了；第一周，他就穿上还带着阁楼大衣箱樟脑丸味的旧军装出发了，但就算那样，他也比我们慢了一步；你清楚农场的位置——以前的位置（不，还是现在的位置，因为它只能在那儿，方便你日后转让给我们），所以我不必解释我们当初怎么离开的它，应付无家可归、不知所措、苦难的民众是你的一项本职，为的是为你们的胜利留有余地。

"他甚至不等同学的召唤。外人说不定以为这是单身小伙把战争当作逃婚的最后一招，但这位外人当然错了，两年后他深有体会。但我们再了解不过。他现在是一个法国人。全法国这次要求他回报那份尊严和权利，那份安全感和权利让他欣然捍卫它和他们，为此他踏上了战场。接着，全法国（为此也是整个西欧）突然高呼你的名字；连法国小毛孩子都认识你，因为你将拯救他们——你，权倾四方，不是为了命令我军和联军,他们不需要命令,因为这个敌人和威胁也是他们的敌人和威胁,他们只要一个人率领、安慰、让他们放心,你是最佳人选,因为他们忠于你、信任你。但我知道的多着呢。不是知道得更清楚,而是多得多;我不得不翻遍报纸,跟这个对上号——"她轻轻地抬起放在另一只手掌中的拳头,"现在我不但清楚你是谁,而且清楚你做什么、你在哪里。不,不,你发动这场战争不是为了证明他是你的儿子,是一个法国人,这场战争在所难免,他命该借此向父亲证明自己。你难道还不明白?你和他一道拯救了法国,他地位卑微,你身居高位,胜利要等到你们父子最终相见,他是个平头兵,留待你将勋章别在他的胸前,肯定他的勇敢和坚贞。

"当然是那姑娘;他向你寻仇,报复你。你担心,一个妓女,一个马赛的妓女成了你血统高贵的孙子的母亲。他第二年休假时告诉了我们。我们——我——当然不答应,但那时候他也像你:一向一意孤行。哦,对了,他说到了她,他说她是个好姑娘,打破了命运、贫困的桎梏、履行了自己的义务(她还有一位老祖母),过着凄惨的生活。他说的没错。我们一见到她,就看了出来。她是个好姑娘,反正现在是,或者说反正从那时候起吧,兴许始终是个好姑娘,他是这样认为的,兴许至少以为她爱他。反正是我们怀疑他和她,如果这证明的是爱的结果:救一个女人无异于害了她。但现在不要紧。你一辈子也不会相信,恐怕也不敢豁出去,心存侥幸,他绝不会认你:这个妓女的孩子不会姓他父亲的姓,而是姓我父亲的姓。你绝不会相信,除了这一点,他们不清楚自己身上流的是谁的血液,他也不会知道。可惜现在为时已晚。现在一了百了;我还想象上次凯旋,你第一次见到他,在他胸口别一枚勋章;谁知你第一次见他——不,你见不到他;你不在场——你身有要务,脱不开身,你恐怕是从人家的肩头看行刑队步枪瞄准的对象——你要想见他的话,可惜你不会。"

攥着的那只手一挥、一扬,快得险些没看见,一个物件在空中一闪,没等看清,已经跌落空荡荡的桌面,自动弹开似的,停了下来——一个小雕花旧金盒,像一块打开的密面表,成了两块大奖章,画在象牙上的小肖像。"这么说,你有母亲。你的确有一位母亲。第一次见到里面的第二张脸的那天晚上,我以为是你妻子,或爱人,或是情妇,我恨你。但我现在明白了,我向你道歉,不该说你生性懦弱,活该讨人恨。"她低头瞧着他。"说到底,我不该等到现在才拿出来。不,这么说也不妥。什么时候都为时已晚;只要我拿它当作武器,手枪就打不响,刀一划就断。所以,你肯定清楚我要提的下一个请求。"

"我清楚。"老将军说。

"当然是事先转让啦,从那以后,他不再是你的心头之患。不过,他接受小金盒还不晚,虽说它救不了他一命。你至少能告诉我吧。说呀。你说,他要得到它还为时不晚。"

"为时不晚。"老将军说。

"这么说,他非死不可?"他们面面相觑,"你自己的儿子。"

"那他三十岁的时候继承不了我留给他的遗产了?"

*　　*　　*

看规模和位置,老将军称作书房的这间屋以前兴许是间卧室,是侯爵老妇人宠爱的女官或者侍女的小房间,看现在的模样,想是原样照搬了一个英国乡下人家的图书馆,然后一股脑儿地丢了书和家具。除了一面墙,书架空空荡荡,就是这排书架,也只剩下几排教材和老将军的业务手册,整齐地放在一格书架的一头。书架下,靠墙放着一张窄窄的行军床,床上没放枕头,只有一条叠得整整齐齐的灰军毯;床脚放着老将军的一张旧行军桌。另外,室内还放着一张笨重、维多利亚风格,又有几分美洲情调的桌子,桌四周放了四把椅子,四位将军围桌而坐。一名勤务兵撤下桌上德国将军吃剩的饭,端着一盘脏碟子正要出门。老将军将杯斟满,一一递给了他们,接着又拿起一个酒瓶。

"荷兰杜松子酒,将军,货真价实。"他对德国将军说。

"多谢了。"德国将军说。老将军将杯斟满,推了过去。老将军对英国将军一句话没说,推给他一瓶葡萄酒和一个空杯,接着又推过第二个空杯。

"既然将军(他叫了美国将军的名字)在你左手,"他并没说哪一位,接着又直呼美国将军的姓名,"——照例饭后不喝酒。但他今晚肯定要干了它。"接着对美国人说:"要不你也喝白兰地?"

"葡萄酒吧,谢谢你,将军,"美国人说,"我们不过是暂时分手,又不是离婚。"

"呸。"德国将军啐了一口。他坐得笔直,几枚抢眼的勋章,磨砂单片眼镜(既无带又无线;眼镜没架在他的脸上,头上,倒像个耳朵,但又像个眼珠,镶进他右眼的眼窝)无神地定定地盯着美国将军。"盟友。次次都是这个祸根。我们——我们,还有你——你——还有你——"他说着,来回狠狠地瞪着几张脸,"——屡屡在犯的错,好像我们从未从中汲取教训。这一次,我们恐怕要遭到报应。对,是我们。你们难道看不出,对眼下的情况,我们了解的不比你们少,再过十二个月,将会是怎样一个结局?十二个月?呸。要不了十二个月;今冬就见分晓。我们比你们清楚——"他转向英国将军。"——因为你们现在疲于奔命,分身不暇。就算你们不疲于奔命,恐怕也不明白,因为你们不是战斗民族。但我们是。我们国家定当为了荣誉而战;这对我们来说并不神秘、深奥,所以我们清楚我们的目标。所以我们要为那个错误付出代价。因为我们,你——还有你——还有你——"那冷峻、毫无生气的目光又落向美国人,"——只想着坐收渔利的人——肯定也要遭到报应。"接着,他谁也不看;像似飞快、轻轻、平静地深吸了一口气,依然板着脸,依然神态自若。"请诸位见谅。现在——这次说此话为时已晚。我们现在的问题刻不容缓。此外,首先——"他站起身,将皱巴巴的餐巾往桌上一扔,端起盛满白兰地的杯,他起身太快,椅子往后擦着地板,要不是美国将军连忙伸手扶了一把,险些翻倒在地,德国将军挺身站定,举着那杯白兰地,相比英国人一身猎场看守宽松夹克似的便装,他贴身、笔挺的军装犹如一身铠甲,美国人穿得像专为化装舞会量身定做的戏装,一身五十年前的士兵打扮,再看老将军,好像妻子刚从阁楼散发着樟脑味的箱子里翻出来,改了改,又缝上了勋表、穗带和纽扣。"干杯!"德国将军说完,将白兰地一饮而尽,接着将空杯往身后一扔,杯子撞在墙上,摔得粉碎。

"干杯!"老将军礼貌地附和了一句,也干了,但将空杯又放回桌。"你得体谅我们,"他说,"我们处境不同;我们可摔不起法国的杯子。"他从托盘中又拿出一个杯,斟满。"请坐,将军。"他说。德国将军却没动。

"这究竟是谁的错?"他说。"我们事出无奈——ja①,两次——毁坏了法国财产? 怪不着你,也怪不着我,也不是在座各位的错,我们在两道铁丝网后相持了四年。是政客、文官那帮蠢货害得我们一代代军人来弥补他们之间讨价还价铸成的大错——"

"请坐,将军。"老将军说。

"就如你!"德国将军说着,突然住了嘴。他笔直地转过身,面向老将军立正。"我失礼了。敬请你原谅。"说完,他又转过身,但这次没立正。总之,这回语气温和、平静了些。"同样的大错往往出自同一个同盟,只不过变了条款。屡错屡犯,兴许是他们迫不得已;身为文官和政客,兴许是他们身不由己。抑或身为文官和政客,许是他们不敢。因为按我们确立的条款,首先消失的恐怕是他们。你们不妨想想,若非如此,这个同盟将主宰欧洲。欧洲吗? 呸。这个世界——我们,以及你们法国,还有你们英国——"他似乎又发现自己失态,连忙把话咽了回去,转身对老将军说,"——以及你——以及你的好心——"

"一个小股东而已。"美国人说。

"谢谢。"德国将军说。"——一个同盟,征服全世界——欧洲、亚洲、非洲、诸岛;——实现波拿巴未竟的、恺撒梦想着的,汉尼拔寿命太短、没能活到那一天实现的大业——"

"谁是霸主呢?"老将军问。他问得客气、委婉,似乎一时无人注意。德国将军打量了他一眼。

---

① 此处为德语,意为对。

"对,"英国将军委婉地问,"谁呢?"德国将军打量着他。他不动声色:单片眼镜落出眼窝,跌落在脸上、接着是制服,在空中翻滚的时候闪了两闪,落进了他抬起的掌心,这只手一合,紧接着又张开,拇指和食指捏着那枚单片眼镜,又准备放回去;其实,那后面没有眼珠,不见伤疤,也不见愈合的缝合线,只剩下一个没有眼皮、空荡荡的眼窝瞪着英国将军。

"现在吗,将军?"老将军问。

"多谢。"德国将军说。但他仍没动。老将军将一杯白兰地放在他面前空着的桌上。"多谢。"德国将军又道了一声谢。他盯着英国将军,从袖口里掏出一块手帕,擦了擦单片眼镜,将它塞进了眼窝;这次是一枚浑浊的椭圆形镜片盯着英国将军。"你明白我们为什么讨厌你们英国人,"他说,"你们不能算军人。恐怕也做不了军人。这也没什么;若是如此,是你们没办法;这一点,我们不怪你们。你们没努力做一名军人,我们也不见怪。怪只怪你们从未有过这个心思。你们参战,自始至终娄子不断,甚至还能得以幸免。一个小小的岛国,成不了大气候,你们自己清楚。正因为这一点,你们也明白你们迟早要卷入下一场战争,但这一次你们恐怕也是仓促上阵。哦,对了,你们送了好些小伙子上军校,他们在那里掌握了骑马、宫廷换防等一套技能;他们甚至将这一套经验仪轨原样照搬到水稻田、茶园或喜马拉雅山羊肠小道旁的小哨所。但仅此而已。你们要等到敌人真冲向你们的大门,才全员上阵、抗击敌人,就像村民们冬夜骂骂咧咧地起床出门去救一个着火的干草堆——召集清道夫、贫民窟的贱民、马夫等一帮乌合之众;他们毫无军人的样子,而是一身庄稼汉、挖沟人和车夫的打扮;

你们的军官就像一帮出门去打野鸡作乐的乡绅家的家丁护院。带着根棍棒上阵,还一路喊着:'上啊,弟兄们,对面有敌人,看样子不少,但也许并不多。'——接着继续走、继续闲逛,连看都不看一眼身后的人是否跟上,因为他们不必,因为身后有人,有人仓促上阵,骂骂咧咧地跟在后面,他们前仆后继,依旧骂骂咧咧、牢骚满腹,依旧是一帮平民百姓。由不得我们不讨厌你们。这真是缺德,丧尽天良;你们不是瞧不起荣誉,不过是无动于衷,没本事。"他站起身,板着脸、神情自若地低头盯着英国将军;稳了稳情绪、万念俱灰地说:"你们是一帮猪猡,这你知道。"接着他又说:"不。"这一次,他语气中透着满腔的义愤。"你们还不如猪猡。你们背信弃义。我们在同一条战壕的时候,我们赢——一向如此;全世界的人都以为胜利是你们的功劳:滑铁卢一战。我们和你们为敌的时候,你们输——一向如此:帕斯尚尔战役、蒙斯、康布雷和明天的亚眠——你们甚至都不明白——"

"对不起,将军。"老将军和蔼地说。德国将军连气都没喘一口,转向美国人。

"你也是。"

"猪猡吗?"美国人问。

"军人,"德国人说,"你们也好不了多少。"

"你是说不差,对吗?"美国人问,"我昨晚刚从圣米耶尔回来。"

"那你明天也许可以参观一下亚眠,"德国人说,"我给你带路。"

"将军。"老将军说。德国将军这次住了口,打量了老将军一眼,说:

"请容我把话说完。我是来——你们怎么说来的?——央求的。"

他重复了一遍:"央求。"接着哈哈大笑,换句话说,配得上他那只无神、罪孽深重的眼睛,他并非针对谁,也非自言自语,不过是对他们的执迷不悟。"我,一名德军中将,不远八十七公里来求——对,硬着头皮——求一个英国人和一个法国人打败我的国家。我们——我——我本可以保住它,只要不答应来这儿见你们。我只要从这儿出去,现在也能保住。今天下午在你们的机场,我也能办到,我只要给自己一枪,哪怕身为败军之将也能保住这——"他抬手飞快地一挥;简单的一个动作,他指的是身上的那套戎装——腰带、纽扣、穗带、勋章等,"代表、赢得权利代表,还要保住那些为它牺牲的人的气节。那么,这一个,牧师、政客、趋炎附势的文官们铸成的大错这回兴许快要收场,三天前其实已经收场。但我没有。现在也不曾了结,有个结果,来年我们——不是我们——"他没动,但看得出他指的是一身的戎装,"——我们尽力挽回他们铸成的大错,他们就快完蛋了;有他们,还有我们,因为我们现在摆脱不了他们——对,还有我们,美国人想来犯我们的侧翼,尽管来好了:他们过不了凡尔登。到了明天,我们要把你们——"他对着英国人,"——赶出亚眠,说不定把你们赶尽杀绝,到了下个月,你们——"这次对老将军,"在巴黎的人恐怕要将神圣的官方护身符塞进公文包,匆匆逃亡西班牙或葡萄牙。可惜为时已晚,那时候已经结束了,完了;从现在起十二个月,我们——不是他们,而是我们,我们——为此只好答应你们的条件,求你们放他们一条生路,因为他们逃不出我们的手掌。因为我首先是名军人,其次才是一名德国人,然后——或者说但愿如此吧——一名凯旋的德国人。可惜这也算不得其次,只能算其三。因为这——"他指的又是制服,"——比任何一名德国人,甚至胜利重要。"他望着在座的各位;语气相当地平静,这次带着几分谈心的意味:"那是我们的损失:集德国的全部兵力敌你们法国一个团。但你们说得没错。我们纯属浪费时间。"他飞快地打量了他们一眼,人站得笔直,可惜并不坚挺。"你们来了。我……"他又打量了他们一眼,接着说,"呸。我们现在真人面前不说假话。我远道八十七公里路赶到这里。我必须回去。用你们的话说——"他面向美国将军;脚后跟一并,声音响彻安静、与外界隔绝的屋子,"这不过是暂时分开,不是分手。"他没动,眼光飞快地从美国人扫向英国人,接着又落向美国人。"你们令人钦佩。可惜你们算不得军人——"

"小伙子们个个勇敢。"美国人说。

"你接着说,"德国将军说,"还有德国人。"

"还有法国人,"老将军和蔼地说,"你要是坐下来的话,我们恐怕更高兴。"

"不忙,"德国将军连瞧都没瞧老将军一眼,说,"我们——"他一动不动,飞快地一一打量了他们一眼,"——我和二位详细讨论了这件事,而你们——怎么说来的?正式,还是共同?——的总司令却从中作梗。我们一致赞成必须采取的措施;那绝不成问题。现在我们只要商定在互相为敌的这四年中仅剩的一点时间内采取这一措施——我们,德国人为一方,你们,英国人和法国人——"他转向美国人,脚后跟又一并,"——还有你们美国人;我没忘了你。——为另一方,用半只手交战,因为另外半只手还要防着我们背后的政客和牧师。在你方总司令参与进来之前的讨论中,说到了决定。"他又重复了一遍,

"决定。"这次他没说呸。他的目光从美国人飞快地落向英国人,接着又落到了美国人身上。"你。"他说。

"对,"美国人说,"决定意味着选择。"

德国将军打量着英国人。"你。"他说。

"对,"英国将军说,"愿天助我们。"

德国将军愣了愣。"你能再说一遍吗?"

"抱歉,"英国将军说,"就当同意好了。"

"他说愿天助我们,"美国将军问,"为什么?"

"为什么?"德国将军反问道,"你问我?"

"这次我们都没错,"美国将军说,"至少我们不必应付那件事。"

"是吗,"德国将军说,"是你们俩。我们仨。"他坐了回去,拿起那块皱巴巴的餐巾,往前挪了挪椅子,端起白兰地,往后一靠,接着又直起身,回到他站着向主人敬酒时一样中规中矩笔挺的身姿,因此,即便就座,他挺直腰身也分明悄无声息,仿佛一个无声的立正,他端起盛满的酒杯,举到不透明的单片眼镜前,定定地盯着酒杯;他虽没动,却仿佛飞快地瞥了一眼其他几个杯子。"请满上,诸位。"他说。但英国人和美国人都没动。他们坐在那儿,望着对面举杯端坐的德国将军;他凛然、从容、谦恭地说:"那么。我们只有将我们早前的讨论知会你方的总司令,他兴许愿意听。之后再正式修改我们的协约。"

"正式修订什么协约?"老将军问。

"多方修订吧。"德国将军说。

"修订什么?"老将军问。

"协约。"德国将军答道。

"什么协约?"老将军问,"我们需要一个协约?哪一方缺席了?——葡萄酒就在你手边,将军。"他对那位英国人说:"满上,通过。"

星期四，星期四夜

这次是一间卧室。那张陷在枕头里、严肃、高贵的面孔从系在颏上的法兰绒睡帽下打量着他。睡袍也是法兰绒质地，敞着领口，露出一个小布袋，不新也不十分清爽，显然装着一股阿魏①味道的东西，用一根项链似的脏兮兮的线拴着。床头站在一个穿着花缎晨衣的小伙子。

"都是些空包弹，"通信员沙哑着嗓子、轻声说，"飞机——总共四架——直接闯进了炮阵。德军飞机连躲都不躲，连我方的一架飞机在它五十英尺的身后跟了一分多钟，它也不紧不慢地飞着，我能看见曳光弹钻进飞机。那架飞机——我方的飞机冲向我们，冲向我；我甚至感觉到枪口飞出什么东西，打在我的腿上，就这儿。除了味道、硫黄燃烧的臭味，那滋味就好像一个孩子拿根管子对你吹了一颗豌豆。你知道，机上坐着一个德国将军。我是说，那架德军飞机。只能这样；不然的话，我们要么派个人去，要么他们派个人过来。因为这是我们——或者说法国人——先想到、发起的，显然我们有权——有幸——有责任做东。但从下面看得像那么一回事；他们不能——总之不敢——给双方每一个兵发布一道一致行动的命令，命他们闭上眼睛、数到一百，所以他们只好退而求其次，在他们想瞒也瞒不了的人

---

① 阿魏属植物树脂，曾作镇痉药。

看来，尽量显得中规中矩——"

"什么？"黑人老者问。

"难道你还不明白？因为他们不能这样让它停下来。我是说，让我们阻止它。他们不敢。要是叫我们发现，我们能跟人家挖沟似的，觉得累了，坦然地放下手中的铁锹，一举阻止一场战争——"

"我是说那套制服，"黑人老者说，"那套警服。你拿走的，是吧？"

"我没办法，"通信员耐着好大的性子心平气和地说，"我得出来，还得回去。至少回我藏警服的地方。以前进出都不容易。但现在恐怕连回都回不去了。不过用不着担心；我只要——"

"他死了？"黑人老者问。

"你说什么？"通信员问，"哦，那个警察呀。不清楚。恐怕没吧。"他诧异地说："但愿没事。"接着又说："我是前天——大前天晚上、星期二晚上知道他们的计划的，当然，我当时拿不出证据。我想办法跟他通了气。但你又不是不了解他的为人，你恐怕也跟他说过你拿不出证据，或是他不肯相信的事。所以我还要再想想办法。倒不是为了向他证明，要他相信，时间所剩无几，不能那样白白地浪费。所以我才到这里来。我想请你介绍我加入共济会。恐怕这也来不及了。你干脆告诉我暗号好了——就像这样——"他抬手轻轻地拍了拍腰，好像他两年前到这个营报到那天就凭那个人猜到了，或者反正想了起来。

"那好吧。只能这样了；余下交给我，我去糊弄——"

"别急，"黑人老者说，"你慢些说。"

"我尽力而为吧，"通信员耐着性子说，"这个营的人个个都提前从他手上支取了几周的津贴，前提是他们能活到挣够了钱还清，他能活到替他们筹集款子。他意在让他们加入共济会、或者说反正让他们以为自己是共济会员,好将他们牢牢地攥在手里,你清楚。他们不好回绝他。他以后只要——"

"你慢些说,"黑人老者说,"你慢些说。"

"你难道还不明白?"通信员说,"如果全线、全营、至少一个营、一个单位出头,带头——将步枪、手榴弹统统丢在身后的战壕,赤手空拳地爬出战壕,翻过胸墙,穿过铁丝网,两手空空地走过去,不是要举手投降,无非是摊开双手,证明我们赤手空拳,无意害人,或伤害任何一个人;我们不是跌跌撞撞地跑,而是大大方方地走上前,——就我们当中的一个人,一名军人;假设就一个人,再乘以一个营;就说我们一个营,只希望回家,洗把澡,穿一身干净衣服工作,到了晚上,抱一杯啤酒、聊聊天,然后躺在床上,睡个安稳觉。说不定,仅仅是说不定,许多德国人也别无所求,或者说也许只有一个德国人别无所求,只想扔下他或他们的步枪和手榴弹,也两手空空地爬出战壕,并非要投降,不过是让大家看清楚,他赤手空拳,伤不了人,也害不了人——"

"他们要是不肯呢,"黑人老者说,"假如他们朝我们开枪。"但通信员没理会这个"我们",接着说道。

"他们明天一旦醒过神,难道不会朝我们开枪?一旦绍讷蒙、巴黎、波珀灵厄来的人今天下午在那座德军机场有空会晤、交换意见,认定威胁、危险的根源,一准要斩除后患,接着再发动战争;明天之后还有明天之后还有明天,一直到完成、履行了战争的最后一条形式规则,消灭了最后一名残兵败将,胜利犹如俱乐部陈列柜里的足球奖杯，胜券在握。这就是我的心愿。这就是我努力的结果。不过，你也许是对的。所以请你跟我说说。"

黑人老者叹了口气。他平静地叹了口气，从被窝下伸出一只手，翻了一个身，两腿摆向床沿，对穿着晨衣的小伙子说："把鞋和裤子递给我。"

"你听我说，"通信员说，"来不及了。还有两个小时就天亮了，我得赶快回去。你只要教我那个手势、暗号就行了。"

"这点时间，你恐怕掌握不了，"黑人老者说，"就算你能行，我也要亲自走一趟。说不定这是我一直在到处打听的。"

"你刚才不是说德国人也许会向我们开枪吗？"通信员问。"难道你还不明白？这就是症结，问题就出在这里：如果某些德国人出来，到时候他们会向我们开枪，双方，我方和他们一方，对我们一阵狂轰滥炸。他们出于无奈。他们别无选择。"

"这么说，你改变主意了。"黑人老者说。

"你只要教我那个手势就行了，那个暗号。"通信员说。黑人老者又轻轻、有几分心不在焉地叹了口气，摆腿下了床。那件一尘不染的下士制服整齐地挂在椅子上，椅下整齐地放着一双鞋和袜。小伙子拿起袜子，跪在床边，撑开一只袜子、接住黑人老者的脚。"你不怕？"通信员问。

"我们一路上不是见惯了吗，还用再提那话？"黑人老者面露愠色，"我就知道你下一句一准要问：我怎么去的那里？我告诉你，我吃尽千辛万苦地来到法国；还怕再走那区区六十公里路不成。我就知道你一准还要问：没有一位将军陪着，我不能穿这套法军军装上那儿。我用不着回答这个问题,你不还没回答吗?"

"这次打算杀一个英国兵?"通信员问。

"你说过他没死。"

"我是说他莫不是还活着。"

"你说你但愿他没死。你可别忘了。"

通信员是那个哨兵见过的最后一个人。其实,他也是哨兵那天早上见过的第一个人,除去那名换班的看守;他为他端来早餐,把枪往掩体对面的土搁架上一靠,坐了下来。

他已被捕了将近三十个小时。仅此而已,仅仅是被捕,仿佛两个晚上前枪托一通猛揍不仅按捺了他再也受不了的喧嚣,而且让他与世隔绝;仿佛那惊天的逆转,中断了四年的中伤和杀戮,以及随之而来的沸腾的沉默将他扔在这个除了为他带饭、然后坐在他对面等着换班的看守,不见人迹的地下泥壁架。昨天,还有今天早餐,值班军官的随行士官照例突然出现在洞口,喊了一声:"闪开!"他光着脑袋站起身,望着看守敬礼,值班军官进来,不假思索地说了一句套话:"有什么意见吗?"不等他答话,他也无意回答,就又走了出去。但仅此而已。昨天他没话找话地跟一名看守攀谈了几句,此后他们也没话找话地跟他聊聊,但也仅此而已,因此,三十多个小时以来,他实际上或坐,或四仰八叉地躺在泥巴壁架上愁眉苦脸、满嘴脏话、破口大骂,要么躺在上面倒头大睡,他倒不是在等,而是吃不准他们一旦打定主意,究竟如何处置他或打破这一沉默,或者二者。

接着他瞧见了通信员。同时看见通信员抡起手枪,往他耳朵和头盔之间猛地一击,不等他瘫倒壁架,又一把接住了他,哨兵转过身,一眼看见紧跟着他进来的一名滑稽的哨兵——打着歪歪扭扭的绑腿，敞着怀，他的大肚皮并非因为久坐，而是因为上了年纪，军装以上和钢盔以下是四年来他千方百计地想从尘封的往事中祛除出去的那张黑脸。

"拢共五个了。"黑人老者说。

"行了，行了，"通信员粗声粗气地答道，"他又没死。难道你以为我到现在稀里糊涂，不晓得怎么办？"他连忙对哨兵说："你现在不必担心，只要你少说话。"但哨兵连看都没看他一眼。他打量着黑人老者。

"我叫你别管我。"他说。回答他的是通信员，还是那副气冲冲的腔调：

"现在说这话太晚了。我错了；我们要的不是你少说：我们要你闭嘴。快点。你瞧好了，我手上有枪。如果万不得已，别怪我不客气。这把枪我用了六次，但用的都是枪柄。这次我要用扳机。"他转向黑人老者，气冲冲、带着几分绝望地说："行了，这个非死不可。你还有什么好说的。"

"你逃脱不了责任。"哨兵说。

"谁指望来着？"通信员问，"所以我们才没时间可浪费。快些。你得保护你的投资，你知道；说话间的工夫，就给了他们一个崭新的开始，何况只要让这帮人穿着军装多磨蹭一段时间，就能发现他们一旦将我们引进他们的射程，说不定能将全营一网打尽。这恐怕就是今天下午的事。他们用飞机送过来一名德国将军；昨晚吃晚饭的时候他肯定还在绍讷蒙，有我们和美国的要员恭候他，到了推杯换盏、喝葡萄酒的时候，一切都已解决，结束了（如果德国的将军们喝葡萄酒，凭什么不能，四年的时间证明，纵然翻遍史册也不见此先例，这种有幸当上将军的两脚动物一旦失去了人性，就不再是个德国人、英国人、美国人、意大利人或法国人），他一准在回国的途中，双方无非是在等，等他不再碍事，就好像你暂停一场马球比赛，等一位来访的王公骑马奔出场地——"

哨兵在余生会记得，他当即明白了通信员提手枪的用意；也立刻得到了印证——总之是枪柄——他险些被仰躺在地道内的值日军官和士官的尸体绊了一跤，接着看清楚是他们。在他看来，将他们赶进下一间掩体的并非是顶着他腰的硬邦邦的枪口，而是那语气——从容镇定、急促、悲观绝望的语气，掩体内足足一个排的兵沿着土台或躺或坐，一致扭过脸，望着通信员拿手枪的枪口将他推了进去，接着又把黑人老者往前一推，说道：

"打手势。快。快打。"——还是那副急促、穷途末路、又强作镇定的腔调，对哨兵来说，似乎从未有过的事："这就对了，当然，他不用打手势。他不打手势都行。他是局外人。我也是局外人，就这件事来说，你们现在不用怀疑我，你们只要瞧瞧他就行了；你们恐怕还认得那军装上霍恩的特等功勋章吧。但别担心；霍恩没死，史密斯先生和布莱索也都好好儿的；我学会了使用枪柄——"他举起手枪晃了晃，"——相当干净利落。因为我们处理、了结、清偿的机会到了，我们要解决的不单单是杀戮、为将死的人尽一份义务和责任，因为那不过是几分梦魇、几分荒唐事、烂摊子和损失——"

哨兵忘不了，固执、勉强、还是认为他在等待，等机会，他，或者两三个人乘他不备，伺机闷了他，听那铿锵、伶俐的语气，望着侧耳倾听的面孔，还以为他从他们脸上看出的不过是惊讶、意外，惊讶和意外又渐渐变成与他不相上下的固执："要不是他从巴黎战争部搞来的通行证，我们谁也别想回来。所以你们也不清楚他们究竟要怎么处置你们。他们把你们关在这里——从英吉利海峡到瑞士全线。虽说从我昨晚在巴黎见到的情况看——不仅法国、美国，还有我们的宪兵、警察——我没想到他们还留着足够保家的老底。但他们有；要不是通行证上签了绍讷蒙城里那位老人家的名，上校今儿早上也回不来。这好比另一条战线，由三支军队的全体官兵把守，他们说不了与各自身上军装相应的语言，从赤道以南远道半个地球到这个寒冷潮湿地方送死——塞内加尔人、摩洛哥人、库尔德人、中国人、马来人和印度人——波利尼西亚人、美拉尼西亚人、蒙古人和黑人既不懂口令，也不认识通行证，要说认识，无非是靠死记硬背不明就里的象形文字。我说的不是你。你现在休想出去，也回不来。无人地带已不在我们面前，现在到了我们身后。在这之前，机枪和步枪后的面孔想的至少是高加索人的想法，哪怕他们说不了英语、法语或美国话；如今他们想的不是高加索人的想法。他们是局外人。他们用不着操心。四年来，为了逃脱白人的严寒、泥泞和风雨，他们奋力杀德国人，却未能如愿。天晓得。只要消灭掉被他们围困在这里的法国人、英国人和美国人，他们明天就能踏上回家的路。所以，我们别无退路，只能一路向东——"

哨兵现在动了动。就是说，他迄今没动，迄今也不敢：他不过稍稍换了个姿势、挺直了身子，气冲冲地破口大骂那几张专注、一动不动的面孔:"你们能放过他们?你们难道不知道我们都要代人受过?他们杀了史密斯中尉和布莱索中士——"

"胡说,"通信员说,"他们没死。我刚才不是跟你说过,我掌握了使用枪柄的诀窍?这是他的钱。我们营个个都欠他的钱。他希望我们安安分分地待在这里,等他赚够每个月的利润。再说他盼着他们重新发动战争,好让我们心甘情愿地一个月押给他二十先令,赌我们三十天内阵亡。他们的心思昭然若揭——图谋重新发动战争。你们昨天都见过那四架飞机和高射炮了吧?都是些空包弹。那架德军飞机坐着一名德国将军。他昨晚在绍讷蒙。他非在那里不可;要不他何苦要来?不然他们何苦要冒着密集的高射空包弹,外加三架 S.E.5 准备发射空包弹将他击落的危险?哦,对了,我当时在场;我前晚亲眼看见卡车拉来了炮弹,昨晚我站在一个炮阵地后面,只见一架 S.E.——飞行员应该是个孩子,他年纪太小,他们不敢事先通知他,他年纪太小,不敢告诉他事实和真理不是一码事——俯冲过来,对着炮阵一阵扫射,不知什么打中了我军装的下摆——不管什么吧——疼了我好一阵。还能有什么,不就是放一位德国将军到联军总司令部拜访法国、英国和美国同行吗?事先连说都不跟我们这帮生来不是块将军的料、只配做人的两条腿动物说一声。因为他们——他们四位——要说同一种语言,不论出于何故,说的是哪一种拗口、生僻的语言,关键是他们压根儿不费功夫,那位德国将军现在说不定已经在回去家的路上,现在连空包弹都用不上,因为枪炮已经真枪实弹,只等他让开道路,一举消灭、拔掉这块讨厌的绊脚石。大家知道,时不我待。现在怕是连一个小时都不到。但只要我们全营齐心合力,一个小时也就够了。他们倒不是要杀军官；他们下令停战三天，不得杀戮。再说有我们在，根本没这个必要。如果有时间，我们甚至可以抽签，一人对付一名军官，只要逮住他的手，放其余的人过去。但枪柄称手，再说也伤不了人，等史密斯先生、布莱索和霍恩中士醒了，他们会跟你解释。之后他们再也不碰手枪、步枪、手榴弹或机枪，翻出战壕，穿过铁丝网，接着赤手空拳地用激将法叫德国兵出来和我们交手。"他说得很快，语气中透着悲观和绝望："对，你恐怕要说，他们端着机枪迎接我们。但德国佬昨天的高射炮也是空包弹。"他转向黑人老者："快，快给他们暗号。你不是还没证明，如果能证明什么的话，这意味着兄弟情谊与和睦吗？"

"你们这帮傻瓜！"哨兵喊道，只可惜他这个闷葫芦没能狠狠地骂几声傻瓜，他不顾那把手枪，拼命地挣扎了一阵，才意识到硬邦邦的小枪口离开了他的脊梁，通信员擒着他，他（哨兵）注视、瞪着一张张面孔，以为这看不出分别的外国面孔即将转惊为怒，一起阴森森地逼近他，最后许多大手使劲地按住他，叫他动弹不得，通信员对着他，举起手，掌中托着手枪，冲他吼道：

"得了！得了！你看着办，但别给我磨蹭。你要么跟我们干，要么吃枪子，你自己拿主意！"

他忘不了；他们现在上面，在战壕内，他能看见一群人正埋头苦干，少校、两位连长和三四名中士就在这群人中（他们抓了连部的副官、上士和下士信号员，以及还在床上的上校）放眼向战壕的两头望去，可见士兵们走出散兵坑和迷宫般的巷道，在阳光下眨着眼睛，虽恍惚茫然，脸上却露出不敢相信的神色，接着又令人惊叹地一致转为将信将疑和希望。几只大手还紧紧地抓着他；他们举起他、将他扔上踏跺、接着推过了胸墙檐，只见通信员一跃而起，转身伸手拽起身边的黑人老者，外加另外几只手从下面托了一把，他们两人现在面向战壕站在胸墙上，通信员万念俱灰地扯着嗓子喊道：

"暗号！暗号！给我们！快，伙计！如果这就是所谓的活着，你们难道希望这样活一辈子？"

接着他又开始挣扎。他连想都没想，撞着，扭着，骂着，打开那些手，冲了出去，当时甚至都不明白什么原因、为了什么，他好不容易钻进了铁丝网，他打着、踢着身后挤在通向夜间巡逻用的迷宫般的交通壕入口处的身体，他听见自己一口回绝："滚！都给我滚开！"他爬着，但并非第一个过了铁丝网，等他站起身、一路飞奔，却发现黑人老者在他身边喘着粗气，他冲黑人老者吼道："你活该！两年前我不就要你别来烦我？难道我没说过？"

接着通信员出现在他身边，一把抓住他的胳膊，拦住了他，推着他转过身，吼道："你瞧瞧他们！"他依言看着他们、仔细打量着他们，他们手脚并用、越狱似的爬出铁丝网上的缺口，他们的脸、手、衣服、浑身上下沾着同一种单调、说之不出，但不同于他们像牲口一样摸爬滚打了四年的泥泞的颜色，紧跟着，他们站起身，仿佛这四年中他们不曾踏过地面，但这一刻却形同鬼魂、从炼狱重返人间，沾着地狱洗涤不尽、说不出名来的味道。"你再看那里！"通信员喊着，又推着他转过身，他看见了：远处德军一方的铁丝网外隐约可见一阵混乱和律动，一开始看不清，接着突然出现一队士兵，他们站起身，匆匆地向他走来，外加他无暇分辨、看清、明白、只晓得行色匆匆；并非就他一个人匆忙，而是各个行色匆匆，不单是这个营，而且德军像一个营、又像一个团，双方现在空着手冲向对方，越跑越近，直到他能看见、分辨出一种神色、一副表情的一张张脸，接着他恍然大悟，自己也是一副德行，他们都是一副德行：将信将疑、惊奇、赤手空拳，接着他听见了那嗓音，同时明白自己也是如此——一声微弱的嘀咕仿佛迷途的鸟儿凄凉、无助地啁啾，冲破了沉寂；不等德英两方铁丝网后的火箭腾空而起，他又明白了一个道理。

"别！"他喊道，"别！别朝我们开火！"他甚至没意识到兴许是平生、肯定是四年来第一次说"我们"而不是"我"。紧跟着他猛一转身，甚至没意识到又用"我"对黑人老者吼道："我早跟你说什么来的？没跟你说过别管我吗？"谁知第一轮炮火两面夹击的时候，站在他面前的不是黑人老者，却是那位通信员。他没听过这声音，也没听过双方呼啸、隆隆的炮火，末了，只见和听见通信员在腾空而起、从他脚跟到肚脐、再到下巴吞没了他全身的无声的火焰中喊道：

"他们不能杀我们！他们不能！不是胆敢，是不能！"

* * *

当然，时间有限，他不能在这里坐等，因为要不了多久，天就快放亮。当然，除非明天出不了太阳，就好比哲学课上教的所谓的辩证法，你努力学习，为的是掌握这门课，接受他们所谓的人生观，为了今后跟人家打打嘴仗。不过说真的，天亮后，或者这一天余下的时光，他凭什么就不能坐在这里，因为唯一外在的限制是哪位大人物见不得一名穿着少尉制服的年轻人靠着尼森式活动营房的墙坐在地上，因为

星期四，星期四夜 · 311 ·

一声号角或口哨走了神;昨天出动了三架价值不菲的飞机、满载空包弹在空中上下翻飞这一大前提大可以解决这个问题。

接着解除了第一条限制,因为这时候天已放亮,谁也说不清黑夜的去向:这次不是一条辩证法,而是他说不出为什么黑夜来也匆匆,去也匆匆。兴许也可以说这是辩证法,就他所知,就他一个人注意到,只有他一个人醒着,留意了黑夜,对还在睡梦中的其他人来说,现在还是晚上,好比是夜幕下的树都一抹黑,他迄今还留意着黑夜,说不好它的去向,在他看来,现在还是晚上。接着,他还没来得及把这事想明白,好有个了断,就听见一声起床号,这声音(那声音,以前别说听过、甚至都没听说过,破晓时分,一声号角响彻一座前沿机场,这里的人没配备武器,手中只有地图和莫纳亨①人说的活动扳手)让他一惊而起:主要条款的废止如今又被否决了。其实,如果他还是一名军校学员,他应该清楚,只要被人发现他坐在那儿,他该当何罪:胡子拉碴、军容不整。还有,他站起身,发现他竟然忘了烦恼,他彻夜坐在那里,心里只想着今后兴许一无所有,仿佛在那悠悠的臭气中坐了太久,丧失了唯一的嗅觉、兴许还有味觉,唯独起身才能恢复这两种感觉。其实,他一时想着展开飞行服,见识一下火势能蔓延多远,但要是他那么干,放进来空气,火势恐怕蔓延得飞快,他这么想着,以不惊不乍的心态倾听自己的心声,因为日子还得过;没别的,不是说什么时候是个头,无非是来日方长。

他至少不愿闷在心里,把它丢在墙角,绕到宿舍前面、走了进去——伯克、汉利和德·马尔希动都没动,所以这树对某些人来说反

---

① 爱尔兰东北部一郡。

正不是绿色——他拿起洗漱用具,接着又操起飞行服去了盥洗室;这里的树也不是一片葱绿,如果这里都非如此,厕所肯定谈不上。但现在快了,日头现在已高高地升到了空中,他又刮了一遍脸,腋下的飞行服散发着悠悠的臭味,看见食堂里的动静,他突然想起,自从昨天午餐后,他到现在一口饭未进。但接着是那件飞行服,他突然发现,那件飞行服也能挡饱,于是转身走了出去。他们——不知是谁将他那架飞机开了回来,推进了机库,于是他踩着自己长长的影子,走向唯一一个汽油桶,将飞行服放了进去,百无聊赖地站在那里,望着渐高的日头和一点点地缩短的影子。看天色,恐怕有雨,但那段日子的天一向如此;换句话说,侦察回来休息的日子一贯如此,他不晓得其中的缘故,再说他初来乍到。"你总归有一天会懂的,"莫纳亨人告诉他,"等着吧,等到你第一次被吓尿了以后。"——他把吓尿说成了"瞎聊"。

现在一切正常,该起床吃饭的已吃过早饭,其他人要一直睡到中午开饭;他可以带着洗漱用具去食堂,省得折回营房。他停下了脚步,一时想不起上次什么时候听过,听过这陌生、不相干——东方和北方向怨声载道;他清楚它的位置,他昨天下午从那上空飞过,当时还心平气和地认为自己返航得太早。要是我在那儿坐一整夜多好,说不定能看见重启战火——他听着,不由自主地停下了脚步,听着它沙沙作响,越来越强,持续了一段时间、一会儿,接着戛然而止,在他耳中余音不绝,他突然发现,他听见的其实是一只云雀。他是对的,那件飞行服的效果出乎他的意料,让他没事人似的熬过了便餐,因为现在已经过了十点。当然,如果他能吃个饱,饭菜——鸡蛋、熏肉和橘子果酱——并没有什么可圈可点的口味,所以就这一点说,他是错的；那么，眼下在这一点上他也错了，他在空荡荡的食堂不紧不慢地吃着，吃到最后，一名勤务兵过来告诉他吐司没了。

那套飞行服比原先料想的好了许多，因为午餐期间，宿舍内空无一人，那段时间，他可以躺在小帆布床上看看书，他曾想过利用执行完侦察任务回来的休息时间——穷极无聊的时候，这位英雄靠别的消遣打发英雄的日子。他刚看了一会儿书，抬头只见布赖德曼站在门口。"吃午餐？"布赖德曼问。

"早餐吃晚了，谢谢。"他答道。

"喝点什么？"布赖德曼问。

"过会儿，谢谢。"他说着，跟着站起身，拿起一本书；那儿有棵树，他到这里的第一周就发现了——穿过机场通往维勒纳夫·布兰奇的路基上有一棵老树，两条大树根仿佛一把椅子的扶手，他可以把它当把椅子，支着书的胳膊肘轮流靠着两条树根，暂避并不遥远的战争干扰，独享一片清净，那些日子，他们称之为战争，他们现在显然还没想出一个更好的说法。他现在有的是时间，布赖德曼现在想是明白了今天早上的情况，他平心静气地想着，连书都没合上，就站起了身：对，他现在明白了。要不要跟我说，那是他的事，但他藏不住话。

他也没理由带着书回宿舍，因为他可以再看几页，他拿着合上的书、一根手指捏着看过的地方逛进布赖德曼的宿舍，又逛出宿舍；总之他不紧不慢地逛着，最后百无聊赖地停了下来，眨了眨眼睛，望着对面空旷的田野，那排紧闭的机库，食堂，以及有人进进出出的连部。但人也并不多；科利尔显然取消了维勒纳夫·布兰奇的禁令；天色向晚，他突然想起孔文迪科，可惜只是片刻，接着又打消了这个念头，

· 314 · 寓言

他跟孔文迪科、或者说他们俩能谈些什么？"对了，飞行小队，布赖德曼上尉说是我方的一个营今天早上放下武器，爬出战壕，穿过铁丝网，去见一样放下武器的德国兵，最后双方遭到了一通狂轰滥炸。所以我们只能随时待命，等待时机送那个德国将军回去。"孔文迪科说："是的，长官，我也听说了。"

　　他现在迎着落日的余晖，拖着影子走向汽油桶。但接着立刻加快了步伐，他想起的不是那件飞行服，而是火；自从他把它搁在汽油桶，已过了十二个多小时，现在恐怕连渣都不剩了。但他来得不算晚，只是汽油桶烫得不能碰，他一脚踢翻了汽油桶，滚出了飞行服，飞行服还要冷一冷。飞行服渐凉，现在并非暮色渐浓，而是到了晚上，这时候，家乡应该是五月天的夏夜；他待在厕所里，看不出树的绿色，弥漫着飞行服久久不散的焦糊味，他多虑了，他将飞行服扔进水槽，飞行服自动展开，呈现在眼前——浓烈的焦糊味这时候渐渐地重叠、清晰可见，快要散尽——只有少许，但兴许在一开始的那一瞬，在漆黑的夜色或流淌的水面落了一点火星，他又迈开了脚步，如果你先到，小屋的门背后有一个门闩，他先了一步，摸黑闩上那扇门，又摸黑从制服口袋掏出手枪，用拇指顶开了保险。

*　　*　　*

　　室内又点上了枝状烛台、灯台、多枝烛台，拉上的窗帘和关上的窗扇挡住了人满为患的城里警惕、窃窃的怨声；老将军又好像一个俗气、褪了色、不群的怪人，他正要掰碎那截面包放进一旁的碗里，那扇小门开了，年轻的副官走了进来。"他来了？"老将军问。

"是，首长。"副官说。

"带他进来见我，"老将军说，"别人不得进来。"

"遵命，首长。"副官说完，走了出去，带上门，不久又推开了门；老将军没动，只是轻轻地将没掰完的面包放在碗边，副官进了门，转身毕恭毕敬地立在门旁，望着军需主任进门，上前一两步，站定，喘了口气，副官退了出去，从身后带上门，军需主任站了一会儿——一张病恹恹的脸和一双饥民似的眼睛，俨然是一位憔悴、高个子的农民，两位老人又互相打量了一阵，军需主任抬了抬手，又放了下去，上前几步，面向办公桌。

"吃过了吗?"老将军问。对方没答话。

"我知道什么情况，"他说，"我批准的，我准许的，要不就没这事。但我希望你说跟我说句实话。不是承认，不是坦白，而是证实，亲口告诉我，是我们干的。昨天下午，一名德军将领越过前线，被带到了这里，带到了这座宅子，进了这座宅子。"

"确有此事。"老将军说。但对方依然不依不饶地等着。"那是我们干的。"老将军说。

"接着到了今天早晨，英军一个赤手空拳的营与一支赤手空拳的德军在两军阵地之间会合，险些被双方的炮兵消灭。"

"那是我们干的。"老将军说。

"我们干的！"军需主任说，"我们，不是我们英国人、美国人和法国人对付他们德国人，也不是他们德国人对付咱们美国人、英国人和法国人，而是我们以一敌众，因为我们已物是人非。并非是我们耍花招迷惑、误导敌人，或是敌人耍花招迷惑、误导我们，而是我们要手段辜负了大家，所以人家心存忌惮、不得不断绝了与我们的关系；并非我方的火力阻击敌人端着刺刀和手榴弹冲向我们，或是敌方阻击我们，而是双方的炮火阻止赤手空拳的兵接触对方赤手空拳的兵。我们，你、我，以及全体罪孽深重和不可饶恕的兵；不仅这道铁丝网后的你、我、心存忌惮高高在上的统治集团、对面铁丝网后的德国人，而且还有更多、情况更严重：我们这一小群人为世人抛弃、无家可归，不仅算不得人、甚至不属于这个人世，为了保住最后一块朝夕不保的立足之地，我们不惜孤注一掷。"

"请坐。"老将军吩咐道。

"不用了，"对方说，"我站着接受的这一职务，也能站着辞职。"他一只枯瘦的大手飞快地伸进制服上衣，接着又拿了出来，但这次他手中拿着一沓文件，低头望着老将军。"因为我不相信你。我爱过你。四十七年前看见你站在那道门内的那一刻，我以为你是上天派来拯救我们的救星。上天相中你，在于你矛盾的身世，是要你不囿于过去，摆脱往日的羁绊，成为一位不会瞻前顾后、怯懦、怀疑、一时冲动的豪杰，这恰恰是我们不具备的能耐；你有实力让我们免于优柔寡断和瞻前顾后所造成的失败。我说的不是今晚在那儿的兵——"那只拿着文件的大手飞快地做了一个简洁的手势，在灯火通明、与外界隔绝的屋内表明、划定了一个范围，囊括了外面、甚至远至前线的躁动和折磨人的黑暗——一条条铁丝网和纵横交错的壕沟第一次陷入了一片寂静，枪炮息声，惊奇的士兵满怀希望、警觉、糊里糊涂、将信将疑地等着，"——他们用不着你，他们能自保，那三千人四年前就已证明。他们只要有人护着、防着你。他们没了这个指望、甚至断了这个想头，只能听天由命，只可惜我们辜负了他们。这次不指望你，你不是没尽心，而是没尽责，因为你我行我素。但我和我的几个位高权重的同僚，就好像上帝那天亲自将这一纸委任状交到了我的手中，三年后以备这一出，到头来，我辜负了他们、辜负了他老人家，将它带了回来。"他手一挥，将那张叠着的纸往桌上一丢，落到了碗、酒壶和那块没动过的面包前，落在老将军两只微微握着、青筋暴露、斑斑点点的手之间。"跟当初我从你手中接过一样，我亲手还给你。我再也用不着它了。我知道，就我自己来说，我不该这么久才归还这个我当初就不该接受的东西，因为我当初就应该明白自己担不了这项重任，如果我当时就知道这项重任的话。我责无旁贷。我责无旁贷，错在我，错只能在我；没有我和你三年前那天授予我这张委任状，你不会出这一手。凭这一权利，我当时就能阻止你，甚至事后弥补，把它还给你。跟你这位在法国统帅联军的总司令一样，身为我们、英国和美国前线以西、卷入战争的一名欧洲的军需主任，我本应下令足量供应包括维勒纳夫·布兰奇（或任一个你觊觎的地点）在内的全区，一个人不得驾驶这些装载防空空包弹的卡车进入这一区域，甚至足量供应，不放跑了一个德国人。可惜我没有。我责无旁贷，因为你别无选择。你不能尽心，只能尽责，你不会别的，你生来、命中注定没别的本事。我虽可以在能和愿意、应该、必须和不能、必须和不敢、愿意和害怕之间择其一：我有这个选择，可惜我不敢。对，是不敢。但那时候我凭什么要怕你？既然你怕兵。"

"我不怕兵，"老将军说，"畏惧说明无知。无知却并非如此，你不用怕，重视就行了。我不畏惧兵的本领，我不过是重视。"

"还有利用。"军需主任说。

"提防着点儿。"老将军说。

"怕与不怕,你都应该提防着些,总有一天你会的。当然,我不怕。我是个老头子,行将就木;我有过机会,可惜都放弃了;谁还对我抱什么指望,我还能有什么追求?真是一堆废物,尤其是被一个还不如你的人蹂躏了包括塞纳河对岸拥有金半球的国家在内的整个欧洲,因为他联合欧洲各国军队,旨在断送一个你联合两个半球的军队、最后又联合进了德军的小号政治帝国,将这个世界拱手送给人类。"

"能容我说几句吗?"老将军问。

"当然能,"对方说,"我不是说我爱过你吗?谁能拦得了你?结盟、订立协约都由你一手操控。"

"你说他们用不着我和我们放他们一马,只要我们由着他们,只要多防着我和我们,他们能保全自己。对我们解决这一局面的时间和地点,你有何高见——整整四年的这一刻、全军上千公里前线的这一点?单单靠警惕吗?不仅提防着这一点、这一刻,而且凭每一名训练有素的军人当初所受的训练和教导,在战争和战斗中必须顺应后勤、气候和弹药不足这一形势,做到有备无患,在这个时间、地点集中力量解决、消除这一障碍;在这四年漫长、事关成败的危急关头,上千公里事关成败的薄弱环节——危急关头和环节薄弱,在于迄今为止,解决这一难题的莫过于兵。对我们终于醒悟,你有何高见?你难道不知道?既然你相信兵的才干,你肯定了解他们?"

对方住了口、高大朦胧的身影一动不动,他苍白、急切的面孔仿佛又换上了先见之明和绝望的神色。他轻言细语地问:"怎么说?"

"他们当中的一个人说的,他排里的一个兵。照例——是他的一名亲信。这种情况下、或者说作为他们、至少他们当中的一员,为了他们,身处险境中的人一贯采取的做法,他认为这是他的人生、自由或荣誉。他叫波尔奇科,礼拜天半夜去查看伤病员,我们本应在一个小时内了解这一情况,只可惜还有一个叛徒(如果你愿意,尽可以这么叫他)偏不遵守这个团的规章制度。因此我们根本无法及时了解,等我们知道,已经迟了,师长拂晓前一个小时亲自上了一个前线观察哨,他来这里纯属多此一举,除了一名中尉(一个十足的一根筋,他的军旅生涯很可能就此告终,因为他认为神圣的祖国高于师的政策;他当然要荣获一枚勋章,但到此为止,他大有来头的小胡子只能拆穿这名中尉的功劳)直接致电陆军司令部,口口声声要找管事的人接电话。我们就是在这种情况下联系上了敌人(都没来得及取消),还得找了个人应付他,免得生出什么事端。"

"这么说,我说中了,"对方说,"你怕了。"

"我看他是个喜欢东游西荡、自私自利、能说会道的家伙。"

"你怕了,"军需主任说,"鉴于两支军队吃了败仗,第三支初上战场,尚且指望不上,他虽想办法拖住了欧洲实力雄厚、能征善战、忠心耿耿的一支军队,但还得请求敌人出手对付人类一致的希望和梦想。不,你怕了。我还是怕的好。所以我才把它给你带了回来。喏,你摸摸,把你的手放上去。我敢打包票,那是真的,错不了,没破没损,坏名声算我的,是我临阵脱逃,阁下的权利和荣幸是不致人为的失败。"

"你能把它带到这儿来?还给我?"老将军婉转地说。

"凭什么不能？不是你给我的吗？"

"你怎么能？"老将军反问道。"你怎敢？求我卖你一个情面，何况还是从我这儿接受的。这个情面，"老将军客气、不动声色地说，"一名士兵将死得为人不齿，因为贪生怕死同时又捍卫了自己的祖国——总之是入籍——被处以死刑。那是愚昧的人说的，他们不会知道他为了主义丧生，就凭你苦苦地自责，你可不能赌上自己的性命和名声。你不是为那条性命求情。恰恰相反，你是请辞。一种姿态。一种牺牲。配得上他的命吗？"

"他不会领情！"对方喊道，"如果他——"话说一半，他又咽了回去，惊骇、绝望、不出所料地听他轻声说道：

"如果他领情，保住了一条小命，无异于抛弃了自己的信仰和气节。如果我今晚饶了他一命，无异于亲手让他为之舍生的希望和梦想化作了泡影。明天一早处死他，我将永远证明，他没有白活，何况死得其所。你说说，谁怕来着？"

对方现在开始慢慢地、盲人似的哆哆嗦嗦地转身，又面向那扇小门，并非看见，而是凭嗅觉这种稍欠灵敏的器官辨别了门的位置和方向似的，脚也不停地走了过去，老将军看着他转过身，才开口说道：

"你忘了你的委任状了。"

"那是，"对方说，"我忘了。"说着，他哆哆嗦嗦地转过身，连眨了几下眼睛；他伸手在桌面上摸了一会儿，摸到了那张叠着的纸，放进上衣口袋，又站起身，连连眨着眼睛。"是的，"他说，"我忘了。"接着又转过身，虽不灵便，但几步走过雪白的地毯，径直走向那扇门；门立刻开了，进来了副官，他推着门、毕恭毕敬地立在一旁，扶着门目送军需主任稍显迟钝、吃力地走向门口，他身材高大、瘦削，显得不相称，他停下脚步，偏过头，说了声："再见。"

"再见。"老将军答道。对方走向那扇门，快出门的时候，他稍稍低下脑袋，好像出于由来已久的习惯，他个子太高、多数门出不了，他几乎站在门框里，转过身之后、甚至还微微低着头，他并不完全对着老将军方向，老将军像个俗气的小孩子家家的玩具，端坐在那只没动过的碗、酒壶和那截还没动的面包后。

"容我，"军需主任说，"再说一句。还是那句话——"

"与主同在。"老将军说。

"那是，"军需主任说，"就是这句话。我险些说了。"

*　　*　　*

门砰的一声开了，先进来的是挎着一杆步枪的中士，紧跟着是一名二等兵，仿佛挑开篱笆的猎人，端着一杆上了刺刀、长得令人难以置信的枪。两人分立门的两旁，十三名犯人齐刷刷地扭过脑袋，默默地望着两三个人抬着一张带板凳的木餐桌，放在牢房的中央，走了出去。

"哦，打算先把我们养肥喽？"一名犯人说。中士没吭声，用一根金牙签剔着门牙。

"要是他们再拿来一块台布，第三个进来的恐怕就是牧师了。"另一名犯人说。可惜他没说中，虽说的确端来了几只砂锅、壶、碟子（包括一个分明盛着汤的小锅），第三个进来的人拎来的却是满满一篮瓶子和乱糟糟的餐具和刀叉，中士衔着牙签，有几分怏怏不快地说：

"慢着。至少别让他们的手和胳膊碍着你。"尽管犯人们迄今并没当真冲向餐桌,扑向食物,仅仅是变换了下位置、围成半圈,默默地望着第三名勤务兵将酒(总共七瓶)摆上桌,接着从餐具篮里拿出杯子、碗碟、锡杯、小盘子、两三个裂了的酒瓶、两个被一破为二的军用饭盒做成的酒壶,摆上桌。

"用不着过意不去啦,小伙子,"一个人风趣地说,"这样倒好,一头有了一个底,另一头有了一个洞。"接着,拿酒进来的兵跟着另两个人匆匆地退了出去;带刺刀的二等兵端着七英尺长的家伙出了门,又转身为中士扶着半开的门。

"吃吧,你们这帮孙子,"中士说,"把你们喂成猪吧。"

"说你自个儿呢,总管大人,"不知是谁挖苦了他一句,"如果我们非得在这臭烘烘的空气中吃饭,还不如自己放个屁呢。"这句话出乎他们的意料,好像冷不丁地从身后风也似的追了上来,他们不约而同地转向中士,也许他不是中士,人类的卫士,不过是步枪、刺刀和可锁的钢门,并非走向、扑向他们,不过是冲他们嚷嚷——一个刺耳、响亮的嗓门,没有言语,并非出于威胁或控诉,仅仅是对坚决的驳斥一声刺耳、一致肯定,即便中士出了门、门又砰的一声关上,仍经久不息。他们站在那里,并没扑向餐桌,仍围作半圈,在徘徊,有几分胆怯,仅仅是围着餐桌,兔子似的翕动着鼻子,嗅着它飘出的气味,这味道污秽不堪,还带着前线、局势不明、兴许还有几分绝望的意味;士兵们一张张胡子拉碴的脸显出的不是惊慌,也非怨恨,而是苦恼——不仅承担了出乎他们意料,也超过他们自认为能承担,也明白还没尽到的重任的神色——带着几分惊讶、甚至恐惧——不论将来还有多少，他们也会义不容辞。

"行，"下士说，"当心着点。"没听见纷乱、一拥而上的脚步声。不过是围上前，推着走上去，稍带几分漫不经心，并非出于饥饿，而在于警惕、不置可否的人还——至少迄今为止还——踏着整齐的步伐，还保留着一个日渐为人淡忘的神话故事本色，这诅咒本身就漫不经心，不带感情色彩，并非迫不及待，不过是推着挤着、坐上两旁固定的板凳，一边五个，对面的一边坐着六个，第十二个拖过牢房里唯一一张凳子，替下士放在桌首，然后自己在没坐满的那条板凳的一头坐下，如同狄更斯笔下小酒馆后间主讲人的助手——一位生着蓝眼睛、红头发、留着一部布列塔尼渔夫或船长胡子、敦实、见过世面的男人讲诉他那艘结实、不怕风吹浪打、无疑装载走私货物的小船。下士满上碗，让他们一一传了过去。还是不见人狼吞虎咽，个个都一副矜持的模样，但平静、近乎坦然地坐在那里，像船员，或接受检阅似的一人拿着一个倒扣、干净的勺子。

"这伙食看起来不怎么样。"一个说。

"很难吃，"另一个说，"说真的。"

"这不是叫人活受罪吗，"第三个说，"车库机械师做得都比这强。所以说，如果他们大费周章地——"第三个说。

"别说了。"布列塔尼人说。他对面的一个五短身材、皮肤黝黑、下巴拧巴着，有一道旧伤疤。他叽叽呱呱地说了一通几乎无人听得懂的地中海方言——米迪话、兴许是巴斯克语。他们面面相觑。一个人突然开了口。看他模样像一位学者，甚至一位教授。

"他希望有人做饭前祷告。"他说。

下士打量了一眼米迪人。"那就做吧。"他又叽叽呱呱地说了一通无人能懂的话。学者模样的人又替他翻译了一遍。

"他说他不会。"

"你们谁会?"下士问。他们又你望着我,我望着你。接着一个人对第四个人说:

"你上过学。你做吧。"

"说不定他上得太快,漏过了。"另一个打趣道。

"做吧。"下士吩咐第四个人。他叽里咕噜地说了几句。

"Benedictus. Benedicte. Benedictissimus.[①] 行吗?"

"行了吗? 卢卢科。"下士问米迪人。

"行了,行了。"米迪人连声应道。说完,一桌人开始吃饭。布列塔尼人举起酒瓶、稍稍对着下士。

"行吗?"他问。

"行。"下士答道。另外六只手拿起其余的几只酒瓶;几个人推杯换盏,大吃大喝。

"暂缓处决,"第三个说,"我们不吃完这餐饭,他们不敢处决我们。全国人恐怕都不答应他们侮辱我们想出的好计谋。这个主意如何? 我们错开来,一次吃一道菜,一个人吃一个小时,总共十三个小时;我们差不多还能活到——明天中午——"

"他们送下一餐的时候,"另一个人说,"我们把那一餐错到晚餐,然后再把晚餐错到明晚——"

"——最后吃到老,吃不动为止——"

[①] 以"Benedictus"起首的天主教颂歌,《以色列颂》(亦称《撒迦利亚之歌》)[《路加福音》1:68]。

"叫他们枪毙我们好了。谁怕死来着?"第三个人说,"你的办法行不通。中士那孙子一喝完了咖啡就会带行刑队过来。你们等着瞧好了。"

"没那么快,"第一个人说,"你们又忘了什么是最优秀的美德啦。节俭。他们会等到我们把这消化、拉了。"

"他们要那干吗?"第四个问。

"做肥料,"第一个人答道,"你不妨想象那园角,那块园子施上这一餐的精华——"

"叛徒的肥料。"第四个人说。他俊俏、殉道者一样的脸满面怒色。

"那样的话,玉米、豆角、马铃薯不都颠倒着长,就算埋不住头,总之也得遮着?"第二个人说。

"别说了。"下士说。

"不知是哪一块地旮旯,"第三个人说,"明天我们将留给法国几具腐臭的尸体——"

"别说了!"下士呵道。

"主饶恕我们吧。"第四个人说。

"哎呀呀,"第三个人说道,"到时候我们可以去见他。他不用怕尸体。"

"要不要我去让他们闭嘴,下士?"布列塔尼人问。

"得了吧你,"下士说,"吃你的饭。后半夜你恐怕盼着找个话头磨磨牙。把你那一套省省,留着那时候用吧。"

"还有笑话。"第三个说。

"到时候我们恐怕要挨饿。"第一个说。

"或者说消化不良,"第三个说,"如果我们今晚听到的多半是笑话的话。"

"得了吧你,"下士说,"我对你说了两遍了。你是想说吃饱了,还是要那个中士进来说你吃完了?"他们又埋头吃了起来,除了下士左手的兵,他拿刀戳着食物正要往口里送,接着又放了回去。

"波尔奇科没吃,"他突然说,"连喝都不喝一口。怎么回事儿,波尔奇科。你是怕你吃进肚的变成烦恼,不能按时排进粪坑,我们只能和着烦恼入睡?"他说的那人紧靠下士的右手。他生着一张漂亮、算得上英俊的大都市、兴许是巴黎郊区人的脸蛋,狂放但并不傲慢、故作镇静,只有无意中与他四目相遇,你才发现他躲躲闪闪。

"在绍讷蒙休息一天也许倒了他的胃口吧。"第一个人说。

"上士明儿一早的 coup de grâce① 对得上。"第四个人说。

"也许能免了你们疯抢我没动过的食物。"波尔奇科说。

"怎么了?"下士问他,"礼拜天晚上,我们罢战前,你去巡视伤员来着。你到现在还没缓过劲儿来?"

"那又怎样?"波尔奇科反问道,"这难道不行?我礼拜天晚上闹了肚子,现在还没好,但这是我的事儿。我肚子不好,就坐这儿了,我一点都不用操心吃与不吃,就像某些无知的局外人吃一样,因为我不吃。"

"你想借题发挥?"第四个人问。

"去敲门,"下士吩咐布列塔尼人,"报告中士,就说这儿有一个

---

① 此处为法语,意为致命的一击、让犯人或垂死的人死得痛快些,或得以解脱。

病号。"

"谁借题发挥来着?"波尔奇科不等布列塔尼人起身,对下士说。"用不着干杯。如果我的肚子今晚不服红酒,用吉恩的话说,上士明天一早就拿手枪把它一股脑儿地打出来。"他对在座的众人说,"来吧。为和平干杯。我们现在不是终于实现了这四年来为之奋斗的愿望了吗?来吧,端起酒杯!"他粗声粗气地喊道,露出一闪而过、又有几分兴致勃勃的语气、神色和模样。同样的振奋、按捺不住的兴致似乎顿时传遍了在座的众人;除了一位,他们都举起了酒杯——他是第四个人,生着一张山地人的面孔,比其他人稍矮一些,露出一闪而过、苦闷中又带着几分绝望的神色,他突然举起酒杯,又停在半空,却没喝,其他人一饮而尽、砰地将奇形怪状、不搭调的酒杯放回桌,伸手又去够酒瓶,这工夫,门又砰的一声开了,就听一阵重重的脚步声,进来了中士和他手下的二等兵;他手举着一张叠起的纸。

"波尔奇科。"他说道。波尔奇科一时愣在了那里。接着,没喝酒的那人一哆嗦,尽管他立刻稳住了神色,波尔奇科不慌不忙地站起身,这时候,他们俩都站了出来,正要对波尔奇科发话的中士迟疑了一阵,来回地打量着他们俩。"怎么?"中士说,"哪一个是?你们连自己是谁都忘了?"没人吭声。除了波尔奇科,其他人齐刷刷地望着没喝酒的那人。"怎么,"中士问下士,"你连自己手下的人都不认识?"

"这一个是波尔奇科。"下士指着波尔奇科说。

"见鬼了,他中了什么邪?"中士问。他问另一个人:"你叫什么?"

"我——"那人支支吾吾,伤心、绝望、茫然、飞快地四下望了一眼,但并不是找人。

"他叫——"下士说,"我有他的身份证件——"他伸手从制服上衣口袋里掏出一张脏兮兮、卷了角的纸,显然是一张委任状。"皮埃尔·布克。"他一口气报出了一个数字。

"这份名单上没布克这个人,"中士说,"他干什么来的?"

"情况我清楚,"下士说,"反正他是星期一早上跑到我们中间来的。我们谁也不认识什么皮埃尔·布克。"

"他之前干吗不说?"

"谁又愿意听来着?"下士反问道。

"有这事儿吗?"中士问那人,"你不是这个班的人?"那人没吭声。

"你说呀。"下士催道。

"不是。"那人小声说。接着又大声说:"不是!"他脱口而出。"我不认识他们!"说着,他慌慌张张、跌跌撞撞、逃也似的向后跨过板凳,最后还是中士拦住了他。

"这事交给少校处理,"中士说,"把证件给我。"中士依言递了过去。"你们出去,"中士说,"你们俩。"牢房里的人现在能看见门外还有一对荷枪实弹的士兵,显然刚过来的,在门口等着。两名犯人穿过门,走了出去,中士、接着是勤务兵也跟了出去;他们身后的铁门猛地撞向那间牢房及其容纳、意味、预示的一切;门外的波尔奇科却没放低嗓门:

"他们答应过我白兰地。酒呢?"

"闭嘴,"是中士的嗓门,"该有的你自会有,别他妈的操闲心。"

"我还是了解一下的好,"波尔奇科说,"要是没有,我也许晓得怎么办。"

"我警告过他一次,"是中士的嗓门,"如果他这次不闭嘴,叫他闭嘴。"

"在下愿意效劳,中士,"是另一个嗓门,"我有的是办法。"

"带他们走。"是中士的嗓门。铁门的铿然声还没落,下士开口说道,并不响亮,只是即刻,和蔼,但并不霸道,仅仅是坚定。

"吃吧。"上文的那人刚张开嘴,但下士没容他说出口。"吃吧。"他说,"别等到下次他把它给端走了。"但他们得以幸免。门差不多立刻又被打开,但这一次只有中士一个人,剩下的十一颗脑袋齐刷刷地望着他,他站在桌尾,望着乱糟糟的桌子一头的下士。

"你。"中士说。

"我?"下士问。

"对。"中士说。但下士还是没动。他又问道:

"你是说我?"

"对,"中士说,"快些。"下士起身,飞快地瞥了一眼从中士转向他的十张脸——十张胡子拉碴、邋里邋遢、紧张、长期缺觉、受尽折磨,但不管怎么说肯定一样的脸——并非出于信赖,也不是出于依赖,不过是不约而同。

"你来负责,保罗。"他吩咐布列塔尼人。

"行,"布列塔尼人说,"我们等你回来。"但走廊里现在空无一人;中士自己带上身后的门,转动沉甸甸的钥匙,装进了口袋。眼前不见一个人影,他——下士——以为能看到林立、荷枪实弹的士兵,像上次传唤他们一样目送他们走进市政厅白得耀眼的房间。中士从门口转过身,他——下士——这才意识到,他走得匆忙了些,算不得鬼鬼祟祟，也算不得偷偷摸摸，无非是快了些，他们快步上了他走了三次的走廊——一次是看守昨天早上把他们从卡车押进牢房，另外两次是看守昨晚把他们押到市政厅，又把他们押了回来。他们——他和中士——厚实的靴子并不清脆，因为（最近这座警察局——它曾是一座警察局）铺地的不是石头，而是砖，靴子踩上去的声音非但不沉闷，听着反而更响亮，因为现在只有四只靴子，而不是加上看守的二十六只。因此，对他来说，除了那个出口，好像再无出路，没有要去的目的地，只有一路向前，所以，他正要走过一道铁门上了锁的小拱门，中士拦住了他，推着他转过身，门内和附近不见别的活物，他甚至没看出影影绰绰的头盔和步枪，直到那名士兵从外面开锁，拉开门放他们进去。

他并没一眼看见那辆车，中士也没碰他，仅仅靠肩并肩同行、逼着他以同样的步调、速度，穿过那扇门，进了一条小巷，对面是一堵墙，没开门，也没开窗户，路牙旁停着一辆黑色的大轿车，车熄了火，他起初没注意，由于悄无声息——并非刚才他们脚步回响的空旷，而在于是一条死胡同，他自己、中士和两名哨兵——为他们开门、接着在他们身后锁上的一个，以及站在门对面的一个——他连检阅稍息都不算、就是稍息，步枪挂着地，漠然地站在那里，仿佛根本不理会这个轮不到他们露面的场合，他们四个人在这个城市隐约、夜以继日的怨声中置身一片寂静的空间。接着，他看见了那辆小车。他没停下脚步，只能算迟疑一阵，不等中士用肩膀逼着，他又迈开了脚步。司机甚至没推门下车；中士为他拉开车门，用肩膀、现在又加上一只有力的手推着他的背，因为他这时候又站住了，车内的人说："进来吧，我的孩子。"他仍挺着身子，一动不动，也推不动；接着又僵持了片刻，才低头钻进了汽车，上车的过程中，他隐约看见穗带，以及裹得严严实实的黑斗篷上的一张侧脸。

中士关上门，车已经起步，到此为止；只是他们三个：老人身居高位、不必带要人命的武器，哪怕他老到用不了，司机双手操车，就算这四天他不背对着他，他也想不起来，这段时间，不是一两条胳膊，而是二十到一千只手扣着扳机、要取他的性命；出了巷子，坐他对面角落里戴着镶了穗带、威风凛凛的帽子和黑斗篷的老人家还是没发话——下指示或命令，车没进城，而是直奔城外、越开越快，追着它嗡嗡的回声穿过荒郊一条条狭窄的小路，频频地打着急弯，跟这机器识路似的，在城郊画了一条长长的同心轴，地势越走越高渐高，连他也开始看出了他们大概要去的地方，城市沉入地平线的当口，好像朝他们压将过来；老人还是没发话，车停了，越过本应有着无比分量、饰了军阶杠和穗带的军帽下俊俏的侧影，他见到的不是中心广场，它们并不高高地耸立在城市的上空，却仿佛凝聚了它无休止的焦虑为它披上了一层灿烂夺目的光彩。

"走吧，我的孩子。"老将军说，这次不是对他，而是对司机。车又上了路，现在他也吃不准他们要去哪里，因为前方只有那座年深月久的罗马城堡。不过，就算他有什么本能的冲动和实实在在的恐惧，他也不会露于形色。即使理性这一刻告诉他，这纯属无稽之谈。在城堡主塔秘密处死你能将他们阻止战争，以及把你们十三个人带到这里来的事一笔勾销，再说谁也没听说过此事：他坐在那儿，挺着胸、显得有些紧张，他从未坐过后排，警惕但相当坦然、镇定、警觉，车现在挂的是二挡，但还是飞快地拐了几个急弯，最后城堡的分量仿佛沉甸甸的影子倒向、压向他们，车最后打了一把方向，因为前方无路可走，终于停了下来，他和司机都没动，是老将军推开车门、下了车、为他扶着门，他下了车、直起腰、扭头四下张望，老将军说："不，还没到呢。"说着转过身，他跟着他上了最后一段陡峭的石坡，他们有话要说，老城堡并非高耸他们的头顶，倒像匍匐在地，城堡不是哥特式，而是罗马式，并非出于人类从前的志向高耸天际，倒像是一个攥紧的拳头或一枚盾牌，准备以死与他们相拼。

"你回头瞧瞧。"老将军说。他转过身，顺着山坡黑漆漆的坡顶向颤抖的市内望去，只见夜幕下的点点灯火仿佛晚风中焚烧枯叶的余烬，多过、稠过凝聚了悲痛和烦恼的繁星，世上的黑暗和恐惧仿佛被一阵激流、一个浪头冲进中心广场，在那儿颤动、久久不能平息。"你看看。你听听。你再想想。过一会儿，再别去管它。不理会那痛苦。你造成了他们不安和痛苦，但到了明天，你就能让他们免于这些烦恼，他们只会恨你，一则气你给他们带来的不安，一则感激你又将它带走，一则为了恨不着你、谢又谢不着你。所以别去管它，你自己图个心安吧。再看那边。地球、或者说半个地球，远及地平线之下的整整半个地球。它当然漆黑一片，不过是从这里看漆黑一片；它的黑暗不过是隐匿，就像一个人隐瞒他不可告人的经历、可以不去管它，隐瞒并非出于无奈、刻意为之，而是为了图个安逸和一己之私。当然，他现在只能朝着一个方向，一路向西；现在他只剩下半个地球——西半球。但这也足够大，替他保守一年的隐私，因为要不了一年，到时候，整个地球将任由他驰骋。他们会请求召开一次正式会议，谈条件，就在今年冬天；来年我们将取得所谓的和平——暂时的和平。我们不会求和，是他们——德国人，如今地球上、实际上是两千年来最优秀的军人，因为连罗马人都征服不了他们——全世界出的一个不为了荣誉而投身战争的民族，他们发动战争并非为了征服和扩张，而是把战争当作一项事业、一种消遣，他们因此才输掉了这场战争，他们是地球上最优秀军人；不像我们法国人和英国人，应战不过是全盘皆输之际出的一步弃车保帅的险棋，甚至到这步田地，我们也毫无把握；但他们，德国人，他们没有退路，因为他们四年前就跨过比利时边界，此后的每一个决策要么一败涂地，要么稳操胜券，他们现在也不肯罢手，就算他们自己也清楚，再打一次胜仗无异于自取灭亡；他们还能打两场、甚至三场胜仗（至于几次，无关紧要），之后只能投降，因为战争这一现象具有两面性，胜利寓于失败，不可或缺的对手、敌人不过是他们互相内耗的温柔乡。一种更加骇人的不治之症，因为这之间没有一道能拦阻他们，将他们隔开哪怕一段正常距离，不给他们交手，连高潮也分不开他们的机会，让他们恢复生机；人类迄今发明的耗资无数、罪孽深重的恶，相比人们满以为能毁了一个人的吃喝嫖赌，无异于小孩子的棒棒糖之于酒、色和赌。这种早已植根人类心中的恶习俨然成了他行动的高尚准则，祭奠他甘洒热血、光荣献身的圣坛。不仅如此，还是一根关系他祖国存亡的栋梁，而非祖国霸权的丰碑；你我却以为战争是政治斗争的最后一着棋；我等不到那一天了，但你能，也能看到它成为挽救危局，迫不得已采取的权宜之计；你会——也能，在于你愿意与否——看到那一天，一个因人口过剩难以为继的国家向一个它自认为能轻松取胜、富饶、多愁善感的国家宣战，为的是从被征服者的军需库拿战利品养活本国的民众。但那不是我们的眼前之急；就算如此，只要与最终的胜利者结盟，我们——法国和英国——将从德国人的失败中尽可能多地收获战果。我们——你也可以说我——的问题迫在眉睫。也就是土地。你如今拿下了一半；到了年关，你很可能将除却人家称作欧洲的这一小块脓疮外的广袤土地悉数纳入囊中——谁又能说得好？只要你想，稍加留意，连那一小块也是迟早的事。开上我的车——你会开车，对吧？

"会开，"下士不解地问，"一走了之？"

"那就好，"老将军说，"开上我的车。如果你会开，有引擎盖上的小旗，德国前线以西的欧洲随你去；如果你开得好，下面的引擎能保你两天之内开到沿海——布雷斯特或马赛；我准备好了文件，到了那里，你可以拿它登上任一艘船只，指挥舰长。然后去南美——亚洲——太平洋诸岛；快别想那事了；将那离经叛道、虚无缥缈的梦想永远锁在心底。别，别，"他连忙说，"你一刻也别怀疑我卑鄙无耻，理会错了你的性格——你星期一早上五分钟内取消了一场战争，这是将近四年来，连欧洲最优秀的军人也没完全打破的僵局。当然，你会得到一笔钱，但唯独有了这笔钱，你才能过得上雄鹰或土匪一样逍遥的自由。我不是拿钱收买你。我是还你自由。"

"你要我抛弃他们？"下士说。

"抛弃谁？你再看看。"他抬手飞快地朝他们下方昏暗、不眠的城市一指——一个不存在傲慢、毫无意义的手势，仅仅一挥，接着又放了下去，在午夜的夜幕下不见了。"不是他们。星期一过后，你去哪里？他们凭什么赤手空拳，因为他们受够了它们，他们不是一块砖一块砖地拆了那堵不屑几只手就足以抬起的墙,或者从门窝里拆下那扇只要一只手就足以锁上的门,放了甘愿为他们赴汤蹈火的你们?你们手下——或你们以为自己手下的另外两千九百八十七个人星期一破晓时分身在何处?你们穿过铁丝网,如果他们也认为你们抱定了人类坚定的志向、希望和信仰,他们何不扔下手中的武器,随你们而去?连当初那区区三千人——三千也足矣——清除了砖块、拧掉了那扇门,他们反正相信,五分钟足够铤而走你们知道的险——那三千人中少掉的十二个迄今一直跟你一起被单独关押在同一间牢房里。他们都在哪里?其中一位是你的乡亲、亲兄弟、叔伯父老,在那里、那段时间、你们都是至亲——一个叫热特拉尼的却愿与你和其他人为伍,热特拉尼也好,至亲也好,不相干也罢,至少是、或者说反正被纳入了你们信仰和希望这一兄弟会——波尔奇科礼拜天午夜已经背叛了你们。就像上帝那天下午变出一只救了以撒一命的羊羔,你有了一个替死鬼——如果你认为波尔奇科叫替死鬼的话。到时候,我提走波尔奇科,大张旗鼓地将他处死;届时你不仅报了仇,雪了其他被他出卖的三千人的恨,也洗脱了城里那些恨得夜不成寐、咬牙切齿地要加之于你的罪名。

"还剩十个。"下士答道。

"我们走着瞧。我们不走;我派这辆车带我的口谕回去打开那扇门,再退了那栋楼里的每一个兵,神不知鬼不觉——悄悄地打开那扇门,打开那扇大门,然后散去。那十个人不认你——背叛你要多久,如果你把这个选择称作背叛的话?"

"你也清楚,"下士说,"十分钟内,那不是十个,而是一百。十个小时内,那不是一千,而是一万。十天之内——"

"没错,"老将军说,"我见过。我不是说过,我还不至于卑鄙到理会错了你的脾气吧?哦,对了,这么说吧——你的威胁。我何苦要提出以大多数人不仅不要、反而避之唯恐不及的东西换取我的——我们的安慰,比如自由和自主?哦,对了,我明天一早消灭你,救我们——一时。实际上,是我的余生。但仅仅是暂时。如果迫不得已,我做得出。我相信人有能力,也有不足。我相信,他不仅能忍,愿意忍,而且他必须忍,至少忍到他亲自构思、完善、拿出一个更好的人,做他的替身。开上我的车,带上你的自由,我把波尔奇科交给你处置。接受你人生中的大喜、同情、怜悯,原谅险些没要了你一条命的他从中体会到的快意——你们的哲人培养你们相信的那胶水、那契机维系了一个完整的地球。把地球也带走吧。"

"还剩十个。"下士说。

"我忘了他们了吗?"老将军反问道,"我不是说过两次,我绝不会看错你?你不用吓唬我;我知道他们才是个麻烦,不是你;我们讨价还价的是他们,不是你。为了你的好,我势必要将你们十一个人斩尽杀绝,十倍地了结你的威胁和牺牲。为了我的利益,我必须把他们也放了,向世人证明,你抛弃了他们;让他们大声说、尽管说,谁会相信你这个先知先觉、煽风点火的家伙为了殉道牺牲你们自由的时候,他们宣扬的信仰的价值——价值吗?也对。不,不,我们不是买马卖马的两个希腊、美国,或犹太——或者就此而言,诺曼底——农民:我们兴许是两个自封、总之是选出的、反正是受命的发言人,与其说捍卫、倒不如说检验两种对立的情况,并非通过我们的过失,而是借限制他们遭遇、要一决高低、其中一方灭亡的战场；我身为这个尘世的维护者，喜欢它也好，不喜欢它也好，虽说我没有主动请命，但既然身在这里，我不仅要制止，而且在我的任期内志在必得；你鼓吹憧憬人类虚无缥缈的秘境和追求幻境的旷世本领——不，应该说是激情。不，他们其实并不冲突，并不存在矛盾；它们甚至能一如既往地在这个有限的空间相安无事，只要我们互不干涉。所以我要再说一句：把这个地球带走。对了，我知道你会说：还剩十个。"

"还剩十个。"下士说。

"那就带上全世界，"老将军说，"我愿认下你这个儿子；我们一道掩盖这个小过失，将它永远封存心底。之后我会为你开启另一个世界，一个连恺撒、苏丹或哈里发都不曾见过，连台比留①、忽必烈，以及东方的各位皇帝想都想不到的世界——绝不是罗马和巴亚②，而是供匪徒抢劫的仓库，让筋疲力尽的人先泡个澡、好返回茫茫荒漠、多打劫点钱财的土耳其浴室，或面对手下喽啰希望一举两得、租来的匕首，绝不是中国。诗人笔下的喀迈拉③与现实的关系无异于穆罕默德的伊甸园——表明他名正言顺地摆脱了生他养他、摆不脱的那条臭烘烘的小巷，或炽热的沙漠；也不是诗人梦中的忽必烈行宫，而是上苍眷顾一个英国药罐子，突如其来的好运让他一时晕晕乎乎，形容不出——这些无非是世界历史这顶星空中一闪而过的流星；但巴黎却仿佛苍穹，星空、整个世界；——并非谁都可以在巴黎尽享一切——罗马、中国和世外桃源——如果他有几位亲朋故旧、无须为钱发愁，因为你

---

① 公元 1 世纪 14—37 年间为罗马皇帝。
② 意大利坎帕尼亚的古代城市。
③ 希腊神话中狮头、羊身、蛇尾的喷火妖怪。

不要这些，我不是提过两次，我没看错你吧？但唯独我儿子才能从我手中继承那个巴黎——那座巴黎，我十七岁那年压根儿就没拒绝，不过暂搁一旁，只等我做父亲的那一天，一次算清，将它传给一个不辱这份庞大家业的继承人。这其中有命，天数，你和我的天数，剪不断，理还乱。纵横天下、不可估量的权力；哦，是啊，我没看错你。——我，是一个生来注定继承大权的人，只等长大成人，我就承袭这一权力，成为那个能摧毁、制服、从而消灭世上威胁到它的唯一因素的联盟不可撼动、也撼动不了的领袖；你有权、有才说服那三千人立刻领死，而不愿按可靠的数学比例接受一个或然的概率，当时你顶多只能说服一个师、一万五千人，再说你赤手空拳。有全世界，有我能留给你的遗产你还有什么办不到、办不了的。一位吝啬的国王、皇帝只能统治人类一时，只等另一位能人，给他们更多更血腥的娱乐，以及更多香甜的面包？呸。你以后要主宰天下，靠一个远远强似他单纯的欲念和嗜好的要素将他永远攥在手中，靠他自鸣得意和根深蒂固的愚笨，他渴望被人领导、蛊惑和欺骗这一至死不渝的激情。"

"所以我们才联合——结为同盟，"下士说，"你就那么怕我？"

"我是关心你，我用不着怕你。我又不是非你不可。我有意；我有这个打算。当然，要是那种情况，你恐怕看不到了——说这话真叫人伤心，殉道的最后一颗苦药，少了它，就不能称之为殉道，到时候就算不得殉道，即使靠天意，届时你是对的，你也不会知道——叫人哭笑不得的是：你只有主动放弃知道你是对的权利，你才不会错。——我懂，别这么说：如果我不是少了你不行，那么，你也不是非我不可；对我，你的死是万不得已，但对你，这却是实实在在的一张王牌。也不能这么说:我说过收买这个词;我现在开个价,我上了年纪,你还年轻;要不了几年,我就进了棺材,你明天不妨用你继承的遗产扳回我今天略施巧计胜了你的一局。因为我也会铤而走险。何况——"他住了口,连忙从斗篷里抬起一只手,说,"等等,说这话还早。——那无异于杀人。回答这句话前,请你三思。因为钱袋现在空空如也,剩下的唯有——杀人。你还年轻,即使经历了四年的战争,年轻人还能相信自己刀枪不入,别人家都会死,但轮不到他们。所以他们无须珍惜生命,因为他们想不到,也不承认它可能终结。但你们终有一天会老,到那时候,你会明白死是怎么一回事。到那时候,你才能体会到权力、荣誉、财产、享乐,甚至无忧无虑,一切的一切,都比不上单单有口气、单单活着,哪怕要回忆一生的憾事,哪怕苦于一副苟延残喘的身体;仅仅知道自己还活着——你听听。偏巧在美国,一个偏僻、想是起了一个印第安名的地方,密西西比,一个男人因为某个卑鄙的理由犯下了谋杀重罪——争取,兴许是报复,也兴许仅仅是为了甩了一个女人,娶另一个女人;这不要紧——在法庭接受审判的时候还一直喊冤,他被定了罪,判了死刑,还在喊冤,甚至下了绞刑台下的死牢还在喊,末了一位牧师来见他;这当然不是第一次,也不是第二次,恐怕也非第三次,事已至此,杀人犯终于坦白认罪,再无怨言,结果仿佛杀人犯跟牧师换了个身份和职责:坚强、平静的不是牧师,反而是杀人犯,坚强、平静、毫不动摇的信念并非出于一线希望,却在于认罪和坚定的信念,牧师自己如今借此取得信心、鼓起勇气;一直到行刑的那天早晨,对此,杀人犯脸上露出了几分渴望,好像他迫不及待地等着这一刻,届时他可以脱离将他带到人世、要他赎罪、接受宽恕的这个悲惨、短暂的世界;一直到上了绞刑架。我知道,这在监狱的院子里,临时用木板围了一圈高高的栅栏,不让总之纯粹出于病态的好奇的世人看见犯人上路;尽管男人、女人、孩子和老爷爷、老奶奶会乘着大车、小车不远数英里赶过来,围着高高的栅栏,直等到钟、挂钟敲响,表明此人的死期已到,到再次敲响,提醒他们回家;诚然,哪怕看一眼站在绞索下那男人的一截身子,也能放下压在心头整整一个星期的那具可怜的尸体,让忏悔释去他心头的遗憾,他神态自若、平静地站在绞架下,绞索套上了他的脖子,他的神告诉他,他即将升天,去眼前那最后一片天空,附近的一根树枝探过栅栏,仿佛为他送来了神恩,告诉他,他早就断绝了一切尘缘的世界终于赦免了他的罪孽;一只鸟儿突然飞上那根树干,放开了尖细的歌喉——他即将摆脱尘世的不幸和烦恼,跨入永久的平静,将天堂、得救、不灭的灵魂统统抛开,他想挣开被敷的手,去拽下绞索,大喊一声:'冤枉!冤枉啊!不是我干的!'恰恰这个时候,处处陷阱的大地、尘世和一切背叛了他——都因为一只鸟儿,一只无足轻重、匆匆来世上走一遭、飞扑过去的老鹰,罗网,黏鸟胶和闲来无事的小男孩随手一弹弓就能在日落前灭了的鸟——只可惜明天、明年,还有一只小鸟,来年春天,那根枝条又长出新叶,另一只小鸟会站在枝头展开歌喉,如果他只是来听这段故事的,只好留下来——你明白我的意思吗?"

"明白。"下士说。

"那就带上那只鸟。公开认错,忏悔,说你错了;就说你领导——领导吗?你领什么导,你只是参与——了一次未能发动的进攻。

把我的命拿走好了；求求你，收下吧。我能给，哪怕为了一次军事失利。你们师的师长将——他已经求死，倒不是打着法国或胜利的幌子，而是借他的劣迹之实。但罪不在他，罪在戴着这顶帽子的我。"

"还剩十个人。"下士说。

"他们会怨你——恨到忘了你的日子为止。他们甚至诅咒你，诅咒到忘了他们诅咒的人，为什么。不，不，不要理会那些不切实际的梦想。看看这一个；除了始终在那儿的那根树枝，你兴许——只能看见天外灰蒙蒙的一片；那根树枝始终在等着承载那轻飘飘、瞬息的责任。把那只鸟带走吧。"

"别怕，"下士说，"没什么好怕的。也不值得怕。"

那一刻，老将军似乎根本听不进下士的话，他比对方山一般魁梧的身材矮了一头，戴着那顶镶着条纹、金穗、沉甸甸的金叶，分量看似十分沉重的红蓝相间的帽子。接着，他说："怕了？不，不，怕人的不是我，是你；你以为只有死才能救他一命。我难道还不明白？我知道他有本事打下一场场战争；他能熬过大病小灾，甚至性命攸关的一场战争；甚至熬到下次投胎转世、经历他现在吃的苦。他习惯了自己一时好奇招致的恶果，他会以奴隶们获得自由这一由来已久、屡试不爽的正当办法得以解脱，向主人历数奴隶的种种毛病——而这里却是战争的罪恶，以及清白无辜，恰恰是人类千古的美德证明，他愚不可及、不可救药。他已经动手在自家天井、露台、前廊下装了轮子；即使到了我这个年纪，说不定也能见到他曾经的家沦为他存放床、炉灶、剃须刀和换洗衣服的储藏室的那一天；你还年轻，能（别忘了那只鸟儿）见到那一天，届时他自创一股私下流行的风气，将炉灶、盥洗室、床、衣服、厨房一股脑儿地搬进自己的汽车,他曾经称作"家"的这劳什子将从人类词典中消失,他不用下车,因为他也不必,整个地球是一片连续、一模一样、不见山川河流、一望无际、水泥铺就的平原,看不见能构成角落或威胁的一棵树、一丛灌木或房屋,在无数个泰勒平临时活动板房中的人从小就一丝不挂地生活在自己按了轮子、分指手套似的空间里,从贮存着复合原料的地下室牵出一根管子或软管,瞬间为他充上能量,挑动他的欲望,满足他的胃口,点燃他的梦想;他四处游荡,早已不能指望,终有一日,随着速度计自动断路器咔嚓一声响,应声而亡,再说他早已脱离了骨头、器官和五脏,除了一副生锈、无臭无味的皮囊,不留一星半点儿可以供野兽啃吃的腐肉——他没出这副皮囊,因为他不必,眼下这段日子他还摆脱不了,因为他不敢,因为唯独这副皮囊才能替他抵挡战争落下的如雹的铁垃圾。届时他的战争因实力悬殊让他一无所有;他单薄的体格再也跟不上、经得起战争,亲临战场,上阵杀敌。他当然会搏上一搏,甚至苦撑一段日子;他会造出比从前更大、更快、更坚固、火力更猛的坦克,他会造比现在更大、更快、载荷更多、更坚固的飞机;那时候,他会陪着、指导、按他的思路,把他们攥在手里,哪怕他终将明白,这不是与他政见和国界观念相左的又一个弱小的死对头,他是魔鬼附体。届时不是不喜欢他的人对他痛下杀手,是他作法自毙,被人活活烧死,恶狠狠地扑将过去,一把掐死,活活地掏出他的内脏。所以他根本无法照办,尽管这暂时给了他暗中操控这一并无恶意的假象。接着,这一幕一去不返;过了几年、几十年,又过了几个世纪,因为它上一次打消了他心中的疑虑;他甚至会忘了生他养他的地方,他们最后一次相见兴许要等到他哆哆嗦嗦地爬出渐凉的躯壳,蜷缩在他一根根精致、纤细的几何形状、毫无生气的触角中,听着头顶叮叮当当、雨点般落下的标度盘、仪表、开关、不见血的金属外壳碎片,瞧着他们在丧失了黑暗、充斥着两个粗野的嗓门互相吼着爱国胡话这一喧闹、垂暮的天空下,最后,两个人扭打在一起,展开了一场大决战。哦,对,他能挺得住,因为他有本事熬到微不足道、岿然不动的礁石在最后一抹冷冷、血色的残阳下慢慢冷却,因为浩瀚的蓝天中下一颗星将与他出场的骚动遥相呼应,他微弱、喊不破的嗓子还在诉说,还在筹划;丧钟叮叮当当地响起,消失,只剩下一个声音——他的嗓门,还在策划建造更高、更快、更响的武器;比以前效率更高、更响、更快,可惜改不了当初的老毛病,因为它最终也不能将他从地球上消灭。我不怕人。我做得高明,我尊重、崇拜他。还有自豪,比起他引以为傲、美轮美奂的幻想,我为他名垂千古的美德感到无比的自豪。因为人和人干的蠢事——"

"——不会绝迹。"下士说。

"他们还会再犯,"老将军得意地说,"他们终将得逞。——我们回去?"他们回到等在一旁的小车,下了山;又横穿过隐隐约约、人头攒动的中心广场周围空旷、回响、纵横交错的大街小巷。车又进了那条巷子,减速停在那扇锁上的小门对面。门前,五个扭作一团的兵头上挥舞的四杆上了刺刀的步枪,仿佛几个惊叹号。下士打量了一眼扭作一团的几个人,平静地说:

"现在剩十一个了。"

"现在十一个了。"老将军也平静地说,又从斗篷下伸出一只细腻优雅的手，做了一个引人注目的手势。"且慢。我们再看看，一个被放出来的兵，现在分明是拼命地要回他们明知道的死牢。"他们又坐了片刻，观察第五个人（两个小时前被来找波尔奇科的同一批看守带走的同一个人）在四个显然不是将他带离，而是带向那扇小门的捕手手里拼命地挣扎，最后老将军下了车，中士也跟了出去，老将军并没抬高嗓门，说：

"这里出了什么情况，中士？"那帮人停了下来，但仍保持着刚才的姿势。犯人回头看了一眼，然后挣脱了他们的手，转身穿过人行道，跑向老将军和下士，四名捕手追上来，又将他按住。

"站好了，你！"中士低声喝道，"立正！他叫皮埃尔·布克，根本不是那个班的人，只可惜我们没发现这个误会，最后还是——"他瞥了一眼下士。"——承蒙——你拿出了他的委任状。我们发现他企图回去。他不承认自己的名字；甚至不肯交出他的证件，我们只好从他身上搜了出来。"他一只手按住这个矮小、怒气冲冲的兵，一只手从口袋掏出那份卷了角的文件。犯人一把从他手上夺了过去。

"你撒谎！"他对中士嚷道。没等他们伸手去抢，他三把两把将证件撕成了碎片，一转身，将碎片摔在老将军的脸上。"你撒谎！"他冲老将军嚷道。一团纸屑仿佛一片片轻飘飘的雪花或羽毛飘散在那顶威严的金色帽子，以及镇定、不动声色、高深莫测的脸四周，老将军看得清清楚楚，却一样也不相信。"你撒谎！"那人又嚷道，"我不叫皮埃尔·布克。我是彼得——"接着又用生硬、有几分悦耳、带各种子音，以至听不懂的中东语言说了几句。接着他又转向下士，砰的一声跪倒在地，抓住下士的手，用听不懂的语言又说了几句什么，下士也用这种语言作答，但这个兵还是跪地不起，抱住下士的手，下士用这种语言又说了几句，像似只用一个非同寻常的宾语，兴许是一个名词重申，接着第三次，第三次朝那个兵稍稍变了下句子的结构，或语境，或顺序，那个兵起身，向下士敬了一个礼，下士又说了几句，那人一个标准的左或右转，见四名捕手连忙跟了上去，下士用法语说：

"你们不用押着他。只要打开那扇门就行了。"但老将军还是没动，在宽大的黑斗篷里一动不动，从容、镇定，也不糊涂，不过是高深莫测，立刻用那种嗓门说道，不是概括，什么都不算：

"'对不起，我不知道我在干什么'。你说，'拿出点男人的气魄来'，他没动。你又接着说'拿出热特拉尼的气魄来'，还是没动。接着你说'拿出军人的气魄来'，他拿出了军人的气魄。"说完，他转身上了车，宽松柔软的斗篷又乱糟糟、静静地裹着坐在后座角落里的老将军；中士连忙从人行道对面走了过来，紧贴着下士的身后；老将军这下流利地说的是这种没有元音的语言：

"他拿出了军人的气魄。不，是找回了军人的气魄。晚安，我的孩子。"

"再见，父亲。"下士答道。

"别说再见，"老将军说，"我还结实着呢；我不会轻易罢休的。别忘了你凭了谁的血性跟我作对。"接着用法语吩咐司机："我们回去。"车开了出去。他和中士同时转过身，中士再次紧贴着他的肩膀，但并不碰他，回到一名哨兵为他们扶着的铁门，进了门，又关门上锁。他恢复了先前的自负，才沿着走廊走向牢房，这时候，中士再次拦住他，让他进了一条宽和高仅容一个人通过的通道——一条如同通往禁闭室内部的单向秘密通道；中士打开一道厚实的门，接着在他和下士之间上了锁，这次真的成了一间牢房，大小与一个大衣橱相仿，放了一张一人宽的木板凳，权且算作床，一个如厕用的铁桶，以及两个男人，都沐浴着刺眼的灯光。其中一个露出傲慢、满不在乎、讥诮、固执、快活的神色，连对那个小胡子也不例外；他戴了一顶脏兮兮的贝雷帽，脖子上的围巾在胸前打了一个结，斜靠着那堵狭窄、蒙巴特①巷模样的墙，嘴角还叼着一根灭了的香烟，双手抄着口袋，一只脚漫不经心地搭着另一只脚，另一个男人稍矮，站在他身边，仿佛一条百无聊赖、温顺、忠诚、好脾气的瞎眼狗——一个矮胖、类人猿似的男人，一双穷极无聊、无所事事的手差不多垂到了膝盖，好像由从袖子里穿出的两根线拴着，他嘴角流着口水，生着一个类人猿似的圆圆的小脑袋，一张苍白、类人猿似的脸。

"快进来，"第一个人说，"这么说，他们挑中了你，是吗？叫我拉平吧；这个县的人谁都能证明。"他手插在口袋里，抬胳膊肘推了推，指着身边的那人说。"这是卡塞泰特——你叫他马儿好了。我们进城了，嘿，马儿？"第二个人发出一声嘶哑听不懂的声音。"听到了没？"第一个人说，"他说'巴黎'跟人家一样好。你再告诉他，大叔——我们明天去那儿。"那人又发出一声嘶哑模糊的声音。这一句音调相当正确；下士听了出来。

"他穿军装做什么？"下士问。

"嗳，那帮孙子吓坏了他，"第一个人说，"我说的不是德国人。你别说不是整整一个团，他们挑一个枪毙了就满意了吧。"

---

① 巴黎北区，19世纪艺术家和作家聚会及居住地。

"我说不好,"下士说,"他不是一贯这样吧?"

"有烟头吗?"对方问,"我抽完了。"下士掏出了一包烟。对方头也没回,吐掉了口中的烟蒂,从烟盒里抽出一支。"多谢。"下士又掏出一个打火机。"多谢。"对方说着,接过打火机,啪地打开盖,点着了香烟,他——或者还在——说个不停,香烟上下跳动,一只手轻轻地搂着对面的胳膊肘,抱在胸前:"你说什么来着?他一向这样?诺。楼上有几只苍蝇,但他以前好好的,直到——怎么了?"下士面向他,伸出手。

"打火机。"下士说。

"你说什么来着?"

"我的打火机。"下士说。两人面面相觑。拉平手腕微微一动,翻出两个空空的手掌。下士看着他,伸出一只手。

"天哪,"对方说,"伤心死了。你别告诉我,你看见我把它怎么着了。如果你看见了,它们也没错;它们等了一天就嫌太久。"他抬起一只手飞快地做了一个动作;手掌摊开,露出了打火机。下士拿了过去。

"神了,对吧?"对方说,"恶人并不尽作恶,不过是习惯罢了。我们来了,过了明天早上,我们俩都没了用处,到时候,我们俩谁吃枪子儿都没关系。不过,你得把它还回去,因为你习惯了认罪,我非赢了不可,因为那也是我的一个天性。恐怕他们明儿一早要统统解决这个累赘和麻烦——拉上整整一支驻军,就为了解决三个小混混喘气这个坏毛病。喂,马儿?"他对第二个人说。

"巴黎。"第二个人粗声粗气地答道。

"你敢打赌,"对方说,"那就是他们明天要解决我们的一个毛病,努力了四年后却不去巴黎的坏毛病。不过我们这次能如愿以偿;有这位下士要陪着我们,看看我们是怎么办到的。"

"他做了什么?"下士问。

"别客气,"对方说,"说我们。杀人。都是那老太婆的错;她只要告诉我们钱藏在什么地方,然后安分点,闭上嘴就行了。谁知她非得躺在床上,拼命地嚷嚷,我们只好掐死了她,要不我们一辈子也到不了巴黎——"

"巴黎。"第二个人哑着嗓子伤心地说。

"我们要的就是这个效果,"对方说,"他想尽办法,我们想尽办法,就是为了来巴黎来着。谁知人家一再瞎指挥,让他走错了方向,嗾狗咬他,警察总要他滚,快滚——你知道怎么着。所以那天我们凑到了一块儿——那是1914年,在克莱蒙·费朗①——我们都说不清他究竟走了多久,因为我们也说不清他的岁数。只晓得走了好久,他那时候还不过个孩子——你发现你非得去巴黎,才发现非得找一个女人不可,喂,马儿?"

"巴黎。"第二个人哑着嗓子说。

"——一路上,他偶尔打打短工,在马厩和树篱过夜,到头来他们又会放狗或叫警察来撵他,叫他快走,却不肯多说一句话,告诉他走哪条路,到了最后,你甚至以为法国人连听都没听说过巴黎,别说想去——非去——那儿不可。喂,马儿?"

"巴黎。"第二个人哑着嗓子答道。

---

① 法国中南部城市,原奥弗涅大区的首府和多姆山省的省会。

"我们那天在克莱蒙·费朗碰上了,于是决定结个伴,这还真对了,当时在打仗,你只要弄一套官家的蓝制服套上,警察、老百姓,连全人类都不会来找你的麻烦;你只要明白向谁敬礼,动作麻利些就行。于是我们带了一瓶白兰地去找我认识的一个中士——"

"全人类?"下士不解。

"当然,"对方说,"你看看他,恐怕都想不到,但他能像幽灵一样行走自如,甚至生着一双猫一样的眼睛;你把灯关上,只要一秒钟,他就能神不知鬼不觉地从你口袋里掏走那个打火机——所以说,他现在也上了道——"

"他学得那么快?"下士问。

"我们当然得小心着他的手。他可不跟你当儿戏,你晓得,他不过是不了解咱们有多大的本事罢了,就像上个月的那天晚上。"

"这么说,那之后,你们一路相安无事。"下士说。

"这还不容易。所以说他现在也上了道,现在他有时候还能骑车呢,由政府出的钱,现在离巴黎越来越近了;不出一年,我们就一路到了凡尔登,只要是德国兵,都会告诉你巴黎就在前面——"

"干得不赖。"下士说。

"凭什么不?如果你和平时期不放心把钱托付给银行,战争时期,除了把它塞进烟囱、床垫下、钟里边,你还能放在哪儿?要不你满脑袋想的都是藏钱这事儿,因为我们管不着;马儿的鼻子对十法郎的票子敏感,就好比猪闻到了块菌。上个月的那天晚上,都怪那个老太婆;她只要告诉我们钱藏在了哪儿,然后老老实实地待着,闭上她的嘴,可惜她偏不信这一套,非得躺在床上,拼了命地嚷嚷,最后马儿只好叫她闭嘴——你知道,他原本没什么恶意,不过是轻轻地捏住她的喉咙,我们好安安静静地找钱。谁知我们都忘了那双手,等我回来——"

"等你回头?"下士问。

"我下楼去找钱。——等我回头,为时已晚。所以他们抓住了我们。你以为他们这下满意了,特别是他们追回了赃——"

"你们找到了钱?"下士问。

"那还用说。他要她别出声的时候。——哦,不,那还不行——"

"你找到了钱,拿着它跑了,想想又转身跑回去了?"

"你说什么呀?"对方说。

"你为什么改变主意?"下士问。过了片刻,对方说:

"再给我根烟头。"下士又给了他一支烟。"多谢。"他说。下士递过打火机。"多谢。"对方道了谢,啪地打开,点着了烟,吹灭了打火机;两手又飞快地做了一个向内的手势,然后打住,一只手将打火机扔给下士,又两手托着对面的胳膊肘,抱着胸,香烟随着他说话不住地上下跳动。"我说到哪儿了?哦,对了。——但他们还不满意;仅仅宽宏大量、客客气气地把我们带出去枪毙还不够;他们把马儿带进一间地窖,吓破了他的胆子。公正,明白吗?说是要保护我们的权利。仅仅抓住我们还不行;我们还得硬说是我们干的。仅仅我这样说还不行;还得马儿对天发誓——管它什么意思吧。现在好了。他们拦不住我们了。"他转身朝第二个人的背上擂了一拳:"见天早上念一遍巴黎。小子唉。盯紧了。"

门开了。还是那位中士。他没进门,对着下士说:"再跟我来一趟。"接着站定,扶着门,等下士从他身边走过。然后关门上锁。这

星期四,星期四夜 · 351 ·

次是典狱长本人的办公室,他——下士——还当他不过是一名士官,直到他看见放在干干净净的桌面上做临终圣事的器具——坛、大口水罐、蜡烛和十字架——这才注意到他们身边那人衣服上绣的小十字架,另一名中士又关上了他们之间的那扇门,单独留下了他和牧师,牧师抬手在无形的空中画了一个十字,这当口,下士在门内迟疑了一阵,这也不足为奇;又警觉地打量了他一眼,如果室内还有第三个人,这时候可以注意到他们年纪相仿。

"进来吧,小伙子。"牧师说。

"晚上好,中士。"下士说。

"你就不能喊神父吗?"牧师道。

"当然可以。"下士答道。

"那你喊呀。"牧师说。

"当然,神父。"下士说着,几步跨进了室内,在牧师的注视下,又平静、飞快地看了打量了一眼桌上的圣器。

"别管它,"牧师说,"还不到时候。我是来救你的。"

"这么说,是他派你来的。"下士问。

"他?"牧师反问道。"还能是谁,除了给予芸芸众生生命的人?他早就交给你的东西,他又何必专程派我来给你?你说的人,就他的级别和权力,只会从你身上夺了去。你的命绝不是他给的,因为以他的级别,你在上帝面前也不过是一撮腐臭、过眼的尘埃。没人派我来,不是给了你生命的人,也不是掌握你生杀大权的人。我到这儿来是我的责任。不是这——"他摸了摸领子上绣的小十字架,"——不是我这身衣服,而是我对上帝的信仰;甚至不是作为他的代言人,而是作为一个人——"

"一名法国人?"下士问。

"的确如此,"牧师说,"对,如果你愿意这么想,是一名法国人。——命我来命令——不是求你、要你,而是命令——你保住这条你从前、往后都由不得你的命,去救另一个人。"

"去救另一个人?"下士不解地问。

"你们师的师长,"牧师说,"他也性命难保,因为他毕竟清楚——清楚这个世界,因为这是他倾注一生的唯一一个世界——都要说这是他的失败,你们为之献身的事业却叫作胜利。"

"所以他派你来了,"下士说,"敲诈来的。"

"别口无遮拦的。"牧师说。

"那就别跟我说这话,"下士说,"去跟他说好了。如果我只要按你说的,不干我干不了、总之也绝对干不了的事就能救格拉尼翁一命的话,那你去跟他说好了,我也不想死。"

"别口无遮拦。"牧师说。

"我说的不是他,"下士说,"我说的是——"

"我明白你说的是谁,"牧师说,"所以我才说别口无遮拦。别口无遮拦,你以为神也和你们凡人一样傲慢,可以口无遮拦地去嘲弄他,两千年前,他因为力主人类绝不绝不应该、绝不绝不需要对别人的生命生杀予夺——释去你和你说的那人心头沉重的负担,解除你定夺自己生死的权利,打消他对你生杀予夺的欲望;从此解决了凡人受压迫的担忧,解决了他为主宰人的命运这一责任而伤心,害得他遭人诟病,他以人类的名义拒绝权力的诱惑,拒绝那无上权力的巨大诱惑时,他告诉撒旦：恺撒的物当归恺撒。——我知道，"不等下士开口，他连忙说道，"绍讷蒙的物当归绍讷蒙。对，你说的没错；我首先是一个法国人。现在请你为我举个例子，好不好？好。背吧。"

"什么例子？"下士莫名其妙。

"《圣经》。"牧师说。下士打量着他。"你是说你不知道？"

"我不识字。"下士说。

"那我替你引证，为你辩护好了，"牧师说，"并非是上帝的谦卑、怜悯和牺牲改变了世人的信仰，而是异教徒和暴虐的罗马假借上帝的牺牲；三百年来，一代代桀骜不驯的梦想家抱定同一个梦想出走小亚细亚，终于有一个人发现一个叫恺撒的傻子能把他钉上十字架处死。但当时他就是这样一个人。（我现在说的不是上帝，我说的是那边那间白屋子里的老头，你正要将权利和责任推卸给他，换取自由抉择。）因为只有罗马才行，才能办得到，连他（我现在说的是上帝）也清楚，也这么认为，尽管他也是一位桀骜不驯的梦想家。连他也亲口说过：我在这块岩石上建了我的教堂，尽管他——绝对——体会不出此话的深意，还以为他说的是诗的隐喻、寓言——岩石指反复无常的心，教堂指虚无缥缈的信仰。牵强附会地解释这层意义的并非他跟前的宠信，这位宠信也跟他一样无知、固执，结果跟他一样死于梦想这把烈火。是保罗，保罗首先是一名罗马人，然后是一个人，然后才是一名梦想家，一干人众，只有他才能深刻地理解这一梦想，体会、忍受煎熬，它不能是一种虚无缥缈的信仰，必须是人们可以自由行使自己权利和职责的一座教堂、一个机构、一种行为准则，倒不是为了类似于哄孩子睡觉的一个小故事这种奖赏，而是为了能秉持自己的立场，安心地应对他能应对这个一向艰难的世道（他是否了解其中的缘故并不要紧，因为他现在也能解决），找准自己的位置。他不会受一线希望、顾虑，以及所谓气魄这一羁绊，而是固守人类必须不惜一切手段解决、否则只有死路一条、颠扑不破的艰难世道这一原始资本代词的岩石。所以你瞧，他是对的。能对付罗马的，不是上帝，也不是彼得，不过是有三分梦想、七分人性和算半个罗马人的保罗。更有甚者，他为报复恺撒，征服了罗马，然后将它夷为平地，你说，那个罗马现在哪儿？只剩下那块岩石，那座城堡。当归绍讷蒙。你又何苦要受死？"

"你这句话对他去说。"下士说。

"去救一条你一心要置于死地的命。"牧师说。

"你对他去说好了。"下士说。

"请记住——"牧师说，"不，你记不住，你不懂，你不识字。所以我只好又身兼两职：辩护人和律师。*将这些石头都变成面包，人人都会追随你*。他答道，人不能只靠面包活命。虽说他也是一名桀骜不驯的梦想家，但他也明白：他总想不靠*面包*，而是靠那块面包的*神奇*，那块面包去欺骗、哄骗、诱惑、摆布人类；总认为人不仅能、愿意、甚至热衷于那欺骗，甚至到了奇迹这一幻觉致使腹中的面包又变成了石头，毁了他的性命，他的孩子还盼着轮到他们有朝一日攥住将毁了他们的幻想。不，不，你听听保罗怎么说，保罗不要什么奇迹，也不要殉道。保住那条命。你不得杀生。"

"你去对他说吧。"下士说。

"如果你心意已决，请你明天别搭上别人的性命，"牧师说，"我现在请你留他一命。"

星期四，星期四夜　·355·

"你去对他说好了。"下士说。

"权力,"牧师说,"不仅是统治受那奇迹诱惑觊觎的土地,而且还有主宰宇宙的大权——要不是他当撒旦的面斥责第三者和诸神的巧言蛊惑,说不定是他主宰整个宇宙,掌握凡人生死和命运的大权,如果他瞻前顾后,或者经不住诱惑,说不定早毁了天父天上和人间的王国,毁掉天堂,因为在人心、志向或对人严格要求的尺度内看中的事物可以通过卑劣的手段——巧取豪夺,这回轮到人靠前所未有的权力,在厌倦了自由抉择这一责任、对一个人公道、对另一个人负责那一刻,就近从悬崖纵身跳下,对造物主说,或者质问他:别管我——你敢吗?"

"你去跟他说好了。"下士说。

"留他一命吧。假如自主权取决于你的死。但你手握的不是你的命。是他的命。死的是格拉尼翁将军。"

"你去跟他说好了。"下士说。他们面面相觑。接着,牧师似乎还不死心,做最后一搏,他究竟说没说并不清楚,哪怕他说了,也好像是一种姿态,既不算认输、失望,也算不得绝望,似乎只能作罢。

"别忘了那只鸟儿。"

"看来的确是他派你来的。"下士说。

"对,"牧师说,"他派人去请我。归恺撒——"他说:"可惜他回来了。"

"谁回来了?"下士问,"他?"

"不肯认你的那个人,"牧师说,"那个抛弃你,不要你的人。但他回来了。现在又是十一个了。"他走到下士跟前,望着他。"也请你救救我。"他说着，跪在下士的脚下，双手抱拳，放在胸前。"请你救救我。"他说。

"起来说，神父。"下士说。

"不。"神父说着，伸手在怀里摸了一会儿，掏出一本卷了角的祈祷书，前面几行还沾了污渍；神父掉了个头，递过去的时候，夹了紫色细绸带书签的书自动翻开了。"那你念给我听。"神父说。下士接过了书。

"念什么？"他问。

"临终祷告。"神父答道。"可惜你不识字，对吗？"他说着，收回书、将书紧紧地贴着胸口，低下头，说，"请你救我一命。"他说。

"请起来。"下士说着，伸手去拉神父的胳膊，但神父已经起身，站了起来，笨手笨脚地将书塞进怀里；他转过身，显得不自然，似乎有些踉跄，分明要摔倒，但还没等下士去扶，他又稳住了身子，抬起一只手指着那扇门，或那堵墙，兴许单单是举着，瞎子似的走了过去，下士望着他，终于忍不住说了一句："你的装备忘了拿了。"

神父停下了脚步，但没回头。"对，"他说，"我的确忘了。"接着又说："我是忘了。"然后转身回到办公桌前收拾——坛、大口水罐、圣带和十字架——笨手笨脚、胡乱地堆在一只胳膊上，又伸手去拿蜡烛，接着又放下了手，下士始终望着他。

"你可以叫人回来取。"下士说。

"对，"牧师说，"我可以派人回来取。"说着，又转身走向那扇门，接着又停下脚步，过了一会儿，对着门的方向抬起一只手，下士追了上去，上前一步，抬手用指节重重地敲了两三下木门，过了一会儿，门往外一拉,开了,面前站着中士,牧师又站定,将一捧他玄奥的象征往怀里搂了搂。接着打起精神。"对,"他说,"我可以叫人回来取。"说着,出了门;即使中士追上他问:"要我帮你把它们送进小教堂吗?"他也没停一停。

"谢谢你。"牧师松开了手,将东西交给了中士,空着手继续往前走;现在没事了,披着春天的夜色到了外面,出了门,屋外是漆黑的春夜,春夜静悄悄的,满天的星斗下是黑灯瞎火、空荡荡的走廊、小巷,小巷尽头隐约可见一截铁丝网,狭窄的人行通道间或一盏鹰瞵鹗视的探照灯,灯之间每隔一段是塞内加尔哨兵明灭的烟头;越过黑魆魆的荒原上点点星火,再越过荒原,隐约可见不眠的城市和无眠的灯火;前年冬天在贵妇小径附近第一次看见他们、看清他们、终于撵上他们的情景至今还历历在目——是孔布勒还是苏谢后面,他记不得了——暖风和煦的夜色下铺着鹅卵石的村广场(不:暖风和煦的夜晚,眼下还是秋天,要不了多久,不幸的人类决定性的一个冬天将在凡尔登拉开帷幕)又人去一空,几分钟之差,他又与他们失之交臂,给他指路的胳膊和手太多,好心告诉他方向的嗓门太杂,好心好意的嗓门太多,方向太杂,到了最后,只剩下一个人为他带路,将他送到了村头,甚至为他指出隐隐约约、杂乱的农场——一堵院墙围着宅子、牛栏,天色已是黄昏,他看见了他们,一开始是七个,围着厨房前的露台,接着又看见了两个,是下士和另一个兵,围着桌面呢或油布围裙坐在露台上为一只家禽拔毛,是一只鸡;另一个将土豆削进碗里。一名农妇提着一个大水罐,带着一个孩子在一旁瞧着他们,孩子是个十来岁的小姑娘,双手捧着大杯和小杯;他正看着,另外三个人跟着农夫出了牛栏，拎着几桶牛奶穿过院子。

他没过去，也没露面或现身，望着那女人和孩子换了喂家禽的水，又将盆和奶桶的奶倒进大水罐，带着食物进了宅子，农夫操起大水壶，斟满下士捧着的大杯小杯，一一传给他们，接着一帮人举杯庆祝——庆祝这一天工作顺利，庆祝这一天平安结束，庆祝早料到今晚要挑灯吃饭，反正都是庆祝——接着夜幕降临，到了晚上，真正到了晚上，因为下次在凡尔登，已是法国，也是人类天寒地冻的夜晚，因为法国凡尔登废墟是人类自由精神的摇篮，能真真切切地听见戈和瓦洛蒙的苦衷；他还是没过去，只是远远地站在一旁望着脏兮兮、沾染着烦恼的背，那十三个兵应该站在一圈人中间，说不说话，是否在滔滔不绝地演讲，他绝不知道，也不敢知道；他心想，*我那时候不敢*；即便他们无须开口，也无须慷慨陈词；他心想，*那时候是十三个人，即使现在还剩十二*；他心想，*哪怕只剩下一个，只剩下他也足够了，何止足够，只要想想那一个保护我的安全，让我安心，守护我的平安*；虽说他对临时监狱和附近了如指掌，但他一时转不过方向，就好像你摸黑进了一栋陌生的大楼，天亮后出来，或者从一扇门进去，从另一扇门出来，虽说这儿不是这种情况，静下心来再想想，是的，*从他派人来找我那一刻起，我大概就明白我要出的那扇门，我唯一一条出路*。所以它仅仅持续了一会儿，甚至一会儿还不到——一瞬间的倒塌，墙上的砖和石头又恢复了注定永远遭人诟病的境地；他拐过一个墙角、一道弯，只见哨兵还站在他原先的位置，没有立正敬礼，只是把枪拄在地上，吊儿郎当地站在那扇小铁门旁。

"晚上好，小伙子。"牧师说。

"晚上好,神父。"那个兵答道。

"不知我能否借你的刺刀一用?"牧师问。

"借我的什么?"那个兵问。

"你的刺刀。"牧师说着,伸过手。

"恐怕不行,"他说,"我在站哨——在站岗。下士——值日军官恐怕快来了——"

"你就说我拿走的。"牧师说。

"拿走?"那个兵反问道。

"我要的。"牧师说着,手不依不饶地伸着,"快。"接着,那只手不紧不慢地伸了过去,从他腰上拔出刺刀。"就说我拿走的。"牧师话没说完,人已经转过身。"晚安。"兴许那个兵回了一句;兴许在静悄悄、空荡荡的巷子里飘着渐渐远去,最后一个人激昂的嗓门、激昂地抗议或惊讶,或正因为*如此*毫不迟疑地捍卫它的余音;接着一切归于平静,他心想,*就一柄刺刀,我应该还带上枪*,也不妥,他心想,*这是左手,我惯用右手*,转念又想,但他穿的起码不是步兵制服和卢浮官商店卖的衬衫,至少我能办得到,他解开上衣,往身后一扔,接着又解开衬衫,直到刺刀冰冷的刀尖贴着自己的肉,接着是刀刺入时无情、尖锐的刺刺声,发出一声好像惊叹它锋利、微弱但清晰的哭喊,他低头打量着几乎看不见的刀尖,平静大声地说:"现在怎么办?"但上帝也不是站着,他想,*他被钉在那里,他会原谅我*,他扶着刺刀侧身倒在地上,免得刀柄先撞上地面的砖头,他侧过身,脸贴着白天的余温还没散尽的砖块,接着发出一声畅快、微弱、沮丧和绝望的哭喊,最后还是刺刀十字护手之间捏着的手指,以及自己的肉告诉他没事,他现在可以住嘴了——他嘴里突然吐出了一阵不绝口的牢骚。

* * *

车不停地按着喇叭——不骄不躁，带着高卢人漠然和不厌其烦的超脱——一辆法军指挥车仿佛用喇叭彬彬有礼、有力地拍着大街两旁密密匝匝的人群，请他们闪开一条道路，缓缓地驶过中心广场。车不大。车上不见亮明将军身份的三角旗，不见任何形式的标识；不过是一辆货真价实的法国军用小汽车，司机是一名法国兵，车厢内另载着三个兵，三名美国二等兵，他们赶到布卢瓦①连部集合，到这辆法国车四个小时前去接他们为止，他还没正眼瞧过对方，其中两个人坐在后排，另一个陪司机坐在前排，开着这辆蜗牛似的车突突突地穿过密集、筋疲力尽、蜡黄、睡眠不足的面孔。

后排的一名美国兵身子探出车外，焦急地张望着，他望的不是那一张张面孔，而是广场四周一座挨着一座的大楼。他双手捧着一张不时地收起、展开、再展开的地图。他年纪尚轻，率真、朴实的脸上，一双褐眼睛奶牛一样实诚、安详——一张注定喜爱他祖祖辈辈祥和安定的农耕生活的农民面孔（他父亲在爱荷华种玉米、养猪，养肥了上市，他以后也要子承父业），他无忧无虑的日子即将结束之际，仅仅因为一个原因，接下来三十分钟内发生的事如同梦魇，当然，仅仅是时不时地出现在他的梦境，他一辈子也想不到他会发现一个值得他深爱的东西——他迫不及待地从小车探出身，顾不上两旁密密麻麻的面孔，一连声地问：

---

① 法国中部城市。

"哪一个是它，哪一个是它？"

"是什么？"司机身边的美国人问。

"司令部呀，"他答道，"市政厅呀。"

"等你进去就知道了，"对方说，"你自告奋勇地要来瞧瞧的就是这。"

"我还想从外面看看。"第一个说。"所以我才自告奋勇地来看个究竟。你问他呀，"他指着司机说，"你会说叽叽呱呱的法国话。"

"这次不行，"对方说，"我的法语还应付不了这帮人。"但现在已经没了这个必要，他们同时看见了分立门两旁的三组美国、法国和英国哨兵，紧接着，车穿过几道门，眼前出现了一座横七竖八地停满了漆着三种图案的摩托车和指挥车。车没停在那里，而是径直驶过其他车辆，它现在的对手是耐撞得多的车，而不是脆弱、不经撞的血肉之躯，疾驰的车绕到威严的巴洛克柱子① 的最里边（"怎么？"前排的那位对还伸着头、望着大楼令人眼花缭乱的锯齿轮说，"你还指望他们开门把我们请进去？"

"一点不错，"爱荷华人说，"这正是我心目中的样子。"）一名美国宪兵站在一个类似于地下室的通道旁拿着一个手电筒冲他们示意。车蹭到他身边，停了下来。他拉开车门，爱荷华人却只顾打开手中的地图，前排的美国二等兵第一个下了车。他叫布赫瓦尔德。他祖父曾是明斯克一座犹太教堂的拉比② ，最后被一名哥萨克中士的马蹄踩碎了脑袋。他父亲是一位裁缝；他自己出生在布鲁克林一栋没有电梯和热水的公寓四楼。美国禁酒令通过后的两年内，他白手起家，单靠军

---

① 正门。
② 犹太教教士。

队淘汰下来、改装后的刘易斯机枪,一举成了从加拿大到佛罗里达湾,或那晚他们起家的沙嘴,覆盖整个大西洋沿岸、家底百万大企业的掌舵。他生着一双很淡、几乎看不出颜色的眼睛;身材修长、壮实,但几个月,或十年内,他终将要躺在一口价值一万美元、布置着五千美元切花的棺材里,看着会丰满些,胖些。宪兵探头往后座张望。

"快,快些。"他催道。爱荷华人下了车,一只手拿着胡乱叠起的地图,另一只手拍着口袋,如同足球场上的中卫,晃过布赫瓦尔德,冲到车头,将地图对着车头的一盏大灯,不住地拍着口袋。

"见鬼!"他说,"我把铅笔给丢了。"第三名美军二等兵现在下了车。他是个纯黑的黑人,有着芭蕾舞者的优雅,不显做作、浮华、阴柔,但同时显得刚柔并济,或者准确地说,叫阴阳人,他大大方方地站在那里,望着爱荷华人一转身、这次闪过他们三个人——布赫瓦尔德、宪兵和黑人,拿着匆匆打开的地图,上半身又探进了车内,对宪兵说:"借你的手电筒一用。我一准是丢地上了。"

"别找了,"布赫瓦尔德说,"走吧。"

"这是我的铅笔,"爱荷华人说,"是在我们刚路过的那个大城市买的——它叫什么来着?"

"我可以叫一名中士,"宪兵说,"需要我叫吗?"

"不用了。"布赫瓦尔德说。接着又对爱荷华人说:"走吧。里面说不定有铅笔。这儿的人也能认会写。"爱荷华人退出小车,直起身,动手收起地图。他们跟着宪兵走向通道,下了地下室,爱荷华人的眼睛一刻不离高耸入云的大楼。

"对,"他说,"一点儿不错。"他们下了台阶,穿过一道门,进了一条窄窄的石头通道;宪兵打开了一扇门,将他们引进一间客厅,又带上身后的门。室内放着一张帆布床、一张办公桌、一部电话、一把椅子。爱荷华人走向办公桌,挪开了上面的文件。

"你记住你来过这儿就好啦,不必非得标下来吧?"布赫瓦尔德说。

"这不是为了我,"爱荷华人说着,摊开那卷地图,"我是为了和我订婚的女孩。我答应她——"

"她也喜欢猪吧?"布赫瓦尔德问。

"——怎么着?"爱荷华人问,他停下手,扭过头,身子仍俯在桌上,憨厚、没心没肺地望着布赫瓦尔德。"凭什么不?猪怎么啦?"

"好吧,"布赫瓦尔德说,"所以你答应她了。"

"对呀,"爱荷华人说,"发现我要来法国,我答应她带一张地图,把我到过的地方都标上,特别是大家耳熟能详的,比如巴黎。我标了布卢瓦、布雷斯特,为了去巴黎,我自告奋勇地来到这儿,一找到铅笔,我就把绍讷蒙,整个儿总司令部给标上了。"说完,他又在桌上找起了铅笔。

"你打算拿它做什么?"布赫瓦尔德问,"那张地图。带回去以后?"

"裱起来,挂墙上,"爱荷华人说,"你以为我做什么?"

"你当真要注上这一处?"布赫瓦尔德问。

"怎么着?"爱荷华人说。接着又问道:"为什么?"

"你主动报名,却不知道做什么来的?"布赫瓦尔德问。

"知道啊,"爱荷华人说,"为了能来绍讷蒙呀。"

"我是说,没人告诉你做什么来的,到这里?"布赫瓦尔德问。

364 · 寓 言

"你参军不久，对吗？"爱荷华人问。"在部队，你犯不着过问要干什么，你只管去干。其实，在任何一支部队，你的生存之道是少打听为什么要解决这个问题，或者完了以后准备如何处理，而是只管去干，干完了躲一边猫着，免得他们偏巧看见你，又想出个新花样来，省得你闲着，不过，他们非得想出点什么事，然后到处找人去干。见鬼了，我不相信这里也没铅笔。"

"三宝①说不定有一支。"布赫瓦尔德说着，上下打量了一眼黑人。"除了一张为期三天、去巴黎的通行证，你为什么自告奋勇地来这里？也为了来见识见识绍讷蒙？"

"你刚才喊我什么来着？"黑人问。

"三宝啊，"布赫瓦尔德说，"你不喜欢？"

"我叫菲利普·马尼格特·博尚。"黑人说。

"你说。"布赫瓦尔德说。

"马尼格特拼作 Manigault，谁知你们却把它念成 Mannygo。"黑人说。

"哦，别那么大声。"布赫瓦尔德说。

"你有铅笔吗，伙计？"爱荷华人问黑人。

"没有。"黑人连看都没看爱荷华人，望着布赫瓦尔德，"你打的什么主意？"

"我？"布赫瓦尔德反问道，"你家在得克萨斯什么地方？"

"得克萨斯。"黑人有几分不屑地说，他瞥了一眼右手的指甲，接着又连忙在腰上揩了揩，"庄稼一收，就准备搬到芝加哥。我是个殡

---

① 北美印第安人或黑白混血儿与黑人的后裔，此处译作三宝。

仪员，不知你知道这一行不？"

"殡仪员？"布赫瓦尔德说，"你喜欢跟死人打交道？"

"整个见鬼的战争，就没人有支笔？"爱荷华人说。

"对。"黑人说。他身材修长，但并不端着架子，不过是自信；他突然阴柔、挑衅地看了布赫瓦尔德一眼。"我喜欢这项工作。怎么着？"

"这么说，你清楚自己主动报名参加的任务喽？"

"说清楚，也不清楚，"黑人说，"你凭什么自告奋勇地过来？抛开为期三天的巴黎通行证不说？"

"因为我爱威尔逊。"布赫瓦尔德说。

"威尔逊？"爱荷华人问，"你认识威尔逊中士？他可是全军最优秀的中士。"

"那我不认识他，"布赫瓦尔德连看都没看一眼爱荷华人，"我认识的士官都他妈的一帮孙子。"他对黑人说："他们跟你说过没有？"爱荷华人现在来回打量着他们俩。

"这里出了什么事？"他问。门开了，进来一名美军上士。他拎着一个公文包匆匆进了门，又匆匆打量了他们一眼。

"你们谁负责？"他说着，打量了一眼布赫瓦尔德。"是你。"他打开公文包，从里面掏出一样东西递给布赫瓦尔德。是一把手枪。

"那是德国人的手枪。"爱荷华人说。布赫瓦尔德接了过去。上士手又伸进公文包，这次掏出的是一把钥匙，一把门钥匙。他递给布赫瓦尔德。

"为什么？"布赫瓦尔德不解地问。

"拿着。"上士说，"你在里面待到死，对吧？"布赫瓦尔德接过钥匙，和手枪一起塞进了口袋。

"你们这帮孙子干吗不自己动手？"他问。

"所以我们才远道从布卢瓦找人来解决夜半争端。"上士说。"快，别磨磨蹭蹭的。"他说，"赶快把这事给办妥了。"他转身要走。爱荷华人这次大声说：

"喂，"他说，"这是什么？"上士停下脚步，望了望爱荷华人，又望了望黑人，对布赫瓦尔德说：

"这么说，他们没跟你们说实话？"

"哦，实话，"布赫瓦尔德说，"你用不着操这份心。空谈无益，你恐怕要说，说谎就是他的一项癖好、习惯或消遣。那一个恐怕还不明白忸怩作态什么意思吧。"

"对，"上士说，"这是你的一套鬼把戏。准备好了吗？"

"稍等。"布赫瓦尔德说。他没有扭头去看靠着桌子望着他和上士的另外两个人，只问了一句："怎么说？"

"我还以为他们跟你们交代了。"上士说。

"我们想听听你的意见。"布赫瓦尔德说。

"他们拿他没办法，"上士说，"这得从正面解决，为了他自己，按下别人暂且不说。但看来他们怎么也没办法让他明白。我们得用一颗德国佬的子弹，从正面将他一枪毙命——明白吗？你这下听明白了吧？他在星期一早上的那次进攻中阵亡，抚恤金、荣誉一样也少不了他的。那天早上，他去一个与他无关的地方——一位少将，这辈子将坐镇幕后，对手下大喝一声，给我狠狠地打，你们。可他偏不。他亲临战场，领导法国和祖国走向胜利这一大业。他们甚至会再颁发他一枚勋章，可惜他看不到了。"

"他有什么好埋怨的？"布赫瓦尔德问，"他知道自己一定要受处罚，对吗？"

"哦，那还用说，"上士说，"他知道自己没指望。但那不是问题。他也不会反对。他只是不想让他们那样干——他发誓不让他们从正面，而是从背后给他一枪，但凡军士长或新任陆军少尉都自以为刀枪不入、天不怕地不怕。他的心思明摆着是：让全世界都看看，不是敌人，而是自己人对他下的手。"

"他们何不按住他，把这事儿给解决了？"布赫瓦尔德不解。

"得了，得了，"上士说，"你不会按住一名法国将军，照着他的脸一枪吧。"

"那我们应该怎么办？"布赫瓦尔德问。上士上下打量了他一眼。"哦，"布赫瓦尔德似有所悟，"我现在明白了。法国军人不会干。下次说不定是一名美国将军，三个法国佬去纽约。"

"对，"上士说，"要我的话，就挑那个将军。你准备好了？"

"好了。"布赫瓦尔德说。但他没动，说："对了。请问为什么挑我们？如果他是一个法国将军，干脆叫法国佬去办好了，为什么非得要我们来？"

"美国步兵兴许是他们唯一能许以去一趟巴黎就能打发得了的贱货，"上士说，"快些。"

但布赫瓦尔德还是没动，一双冷酷的淡眼睛从容、若有所思。"拿来，"他说，"报酬。"

"如果你中途变卦，为什么不在离开布卢瓦前早说？"上士说。

布赫瓦尔德说了几句这里不便提及的话。"给，"他说，"我们把这事儿给了结了。"

"行，"上士说，"他们精打细算。法国佬非枪毙那个团的法国佬不可，因为他们是法国佬。他们星期三还得带一名德国将军过来，解释他们要枪毙一个法国团的理由，英国佬揽了那份差事。现在他们要毙了这个法国将军，解释为什么要带这名德国将军过来，我们揽了这项差事。说不定他们是抽签定的。这回明白了吧？"

"明白了，"布赫瓦尔德突然粗声粗气地应了一声，接着呵道，"行。我们趁早把这事给办了。"

"等等，"爱荷华人说，"不行！我——"

"别落了你的地图，"布赫瓦尔德说，"我们是不会再回这儿来的。"

"我没落，"爱荷华人说，"我坚持了这么久，你以为我是为了什么呀？"

"好，"布赫瓦尔德说，"那么，他们以兵变的罪名将你遣送回国、关进监狱的时候，你不妨在上面标上莱文沃思①。"他们又回到了通道。通道上空无一人，隔一段一盏光线微弱的电灯。通道里不见人迹，他们好像突然走到了尽头，又出了走廊。狭窄的通道并非通往地下，也看不见台阶。开凿出隧道的大地仿佛一台电梯沉了下去，只剩下完好无损、得以幸免、除了他们的脚步声、空无一人、鸦雀无声的通道，粉刷一新的石头承载着历史，以及头顶市政厅层层叠叠累积的废弃的传统这一分量，流着无奈的汗水——君主政治、革命、帝国和共和国、公爵、法国资产阶级革命前的包税人、无裤党、法庭和断头

---

① 美国堪萨斯州东北部城市。

台、自由、博爱、平等、死刑、民众、一贯吃苦耐劳的广大民众、团体、群众快步涌上前,爱荷华人又喊了一声:

"不行,我跟你说!我不是——"布赫瓦尔德停下脚步,拦住了他们,转身按捺住怒气压着嗓子对爱荷华人说:

"快滚。"

"什么?"爱荷华人喊道,"不行!你要我去哪里?"

"我他妈的怎么知道?"布赫瓦尔德说,"不满意的又不是我。"

"快些。"上士催道。一行人又上了路,来到一扇门前;门上了锁。上士开了锁,打开门。

"我们要通报一声吗?"布赫瓦尔德问。

"不用对我,"上士说,"你可以留下那把枪做纪念。车就在你们下车的地方等你们。"他正要锁门,布赫瓦尔德飞快地瞥了一眼室内,转身踢了一脚门,按捺住怒气,粗声粗气地问道:

"真是岂有此理,那帮孙子就不能给他请一个牧师?"

"他们在找,"上士说,"两个小时前派去请牧师的人还没回来。看来是找不到了。"

"那我们应该等他。"布赫瓦尔德强忍住心中的怒气粗声粗气地说。

"谁说的?"上士问,"快走。"布赫瓦尔德出了门,门在他们身后关上,咔嚓一声上了锁,三个人身在一间牢房,一间白得耀眼、仅安了一盏无罩电灯的斗室,室内放着一把农民挤奶凳似的三脚凳,还有那位法国将军。换句话说,这是一张法国面孔,看他的神色和样子,身为一名将军,他早就见惯了各色人等,何况勋章、五色斑斓的绶带、武装带和皮绑腿,虽说佩戴它们的是穿普通军装和军裤的骑兵中士,他站起身,挺直腰杆,确切地说,浑身还笼罩着一层他猛然起身时淡淡的余波,他用法语厉声呵道:

"在那站好了!"

"什么?"布赫瓦尔德问身边的黑人,"他说什么?"

"我他妈的怎么晓得?"黑人说。"快些!"他喘着粗气说,"说你呢,爱荷华孙子。快给他点颜色瞧瞧。"

"行。"布赫瓦尔德说着,转过身。"那就抓住他。"说着,他转身望着爱荷华人。

"不行,我跟你说!"爱荷华人喊道,"我不想——"布赫瓦尔德飞起一拳,还没等人看清,爱荷华人腾地撞上身后的墙,接着慢慢地瘫倒在地,布赫瓦尔德转过身,正好看见黑人扑向法国将军,法国将军脸对着、顶着墙,他偏过脑袋、脸贴着墙,望着布赫瓦尔德啪地打开手枪保险栓,用法语喊道:

"你开枪呀,你这个婊子养的。你休想我转身。"

"把他掰过来!"布赫瓦尔德呵道。

"把保险收起来!"黑人扭头瞪了他一眼,气喘吁吁地说,"你想连我也给毙了?快。我一个人不行。"布赫瓦尔德关了保险,一只手仍提着枪,三个人挣扎着,或者说两个人把法国将军拖离了墙,想把他掰过来。"给他一下,"黑人喘着粗气说,"我们得把他打晕了。"

"你有本事打晕一个死人?"布赫瓦尔德气喘吁吁。

"来,"黑人喘着粗气说,"就轻轻一下。快。"布赫瓦尔德掂量着分量,给了他一拳,他说得没错:要不是黑人扶着他,他早瘫倒在地,他瞪大眼睛，抬头望望布赫瓦尔德，接着又望着布赫瓦尔德举起手枪，又打开保险，那双眼睛没露出惧色，甚至没有绝望，不过是警惕和理性，其实，警惕到分明看见布赫瓦尔德的手扣动扳机，以至于他突然、猛地一转身，不仅脸，而且整个身体随着一声枪响飞了出去，瘫倒在地，可惜弹孔恰好在后耳根。布赫瓦尔德和黑人喘着粗气，低头望着脚下的尸体，滚烫的枪管贴着布赫瓦尔德的腿。

"你这个孙子，"布赫瓦尔德问黑人，"你干吗不扶着他？"

"他自己跌倒的！"黑人气喘吁吁。

"跌个屁，"布赫瓦尔德说，"你没扶他。"

"你才是个孙子！"黑人气喘吁吁地说，"我站在那儿扶着他，等着那颗子弹穿过来找下家？"

"行了，行了，"布赫瓦尔德说，"咱们还得把那个洞堵上，再补他一枪。"

"把它给堵上？"黑人问。

"对，"布赫瓦尔德说，"你这个殡仪员干什么吃的，他妈的连一个家伙被一枪打错了地方，都不知道怎么补？用蜡。拿蜡烛来。"

"你这叫我去哪儿找蜡烛？"黑人说。

"去到大厅里喊，"布赫瓦尔德说着，挥了挥手中的枪，从口袋里掏出门钥匙，递给了黑人，"一直喊到你找到一个法国佬。他们肯定有蜡烛。这个该死的国家至少有一样东西不必我们不远两千英里送过来交到他们手中。"

星期五，星期六，星期天

又是一个春光明媚、云雀欢歌的早晨；俗气的制服、武器和叮当作响的装备，连塞内加尔团一张张乌黑的脸仿佛也洋溢着春天的光彩，在赤道神秘部落的口令中，该团列队走进操场，面向三根新栽的木桩排成一个中空正方形的三条边，木桩在一条长坑或沟边一字排开，沟里曾经堆满了罐头盒、酒瓶、废弃的野战餐具、炊具、破靴、一卷卷乱作一团的锈铁丝网等开战四年来的垃圾，现在这些垃圾被清除，筑成横贯操场一头铁路的路基，抵挡血肉之躯和木头都承受不起的枪弹。他们各就各位、站定、枪拄着地，稍息，继而解散，人群不急不缓、七嘴八舌地交谈着，倒不是开心，不过是成群结队，好像等着集市开张；不离手却难得一见的打火机忽明忽暗，在乱哄哄的交谈声中点燃了一根根不离嘴的香烟，一张张乌黑发亮的面孔甚至不去理会杂役队的白人士兵夯实木桩周围的最后一锹土，拾起他们的工具，像一群收割完干草的农民走出干草田，转身三三两两地散去。

接着隐约传来一两声号角，塞内加尔士官吼了一声，衣着花哨的官兵不慌不忙地掐灭了香烟，散漫地立正、稍息，望着该市驻军上士腰上挂着一把扣在枪套里的手枪，走到三根木桩前正方形空着的一条边站定，造反的团听到新任士官几声嘶哑、急促的口令，列队走进中空的矩形，挤作一团，依旧是被摘了帽子、缴了武器的劣等公民，依旧是蓬头垢面的异己分子、依旧满身埃纳、瓦兹和马恩的泥泞，在塞内加尔兵艳丽的制服映衬下，他们活脱脱一群来自另一个星球、饱受折磨、无家可归的难民，虽说安静，但稍显劳顿，甚至井然有序，或者说至少端庄得体，突然有几个人，确切地说是十一个，冲出队列，乱哄哄地跑向三根木桩，又乱哄哄地面向木桩跪倒在地，上士吼了几句，一名士官的嗓子接了过去，一队塞内加尔人连忙出列，绕着、跑过空荡荡的操场、包围了跪在地的士兵，好生拽起他们，仿佛跟着一小群走散了的绵羊，推着他们，将他们赶回了队列。

一小队骑兵快马加鞭地从后方飞奔而来，勒马恰好止步在广场外，他们的身后；来人是驻军司令、副官、宪兵司令手下的副官，以及三名勤务兵。上士吼了一嗓子，队列（除沦为劣等公民的那个团外）在一阵悠长的金属撞击声中立正，上士转身隔着一排栅栏般的塞内加尔士兵脑袋向驻军司令敬了一个礼；驻军司令接受检阅，令士兵稍息，然后立正，然后交给上士，上士命士兵们稍息，转身面向三根木桩，一名中士带领一队人押着三名光着脑袋的犯人仿佛从天而降，押着三名五花大绑的犯人匆匆地走向木桩——自称拉平的兵，接着是下士，最后是拉平唤作卡塞泰特或马儿、那个类人猿似的家伙——让他们面向中空的广场，尽管他们现在看不见，因为一名中士带领一个班二十来个人在他们和广场之间一字排开，中士立定、转身、命他们背对三名死刑犯稍息，上士上前匆匆检查了一遍将拉平绑在木桩上的绳子，接着走向下士，（上士）伸手去摘下士胸口的军事勋章，嘀嘀咕咕地说：

"你别想留着这个。"

"不想,"下士说,"犯不着糟蹋了它。"上士将勋章一把扯下他的上衣,动作谈不上粗暴,不过是匆匆地而已,接着走了过去。

"给谁我心里有点数。"他说着,走向第三个人,这人流着口水、并不惊慌、更谈不上迫不及待,不过是怯生生地催促道,就好像你向一个人,一个你迫切指望、对方却一时忘了你求他办的事或忘了你的陌生人献殷勤:

"巴黎。"

"不错。"上士说着,又走了过去;三名被五花大绑的兵现在只能看见面前二十个兵的背,但还是能听见上士的嗓子又喝令队伍立正,接着不知从上衣什么地方掏出一张叠着的文件和一个旧皮眼镜盒,展开纸,戴上眼镜,开始大声地宣读文件,他双手捧着那份函件迎着轻拂的晨风,嗓音清晰尖细,在和煦、云雀欢歌、空旷的广场显得格外地凄凉,他以冗长、空洞的庭审措辞,傲慢、装腔作势地宣读了死刑令。"奉法庭庭长之命。"上士有气无力地喊了一句,收起那张纸,摘下眼镜,收进眼镜盒,装进了口袋;接着下令,二十名士兵正要转身面向三根木桩;拉平绷紧身上的绳子,挣扎着伸头去看下士另一边的第三个人。

"喂。"拉平焦急地喊了下士一声。

装弹!

"巴黎。"第三个人哑着嗓子、急切、笨嘴笨舌地说。

"你跟他说呀,"拉平催道,"快呀。"

瞄准!

"巴黎。"第三个人又说一声。

"这就对了,"下士说,"我们想等等。少了你,我们不走。"

绑下士的那根木桩被做了手脚,或烂了,一阵排枪干脆利落地打断了绑拉平和第三个人的绳子,两人的尸体瘫倒在各自木桩的脚下,但下士的尸体连同桩、绳子一股脑儿地向后倒进堆满垃圾的壕沟;上士提着还飘着淡淡硝烟的枪,撇下拉平走向下士,发现倒下的木桩堵住了壕沟,桩上的尸体也埋进了乱糟糟的一团废铁丝网,一股铁丝网打成卷缠着木桩和下士的脑袋,抵挡了它们一连串的跌落,免得死得不明不白。铁丝网锈迹斑斑,反正抵挡不了子弹,但上士用脚尖小心地将它拨开,将枪口顶着他的耳根。

操场刚一清场(其实还没等清场,塞内加尔纵队的队尾还没消失在街头),杂役队就提着一副装着工具和一块叠得整整齐齐的油布的担架走了过来。带队的下士从担架上操起一把钢丝钳,走向已经从断桩上解下下士尸体的上士。"给你,"他说着,将钢丝钳递给上士,"你不打算为他们中的一个浪费一块防潮布,对吧?"

"把这几根桩抬走,"上士说,"给我留两个人和油布。"

"行。"下士说完,转身走了。上士剪了一截长约六英尺的锈铁丝网。他刚站起身,只见两个兵站在他身后,望着他。

"把它摊开。"他指着油布说。他们听从了他的吩咐。"把他抬上去。"他又吩咐道。两人抬起下士的尸体,抬头的一个因为怕血有些不情不愿,两人将尸体放上油布。"抓紧时间,"上士说,"把它卷起来。然后放上担架。"说完,跟了上去。杂役队下士突然别过了脸,其他人也埋头拔栽在地里的木桩。上士没再说话,只是示意两个人抬起担架,自己跟在后面,一只手抓住担架掌握方向,推着担架两头的人，抬着尸体过了操场，沿对角线走向铁丝网与老厂房墙呈一直角的交会处。他（上士）头也不回，抬担架的两个人几乎一路小跑，免得担架从他们头上翻了过去，跑向角落的路上，他们想必也看见了铁丝网外那辆高大的农用马车，两匹膘肥体壮、驾辕的高头大马，以及一旁的两个女人和三个男人。上士跟当初出发一样拦住了担架，他停下脚步，推着担架后面的两个角转到与篱笆平行，然后走到篱笆前站定——一名五十多岁的男子将这一切看在眼里——其中一个高个子女人——她肤色黝黑，在男人里算秀气，在女人里算漂亮的女人——走到铁丝网的对面。矮些、胖些、和气一些的第二个女人没动，望着站在篱笆两边的两个人，茫然却又隐隐露出天真、蛮有把握的意味，仿佛餐桌上方一盏干净却没点亮的灯。

"你说你丈夫的农场在哪里来着？"上士问。

"我跟你说过。"女人说。

"请再说一遍。"上士说。

"过了夏隆。"女人说。

"过了夏隆还有多远？"上士问。"好吧，"他说，"离凡尔登有多远？"

"靠维埃纳 – 勒 – 皮塞勒。"女人答道。"过了圣米耶尔。"她说。

"圣米耶尔，"上士说，"在军事区。糟糕。那里属于战争地带。德国人占一边，美国人占另一边。美国人。"

"美国兵是不是比别的兵窝囊？"女人问，"因为他们没经验？有这一说吗？"

"没有，妹妹，"另一个女人说，"他们说错了。都因为到这里来

的美国人年少气盛。这对他们不是什么难事。"篱笆跟前的两个人没理她,隔着铁丝网交换了一下眼色。那女人接着说:

"战争结束了。"

"唉。"上士叹了口气。

那女人没动,也没做任何表示。"这还能有什么意思?还能做何解释?做何道理?不,这算不得证明,是为它博得同情、怜悯、找理由?"她冷冷、不露怨恨、漠然地打量了中士一眼,"为它鸣冤?"

"去你的,"上士说,"我请你了吗?谁请你来的?"他挥着钢丝钳指了指身后。一个兵放下担架,上前接了过去。"把下面的几股铁丝网剪了。"上士吩咐。

"剪了?"那个兵问。

"笨蛋,愚不可教!"上士骂了一句。那个兵弯腰正要动手剪,上士却一把从他手里夺过钢丝钳,自己弯下了腰;只听微弱、有几分悦耳的一声响,最下面一股铁丝弹起、卷到了一旁。"把它从担架上抬下来,"上士吩咐,"轻些。"他们现在有了数,从担架上抬起长油布包,放在地上。女人闪到一旁,等在篱笆旁的三个男人贴着地拽着长长的物件,将它从铁丝网上的缺口拖了过去,接着又抬上马车。"请稍等。"上士说。女人站住了。上士伸手从上衣里掏出了一张叠得整整齐齐的纸,隔着篱笆递了过去。她展开,不露声色地看了一会儿。

"没错,"她说,"战争想必过去了,既然你拿到了一张死刑执行令。我拿它做什么?裱起来挂客厅墙上?"上士从铁丝网里伸过手,一把从她手中夺过那张纸,另一只手又掏出旧眼镜盒,接着用捧着那张展开的纸的手戴上眼镜,上下看了一眼,然后将它揉作一团,塞进了口袋，又从上衣另一侧口袋掏出一张，隔着铁丝网递了过去，不等女人碰到，他猛地抖开，强压着心中的怒气说道："你再说用不着这一张。你看看这上面的签名。"女人接过去看了一眼。这秀气、难以辨认的字迹，她之前从未见过，也难得有几个人见过，但在那半个欧洲，那天有资格提出疑问的人都能一眼认出这个签名。

"这么说，他也知道儿子同母异父姐姐丈夫的家。"她说。

"哼，"上士说，"过了圣米耶尔还有老远的路。一路上只要碰到一扇镶了珍珠的金门，它能让你通行无阻。——还有这。"他说着，从口袋里拿出手，又隔着铁丝网伸了过去，摊开手掌，露出一枚暗黄色的小纹章和鲜艳的饰带，女人又一愣，但没去摸，低头望着上士摊开的手掌，他感觉另一个女人打量着自己，抬头望去，遇上了她平静、天真的目光；她说道：

"他真心帅，妹妹。也不那么显年纪。"

"哼！"上士又哼了一声，"拿去！"他说着，伸手将勋章塞进高个子女人的手里，她只好接了过去，接着从铁丝网里抽回手。"滚！"他吼道，"快滚！滚出这里！"他不吃这一套，有些生气、急躁、几乎怒气冲冲地说，他又感觉到了第二个女人的目光，但他没去看，头一扬、冲着高个子女人的背影吼道："你们是三个。另一个——他的情妇——哪去了？"无奈之下，他遇上了第二个女人的眼睛，她的神色不再天真，但带着无限的希望，她冲他莞尔一笑，说：

"没关系。别怕。再见。"说完，五个人、马和车匆匆绝尘而去；他转过身，从担架上捡起那截生锈的铁丝，扔在剪开的铁丝网下。

"把它接上去。"他吩咐道。

"战争结束了吗?"一个兵问。上士猛地转过身。

"但军队还在,"他说,"你难道指望和平能消灭一支连战争都消灭不了的军队?"

*　　*　　*

一进了老东门,一行人都上了车,马尔蒂坐在车斗的一头,姐姐坐在另一头,中间坐着那姑娘。她们高高在上,并非置身城门流出的稠密、缓慢的人流,而是高高在上,三个人仿佛乘着一艘漂在人流上的小船,或者说一只漂在一列狂欢队伍上的木筏,又好似骑着一匹被众多肩膀得意扬扬地扛着的不见腿、不见车轮的马和车雕像,乘着暮色,乘着悲痛流出这座折磨人的城市;其实,她们被一路上抬得太高,快到老东门的时候,抬的人好像、或想起抬头看一眼、或留意一下肩头上的东西,想到、猜出马车上的人,他们不觉一惊。

其实说不上一惊、后退,而是让出、闪开,一圈陡然扩大的空地围着这辆行驶的马车,仿佛木筏下的水突然退去,留下的木筏现在意识到、发现这不是大海,而是陆地,没有东西支撑,唯有脚下和车轮下的大地;人群闪开,仿佛曾经扛着它的肩头不仅卸下了重担,而且忘记了它的存在,人群连连避开马车,传递着它要过来的消息,车还没到跟前,人群就在车头闪开了一条道路,马车跑得飞快,快过躲闪不及的人群,人们别过一张张脸,最后还是二姐玛利亚,从她高高在上的座位那一头责怪他们,这声责怪算不上霸道,也说不上责备,显得格外地和蔼,就好像对一个孩子说:"算了。你们不欠他的情;你们用不着记恨。你们又没害他;何苦要怕来着?"

"玛利亚！"妹妹喊道。

"也用不着害臊。"玛利亚说。

"别说了，玛利亚。"妹妹说。玛利亚又坐了回去。

"好的，妹妹，"她说，"我不是要吓唬他们，无非是要他们宽心罢了。"但她连连仔细、平静地观察着他们，马车行驶着，车头缓缓地腾出一个空，好像这个空为自己清出一片不断前进的空地，等他们到了老城门，拱洞里已空无一人，人群止步、分列两旁，为马车让开一条道路；这时候，人群中的一名男子突然脱下礼帽，接着是一个、两个……所以，马车是在一片隐约可见、不可闻的沙沙声中从拱洞下出的城。"你看到了吗，妹妹？"玛利亚按捺住得意，说："就为了让他们宽心。"

他们现在出了城，一条条笔直的大道好像轮毂上的辐条，通向四面八方；空中偶尔缓缓飘过一团团飞扬的尘土，人群三三两两、成群结队，或乘着一辆辆马车驶出城外；造反团士兵的父母亲朋担惊受怕地赶进城，叫苦不迭地赶到老城内的临时监狱，如今好像并非完全出于放心，而是觉得无地自容，逃也似的出了城。

他们没有回头，勒马将车停了片刻，蹲在车上瞭望一马平川、了无生气、灰蒙蒙的平原，以及点缀原上的古罗马城堡，城堡渐渐隐去，直至不见，他们还是没回头再看一眼，驾着壮实、温和、不紧不慢的挽马继续赶路。他们备了食物，不必停车歇息，除了中午在一片林子里喂马、给马饮水，稍停了片刻。他们走村过寨——所到之处，默默注目的面孔，以及脱下礼帽和无檐帽时隐约可见、不可闻的沙沙声，好像有探马或信使事先通知了他们，姑娘裹着披肩蜷缩在两位年长的女人中间，马尔蒂铁青着脸，目不斜视地望着前方，只有姐姐玛利亚四下打量着安详镇定、毫不惊讶、毫不意外的人群，毛茸茸的马蹄踏着不太好走的卵石路，渐渐地将村子远远地甩在了身后。

他们赶到沙隆时，天刚摸黑。他们现在到了一个军事区，紧靠一个五天前的战争地带，不过现在业已太平，至少恢复了平静；但还是一个军事区，因为一名法国和一名美国中士突然站在他们的马前，拦住了他们的去路。"我有通行证，"马尔蒂说着，掏出证件，递了过去，"请看。"

"您收好了，"法军中士说，"这里用不着。我们都安排好了。"接着她又发现了别的情况：六名法国兵抬着一口廉价的木棺走向马车的车尾，她从座位上刚转过身，就见他们放下棺材，从车上拽出油布包裹的尸体。

"慢着！"马尔蒂亮着听不出悲伤的嗓门厉声说道。

"请听我说，都安排好了，"法国中士说，"你们乘火车去圣米耶尔。"

"乘火车去？"马尔蒂问。

"哎呀，妹妹！"玛利亚说，"坐火车啦！"

"您少安毋躁，"中士对马尔蒂说，"你们不用花钱。请听我说，都安排好了。"

"这辆马车不是我的，"马尔蒂说，"是我借来的。"

"我明白您的意思，"法国中士说，"是要还回去的。"

"但我还是要取道圣米耶尔带他去维埃纳–勒–皮塞勒——你说的是圣米耶尔，是吗？"

"您跟我争又是何苦来着？"法国中士说，"我刚才不是跟你说过多少次，都安排好了？您先生会赶着您的马车去圣米耶尔接您。下车吧，你们几位。别因为停战了，你们就以为军队无所事事，只有哄骗老百姓玩儿。请跟我来，你们几位。火车就等你们几位呢；车还有更要紧的事呢。"

接着，她们看见了火车。虽说铁轨就在她们身边，但之前她们并没注意。所谓火车，是一个火车头和一节人称四十八英尺的车厢。她们下了马车；天已是黄昏。几名法国兵盖好了棺材盖；抬起棺材，跟着三个女人和两名中士走向车厢，接着又止住了步，望着士兵抬起棺材放进敞开的车厢门，然后爬了上去，又抬起棺材，进了里间，然后又出来，一个接一个跳下地。

"上车吧，"法国中士说，"你们可别为没座位觉得委屈。车上有许多干净的干草。拿着。"说着，递过一条军毯。三个女人谁也没看见他从哪里拿出来的。换句话说，她们之前也没注意。接着美国中士对法国中士说了几句，说的无疑他自己的语言，因为她们听不懂，最后还是法国中士说了句"Attendez①"；她们站在渐渐落下的夜幕中等着美国中士搬回来一个木包装箱，箱子上印着奇怪的军械或物资符号，但无所谓，美国中士将箱子放在车门前，她们才明白怎么一回事，她们带着几分惊喜依次爬上箱子、进了几乎漆黑一团的车厢，唯独没上漆的棺材闪着微弱散乱的光。她们找到了干草。马尔蒂铺上毯子，和她们一起坐了上去；这时候，一个人手一撑，跃进了车厢——是一名男子，一个兵，借着透进车门内的少许光线，那轮廓分明是一名美国

---

① 此处为法语，意为稍等。

兵,美国中士双手捧着散发着咖啡味的东西,低头望着她们,大声说:

"咖啡来了。咖啡。"他说着,摸索着放下三个大杯,马尔蒂接过杯子,递给了她们,她又感觉到一只男人粗糙的大手扣住她的手和杯,将咖啡壶的壶嘴搁进大口杯;看样子他早料到这一阵颠簸,在并非预先告知,而是随着这一阵颠簸拉响刺耳的汽笛前一两秒钟,用他自己的语言喊了一句:"当心!"然后靠车厢板稳住身子,这当口,车厢似乎从静止不经任何过渡、陡然蹿了出去;一滴滚烫的咖啡从她手中的大杯溅落她的膝头。她们三个人总算倚着车厢板稳住了身子,汽笛又尖厉地鸣了一声,像摩擦声一样刺耳,好像这就是摩擦,并非一声车逼近的警告,而是一声抗议和说不出滋味的呻吟,以及一声控诉,控诉它疾驰而过的漆黑的大地,控诉它拼命、却钻不透的漆黑的夜色,控诉它徐徐劈开的绵延不断、不见尽头的地平线。

美国中士跪倒在地,稳住身子,双手捧着咖啡壶,又为杯子掛上咖啡,但现在只能半杯,她们靠着车厢板,分几次喝下香甜爽口、热气腾腾的咖啡,车厢披着夜色一路疾驰,黑暗中,她们看不见彼此,连车厢另一头棺材上隐约的光线也不见了踪迹,她们迟钝的身体也渐渐跟上,适应了车厢的速度,要不是硬邦邦、颠簸的车头时不时地发出一声尖厉的呻吟,车好像压根儿没动。

天转亮的时候,车停了。想是到了圣米耶尔;他们跟她说过圣米耶尔,估计就是这里,哪怕不存在第六感官,哪怕过了将近四年,她们快到家了。车刚停稳,她就迫不及待地站起身,问美国中士:"圣米耶尔?"他至少应该懂这一句,接着,她又迫不及待地说:"Mon homme à moi—mon mari.① "话音未落,中士也开了口,话中夹杂着几个他会说的为数不多的法语单词:

"不,不,不。稍等,稍等。"漆黑的车厢中,他就像一名驯犬员,命令一条狗蹲下,抬手对她做了个手势。接着转身在昏暗的门口一闪,不见了,她们依偎在一起,抵御春天黎明的寒意,耐着性子等着,姑娘坐在她们中间,她醒没醒、昨晚睡没睡,马尔蒂说不好,但看呼吸均匀的玛利亚,她一准睡得香。中士回来的时候,天已放亮;睡或没睡的三个人都醒了;她们望着第一抹星期六的阳光,听着云雀四季、终年不断的欢歌。他又端来了满满一大壶咖啡,这次还带来了面包,一路大声喊着:"Monjay Monjay.②"她们——应该说她——现在看清了他——是个小伙子,他的脸轮廓分明,脸上露出几分急躁或同情,到底是什么,她说不好。再说她也管不了,她心里又盘算着怎么跟他说是好,只可惜沙隆的那位法国中士说都安排妥了,转念一想,倒不是她信不过这个美国中士,他分明是奉命陪她们一程,自己在干什么,他想必心中有数,因为她——她们吧——别无办法。

于是她们又就着香甜、热气腾腾的咖啡,吃起了面包。中士又走了出去,她们等着;她没办法计算过了多久。接着,中士用手一撑,一跃上了车,她明白,时候到了。这次他身后跟着的六名美国兵;三个人站起身,等着六名士兵将棺材推到门口,然后抬下地,棺材现在就在她们眼前,似乎突然逃也似的出了门,不见了踪影,三个人跟着走向车门,中士跳下车;车门外又放了一个木箱,方便她们搭脚,走进一个阳光明媚的早晨,在车厢里闷了一个晚上,她们忍不住眨了眨

---

① 此句为法语,意为我老头子——我丈夫。
② 此处为洋泾浜法语,应为"mangez",吃的意思。

眼睛，这是接连几天晴空万里的一个星期第六个阳光明媚的早晨。她们看见了她自己，或者说她们的马车，她丈夫站在马前，望着六名美国兵将棺材装进马车，才转身对美国中士用法语道了声"谢谢"，他突然有些不自然地脱下帽子，匆匆有力地跟她和她姐姐握了握手，连瞧都不瞧一眼，或者碰一碰那姑娘，就戴上了帽子；她绕过马车，走到丈夫跟前——他是一个壮实的男人，穿着一身灯芯绒衣裤，没她高，但肯定比她年长。两人拥抱在一起，接着，四个人走向马车，跟人家一样，犹豫不决地商量了一阵，但没多久；马车坐不下四个人，但那姑娘解决了这个问题，她翻过车辕和座位，进了马车车厢，裹了裹披肩，紧贴着棺材蜷缩在那儿，她没睡好，神色疲惫，现在无疑需要一块肥皂和水洗把脸。

"哎呀，对了，妹妹，"大姐玛利亚又惊又喜、欣然赞同这个简单至极的办法似的，说，"我也坐在那后面回去。"于是妹夫扶着她爬上车辕，翻过座位，让她坐在棺材的另一头。马尔蒂一用力，自己爬上车，上了座位，她丈夫也跟着上了车。

他们到了城外，不必穿城而过，只要绕着城走就行。不过，这其实算不得城，不见绕城一圈、区别城市与乡村的城墙，因为这里不是战争地带，而是战场，城市和乡村融为了一体，在大批集结到这里、并非准备上阵、却仿佛定格住的美军和法军大部队脚下，难辨难分，在万籁俱寂中——这场混战仿佛被催了眠、戛然而止：一动不动的交通工具、一堆堆弹药和物资，他们很快见到了蹲在炮阵地的大炮，炮口还朝着东方，也配了兵，但既不处于临战状态，也不像在等待，不过是静伏在那里，沿着固守了四年的突出部、如今静悄悄的前线，他们见识了战争、或者说六天前的战争——满是弹坑的田野、一棵棵不见了头的树,春天为一些树披上了绿衣,树的残桩也冒出了顽强的嫩芽——这片快四年没见,但依然忘不了的熟悉的土地,好像连战争也抹不掉和平家园这一人类古老的真理。驾车沿着曾经是维埃纳-勒-皮塞勒的残垣断壁缓缓地行驶,她心头突然涌上了一阵忧愁;这时候,她用车厢内的另外两个人听不见的嗓音对身边的丈夫说:"家。"

"家好好的,"丈夫说,"我也说不清为什么。但田、地,都毁了。完了。还要花上几年。他们不许我现在开始耕种。他们昨天准我回来的时候,不许我着手耕种,说是要等他们清除了担心没爆的哑弹。"

丈夫说得没错,因为这儿是农田,是农忙季节她跟着丈夫忙活,躺在身后车厢内那口廉价棺材里的兄弟度过,以及有朝一日她要带他回来长眠于此,满是弹坑的地(虽说不严重;有些树还好好的)。到家了;丈夫说得没错;墙上除了一个凹坑、一片想必是机枪留下的密密麻麻的小窟窿,房子几乎没动,丈夫连看都不看一眼房子,跳下了马车(稍显不自然;她这才注意到他的关节炎严重了),径直走了过去,抬头望着被毁的土地。她也没进家门,叫着他的名字,说道:

"算了。我们还是先把这个办好吧。"他转身进了门;他昨天显然带回来几件工具,因为他立刻从家里拿出了一把锹,爬上了马车。她现在好像理清了头绪,清楚要去的地方似的,又赶着马车穿过如今长满杂草和野罂粟的田。他们驾车不时地绕过一个个弹坑,走了约莫半公里路,到了侥幸逃过炮火一劫的一株古山毛榉树下的田埂。

田埂的土很松,不难挖,几个人轮着来,连那姑娘也不例外,虽说马尔蒂劝过她一次。"别,"她说,"你别拦我。让我也做点事。"但即便这样,他们也花了好久才在田埂上挖了一个能容得下那口棺材的坑,四个人合力将它推进了刚挖的墓穴。

"这枚勋章,"丈夫说,"难道你们还想留着?我可以打开棺材。"但马尔蒂没有吭声,自顾操起那把锹,丈夫想了想,接过她手中的锹,没过多久,除了锹印,田埂又恢复了原样;一直到下午,将近黄昏时分他们才回家,(三个女人)进了门,丈夫去马厩安顿马过夜。将近四年没回过家,她也没停下脚步仔细瞧瞧。进了屋,她走了过去,说是丢,差不多是将勋章扔在空荡荡的壁炉架上,然后转过身,不过并没仔细打量这间屋子。房子好好的,只可惜徒有四壁。1914年那天,马车能装得下的都搬走了,丈夫昨天又带回来——够用的碗盏和卧具,以及当初她哪怕丢下回家时能用得上的东西,硬是要带上的没用的杂物;她现在想不起当时的心情或想法:他们究竟能不能回得来,当时让人备受煎熬的一天兴许并没有毁了这个家,断了一家人的希望。她没多想,径直去了厨房;丈夫带回来了粮食和生炉子的燃料,玛利亚和那姑娘正忙着生火;她又问了姑娘一句:

"你为什么不休息?"

"不想休息,"姑娘又说道,"别叫我闲着。"现在掌了灯;天快黑的时候,她才注意到丈夫还没从马厩回来。她马上明白了他在哪里,他披着初上的夜色,一动不动地望着被糟蹋的土地。她上前推了推他。

"算啦,"她说,"晚饭好了。"她又抬手推着他走到亮着灯的门口,只见姐姐和那姑娘在炉子和餐桌之间来回忙活。"你看看她,"她说,"她现在一无所有。她连他的亲人都算不上。她不过是爱他罢了。"

但他似乎只能记得他的土地，心痛他的土地；吃完了饭，他和她又躺在熟悉的屋顶下、熟悉的四壁中那张熟悉的床上；上了床，他倒头便睡，但她却直挺挺地躺在他身边，毫无睡意，他突然抬起头，嘟嘟哝哝地喊道："农场。土地。"接着醒了过来。"怎么了？"他问，"这是什么？"

"没事，"她答道，"睡吧。"她突然明白，他说得没错。司提反[①]升了天；一切都过去了、了结了、结束了，从回忆中抹去了。他是她的兄弟，她也是他的母亲，她现在明白，她不会再有自己的孩子，她一手将他从小拉扯大；法国、英国，还有美国，这样的母亲比比皆是，为了保卫祖国，维护正义和公道，她们献出了儿子的生命；她心中的苦能对谁倾诉？他是对的，只有农场、土地才能幸免战火的蹂躏。这当然要花工夫，说不定要花上几年，但他们四个人有的是力气。此外，他们眼下的任务是缓解痛苦，把握机遇，因为工作是对痛苦立竿见影的麻醉药。还有，重整土地不仅能缓解痛苦，农场那一小块土地，将证明他没白死，他们并不为暴行伤心，不过是为了悲伤而悲伤。唯一可以代替的是虚无，悲伤和虚无之间，只有懦夫选择虚无。

最后连她也睡了，一夜无梦；一夜无梦，她甚至说不好自己究竟睡没睡着，最后还是被人摇醒。摇她的是姐姐，她身后跟着那位姑娘，姑娘神情疲惫，蓬头垢面，一副梦游者的神色，只要一块肥皂、水和一个周好饭好菜地休养，她兴许又是一个美人。天已发白，没等姐姐喊："你听，妹妹！"她、马尔蒂又听见了那声音，丈夫也醒了，躺了

[①] 耶路撒冷教会的使徒们从门徒中选出来管理饭食的七位执事之一。《圣经》说到他有恩惠能力，在民间广行神迹奇事，从而惹怒犹太教的人，诬告他毁坏律法，最后用石头将他活活砸死。司提反死前发表了一篇护教的演讲，使他成为以后的基督教护教士的先驱。

片刻，接着在乱糟糟的床罩下翻身坐起。

"炮！"他喊道，"炮！"四个人好像舞台造型，在原地愣了十几秒，侧耳细听向他们滚滚而来的炮声；即使听见头顶、地上接连传来隆隆的爆炸声，以及屋顶呼啸而过的炮弹，他们还愣在原地。丈夫下了床。"我们必须出去。"他说着，翻身下床，要不是妻子抓住他，扶他一把，他险些摔了一跤，四个人穿着睡衣穿过房间，出了门，走出了一座屋顶，谁知却光着脚跑进了炮声隆隆、炮弹呼啸的一片天空，他们跌跌撞撞地一路狂奔，却没发现炮弹落地点远在宅子两三百米处，三个女人跟着这位当家人，似乎他知道要去的地方。

他真知道，田里有一个想必是一枚大榴弹炮留下的大坑，他们在沾满露水的杂草和猩红的罂粟丛中跌跌撞撞地跑着，最后跳进弹坑，当家人催着三个女人紧贴靠火网一侧坑檐下的坑壁，几个人低着头缩在坑底，仿佛在祈祷，当家人却像知了一样尖声尖气地连声喊道："土地。土地。土地。"

确切地说，除了马尔蒂，他们都埋着头。她连躲都没躲，挺直高挑的身子，从坑口望着炮火如同一把灵巧地避开一丛丛玫瑰的大镰刀，分明是有意避开、绕开房子和农场的建筑，卷着红光闪闪的烟尘向东越过那块地，久久不肯散去，闪烁的炮火仿佛一大群大白天出没、乱哄哄的萤火虫消失在田的尽头，所过之处，只留下隆隆的炮声，炮声现在也跟着渐渐地消散。

马尔蒂向弹坑外爬去。她动作飞快有力，像山羊一样灵活，她踢着丈夫要抓她睡衣下摆、接着又伸过来要抓她光着的脚的手，爬出了弹坑，飞快地穿过杂草、野罂粟，避过老弹坑，最后到了火力带，躲在弹坑里的三个人清楚地看见她一路跳着越过火力带，又进了一个密集的火力带。田里到处是冲锋的士兵——一队衣衫褴褛的法国兵和美国兵追上她，超过了她；他们看见一个人，抑或是一名军官，抑或是一名中士，停下脚步冲她打了个手势，他张着嘴，不知嚷了句什么，接着转身去追进攻的队伍，他们三个人现在也爬出了弹坑，跌跌撞撞地跳进一个个新弹坑，以及渐渐消散的烟尘和刺鼻的硝烟。

起初他们找不到那条田埂。等他们好不容易摸到了地方，那棵山毛榉却不见了踪影：不留一点痕迹，无迹可寻。"在这儿呢，妹妹！"姐姐喊道，但马尔蒂没应，飞快地跑了过去，他们跟着她，最后他们也看见她分明看到的——木片和碎屑，还带着树叶的树枝，散落在方圆一百米内；他们追上了她，才发现她拿着那口没上漆的棺材留下的一块灰白的木片；她轻轻地喊着丈夫的名字说：

"麻烦你回去拿一把锹过来。"但还没等他转身，姑娘就从他身边一闪而过，跑得虽急，但没失脚，小鹿一样轻盈地在弹坑、断草和顽强的罂粟间跳跃，身影越来越小，向家的方向跑去。那是一个礼拜天。姑娘带着一把锹、一路跑了回来，他们轮流挖了一整天，一直挖到夜幕降临，又挖出几片和零星的碎棺材板，可惜却始终没见到尸体。

明 天

又是十二个人,但这次带队的是一名中士。这是一辆特制的马车,虽说是三等车;车前段的座位拆了,车厢板上放着一口崭新的军用空棺材。他们一行十三个人半夜出的巴黎,等他们到了圣米耶尔,一个个都喝得烂醉如泥。这算不得一趟好差事,和平和胜利果真降临了十一月天的西欧(五月份那次谎报的停战过了六个月,被战争夺走的那个离奇的休息日太荒唐,他们只能把它当作一件奇谈),一个人,即使他还没脱下戎装,至少在他们发动下一场战争前,认为自己摆脱了昨天的梦魇。因此,上面发了一份红酒和白兰地作为补偿,让负责保管的中士必要时打赏他们几口。但中士不善言语,不愿领这份差事,火车一出巴黎,他就带了一本黄色杂志,躲进了车前部的一间无人包厢。不过,中士在沙隆刚出包厢(他们不知道原因,也不想动这个脑子,兴许是去上厕所,说不定只是为了公事),两个人瞅准机会(其中一个1914年入伍前曾是一个名气响当当的窃贼[①],打算一被获准脱下军装,立刻重操旧业)进了客房,打开中士的行李箱,偷拿了两瓶白兰地。

所以,巴勒迪克号快车在圣米耶尔卸下他们的马车,让他们换乘慢车去凡尔登的时候,他们(除了中士)已一个个醉得险些不省人事;

---

① 下文有一部分首字母大写的"Picklock"音译作匹克洛克。

天亮后不久,慢车将马车卸在凡尔登车站一条重新修好了的岔道,他们险些再次醉得不省人事;等到中士发现行李箱失窃,再数数剩下的酒瓶,继而大发雷霆,对他们一通好骂,再加上他们当时的情况,起初谁也没注意到那位上了年纪的女人;他们现在注意到,好像有一个委员会在恭候他们驾临,他们抵站的时间、此行的目的好像先他们一步到了这里——除了一个人,从城里和附近乡下赶来的手艺人和农民,三五成群地默默望着中士(提着行李箱)对他们又吼又骂,出了车厢,那位上了年纪的女人立刻冲了过去,一把拽住中士的袖子——这是一个相貌比年纪苍老了许多的女人,一张憔悴、布满皱纹的脸,好像最近也没睡过几个安生觉,但现在却因迫不及待和希望精神倍增。

"啊?"中士终于问道,"什么?你想要干什么?"

"你们要去要塞,"她答道,"我们知道为什么。请带上我。"

"带上你?"中士反问道;在场的人都竖起了耳朵。"去干什么?"

"为了泰奥迪勒,"她答道,"我儿子。他们说他1916年在那里阵亡的,可惜他们没送他回家,又不许我去那里找他。"

"找他?"中士说,"时隔了三年?"

"我能认出他,"她说,"只要让我去看一眼。我能认出他来。你也有母亲;请你想想,如果你阵亡了,他们又不送你回家,你母亲有多伤心。请你带上我。我能认出他,我跟你说。我一眼就能认出他。快走吧。"他使劲儿地想甩开被她紧紧地抱住的胳膊。

"放开!"他呵道,"没有命令,就算我愿意,也不能带你去。我们有要务在身;你去是个累赘。放手!"

但她还是紧紧地抱住中士的胳膊不放,四下看了一眼望着她面孔，她迫不及待的脸上也露出了疑色。"小伙子们——孩子们，"她说，"你们也有母亲——你们当中也有人——"

"放开！"中士说着，将行李箱换了一只手，这次挣脱了她的手。"滚！快走。"说着，抓住她的肩膀，拿行李箱顶着她的背，推着她过了月台，推向始终默默观望的人群。"那里现在除了腐肉，什么都不剩；就算你想找也找不到他。"

"我能，"她说，"我知道我能。我卖了农庄，我跟你说。我有钱。我可以出钱——"

"我不要，"中士说，"我要是不讲原则，你尽管去那里找你儿子，不仅能带一个回来给我，还省了我们跑一趟。但你不能去。"他松开手，好声对她说："回家吧。你丈夫来了吗？"

"他也不在了。我们以前住在莫尔比昂①。战争一结束，我就卖了农庄，来这找泰奥迪勒。"

"那就该去哪儿去哪儿吧。你不能跟我们走。"

但她并没往她出来的人群里走，而是又转身站在那里望着，憔悴、露着倦色的脸依然不解、不甘心、眼巴巴地望着中士转身归队，又剜了他们一眼。"算了，"他好容易才说，"没酗酒的，都跟我走。我可不想在那里耽搁得太久，找回一具发臭的尸体，何况还是俩。"

"先喝一口吧？"一个人说。

"找骂是吧。"

"要我给您提箱子吗，中士？"另一个问。中士简单干脆，没好气地一口回绝了他。他转过身，带着一支懒懒散散的队伍出了站。一辆

---

① 法国布列塔尼的一个省，省会是瓦讷。

卡车、一节封闭的车厢和一名司机和一名下士在等着他们。他们从车厢里抽出空棺材,抬上车厢,推了进去,接着自己也跟着上了车。车厢内铺了给他们坐的干草;中士自己坐在棺材上,将行李箱往腿上一搁,一只手紧紧地抓住把手,好像生怕有人,或者他们把箱子抢了过去。卡车上了路。

"我们没带早餐吗?"一个人问。

"都被你们喝了,"中士没好气地说,"你们当初偷了以后。"但他们还是吃了早餐,在一个小酒吧的一个小吧台吃了面包和咖啡,小酒吧除了新盖的美国造铁皮屋顶被附近、周围倒塌的墙砸得上翻外,侥幸躲过了炮击,着实令人费解。这里早做了安排;巴黎那边已经为他们付了饭钱。

"哎呀,"一个人说,"如果军队开始从老百姓手上讨吃的,他们一准是太想要这具尸体了。"中士吃饭的时候将手提箱放在面前的吧台,两只胳膊护着。吃完了以后,他们又上了卡车,中士紧紧地抓住搁在腿上的手提箱;车在成堆的瓦砾和老弹坑之间缓缓地行驶,透过敞开的后门,可见人们已经着手清理大山小山般的断壁残垣,原地搭起了为数众多的美国造铁皮屋顶,在朝阳下闪着银光;美国人也许并没参加全部战争,但至少他们出钱恢复被他们摧毁的家园。

确切地说,看到这一幕的是中士,因为还没过默兹[①]桥,抵达一段具有象征意义的石棱堡浮雕上五个英雄人物大无畏地盯着东方的那一角,他手下的兵就进入了类似昏迷的状态。确切地说,中士也不是不可以,他像一位母亲抱着生病的孩子,搂着膝头上的行李箱,坐在

---

① 默兹河自法国东北部流入比利时经荷兰注入北海。

那里目不转睛地看了他们足有十分钟,只见他们一个挨一个、四仰八叉躺在干草上,卡车现在出了城。他提着行李箱站起身;卡车前挡板上有一块小活动挡板。他悄悄地吩咐了司机旁的下士,然后打开行李箱,只留下一瓶白兰地,将箱里的几瓶酒都递了过去,接着锁上仅剩的一瓶酒,又拎着行李箱,坐回了棺材。

卡车现在沿着修复的公路上了起伏的默兹高地,透过敞开的车门,荒废的土地在中士眼前一一展开——这是大地的尸体,有些土地浸透了硝烟、鲜血和悲痛,可能从此绝收,难以耕种,不但被人遗弃,连上帝也跟它一刀两断:弹坑、废弃的战壕、锈迹斑斑的铁丝网、残桩断树、小村落和农庄好似一个个难以辨认的碎骷髅,渐渐淹没在不像探出大地、嫩绿的小苗,倒像从数英里和里格[①]的地狱钻出的苍白、羸弱、遍地的杂草下,好像连魔王也在极力掩盖人类对大地母亲犯下的罪孽。

接着是坚守阵地、弹痕累累的要塞,即使法国,文明再也用不着它;要塞依然坚守着阵地,哪怕那场战斗过去了两年多,要塞的主体开始腐朽崩塌,甚至在停战后漫长的岁月,只为了污染空气。中士站起身抬脚刚拨醒他们,他们就闻到了这气味。进了要塞,他们才明白非动手不可;尽管中士连踢带骂刚将他们赶下卡车,他们立刻明白了其中的缘故——一堆白骨和骷髅,有些还覆盖着一条条或块块看样子像褐色或黑色的皮革,靴子、泛白的军装,偶尔能见到一具包着油布、完整的尸体,搁在石壁的下口;他们望着两名系着屠夫一样的围裙、鼻子和嘴上遮着一块布,抬着堆满1916年守卫要塞的老兵尸骨

---

① 长度单位名称;在英美约为三英里或三海里。

的两人抬、没有轮子的担架，走出下方的入口。这片高地有朝一日将耸立一座方圆数英里可见的大教堂，或者说一座灵堂，如同一只未来派画家笔下模糊、庞大的灰雁，抑或并非出自雕塑家之手，而是能工巧匠用玄武石砌成的禽龙——一座四周每一个壁龛都点着长明灯的雄伟中殿，通往中殿的每一条通道都刻着并非取自身份识别牌，而是出自团花名册的名字，因为谁也不能与他们相提并论——蹲在这个大坑口，俯视坑内当年的士兵，或者说士兵们留下的难以分辨的枯骨被挖出、装殓；对面是一片坡地，整齐地排列着一行行雪白的十字架，记载着能甄别出身份的尸骨的姓名和职务；往前的另一面坡地排列的并非十字架，而是一个个圆形的墓碑，微微，但又倔强地面向麦加，出于一贯、似乎郑重的错误，墓碑上刻着神秘、难解的象形文字，因为留下这些枯骨的男人同样离乡背井、抛别家人和他们熟悉的一切远道而来，为了他们（同样无知）的上司用他们的语言才能解释一二、甚或说不清的事业，在北方凄风苦雨和泥泞中献出自己的生命。如今只剩下要塞千疮百孔、坚守这里的暗褐色墙壁，两旁是水泥圆顶半露出地面的机枪点，如同一个个大蘑菇，或粪堆，两名围着屠夫围裙的士兵倒下担架上的尸骨，抬着空担架转身，从紧紧地包住他们口鼻的口罩上用梦魇中的梦游者不知疲倦、无神、茫然的目光打量了他们一阵，才走下台阶。

　　他们打量了一眼那堆枯骨，然后又望了望灰褐色的石头下的入口，两个抬着担架的兵进了入口，跳进、仿佛跌进了地心；他们至今不知道，自己的眼中现在也露出一种梦魇般呆滞、惶恐的神色。"老天，"一个人说，"我们不如干脆从那一堆拿一副，赶紧离开这个鬼地方得了。"

"不行。"中士说。语气中露出一种说是报复,倒不如说强忍住早知如此的兴奋。自从1914年9月穿上这身戎装,他还没试过身手;他还可以再穿它十年,依然不必上战场。他是一名文职人员,谨小慎微、忠实可靠,一向中规中矩,从不晚归。他烟酒不沾;他生在、长在罗亚河[①]畔的一座小村庄,直到祖国需要他的那天,除了一名业余运动员礼拜天早上在村前村后打飞禽走兽,他平生没听过枪声。兴许是因为这些,上面才交给他这项差事。"不行,"他说,"命令写得明明白白,往凡尔登,然后率队火速前往瓦洛蒙要塞的地下通道,从那里完整地挖出一具难以辨认,也辨认不出姓名、所属部队和职务的法国军人的尸体,把它带回来。这就是我们此行的任务。快走,往前走。"

"我们还是先喝一口吧。"一个人说。

"不行,"中士说,"过后再说。先把它装上卡车再说。"

"给一口吧,中士,"另一个说,"你不想想那洞下面是什么味道。"

"不行,我跟你说!"中士说,"快走!往前走!"他没有身先士卒;而是催着、赶着他们低着头、一个一个地进了石头巷道,依次跌、或者说跳下陡峭逼仄的石梯,仿佛进了潮湿、黑暗的地底,走下石梯,总算进了一条地道,隐约可见一点摇曳的光,不会是电灯,那光发红、还有些颤动,是火把;洞壁第一道没上门扇的开口旁拴了一支,他们现在总算明白了,一个接一个地掏出脏兮兮的手帕,以及身上的破布条遮住口鼻(一个显然什么都找不到的人拽着衣领遮住脸),推推搡搡;见一名眼睛下的脸上拴着一块丝帕的军官走出门洞,他们止住了

[①] 法国第一大河。

脚步；又推推搡搡地贴着狭窄的地道壁，望着中士提着行李箱上前一步，敬了一个礼，将指示递给那位军官，军官展开命令，匆匆瞥了一眼，然后扭头对身后的室内说了几句，一名脖子上挂着一副防毒面具的下士，拿着一只手电筒和一副收起的担架走了出来。

下士打着手电筒在前面带路，最前面的一个人拎着担架，在渗水的洞中又继续往前走，脚下的地面又湿又滑，他们跟跟跄跄地经过一个个无遮无拦的洞口，透过洞口，可见层层叠叠的床铺，1916年的那五个月，睡在铺上的士兵们好容易适应了闷雷和颤抖的大地，地面上的味道有几分真切，仿佛始终带着生命的动感，但还说不上熟悉地的步——一种人消除不了、最后甚至习惯、甚至闻之不出、对由来已久的腐臭丧失了感觉、无奈的适应——一种无孔不入、令人窒息、注定要被消灭的味道，它不单单出于腐败，而是出于恐惧、经年累月的汗水、粪便和煎熬；恐惧到了势必要在麻木和癫狂二者之间选择其一的地步，在时而麻木、时而清醒中，你不再害怕，而仅仅是讨厌。

一对对戴着防毒面具的士兵推着堆得高高的独轮车，抬着堆得高高的担架从他们身边走过；他们脚下突然又露出了许多又湿又滑的台阶；台阶底端的巷道呈一个直角，不再是水泥地面、墙壁和顶；他们跟着下士拐过墙角，出现在眼前的不再是一条巷道，而是战事正酣期间，在一面山壁上开凿出的一个洞、大山洞、岩洞、一个大壁龛，当时没办法处理在要塞或相邻机枪点阵亡的官兵、或阵亡、残缺的尸体，只好将它们扔进这里、草草地掩埋了事，过了这里还有一条巷道，一条木料支撑的地道，高容不下一个人站立，在地道另一头，可见一点不变的灯光，想必是一盏电灯，灯光下，两名戴着头罩、围了围裙的士兵抬着一副担架，担架上这次想必是一具完整的尸体。

"待在这儿别动。"下士下令。

"我奉命——"中士说。

"——你奉命，"下士打断了他，"我们这里有制度。我们有我们的规矩。待在这别动，你们是现役人员，朋友。给我两个人和一副担架就行了。不过，你也可以跟过来，只要你不怕被熏着就行。"

"我正有此意，"中士说，"我奉命——"但下士没等他说完，扭头就走，两个抬着担架的兵、抱着一个病孩子似的紧紧地搂着行李箱的中士，猫腰跟在最后，进了地道。他们没用多少时间，好像在下一个通廊处多的是尸体；留下的十个人似乎立刻又看见中士抱着行李箱猫着出了地道，后面跟着两个抬着担架跌跌撞撞地一路小跑的兵，最后出来的是下士，他连停都没停，绕过两个兵放在地上的担架，正要上台阶，中士拦住了他。"请留步，"中士说着，将行李箱夹在腋下，从怀里掏出一张许可证或一张表，抖开，说，"我们在巴黎也有制度。这是一名法国人。"

"对。"下士答道。

"上面写得清清楚楚。一样不落。"

"对。"下士说。

"认不出姓名、所属部队，或身份。"

"对。"下士说。

"那就请你签个字。"中士说着，向迎过来的下士递过一支铅笔。"你，"他吩咐身边的一个兵，"转过身，弯腰。"那个兵弯下腰，中士将纸平摊在他弓着的背上，让下士签了。"你们中尉也要签个字，"中士说着，从下士手中接过铅笔，"你可以打前跟他说一声。"

"行。"下士说完，转身上了台阶。

"好了，"中士吩咐两名担架员，"把它抬出去。"

"现在不行，"第一个担架员说，"我们要先喝口酒。"

"不行，"中士说，"等把它抬上卡车再说。"他不想领这份差事，跟他们也不是一路人，因为这一次，十二个人干脆一起动手，抢过了他的行李箱，说不上凶狠、粗野，不过是麻利；压根儿说不上愤怒，有几分不近人情、漫不经心，就像你随手从墙上撕下日历的最后一页，拿去引火；前窃贼这次都没做做样子，掩饰他的动作，当众掏出他的家伙，在众目睽睽之下撬开了行李箱。他们没想到这么快就轻易得手，因为他们受够了中士，低头瞪着箱子里唯一一瓶酒，他们先是惊愕，接着是义愤，继而是恐慌，中士退后一步，居高临下，解了心头之恨似的得意地冲着他们放声大笑。

"余下的呢？"一个问。

"我扔了，"中士说，"倒了。"

"倒了，说瞎话呢，"另一个说，"一准是被他卖了。"

"什么时候？"另一个问，"他哪来的机会卖？哪来的机会倒？"

"来这儿的车上，趁我们都睡着的时候。"

"我没睡。"第二个说。

"行了，行了，"前窃贼没好气地说，"他怎么处置的有关系吗？酒没了。我们就喝这一瓶。开瓶器呢？"他问第三个人。那人已经掏出了开瓶器，打开了那瓶酒。"好了，"前窃贼告诉中士，"你回去向上头汇报，我们自会把他抬上去，放进那口棺材。"

"那好，"中士说着，捡起空行李箱，"我也希望离开这地方。不需要来一口证明我不喜欢这。"说完，他脚也不停地走了。瓶子从一个人传到另一个人的手中，很快被一饮而空，扔到了一旁。

"好了，"前窃贼说，"抬上那玩意儿，离开这地方。"他现在是头儿，至于什么时候升任，谁也不能断定，谁也说不好，谁也管不了那么许多。他们现在头脑清醒，不是酒鬼，而是一群疯子，最后一口白兰地仿佛冰球，在他们腹中冷却、凝固，他们抬着担架几乎一路奔上台阶。

"酒去哪儿了，你说说。"一个兵追上前窃贼问。

"他给了副驾驶座上的下士，"前窃贼说，"乘我们睡着的时候，从那块挡板递过去的。"他们眼前突然一亮，又回到了人世，踏上了大地，呼吸到了新鲜空气，卡车还停在那里等着，司机、下士跟一群人远远地站在一旁。前窃贼一行扔下担架，径直冲向卡车，最后还是前窃贼拦住了他们。"不忙，"他说，"我来。"但卡车上也遍寻不着几瓶酒的踪影。前窃贼回到了担架旁。

"叫那个下士过来，"一个人说，"我有办法让他交出来。"

"蠢蛋，"前窃贼说，"我们要是现在动手，会出现什么情况，你说？他会叫宪兵把我们都抓起来，去凡尔登找副官再要一支警卫队。我们在这里不能轻举妄动。等回到凡尔登再说。"

"到了凡尔登又能怎样？"另一个反问道，"买酒？拿什么买？你以为我们这帮到手光能拿得出一个法郎？"

"莫拉克可以把他的手表给卖了。"第四个人说。

"他肯吗？"第五个说。一帮人都望着莫拉克。

"算了吧,"莫拉克说,"匹克洛克①说得对;回凡尔登才是要紧事。来,把这玩意儿装进那口棺材。"他们抬着担架走向卡车,将裹好的尸体抬了进去。他们又取下棺材盖;棺材里放了一把锤和铁钉。他们将尸体往里面一扔,脸朝上也好,朝下也好,他们不知道,也不想费神,他们盖上棺材盖,抓了几根钉,将棺材盖钉上了事。中士拎着空行李箱从后面爬上车,又坐在棺材上;下士和司机显然也上了车,因为车立刻发动上了路,十二个兵靠着车厢板,席干草而坐,他们一声不吭,看上去举止得体,像乖巧的孩子,但其实是一时糊涂,什么事都干得出,卡车回凡尔登的路上,他们之间偶尔不咸不淡地聊几句,一直到车又进了城,停在一扇大门前,门口立着一名哨兵,显然到了司令部。中士从棺材上站起身。匹克洛克还不死心:

"照我的理解,上头的指示是说,白兰地不仅管我们喝到瓦洛蒙取出那具尸体,还管到我们喝到巴黎。我理解错了吗?"

"如果你理解错了,怪谁?"中士说着,又低头打量了匹克洛克一会儿,转身走向大门;仿佛他也承认匹克洛克是他们的头:"我得在这地方签几份劳什子文件。你把它送到车站,装上马车,在那里等我。然后找个地方吃午饭。"

"好吧。"匹克洛克应道。中士跳下地,一晃不见了;车还没动,他们陡然一改态度,或氛围,换了一个人似的,换句话说,不是变,确切地说,好像他们抛开了面具或伪装;他们的话简单明了、隐晦,有时候甚至无须语言,好像他们无须交流,早就达成共识,只要相互提醒。

---

① "Picklock"一词从这里译作匹克洛克。

"莫拉克的手表。"一个人说。

"别急，"匹克洛克说，"到车站再说。"

"那你叫他快些，"另一个说，"把这个交给我。"他说着，爬了起来。

"我说了别急，"匹克洛克说着，一把拽住他，"你想招宪兵过来？"于是，他们住了口，一动不动，又蠢蠢欲动地坐着，就好像一个人气急败坏地推着纹丝不动的金字塔。卡车停了下来，他们准备下车，车还没停稳，头几个人就跳将下去，转身去拉棺材。月台上空无一人，或者他们是这么认为的，如果他们注意一下，也会这么想，但他们没注意，连看都没看一眼那个方向，就将棺材拽出了卡车，抬着棺材，几乎一路从月台跑向等在岔道上的车厢；这时候，一只手拽住匹克洛克的袖子，一个嗓门在胳膊肘旁迫不及待地说：

"下士先生！下士先生！"匹克洛克低头一看，原来是早上那个儿子在凡尔登战役阵亡的老太太。

"走开，老奶奶，"匹克洛克一边说，一边想挣脱她的手，"快点。把那扇门打开。"

但老太太偏不松手，不依不饶地说："你们找到了一具。说不定是泰奥迪勒。我认得出。让我看一眼吧。"

"闪开，我跟你说！"匹克洛克说，"我们没空。"匹克洛克虽是头儿，这次却不是他，而是另一个人突然从牙缝里迸出几个字：

"且慢。"紧接着，看来他们都想到了这个主意。四个兵将棺材的一头搁在车厢板上，叉开腿正要将它推进去，现在却停了下来，扭头望着说话的人："你早上说你卖农场来着。"

"卖我的农场?"老太太说。

"钱!"对方压着嗓子从牙缝里迸出一个字。

"对!对!"老太太说着,伸手从披肩下摸出一个有些年头跟中士行李箱差不多大小的手提袋。现在是主事的是匹克洛克。

"别急。"他扭头叮嘱了一句,然后对老太太说:"如果我们让你瞧一眼,你能不能给我们买两瓶白兰地?"

"三瓶。"第三个说。

"要先买,"第四个说,"棺材里的尸骨,她现在也看不出个究竟。"

"我能!"她说,"我认得出!我就看一眼。"

"就这么说定了,"匹克洛克说,"你去买两瓶白兰地,我们让你看他一眼。要快,趁中士还没回来。"

"好,好,我这就去。"她连声应着,攥着手提袋,蹒跚着跑过月台。

"好了,"匹克洛克说。"把它推进去。你们谁去车上把锤取过来。"所幸他们接到的命令不是将棺材钉牢,不过是暂时固定(一到巴黎,显然要换一口稍许讲究、总之与其目的相称的棺材),所以,他们没费多少功夫就起出了钉子。掀开盖子,一股淡淡、像轻烟一样清晰可见的臭气扑面而来,他们不觉退了一步——腐烂和人类最后一句苍白无力的告别,仿佛这具尸体积蓄了三年,像一个自以为料事如神的小男孩,欢天喜地地等着这一刻,或类似的场合。老太太搂着两瓶酒、跑着、至少一路迈着碎步跑了回来,她气喘吁吁,步履蹒跚,几乎没了力气,到了车门口,她连台阶都爬不动了,于是两个人跳下地,囫囵着将她抬上了车。第三个人从她怀里抢过酒瓶,但她似乎都没在

明 天 · 405 ·

意。那一刻，她看不见那口棺材。紧接着，她看见了，半跪半瘫在棺材头前，从那张曾经的脸上掀开油布。他们——先前那人——说得没错；她从那张脸上看不出眉目，因为它不再是一个人。接着，他们明白她连看都没看一眼，只是跪在那里，一只手搁在曾经的脸上，另一只手抚摸着尚未烂尽的头发，说：

"是了，是了。这就是泰奥迪勒。这是我儿子。"她突然起身，仿佛突然间有了力气，紧贴着那口棺材，面向他们站定，飞快地打量着一张张脸，最后发现了匹克洛克；亮起嗓子平静地说："我必须得到他。"

"你说你就看一眼的。"匹克洛克说。

"他是我儿子。他必须回家。我有钱。我可以给你们买一百瓶白兰地。如果你们愿意要，我干脆给你们钱。"

"你能出多少？"匹克洛克问。她连想都没想，将没打开的手提袋递了过去。

"你自己数吧。"她说。

"不过，你怎么带这……带他走？你搬得动？"

"我带了马和车。自从昨天听说了你们来这的目的，我就把它停在车站后边。"

"从哪听来的？"匹克洛克不解，"这可是公务。"

"我从哪听来的要紧吗？"她没好气地说，"数呀。"

但匹克洛克始终没打开手提袋。他转身对莫拉克说："你陪她去取马车。从车窗对面把它接过去。快些。兰德瑞就快回来了。"这一切都在片刻之间。他们推上车窗；莫拉克立刻将马车赶了过来，一匹高大的驽马受了惊似的嘚嘚嘚一路小跑,莫拉克勒住缰绳;车厢内的另外几个人已经将包好的尸体搁上窗台。莫拉克把缰绳交给身边的老太太,从座位上探过身,一把拽过尸体,顺势丢进了马车,接着手一撑,跳下地;同一时间,车厢内的匹克洛克从车窗将手提袋丢进老太太的马车。

"快走,"莫拉克对老太太说,"快离开这地方。要快。"等她走远,莫拉克才跳上车。"多少?"他问匹克洛克。

"我拿了一百法郎。"匹克洛克说。

"一百法郎?"另一个惊讶、将信将疑地问。

"对,"匹克洛克说,"到了明天,连这个数我都觉得有愧。但够一人买一瓶了。"他把钱递给刚才说话的兵。"你去买。"然后又对吩咐其他人:"把盖子盖上。你们还等什么,嗯,等兰德瑞来帮忙?"他们又盖上棺材盖,将钉子塞进原来的钉眼。这种最低限度的谨慎决定起码说明了某种分量,首先是那口棺材的分量,但现在管不了那么许多。甘尼米①搂着一个破柳条篮走了回来;没等他上车,他们就一把抢了过去,掌螺丝锥的人麻利地打开——递过来的酒瓶。

"人家要我把篮子还回去。"甘尼米说。

"那就送回去。"匹克洛克说,接着绝口不提那事;瓶塞还没起出,一只只手就抢了过去,等中士一个小时后回来,顿时义愤——不是勃然大怒,是义愤填膺。但这次他无计可施,他们现在一个个烂醉如泥,喝了这忘忧药,四仰八叉地躺在乱作一团的干草上,鼾声如雷,哪里管得了尿骚、呕吐物、白兰地和空酒瓶,临近黄昏,一辆车头带上车

---

① 宙斯神的侍酒童子。

明 天 · 407 ·

厢,开回了圣米耶尔,将车厢丢在另一条岔道,穿窗而进的刺眼的黄光,以及窗外叮叮当当的锤声吵醒了匹克洛克。

一见这刺眼的光线,他连忙闭上眼睛,抱着突突跳动的脑袋,在他的记忆中,从未见过这样耀眼的日出。就好像电灯;他稀里糊涂,不晓得如何爬起,甚至站起了身,接着摇摇晃晃地稳住身子,他稀里糊涂,没想到自己竟然有这套本事,他靠车厢板稳住身子,抬脚——将其他人踢醒,或者说让他们恢复了神志。"起来,"他喝道,"起来。得下车了。"

"到哪儿了?"一个人问。

"巴黎,"匹克洛克说,"天亮了。"

"糟了!"一个嗓子喊道。他们顿时睡意全无,并非是恢复了记忆,因为连昏睡中他们也不曾忘记,而是像梦游者醒来发现自己站在四十层楼的窗台外,幡然醒悟,一个个酒醒了大半,连作呕的工夫都没有。"真是岂有此理。"一个嗓门嚷道。他们挣扎着站起身,摇摇晃晃、浑身发抖,跟跟跄跄、推推搡搡地出了车门,不住地眨着眼睛,好容易才适应了刺眼的光线。只可惜还是电灯,还是昨晚(兴许是明晚,就他们所知,或者暂时关心的):两盏战争期间高射炮阵地对付夜间出动的飞机的探照灯对准车厢,耀眼的灯光下,一帮人踩着梯子沿着车厢的檐口钉着一条条黑幔幕,他们没理会他们,也没管幔幕。

"我们还在凡尔登。"另一个说。

"他们是把车站搬到了铁轨的另一边了吧。"匹克洛克说。

"反正这不是巴黎,"第三个人说,"我得喝一杯。"

"不行,"匹克洛克说,"你们得喝杯咖啡,吃点东西。"他转身问甘尼米:"你手上还剩多少钱?"

"我都交给你了。"甘尼米说。

"胡说,"匹克洛克说着,伸过手,"快交出来。"甘尼米不情不愿地从怀里摸出一小叠钞票和几枚硬币。匹克洛克接了过去,飞快地数了一遍。"差不多够了,"他说,"走。"车站对面有一间小咖啡馆。他带头走了过去,进了咖啡馆——只见一个小吧台,吧台旁站着一个男人,穿着一件乡下人常见的灯芯绒外套,两张桌子围着几个一身粗布衣服的农夫或手艺人,一边喝着咖啡或红酒,一边玩着多米诺游戏,见他们进门,都扭过头,望着匹克洛克带着手下几个人走向吧台,一位一身黑衣服的漂亮女人招呼道:

"各位来点什么?"

"咖啡,夫人,您如果有的话,再来点面包。"匹克洛克说。

"我不要咖啡,"第三个人说,"我要喝酒。"

"没问题,"匹克洛克强忍着怒火,甚至稍稍放低嗓门说,"待在这儿别走,看着别让人过来抬那口棺材,更不用说打开。听说你爬楼前,人家都要给你喝一口。"

"我们也许可以再找一——"第四个人说。

"闭上你的嘴,"匹克洛克说,"喝你的咖啡。我得考虑考虑。"接着传来一个陌生的声音。

"怎么了?"那声音说,"你们几位遇着麻烦了?"说话的是他们进门时站在吧台旁的男子。他们打量了他一眼——他身材壮实,显然是名农夫,并不像他们以为的那样老,生着一颗精明的圆脑袋,上衣翻领上别着一枚勋章——虽算不上上乘,但也不错,实际上与匹克洛克戴的那枚有得一比；兴许正因为如此，他才跟他们搭话，他和匹克洛克互相打量了片刻。

"你从哪儿得来的?"匹克洛克问。

"孔布勒。"陌生人答道。

"我也是。"匹克洛克说。

"你们遇到麻烦了?"陌生人问。

"此话怎讲?"匹克洛克反问道。

"你瞧，老兄，"陌生人说，"你们大概是奉了密令从巴黎出发的吧，不过算不得什么大秘密，因为你们中士今天下午下了那节车厢。顺便问一句，他是什么人？用英国人和美国人的话说，是个改革教派牧师？他一准有心思。你们喝醉了他都不管。好像他只关心你们从哪里搞来的十二瓶白兰地，他却不知道。"

"今天下午?"匹克洛克问，"你是说现在，今天？这是什么地方？"

"圣米耶尔，你们在这里稍作停留，等他们在那节车厢钉上黑幔，将它打扮成一辆灵车。明天一早有一辆专列接你们去巴黎。怎么了？出了什么状况?"

匹克洛克突然转身。"请借一步说话。"他说。陌生人跟着他，到了稍稍背着其他人，对着吧台，靠后墙的地方。匹克洛克三言两语如实地将情况介绍了一遍，陌生人默默地听着。

"你们要再找一具尸体?"陌生人说。

"还用你说?"匹克洛克说。

"有何不可？我就有一具。在我的田里。我耕田时发现的。我上报了，可惜他们至今没派人来处理。我这儿有马有车；来回要四个小时。"他们对望了一眼。"你们还有一整夜的时间——换句话说,要快。"

"那好,"匹克洛克问,"多少钱?"

"你定。需不需要,你心里清楚。"

"我们身无分文。"

"这就难办了。"陌生人说。他们交换了下眼色。匹克洛克稍稍提高了嗓门,头也不回地说:"莫拉克。"莫拉克走了过来。"手表。"匹克洛克说。

"别急呀。"莫拉克说。这是一块瑞士货,金的;他见到的第一眼起,就动了心思,最后总算在一名受了伤躺在弹坑里的德军军官腕上得到了一块,那天晚上,他,莫拉克与一支奉命去生擒一名俘虏,或者说至少一个活口的侦察队走散。他先看见了表,然后才看见了表的主人,他刚跃进弹坑,就见一颗照明弹腾空而起,只见表面在惨白的照明弹下一闪,接着才看见那人——一名上校,他显然被一枪击中了脊梁骨,因为看他的样子,不过是瘫倒在地,但意识清醒,而且表情并不痛苦;要不是那块表,他恰好是他们奉命要找的目标。于是莫拉克拔出近战两刃短刀,一刀结果了他的性命(在这儿给他一枪说不定会给他招来一通排炮),摘了他的表,躺在己方前线外,一直等到侦察队(两手空空地)回来,找到他。但那一两天他不敢戴表,连看都不敢掏出来看一眼,最后他突然想起,当时他的脸化了妆,那个德国人看不清他是人是鬼,别说是谁;再说,他成了死人。"别急,"他说,"你等等,好吧。"

"好啊,"匹克洛克说,"你去到那节车厢去等吧,等他们来抬棺材。到时候他们怎么处置你,我说不好,但你要是跑,我是知道的,那可是逃兵。"说着，他伸过手。"手表。"莫拉克解下手表，不情不愿地递给匹克洛克。

"至少再添几瓶白兰地吧。"他说。陌生人伸手去拿匹克洛克手中的表。

"慢着，就站那里看。"匹克洛克说着，托着表，举起手掌。

"少不了你的白兰地。"陌生人说。匹克洛克手掌一收，将手表攥在手心，垂下手。

"你给个价。"他说。

"五十法郎。"陌生人说。

"两百。"匹克洛克说。

"一百法郎。"

"两百。"匹克洛克寸步不让。

"表拿来。"陌生人说。

"车拿来。"匹克洛克说。他们花了四个多小时。（"你得等他们钉完了黑幔帐，离开那节车厢才行。"陌生人说。）他们四个人（"再叫两个人就够了，"陌生人说，"我们赶车直接过去。"）——他和陌生人坐车座，莫拉克和另一个在他们身后的车厢，驾车沿东北方向出了城，驶进了漆黑的乡下，马知道要回家，不用赶、它自己识路，夜色下，只听见马一路稳步小跑、和辚辚的车声，要说前进，倒不如说是响动和颠簸，因此，看似在动的其实是路边的树，在天空的映衬下，连连从夜色中现身，不紧不慢地闪向他们身后。但他们的确在走，虽说在（匹克洛克）看来不见尽头，路两旁的树突然散作一地凌乱的树桩，马不用赶，向左打了一个急转。

"防区,嗯?"匹克洛克问。

"对。"陌生人说。"美国人九月份突破的。那边是维埃纳-勒-皮塞勒。"他指着村子说。"看见了吗。就在那犄角。不远了。"但还是稍远了些,虽说他们总算到了那里——一座黑灯瞎火的农宅和院落。陌生人勒住马,把缰绳交给匹克洛克。"我去拿把锹,还得搭上一块防潮布。"他去了不久,将锹和一沓防潮布递给后座的两个人,又爬上座位,接过了缰绳,马一纵身、奋力要拐进院门,陌生人勒住缰绳、好不容易才将它拽了出来。接着到了树篱上的一道门;莫拉克跳下车,为马车开门。"开着好了,"陌生人说,"等我们出来的时候再关不迟。"莫拉克敞开门,跳上从身边经过的马车;他们到了地里,地耕得又松又软,不用赶的马沿着它错不了的路,不再笔直地一路往前走,而是绕来绕去,似乎不时地又折了回去,匹克洛克看不明白。"哑弹,"陌生人解释说,"用小旗子围着,等着他们起出来。我们干脆围着它们耕地。听当时留在这里的女人和老人们讲,去年五月,他们刚休完假,又打了一场大仗,喏,就在那边的地里。那块地归一个叫德蒙的家伙。他是当年夏天死的;我估计他是受不了时隔仅仅一个星期,他的土地上就展开了两场战争吧。他的寡妻雇了一个人打理家业。倒不是说她离不开他;她耕田犁地样样不输于他。另外还有一个人,是她姐姐。她负责做饭,在这一带很有人缘。"他从座位上站起身,张望着前方;只见他在天空下的轮廓拍了一下脑袋,突然一扯缰绳,勒住了马。"就是这里。"他说。"过了那道田埂约五十米,以前有一棵十里八乡最美的山毛榉。我爷爷说,连他爷爷也不想不起什么时候栽的。树恐怕也是那天没的。好了,"他说,"我们把他起出来。

你也不想在这里浪费时间吧。"

他将他们带到他耕出尸体,又埋上,做了一个记号的地方。尸体埋得并不深,他们眼前空空如也,过了这么久,兴许只有这一具尸体的缘故,所以味道并不重,长期无人过问的白骨和衣服很快露出了地面,他们挖出尸体,抬上防潮布,裹好,装上马车,那匹马以为这下一准要回马厩,在这片被耕得松软的地里又使出浑身力气迈开了步子,一路小跑。莫拉克关上了树篱门,还得去追马车,因为马不听使唤,一个劲地跑,还想拐进院子,陌生人又是勒缰,又是鞭子,好不容易把它赶上了回圣米耶尔的路。

来回用了四个多小时,兴许原本就要这么久。夜幕业已降临,他们当初出发的那家小咖啡馆旁,一簇黑影脱离了一大团黑影,这簇黑影又分散成九个人围住马车,马车没停,马不停蹄地驶向被夜色彻底吞噬、裹着黑幔的车厢。车还在那里,留在城里的人又起出的钉子,所以他们只需掀开棺材盖,从车窗拖进防潮布裹好的尸体,丢进棺材,再把钉钉上就行。"把车往前赶赶,"匹克洛克说,"这时候谁管得了这动静?白兰地呢?"

"味道不错。"一个嗓门说。

"你开了几瓶?"

"一瓶。"一个嗓门说。

"从什么时候算起?"

"你们只靠数人头来证明,我们何必要撒谎?"那声音说。

"算了,"匹克洛克说,"下来吧,关好窗户。"他们又下了车。陌生人始终没下车,马这一次肯定要回去了。但他们没等它启程,不约而同地扭头争先恐后地跑向车门，赶着投胎似的跳上黑魆魆的灵车。这下没事了。他们拿到了一具尸体，现在准备喝个痛快，好好打发这一夜。当然还有明天和巴黎，但那是上帝的事。

* * *

姐姐玛利亚用围裙兜着拾来的蛋，好像被一大群白鹅抬着，穿过院子，向家里走去。它们恋恋不舍似的，追着她，围着她；其中两只，一左一右、亦步亦趋地贴着她的裙裾，平伸着长长的弯脖子顶着她的腰，头微微上翘，张着黑黄、嘴一样喙，木然的眼睛蒙了一层喜色。一直追到露台，她爬上露台，推门进去，又连忙关上，鹅一拥而上，挤着推着翻上露台，贴着没刷漆的木门，伸着脖子险些晕倒似的往后一仰，沙哑、难听的嗓子悲痛、伤心、撕心裂肺和愤怒地叫着。

厨房里，午餐的汤香气扑鼻。她连气都没来得及喘一口，先将蛋放在一旁，揭开炉子上炖锅的锅盖看了看，接着麻利地在木桌上摆了一瓶酒、一只玻璃杯、一个汤碗、一片面包、一块餐巾和一把勺，然后穿过宅子，出了前门，沿着小路向田里走去，她远远地瞧见了马、耙和耙地的男人，他是妹夫四年前过世后请来的帮手，妹妹手和胳膊插进肩上背的一只麻袋，走过场似的在地里绕了一圈，上了长长弯道，做了一个仅次于人类最远古的手势或动作，她——玛利亚——绕过拴了红布条的小树棍挡着的老弹坑，哑弹上长满了无生气的杂草，一边跑、一边按捺着欣喜、饱含深情地喊道："妹妹！那个英国小伙子要勋章来了。他们来了两个人，从小路过来了。"

"跟朋友一起来的?"妹妹问。

"不是朋友,"玛利亚说,"这一个是来找一棵树的。"

"一棵树?"妹妹问。

"是呀,妹妹。你没看见他?"

她们上了小路,看见了他们——显然是两个人,连隔着大老远,也能看出一个人走路的姿势不太像人,再走近些,步履过于蹒跚的另一个人身边的那一个根本就不像一个人,看他一瘸一拐的样子,就好像一个立着走路的巨型昆虫,根本就挪不开步,玛利亚说:"他拄着拐杖。"一条腿在两根有节奏地挥动的拐杖中间来回,不知疲倦,但又不屈不挠地迈着;看似遥遥无期,但又不屈不挠,分明越来越近,姐妹俩终于看清那一侧齐肘部没了胳膊,(再近些)发现他连一个健全人都算不上,因为露在外面的皮肉有一半是一块深红色的伤疤,从破翘边帽,到鼻梁,贯穿嘴、下巴,再到领口将脸一分为二。但这似乎只是外表,因为他嗓门洪亮、毫不客气,操着一口流利、地道的法语,一副病恹恹模样的反而是与他一道的男子——一个瘦高瘦高的干巴男人,健全虽健全,但看样子还不如一个流浪汉,生着一张苍白、傲慢、让人看不惯的脸,头上戴着一顶邋里邋遢的帽子,加上帽箍上斜插着一根长长的羽毛,让他至少高了八英尺。

"您是德蒙夫人?"第一个人问。

"是的。"玛利亚喜笑颜开、毫不客气地笑着答道。

拄拐棍的男子扭头对着同伴。"好了,"他用法语说,"就是她们。走吧。"但玛利亚没等他说完,就用法语对拄拐棍的男子说:

"你们可来了。汤做好了,从火车站一路走来,你们一准饿了。"接着扭头对另一个,这次说的不是法语,而是童年时的巴尔干乡音:

"你也饿了吧。你也要多吃一些儿。"

"什么?"妹妹突然厉声说,接着用同一种巴尔干山区方言问戴羽毛的男子:"你是热特拉尼?"

"你说什么?"戴羽毛的男子板着脸用法语大声说。"我懂法语。我也要喝汤。我付钱。明白吗?"他说着,将手伸进口袋,"瞧。"

"我们知道你有钱,"玛利亚用法语说,"快进去吧。"进了厨房,她们看清了第一个男子:深红的伤疤并非到帽檐为止,而是将头颅一分为二,萎缩成僵硬的一团,那一侧没有眼睛,也没有耳朵,扯着嘴角,好像刚才说话、现在咀嚼、吞咽的不是同一张脸;一根泛白的破布条系着邋里邋遢的衬衫领口,他们不知道这是英国军人的领带;邋里邋遢的无尾礼服胸口别着两根鲜艳的丝带和勋章;邋里邋遢的旧粗呢裤的一条裤腿折了一折、用一截铁丝拴在大腿下,英国人拄着拐棍在厨房里又站了一会儿,机警、若无其事、毫不客气地四下打量了厨房一眼,他身后的同伴依旧戴着帽子,傲慢地扭歪着心绪难平的脸,帽子上的羽毛几乎触到了天花板,整个人跟吊在上面似的。

"原来他就住这里。"拄拐棍的男人说。

"是的,"马尔蒂说,"你从哪儿打听来的?你从哪儿打听到我们的下落的?"

"得啦,妹妹,"玛利亚说,"他要是不知道我们的下落,怎么来要那枚勋章?"

"勋章?"英国人问。

"对呀,"玛利亚说,"不过你还是先喝汤吧。你饿了吧。"

"谢谢,"英国人说着,头往身后的人一摆,"他呢?有他的份吗?"

明 天 · 417 ·

"那还用说。"玛利亚说着，从桌上拿起两只碗，走向炉子，她没过去扶他，他也没等妹妹马尔蒂去扶，一条腿迈过木板凳，把拐棍搁在身边，没等门口的健全人过来，他就自顾打开一瓶红酒，玛利亚揭开锅盖，偏过身子回头望着第二个人，这次说的是法语："请坐。你也可以吃。现在谁也不反对。"

"反对什么？"插着羽毛的男子粗声粗气地问。

"我们都忘了，"玛利亚说，"你还是先把帽子脱了吧。"

"我付你钱，"戴羽毛的男子说，"你不能施舍我，明白吗？"他伸手从口袋里掏出几枚硬币，往桌上撒去，硬币飞上桌面，又叮叮当当地滚落一地，他上前一屁股坐在英国人对面的板凳上，伸手一把拿过酒瓶和一个玻璃酒杯。

"你把钱捡起来呀。"玛利亚说。

"你自己捡好了，如果你不想丢在地上的话。"男子一边说，一边往杯里倒酒，酒哗哗地倒进酒杯，流出了酒杯，他一把端起酒杯送到嘴边。

"放着吧，"马尔蒂说，"给他上汤。"她没悄悄地走过去，站在英国人背后，而是站在他身边，抱着手，一张搁在男人算棱角分明、帅气的山区人的脸冷冷地看着他伸手拿酒瓶倒酒、放下酒瓶、将酒杯举到眼前，隔着杯子望着她。

"祝您健康，夫人。"他说。

"请问你们是怎么认识的？"马尔蒂问，"你什么时候认识他的？"

"我不认识他。我从没见过他。1916年回来的时候听说过他——他们。之后了解了一些情况，所以我也没必要见他——至少要等，免得碍他的事,等他下决心——"

"上汤,"戴羽毛的男子粗声粗气地嚷道,"难道你没看见,我的钱够买下你们这栋宅子?"

"来了,"照应炉子的玛利亚说,"别急呀。耽搁不了你。我这就给你端过来。"她端来了两只碗;戴羽毛的男子不等她放下,一把接了过去,一边狼吞虎咽地喝着,一边从碗口放肆、厌恶地盯着玛利亚围着他的脚和桌腿捡撒落一地的硬币。"只有二十九个,"她说,"还差一个。"戴羽毛的男子没放下嘴边的碗,腾出一只手从口袋掏出一枚硬币,啪地拍在桌上。

"够了吧?"他说,"再添一碗。"她接过碗,到炉上给他添上,端了回来,趁这工夫,他又狠狠地倒了一杯酒。

"你也吃呀。"她对拄拐棍的男人说。

"谢谢。"他道了一声谢,眼睛始终没离开过一旁高挑、板着脸望着他的妹妹。"谁知那时候,或那段时间,或者说那时候,反正我醒过来后,身在英格兰的一家医院,我好说歹说,到了来年春天,他们才答应我回法国一趟,我去了绍讷蒙,好容易找到那位上士,他说了你们的下落。你们当时是三个人来着。还有一位姑娘。是他的妻子?"高个子女人低头冷眼瞧着他,叫人捉摸不透。"要不,是他未婚妻?"

"对,"玛利亚说,"你说对了,他的未婚妻。就是这么说。你喝汤。"

"他们原本快结婚了,"马尔蒂说,"她是马赛的一个妓女。"

"您说什么来着?"英国人问。

"但现在不是,"玛利亚说,"她在学着做一个农家妇女呢。趁汤

明 天 · 419 ·

还热乎,你快喝汤呀。"

"好,"英国人应道,"谢谢。"——他连看都没看她一眼。"她后来怎么样了?"

"她回去了。"

"回去?你是说,回到——回马赛了?"

"妓院,"高个子女人说,"直说好了。你们这些英国人真是的。还有美国人。你的法语说起别的来溜得很,为什么一说到这个字就吞吞吐吐?——她也要生活。"她说。

"谢谢,"英国人说,"但她本可以留在这里。"

"没错。"女人说。

"可惜她没留下来。"

"没。"女人说。

"她不能留,你不知道,"玛利亚说,"她有一个老奶奶要养活。她可真叫人佩服。"

"我也这么认为。"英国人说着,拿起勺子。

"这就对了,"玛利亚说,"吃吧。"但他还望着妹妹,勺子一动不动地悬在碗上。戴羽毛的男子这次等不及叫人过来添汤,跨过板凳,自己端着碗来到炉前,连手带碗插进了锅里,然后端起滴着汤的碗回到了桌前,玛利亚把硬币摞成整齐的一小摞,英国人仍望着高个子妹妹,说:

"那时候你也有一位丈夫。"

"他过世了。就在那年夏天。"

"哦,"英国人说,"阵亡?"

"不是,"高个子女人说,"他们总算放他回来,他还没来得及把犁插进地里,就又打起了仗,他也许自认为看不到下一次停战了吧。怎么了?"她问。他舀起一勺汤,接着又放下了勺子。

"什么怎么了?"

"你想要我们做什么?带你去看他的坟?"她只说了一个"他的",但个个都明白她说是谁。"确切地说,我们认为的位置?"英国人也仅仅重复了一个"他的"。

"为什么?"他问,"他死了"。

"死了?"她作色厉声问道。

"他不是那个意思,妹妹,"另一个女人说,"他不过是说妹夫尽了力,尽了全力,他现在不必操心罢了。他现在要的是好好休息。"她平静地打量了他一眼。"你想笑,是吗?"

他没忍住,张开还能动的一个嘴角,纵声大笑,他的一只独眼与她——她们深情、坦荡、毫不客气的笑眼相遇。"这么说,你行,"他问玛利亚,"你行吗?"

"哦,当然行啦。"玛利亚说。"喂,妹妹,"她说,"勋章。"

他又上了那条小路,他现在有了三枚勋章,不仅是他当初带来的两枚——三块庄重、有着象征意义的青铜在邋遢的无尾礼服胸口晚霞一般艳丽的三根条纹丝带下叮当作响、闪闪发光,他将两根拐杖夹在腋下,用仅剩的一只手摘下破翘边帽,规规矩矩地一挥,又带着几分夸张地歪扣在头上,接着转过身,在不屈不挠、有节奏地一挥一收的拐杖中间迈出那条坚定、有力、不屈不挠的独腿。但他在走,又上了他和戴羽毛的男子来时的那条小路,尽管小到不能再小的步子跟他下的一番大力气不相称。他精神抖擞、坚持不懈地走着,越走越远,身影越来越小,最后根本不像在走,倒像天幕下、大地上一个极不安分、在原地踏步的小黑点,他不孤独,不过是独身一人,形单影子。接着不见了踪影。

"是呀,"玛利亚说,"他走得够快的。他赶到那里还不算晚。"说着,两人转过身,但好像只有停下脚步的妹妹想起了另一个人,戴羽毛的一个,玛利亚说:"哦,对了,他还来得及。"家里空无一人,只剩下没收拾的桌子,放着他喝过汤和酒的脏碗和打翻的酒杯,以及汤渍和酒渍中立着玛利亚叠得整整齐齐的一摞硬币;高个子妹妹回到田里播了一个下午的种子,玛利亚则收拾厨房、脏碗碟,擦干净了硬币,又在寂静无声、锥形的光线下叠起了硬币,一直叠到光渐渐消失,叠到夜幕降临;一家人回到厨房,点上灯,斜插着羽毛、瘦高瘦高的他突然从暗中走出,粗声粗气地说:

"你们凭什么不要这钱?快。拿去——"他说着,抬手又要往地上撒,又要往地上扔,高个子妹妹终于开了口。

"她替你捡过一次了。别扔了。"

"给。接着。你们为什么不接?我挣来的——辛辛苦苦挣来的——我平生辛辛苦苦、规规矩矩挣的唯一一笔钱。我这么做不为别的——挣钱,吃尽千辛万苦地来找你们,交给你们,到头来你们却不肯要。给。"但她们却好像不认识他似的淡定地望着他,那人,或者说对方格外从容淡定,最后他带着几许诧异说:"这么说,你们不肯要喽。你们当真不肯。"他又打量了她们一阵,走到桌前,拿起硬币,装进口袋,转身走向门口。

"这就对啦,"玛利亚平静、毫不客气地说,"去吧。路不远。你的好日子不远了。"——听到这话,他转过身,愣在门框内,一贯摆着的脸色如今只剩下傲慢,从未脱下过的帽子上羽毛高高地插进了门楣,当真像是悬在春天无形的夜幕下。接着他也不见了踪影。

"鹅关好了吧?"高个子妹妹问。

"那还用说,妹妹。"玛利亚答道。

*　　*　　*

这是个阴天,但不是沉闷的一年。其实,岁月无所谓沉闷,自从六年前的那一天,从协和广场到凯旋门、脱帽肃立香榭丽舍大道两侧的人群,以及毕恭毕敬地走在送葬队伍中的达官贵人悼念的英灵就一扫西欧,乃至整个西方世界人脸上的阴霾。阴沉的不过是天,仿佛为他唱的一首挽歌,(永远)感谢他为我们争取了无忧无虑地缅怀他的权利和荣幸。

他一身戎装,胸口别着勋章(他祖国的总统、盟国的国王和总统亲手别在他胸口的原件,当年在他率领下凯旋的军队如今已解甲归田;随他重返阴间的不过是复制品),双手抱着司令杖躺在上等的棺木里,又搁在披着黑纱的马拉的炮车上,上方飘着他在危急关头为之增光添彩的旗帜;一支仪仗队打着军队和命运由他决定的国家的国旗,迈着整齐的步伐缓缓跟在他身后。

但打头的不是旗帜,因为(步履蹒跚、对外界充耳不闻、自顾)紧跟在弹药车后的是尚在人世、上了年纪的勤务兵,他一身戎装、头戴没染过硝烟的钢盔,佝偻的背上倒挎着一杆精心保管、擦得跟公用匙或客厅拨火棍或枝状烛台一样闪亮、至今没开过一枪的步枪,他捧着黑丝绒托着的那把收起的战刀,微微勾着头,就好像一位上了年纪的侍祭捧着一截十字架或圣徒的骨灰。两名中士军衔的马夫牵着披了黑鞍辔的战马,马镫上倒插着装了马刺的靴子紧随其后;这时候,旗帜、低沉的鼓声、戴着黑纱、七零八落的将军们,穿着法袍、头戴主教冠、捧着圣体匣的教士,身穿黑粗面呢、头戴黑丝帽的大使,在垂哀的苍天下,踏着低沉的鼓点和每隔一分钟从文森堡方向传来的炮声,在两旁下的半个世界的半旗中间走上宽阔、垂哀的大街,按异教徒、扈从和习俗,彪炳他功绩的应是酋长的尸体、奴隶、马,他取得这一战绩的武器,由王子和枢机主教、军人和政治家、王国和帝国的王储、共和国的大使和私人代表等大国小国的王公贵族,以及跟着这壮观的队伍涌上街头的平民百姓,跟送他献祭或殉节似的,护着、守着、将他送上通向高耸山顶,高大、庄严肃穆、屹立千秋的凯旋门。

凯旋门高耸于阴沉垂哀的天空中,凯旋门亘古长存,并不在于它是石头,也不在于它协调对称,而在于它居高临下,守护全城;在大理石底座,凯旋门高耸的拱尖下,五年前从凡尔登战场带回来的那具长眠的无名尸骨上燃着一小堆长明的火苗,送葬的队伍走向凯旋门,跟在后面的人群默默、毕恭毕敬地向两旁分开,最后将这座神圣庄严的纪念碑围在当中,送葬的队伍停下脚步,三三两两、交头接耳;解除了默哀,只剩下弹药车驶向凯旋门,停在凯旋门和那堆火苗前,这时,只剩下沉默、出殡的日子和远处每隔一分钟响起的炮声。

接着,一个人从王子、高级教士、将军和政治家中走出,他身着礼服,胸口戴满了勋章;这是法国第一人——诗人、哲学家、爱国政治家和演说家，脱帽面向弹药车，听着远方隐约的炮声送走又一分钟。然后说：

"元帅。"

可惜只有苍天回应，隐约的炮声又宣布一段整齐的挽歌告一段落。他又亮起嗓子催促道；这不是一句命令，而是一声呼唤：

"元帅！"

只听见祭日的挽歌、悲喜交加的法兰西的挽歌、欧洲的挽歌，还有大海那边，脱下戎装的士兵们的挽歌，为了和平，如今身覆国旗、躺在弹药车上的他曾率领他们历经磨难；甚至远在民众从没听说过他的英名、不知自由是他的功劳的地方传来的挽歌，演说家嗓音响彻垂哀的世界，传遍世界各个角落：

"是的，伟大的将军！你长眠地下，永远面向东方，法国的敌人应该明白，时刻当心！"

这时候，人群中突然一阵骚动，退向一旁；只见警察的帽子、斗篷和警棍挤向骚乱的方向。但他们还没赶到，人群中突然冲出一个人——其实算不得人，而是一个移动、直立的伤疤，他挂着拐杖，只有一只独胳膊和一条独腿，光着的脑袋整整一面是疤痕，没有头发，没有眼睛，不见耳朵，他穿了一件邋里邋遢的无尾礼服，左胸理发店招牌式的缎带上吊着一枚英国军功十字勋章、一枚特等军功章和一枚法国军事勋章，兴许是因为这枚（法国勋章），法国人才没敢拦他，甚至不敢扯着他，把给拽回去，他迈着挂拐棍的人无畏、动物式的一纵一拖的步子，从人群中走进凯旋门周围的空处，走向弹药车。然后站定，将拐杖撑在腋下，一只独胳膊扯着胸口的法国勋章，高声喊道：

"元帅，你也听我说一句！这是你的，拿去吧！"说着，他一把从邋里邋遢的无尾礼服胸口扯下他的护身符，抡起胳膊准备扔出去。他显然清楚，一旦丢了这枚勋章、藐视这枚勋章的后果；他高高地举起勋章，又停住了，扭头看了一眼猫着腰、只等他放弃豁免权的那一刻的人群，绽开还能笑得出的残脸，放声大笑，笑中看不出得意。仅仅是无畏，然后转身将勋章扔向弹药车，在一片诧异中，他又亮起嗓子，人群一拥而上，向他扑了过来："你也帮着高举人类的火炬迈进他再也沐浴不到的曙光；这是他的墓志铭：他们不应被忽略。我的祖国错也好，对也好。这是英国永远也洗脱不了的一个——"

他们捉住了他。他仿佛被一个浪头卷走，如潮的人头和肩膀上突然出现一只手，举起一根拐杖，准备砸向他，最后被赶来的警察（几十个警察从四面八方奔过来）一把夺了过去，其他警察手挽手组成一道人墙，一步步地将人群逼退了回去，人群也顾不得礼仪和体面，典礼官吹起刺耳的哨子，主典礼官抓住拉弹药车的马笼头，拽着它们掉了个头，对赶车人吼道："快走！"送葬的队伍乱哄哄地挤作一团，哪里还顾得上礼节，像逃离灾后废墟，慌不择路地跟在弹药车后。

这场混乱的祸根躺在一条偏僻的死胡同的路边，救了他的两名警察趁暴民还没煽风点火杀了他，把他带到了这里，他仰面朝天躺在地上，不省人事的脸显得相当平静，一个嘴角流着血，两名警察低头望着他，人们的愤怒已经退去，他们身上的警服足以抵挡跟着他们、围着这张不省人事、平静的面孔的人群。

"他是什么人？"一个声音问。

"啊，我们认识他，"一名警察说，"一个英国人。开战以后，他让我们伤透了脑筋；这不是他第一次侮辱了我们的祖国，让他自己的祖国蒙羞了。"

"这回他恐怕活不成了。"另一个声音说。接着，躺在路边的人睁开眼睛哈哈大笑，或者想笑，但一开始呛着了，他挣扎着偏过脑袋，似乎要清清呛着他嘴或喉咙的东西，这时候，另一人挤出人群，向他走去——这是一位老人，一个瘦削的大汉，一张形容憔悴、苍白的大脸，一抹军人式的白胡子上生着一双期待和深情的眼睛，邋里邋遢的黑大衣翻领上别着三块小小的、褪了色的勋表，他上前跪在他身边，伸手操起他的头和肩膀，扶起他，又让他偏过脑袋，吐出口中的血和碎牙，好让他说话。确切地说，是笑，先是哈哈大笑，他躺在老人的臂弯，鄙夷地望着围着他的面孔，接着用法语自言自语道：

"这就对了，"他说，"怕了吧。我死不了。绝对死不了。"

"我不是笑，"老人俯身看着他说，"你看到的是眼泪。"

1944年12月

牛津——纽约——普林斯顿

1953年11月

诺贝尔文学奖作家文集 · 加缪卷 · 路易斯卷 · 泰戈尔卷

鼠疫
[法]阿尔贝·加缪/著
李玉民/译
定价:48.00元

局外人
[法]阿尔贝·加缪/著
李玉民/译
定价:45.00元

第一人
[法]阿尔贝·加缪/著
李玉民/译
定价:48.00元

卡利古拉（即将上市）
[法]阿尔贝·加缪/著
李玉民/译

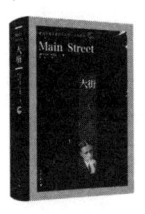

大街
[美]辛克莱·路易斯/著
顾奎/译
定价:55.00元

巴比特
[美]辛克莱·路易斯/著
潘庆舲/姚祖培/译
定价:50.00元

阿罗史密斯（即将上市）
[美]辛克莱·路易斯/著
顾奎/译

纠缠
[印]泰戈尔/著
倪培耕/译
定价:48.00元

沉船
[印]泰戈尔/著
杉仁/译
定价:53.00元

泡影
——泰戈尔短篇小说选
[印]泰戈尔/著
倪培耕/译
定价:58.00元

漓江的书，买了再说！

外国名作家文集　⊙　**伊夫林·沃卷·普拉斯卷·泰戈尔卷**

漓江的书，买了再说！

钟形罩瓶
[美] 西尔维娅·普拉斯 / 著
黄健人 / 赵为 / 译
定价：32.00元

夜舞
——西尔维娅·普拉斯诗选
[美] 西尔维娅·普拉斯 / 著
远洋 / 译
定价：28.00元

普拉斯书信集
[美] 西尔维娅·普拉斯 / 著
谢凌岚 / 译
定价：38.00元

布园重访
——查尔斯·莱德上尉的神圣和渎神回忆
[英] 伊夫林·沃 / 著
黑爪 / 译
定价：43.00元

衰亡
[英] 伊夫林·沃 / 著
黑爪 / 译
定价：32.00元

泰戈尔与中国
[印度] 泰戈尔 / 著
白开元 / 译
定价：35.00元

泰戈尔书信集
[印度] 泰戈尔 / 著
白开元 / 译
定价：45.00元

心弦
——泰戈尔诗选
[印度] 泰戈尔 / 著
白开元 / 译
定价：28.00元

双子座文丛（第一辑）

柳燕、白鹅与山樱
丰子恺 / 著 / 译 / 绘　丰一吟 / 编
定价：38.00元

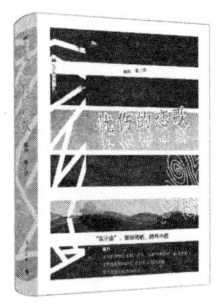

忧伤的恋歌
高兴 / 著 / 译
定价：36.00元

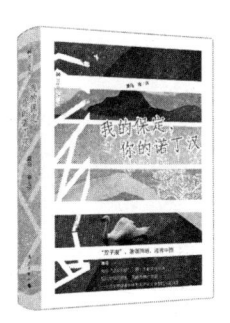

我的保定，你的诺丁汉
黑马 / 著 / 译
定价：35.00元

漓江的书，买了再说！

诙谐与庄严
莫雅平 / 著 / 译
定价：38.00元

灵魂的两面
树才 / 著 / 译
定价：32.00元

图书在版编目 (CIP) 数据

寓言 / [美] 威廉 · 福克纳著；王国平译 .
—桂林：漓江出版社 , 2018.5
[诺贝尔文学奖作家文集 · 福克纳卷]
ISBN 978-7-5407-8289-4

Ⅰ. ①寓… Ⅱ. ①威… ②王… Ⅲ. ①长篇小说－美国－现代 Ⅳ. ①I712.45

中国版本图书馆 CIP 数据核字 (2017) 第 235493 号

YUYAN
寓 言
[美] 威廉 · 福克纳　著
王国平　译

责任编辑：张　谦
助理编辑：刘红果
书籍设计：石绍康
责任印制：杨　东

出版人：刘迪才
漓江出版社有限公司出版发行
广西桂林市南环路 22 号　邮政编码：541002
网址：http://www.lijiangbook.com
全国新华书店经销
发行电话：0773-2583322　010-85893190
北京汇瑞嘉合文化发展有限公司印制
[北京市经济技术开发区荣华南路 10 号院荣华国际大厦 5 号楼 1501 室
邮政编码：100176]
开本：880mm×1230mm　1/32
印张：14.25　字数：300 千字
2018 年 5 月第 1 版　2018 年 5 月第 1 次印刷
定价：50.00 元

如发现印装质量问题，影响阅读，请与承印单位联系调换
[电话：010-67817768]